비대상 시론

비대상 시론

심은섭

국학자료원

머리말

관이 없는 개념은 공허하고, 개념이 없는 직관은 맹목이다.

-칸트

이 책은 필자의 대학원 석사학위와 박사학위 논문을 한 권의 책으로 엮은 것이다. 대학에 몸을 담고 있는 동안 책으로 엮어 보려고 애를 써왔으나 차일피일 미루다가 이제 한 권의 책으로 이 세상에 나오게 되었다. 차일피일 미루었다는 핑계는 문학과 관련된 단체장을 맡은 일과 연관성이 깊다. 지역에서 문인으로서 생활을 하다보면 자신의 의도와 상관없이 봉사활동의 성격으로 비영리 단체장을 맡을 때가 많다.

그중에서 '비대상 시론'의 연구서 발간이 늦어지도록 가장 큰 영향을 끼친 것은 4년 동안 맡아온 문인협회 회장직이다. 문인협회 회장 재임 중에 2018평창동계올림픽 준비와 경기를 치렀고, 이때 올림픽을 준비하는 과정에서 평창동계올림픽을 문화올림픽의 성격으로 추진하려고, 문화올림픽자문위원회가 구성되었다. 그 자문위원회의 위원으로 위촉되어 활동하는 동안 책 발간 타이밍을 잃었다.

그 동계올림픽 이전과 이후에도 여러 비영리 단체의 장을 맡음으로써 정작 내가 해야 할 일들이 본의 아니게 자동으로 뒤로 밀리게 되었다. 이러한 와중에서도 두 권의 평론집과 세 권의 시집을 출판했지만 정작 내가 원했던 '비대상 시론'의 책은 출판하지 못했다. 이러한 우여곡절 끝에 '비대상 시론'이라는 지금의 책을 출판하기에 이르게 되었다. 이처럼 유달리 '비대상 시론'만이 출판 과정에서 출판의 산통을 심하게 겪었다. 그래서인지 이 책이 남다른 애정이 가는 것도 사실이다. 이런 점에서 '비대상 시론'을 출판하게 된 것에 대해 필자에게는 큰 의미가 있을 수밖에 없다.

지금까지 이승훈의 비대상 시론과 관련된 논문은 있으나 연구서로써 발간된 바가 없는 것으로 여겨진다. 주지하다시피 이승훈의 '비대상 시론'은 김춘수의 '무의미 시론', 오규원의 '날이미지 시론', 김수영의 '온몸으로 쓰는 시론'과 함께 학계나 문단에서 예의주시하는 4대 시론 중에 하나로 여길 만큼 중요하다. 그러한 위치에 있는 이승훈의 '비대상 시론'에 대해 부분적인 연구 논문은 종종 봐왔으나 심층적으로 연구한 연구서는 쉽게 찾아보기 힘들다. 그러한 가운데에서 이번 출판된 책 '비대상 시론'은 시종일관 이승훈의 '비대상 시론'을 규명하는데 집중한 전문 연구서로 그 의의가 있다고 할 수 있다.

이 책이 출판됨으로써 '비대상 시론'에 관심을 가졌던 많은 분께 이승훈의 '비대상 시론'을 이해하는 데 도움이 되리라 여겨진다. 오래전에 이승훈은 자신의 '비대상 시론'에 대해 '비대상'이라는 제목의 이론서를 발간했다. 그 책은 자신의 이론에 대한 주관적 견해를 밝힌 것으로써 말 그대로 이론서이며, 실제 연구서로 보는 것은 무리가 따른다. 그러나 이번 출판된 필자의 '비대상 시론'은 이승훈의 '비대상 시론'을 규명한 연구서라는 점에서 이승훈의 '비대상'과 차별성을 가진다. 따라서 필자의 '비대상 시론'은 이승훈의 '비대상'을 규정하는 데 있어서 객관적이고, 편협한 모순에서 벗어나 있다고 볼 수 있다.

지금까지 필자의 연구서 '비대상 시론'이 출판되기까지의 상황이나 책이 담고 있는 의미를 개괄적인 형식을 빌려 나열해보았다. 이 책은 크게 1부 <비대상·Ⅰ>과 2부 <비대상·Ⅱ>로 나누었다. 이 책의 구성을 구체적으로 살펴보면 앞서 간략하게 언급한 바와 같이 <비대상·Ⅰ>에서는 이승훈의 '비대상 시론'에 대해 중점적으로 규명하였다. 덧붙여 말하면 이승훈의 독자적인 시론에 해당하는 「비대상 시론」, 「비빔밥 시론」, 「해체시론」, 「비대상에서 선(禪)까지」, 「누가 코끼리를 보았는가」, 「영도의 시쓰기」 등을 통해 '대상부정 시론', '자아부정 시론', '언어부정 시론', 그리고 '선과 아방가르드 시론'의 특성과 의의, 그리고 앞에서 나열한 각각의 시론 간의 상호텍스트성에 대해 짚어보았다.

한국 문단에서는 이승훈의 시적 경향을 전형적인 아방가르드로 분류한다. 따라서 그가 주장한 시론도 같은 부류에 속한다. 따라서 이 책에서는 그의 여러 시론 중에서 「비대상 시론」을 위시하여 「영도의 시쓰기」에 이르기까지 각각의 시론이 함의하고 있는 의미가 무엇인지를 다층의 예시를 통해 이해를 도우려고 했다. 가령 '대상부정의 시론'이나 '자아부정의 시론', '언어부정의 시론', '선과 아방가르드의 시론' 등의 각각에 대한 정의와 특성, 그리고 상호 비교분석을 통해 객관적이고 보편적인 입장에서 설명을 했다.

이어서 이번 출판되는 책 '비대상 시론'의 <비대상·Ⅱ>에서는 이승훈의 시 의식에 관한 내용들로 채워져 있다. 그의 시 의식을 온전하게 검토하기 위해서는 그의 시적 변모양상에 대한 검토가 반드시 선행되어야 한다는 점을 강조했다. 다시 말해서 이승훈의 초기시와 1960년대 이후의 시에 나타나는 시 의식의 차이에 대한 명확한 이해가 없이는 그의 시세계를 제대로 파악하기가 쉽지 않다. 따라서 이런 점이 매우 우려스럽다는 것을 강조하였다. 또 1960년대 이후 한국 문단의 모더니스트로서 해야 할 역할과 한국 모더니즘 시의 계승발전과 관련된 시사적 의의에 대해서도 조명하였다. 그리고 지금까지 이승훈 그만의 독특한 시론과 시세계의 독자성에 대한 충분한 해명이 이루어지지 못한 점에 대해서도 서술하였다.

이처럼 이승훈의 독자적인 시론이라는 문학사적 행적이 총체적으로 고찰되지는 못하였다는 점을 비롯하여, 이런 부분이 이승훈의 시세계 전반을 고찰해야만 하는 가장 큰 이유라는 점도 명약관화하게 이 책에 담았다. 이승훈의 시세계 전반에 관한 연구가 선행되어야 전위적이고 실험적인 시 쓰기와 이론적 연구를 병행한 그의 시세계가 보여주는 자아탐구의 변천 양상을 분명하게 이해할 수 있도록 설명했다.

이를테면 비대상의 모더니즘으로, 모더니즘에서 자아탐구를, 포스트모더니즘에서의 자아소멸을, 그리고 포스트모더니즘에서 해체주의로, 해체주의에서 자아불이로, 자아불이에서 선시(禪詩)로의 이동 과정과 그 시 의식의 변천 양상, 그리고 전위적이고 과감한 실험적인 그의 시세계가 한국의 문단에서 주목받아야 할 이유를 어느 누구라도 쉽게 이해할만한 근거 제시를 통해 규명하였다.

이 역시 부연하자면 이 책은 '비대상'이 무엇이며, '나/너/그'를 통한 자아탐구 양상을 보여주는 모더니즘의 시세계, 그리고 자아소멸과 자아부정을 드러내는 포스트모더니즘의 양상, 더 나아가 자아소멸과 자아불이와 관련된 선시와의 만남이 중심을 이룬다는 내용들로 구성되어 있다. 이외도 자타가 인정하는 이승훈의 전위적인 탐구정신과 실험정신은 한국모더니즘 시와 아방가르드 시의 새로운 방향(禪詩로)을 제시하는 바가 크며, 시대적, 사회적 상황 속에서 길을 잃고 있는 현대인들의 내면세계를 노래한 것은 그가 한국의 모더니스트로서 행위의 정당성이라는 합리화를 벗어날 수 없다는 내용도 다루었다.

인간은 무엇이든 늘 갈망한다. 필자의 연구서 '비대상 시론'이 객관적이고, 편협에서 벗어난 연구서라고 필자 스스로 주장하지만 부족한 부분은 언제나 상존하는 것, 또한 엄연한 사실이다. 이 책을 읽는 분들은 자신이 필요로 하는 내용이 불충분하다고 느낄 것이다, 그 불충한 내용을 채우고자 하는 갈망을 불러올 것이며, 이 책을 쓴 필자 역시, 필자 나름의 담으려고 했던 내용보다 부족함이 많다는 것을 안다. 따라서 부족한 부분은 향후 더 심층적인 연구를 통해 깊고 넓은 연구서 '비대상 시론'의 증보판이 나올 그 날을 기대해 본다.

또 다른 소망 하나가 더 있다. 비록 부족한 책이지만 그래도 '비대상 시론'을 이해하고자 하는 분들에게 작은 도움이 되길 간절히 앙망한다. 끝으로 그토록 오랫동안 세상의 빛을 보지 못하던 '비대상 시론'이 한 권의 연구서로 출판되기까지 물심양면으로 애써 주신 국학자료원 정구형 사장님께 깊이 감사드린다.

2024년 새해아침 심 은 섭

차례

2부

1부

비대상 시론 I

| 서론

1. 연구 목적 및 문제 제기

본 연구는 자율성의 미학을 파괴하고 일상과 예술의 단절을 극복하며, 삶으로부터 유리된 제도·예술을 다시 삶으로 통합시키려는 이승훈의 시론 전반에 대한 고찰이 그 목적이다. 또 끊임없이 새로운 문학 이론과 비평이론을 모색하고 지속적으로 부정시론을 추구해야만 했던 까닭을 규명하는 일도 포함된다. 따라서 심층적으로 논의될 부분은 대상부정의 시론, 자아부정의 시론, 언어부정의 시론, 선과 아방가르드의 시론이다. 이런 시론들의 특성을 살펴봄으로써 그가 앞 시대에서 자신이 주장했던 시론들을 현재에서 부정하는 이유를 찾게 된다. 또 이승훈이 주장했던 여러 시론들이 서로 어떤 유기적 관계를 맺고 있는가를 고찰함으로써 그의 부정시론의 결과가 남긴 의미가 무엇인지도 분명하게 드러나게 된다. 또 대상부정의 시론(초기), 자아부정의 시론과 언어부정의 시론(중기)을 거쳐 불이사상을 담고 있는 선시 세계로 입적(후기)한 과정을 통시적으로 살펴보게 될 것이며. 이것은 그의 실험적, 현대적, 전위적인 예술성의 규명이며, 아울러 한국현대시와 시론의 역사에서 차지하는 그의 시론이 지니는 의의와 중요성, 그리고 그의 개인적인 문학적 시사(詩史)가 온전히 정립될 수 있는 기틀을 마련하고자 한다. 따라서 본 논문의 연구 목적을 요약 제시하면 다음과 같다.

첫째, 이승훈은 1962년 문단활동을 시작하면서부터 앞 시대에서 자신이 주장했던 시론에 대해 부정으로 일관한다. 이를테면 대상부정 시론에서 자아부정 시론으로, 다시 언어부정 시론을 거쳐 선과 아방가르드 시론으로 이어지는 양상을 보여 왔다. 이 같은 이승훈의 시론들은 아도르노의 부정변증법과 유사성을 지니고 있으며, 부정변증법이란 종합명제가 없는 명제-반명제의 연속으로 드러나고 반명제가 다시 명제가 되어 부정된다. 따라서 이승훈의 부정시론 또한 명제-반명제에서 다시 명제로 시작될 뿐 종합명제가 없다는 특징을 찾아내게 된다. 특히 그는 '나는 누구인가', '나는 존재하는가', '존재한다면 어떻게 존재하는가', '나는 나에 대해 무엇인가', '나와 세계는 어떤 관계인가'라는 자신의 존재에 대해 의식적으로 제기한 근원적 문제를 도출하게 된다.

둘째, 자아부정 시론의 양상과 그 의미에 대한 검토다. 먼저 자아탐구가 자아부정으로 전환되는 까닭이 무엇인가를 찾는 일이며, 이 과정에서 자아해체가 필연적으로 필요했던 이유도 함께 논의하게 된다. 자아부정은 곧 자아소멸이다. 이 자아소멸은 파괴가 아닌 건설의 의미를 지니므로, 결국 자아부정은 사라짐이 아닌 새로운 것을 생성한다는 의미를 지니지만 반드시 자아가 해체된 상태에서만 가능한 것임을 규명하게 된다. 이승훈의 자아부정은 해체를 통해 경계를 허물고 하나로 통일되는 정신이다. 그가 주장하는 「비빔밥」 시론이 섞임으로써 하나가 되는 서구의 이원론적 사상에서 동양의 일원론적 사상으로 이동되는 의미 또한 간과해서는 안 될 부분이다. 그러므로 본 연구에서는 데리다의 해체론과 선불교의 불이사상을 부정시론과 연관시켜 고찰하기로 한다.

셋째, 시쓰기의 세 요소인 '자아-대상-언어'에서 '(대상)-(자아)-언어'로 발전되는 양상은 이승훈의 실험적인 문학실천의 끝이 어디까지이며, 또 무엇을 의미하는지를 묻게 된다. 대상과 자아를 괄호 친 상태라는 것은 대상과 자아를 버리고 남아 있는 언어에 기대어 시를 쓴다는 뜻과 같다. 이렇게 언어에 기대어 시쓰기 하는 그가 언어부정이라는 새로운 형식의 시론을 주장하게 된 이유를 살펴볼 필요가 있다. 즉 자아는 언어에 지나지 않는다는 사유를 하게 된 과정을 고찰하게 된다. 그렇게 함으로써 그가 언어부정을 하게 된 동기와 의의, 언어부정 이후의 문학적 태도를 알 수 있을 것으로 판단된다. 또 다른 고찰의 대상은 초현실주의자들이 사용했던 콜라주기법을 이승훈 자신의 시쓰기에 도입하게 된 배경을 밝히고자 한다. 다시 말해 그의 시쓰기에서 시작품 중간 중간에 그림을 끼워 넣거나 또는 언어를 사용하지 않고 오직 그림을 제시하고 '이것이 한 편의 시'라고 말하는 시쓰기는 무엇을 의미하는가라는 물음에 대한 답을 찾게 된다.

넷째, 선과 아방가르드의 시론에 대해 논의이다. 이것은 선(禪)이 무엇인가를 비롯하여, 선사상, 선시의 개념을 정리하고, 이런 것들이 상호 유기적으로 맺고 있는 관계가 어떠한가를 찾아내는 일이다. 또 지금까지 논의했던 대상부정의 시론, 자아부정의 시론, 언어부정의 시론에 대한 인식론적 회의가 곧 선시로 귀화하게 된 과정을 들춰내는 것도 포함되며, 또 그가 실천해왔던 아방가르드가 허무주의를 따를 수밖에 없었던 사실도 규명하게 될 것이다. 최근에 접어들어 그는 '영도의 시쓰기'시론을 발표한 적이 있다. 이 시론은 '대상-자아-언어'를 모두 버린 상태에서 시쓰기는 가능한가라는 의문에서 시작되었다. 즉 시쓰기의 세 요소가 없는 상태에서 '행위'로 시쓰기를 할 수 있다는 주장에 대해 공의 세계, 또는 무의 세계와 관련하여 논의될 것이다.

이와 같이 본 연구의 목적이 설정될 수 있었던 까닭은 1960년대 이후 한국문단에 남긴 이승훈의 역할과 한국 모더니즘 시의 계승발전, 실험적인 시정신, 그것과 관련된 시사적 의의와 그 자신만의 독특한 시론의 독자성에 대해 충분한 해명이 이루어지지 않은 것에 있다. 더구나 부정시론에 대한 연구는 거의 이행되지 않은 현실이다. 이처럼 그의 시론에 대해 우리들이 많은 관심을 갖는 이유는 금세기 한국시문학사에서 이승훈처럼 「비대상시론」과 「해체시론」, 「비빔밥시론」 등과 같은 자신의 시론들을 지속적으로 부정했던 시인을 달리 찾아볼 수 없기 때문이다. 또 이론과 시쓰기를 병행한 시인도 거의 찾아볼 수 없다는 것이다. 바로 이런 문제들이 본 연구의 축이 될 것이다.

2. 연구사 검토

그 동안 발표한 이승훈의 시론은 『반인간』(조광출판사, 1975), 『비대상』(민족문화사, 1983), 『포스트모더니즘 시론』(세계사, 1991), 『한국현대시론사』(고려원, 1993), 『해체시론』(새미, 1998), 『한국 현대시의 이해』(집문당, 1999), 『모더니즘의 비판적 수용』(작가, 2002), 『시적인 것은 없고 시도 없다』(집문당, 2003), 『탈근대주체 이론-과정으로서의 나』(푸른사상사, 2003), 『이승훈의 현대 회화 읽기』(천년의시작, 2005), 『작가세계』(세계사, 2005), 『현대시의 종말과 미학』(집문당, 2007)이 있다. 또 시집 『이것은 시가 아니다』(세계사, 2007), 『라깡 거꾸로 읽기-해방시학을 위하여』(도서출판월인, 2007),『아방가르드는 없다』(태학사, 2009) 등이 있으며, 이 가운데 자신의 시론을 강조한 것은『반인간』(민족문화사, 1975)의「언어를 찾아서」,「발견으로서의 수법」,「절망의 논리와 윤리」(「언어를 찾아서」,「절망의 논리와 윤리」는 시론집『비대상』에 다시 수록되었음)가 해당된다.

또『비대상』(민족문화사, 1983)에서는「비대상」,「무의식과의 싸움」,「피에타 분석」,「말의 새로운 모습」,「무의미시의 이론」이 있으며,『포스트모더니즘 시론』(세계사, 1991)에서는 '3부'와 시론 전부가 해당된다.『한국현대시론사』(1993, 고려원)의「1960년대 시론」,『해체시론』(새미, 1998)에서는 1부 5장의「혼성모방과 표절 시비」와 1부 6장의「거시담론의 퇴조와 미시담론의 등장」, 그리고 1부 11장의「내가 읽는 시」를 제외한 나머지가 그가 주장한 시론이다. 또『한국 현대시의 이해』(집문당, 1999)에서는 1부의 1장, 2장, 8장, 2부의 13장, 16장이 해당되며,『모더니즘의 비판적 수용』(작가, 2002)에서는 '환유적 글쓰기와 자아', '모더니즘의 비판적 수용'이 그의 시론에 해당 된다.

또『시적인 것은 없고 시도 없다』(집문당, 2003)의 '당신의 초상', '태양아래서', '비대상', '무의식 시', '무의식과의 싸움', '언어를 찾아서', '발견으로서의 수법'이 있으며, 같은 책 제2부의 '왜 쓰는가', '자아와 대상의 부정', '의미의 해체', '너에 대한 관심', '그에 대하여', '비대상과 해체'도 자신의 시론을 강조한 것으로 볼 수 있다.『탈근대주체이론-과정으로서의 나』(푸른사상, 2003)의 제1부 '말하는 나 말 속의 나', '라캉의 자아 개념', '라캉의 주체 개념', '데리다의 주체 개념'은 이승훈과의 영향 관계를 나타난 시론이다.『이승훈의 현대 회화 읽기』(천년의 시작, 2005)은 에곤실레, 키리코, 뭉크, 샤갈, 자코메티, 달리, 마그리트 등과 같은 화가로부터 영향을 받았음을 보여주는 시론이다. 그가『작가세계』
(64호, 2005년 봄호)에 게재된 '비대상에서 禪까지'는 자아부정과 언어
부정의 시론으로 이승훈의 시론 종합 편에 해당된다.『현대시의 종말과
미학』(집문당, 2007)의 제1부 '아무것도 아닌 것에서 시작하기', '나를
쳐라', 난 구석이 좋다', '불안해서 쓴다', '언어, 나를 웃겨라', '비대상에
서 禪까지', '누가 코끼리를 보았는가'도 이승훈 자신의 시론에 해당된
다. 특히 '누가 코끼리를 보았는가'는 '라캉과 선의 관계'를 묻는 시론이
다. 제2부의 '실패여 침을 뱉어라', '이상의 계보학', '한국모더니즘 시의
계보'는 다른 시론에 대해 부정의 양상을 보여주는 시론이며,『라깡 거
꾸로 읽기-해방시학을 위하여』(월인, 2009)의 '영도 시쓰기', '파편이 진
리다', '자아도 없고 언어도 없다' 시론에서도 부정의 양상을 보여준다.
또『아방가르드는 없다』(태학사, 2009)의 '선과 마르셀 뒤샹', '선과 앤
디 워홀'은 '아방가르드와 선'의 관계를 말하는 시론으로 볼 수 있다.

　　이처럼 한국문단에 남긴 이승훈의 문학적 업적은 지대하다. 이승훈
의 업적에 견주어 볼 때 그에 대한 평가는 소홀하다는 것을 알 수 있다.
최근에 그의 대한 연구가 활발히 전개되고 있으나 아직까지 충분한 평
가가 이루어지지 않았다. 기존의 연구는 시세계나 시의식, 시작품과 시
집 분석, 자아탐구 과정 등과 같은 국한 된 연구라 할 수 있으며, 그의
시론에 관한 연구는 거의 없다는 것이다. 이 같은 상황에서 논문, 평론,
시집 분석 중에서 대표적인 연구물을 선별 요약하고, 먼저 논문을 중심
으로 기술한다.

　　정효구는「이승훈의 시와 시론에 나타난 자아탐구 양상과 그 의미」1)
에서 자아탐구를 집중적으로 논의하였다. 20세기 한국시문학사에서

---

　1) 정효구,「이승훈의 시와 시론에 나타난 자아탐구 양상과 그 의미」,『어문논총』제7
　　집 논문, 충북대학교 외국어교육원, 1998, 223～258쪽.

이승훈 만큼 '자아탐구'의 문제를 지속적이며, 또 집요한 방식으로 밀고 나아간 시인을 달리 찾아볼 수 없기 때문이라는 연구의 당위성을 제기하였다. 시인들의 시쓰기는 '나는 누구인가' 혹은 '나는 무엇인가'와 같은 물음에 대한 탐구로부터 시작되어야 한다. 왜냐하면 자신의 본질을 꿰뚫고 자신을 객관화시켜 탐구하는 일을 선행시킬 때 비로소 시인은 자신을 둘러싼 세계를 제대로 인식하고 판단할 수 있는 기초가 마련되기 때문이다. 또 이승훈을 존재의 시인으로 규정하고, 이상과 진리가 아니라 현실과 진실을 존중하는 시인으로 보았고, 그의 자아탐구는 강한 자의식 속에서 출발한다는 사실도 밝히고 있다. 「'방 없는 방'에 도달하기, 그곳에 살기」에서 이승훈이 언어를 사용하여 무의식의 세계를 포착하려고 하는 한, 무의식의 유동성과 언어의 규정성은 상충한다고 보면서, 무의식의 공간을 시화하려고 할 때 이승훈은 절망, 좌절, 불안 등에 빠지게 된다고 보았다. 또 「비대상의 시론에서 불이(不二)의 시론까지」2)는 이승훈의 '비대상 시론'의 정의와 개념 정리를 통해 '비대상 시론'이 출현하게 된 원천을 논의 했으며, 비대상 시론이 자아와 세계의 심저를 재발견하는 것임을 강조했다. 아울러 이승훈이 내면세계에서 찾았던 자아는 결국 언어와의 싸움으로 귀결되며, 상징계를 부정하며 실재계를 찾는 것으로 보았다.

박민수의 「강원 시인 연구 2-이승훈론(1)」과 「강원 시인 연구 3- 이승훈론(2)」3)의 논문은 내면적 환상과 객관적 거리, 객관적 거리의 해체와 언어의 방임, 언어의 방임과 운율적 구속을, '심상의 분석'에서는 심상의 구조와 심상의 분석을 통해 이승훈의 시에 관해 일관성과 변화성

---

2) 정효구, 『한국현대시와 平人의 사상』, 푸른사상사, 2007, 368~405쪽.
3) 박민수, 『강원 시인연구 2-이승훈론(1)』논문, 춘천교육대학교 관동향토문화연구
   제9집, 1991, 27~55쪽, 제10집, 24~44쪽.

을 검토하였으나, 이승훈의 첫 시집 『사물A』(삼애사, 1969)만을 연구 대상으로 삼았다. 또 「강원 시인 연구 3-이승훈론(2)」[4]은 이승훈의 '1970년대 시의 상상력과 심상을 중심으로' 논의 된 연구물이다. 이 논문은 이승훈의 시의 방법론적 측면에서의 특수성을 지적하고 시쓰기의 출발점이 상상력과 심상에 있음을 증명하였다. 특히 초기 시에 나타난 실존투사[5]의 증명과 그 실존의 구체적 양상은 무엇인지, 그것이 지닌 사회적 의의는 무엇인가가 집중적으로 논의되었으나, 시의 상상력 전개 양상과 심상에 대한 단순 분석과 기술로서의 연구 성과에 한정되어 있다. 즉 분석과 기술에 따라 요구되는 거시적 해석이 이루어지지 못했다는 점이 아쉬움으로 남는다.

윤호병의 「한국현대시에 수용된 마르크 샤갈 그림」[6]은 김영태, 김춘수, 이승훈의 시로 전이된 샤갈의 그림세계를 보고, 이들 각자가 샤갈의

---

4) 박민수, 『강원 시인 연구 3-이승훈론(2)』논문, 춘천교육대학교 관동향토문화연구 제10집, 1992, 29~44쪽.

5) 자아나 초자아의 압력 때문에 불안을 느끼는 사람은 그 불안의 원인이 자기 내부에 있는 것이 아니라 외부에 있는 것처럼 가장하여 불안을 덜어보려는 심리를 갖게 된다. '나는 그를 증오 합니다'라는 말 대신에 '그가 나를 미워해요' 한다든가 '내 양심이 나를 괴롭히고 있어요'하는 말 대신에 '그 녀석이 나를 괴롭히고 있답니다'하고 말하게 되는 것이다. 첫 번째 경우를 보면 이 사람은 증오감이 자신의 이드(id)에서 생겨난 것임에도 불구하고 이를 부인하고 책임을 다른 사람에게 전가하고 있다. 두 번째의 경우에 이 사람은 피해의식의 원인이 자신의 초자아에 있는 데도 타인에게 있는 듯이 가장한다. 이와 같이 신경질적 불안이나 도덕적 불안에 대한 자아의 방어 형태를 가리켜 '투사(投射)'라고 한다. 투사의 중요한 특징은 느끼는 주체, 즉 자기 자신이 다른 것으로 바뀐다는 것이다. 우선 주체와 객체가 서로 바뀌는 형태를 취할 수 있다. '나는 당신을 미워한다'는 생각이 '당신이 나를 미워하고 있다'는 말로 바뀌게 되는 것이다. 상세한 내용은 <S. 프로이트/C.S.홀/R. 오스본, 『프로이트 심리학 해설』, 설영한 옮김, 선영사, 1995, 190쪽. 참고 바람.

6) 윤호병, 「한국현대시에 수용된 마르크 샤갈 그림-김영태 시집 <유태인이 사는 마을의 겨울>, 김춘수 시 <샤갈의 마을에 내리는 눈>, 이승훈 시집 <시집 샤갈> 에 수용된 샤갈의 그림세계」, 『인문언어』, 2001 창간호, 141~157쪽.

그림세계를 자신들의 시로 전이 시키는 과정상의 차이점을 밝히고 있다. 특히 이승훈이 샤갈의 그림을 자신의 시로 전이시키면서 그가 의도했던 '다른 삶의 양식'과 '새로운 스타일의 시'를 창조한 사실을 규명했다. 그의 『시집 샤갈』(문학과 비평사, 1987)에 실린 대부분의 시편들이 '지고하고 순수하고 아름다운 사랑'이라고 전제하고, 그가 그 동안 추구해오던 모더니스트로서의 기질과 상당한 거리를 유지하고 있어 '다른 삶의 양식'이자 '새로운 스타일의 시'라는 것을 밝힌 바 있다.

박종석은 「詩 分析의 科學的 接近論」7)에서 이승훈의 시집 『당신의 방』(문학과지성사, 1986)을 소쉬르(F. de. Saussure)의 논리에 따라 분석했다. '시는 언어'라는 대전제 아래 형식주의, 구조주의 혹은 기호학과 담론체계의 용어를 빌어 궁극적인 시 정신을 규명하였다. 그 결과, 이승훈의 시세계는 '자신의 비극적 현실 인식'을 노래했음을 밝혔다. 『당신의 방』은 외롭고 고통 받은 현실에서 탈출하려는 시적 화자의 열망으로 인식하였다. 다시 말해 자신(시적화자)의 비극적인 현실 인식(외롭고, 고통 받는 현실, 즉 절망도, 희망도, 사상도 없는 현실에서 직면하게 되는 병든 주체에 대한 인식)에서 탈출하고자 하는 열망(병든 주체에 대한 부정)은 바로 인간 본연의 삶에 대한 회의와 성찰을 보여준다는 사실을 밝혔다.

박성필의 「이승훈 시론의 의미 지향성 연구」8)는 「비대상」 시론의 발생과 배경을 검토하고 '무의미'를 통한 '의미'의 효과, 그리고 대상 세계의 초월을 통한 선적 지향에 대해 고찰하였다. 논자는 머리말에서 이승

---

7) 박종석, 「詩 分析의 科學的 接近論」, 『학술저널』제16집 논문, 동아대학교 국어국문학과, 1997, 117~126쪽.
8) 박성필, 「이승훈 시론의 의미 지향성 연구」, 『국어국문학회』학술저널, 2008, 79~99쪽.

훈의 시와 시론을 한국 근현대시에 대한 일종의 인식론적 회의에서 촉발된 문학적 산물이라고 규정하고, 김춘수는 '대상·무의미·자유'라는 '대상'의 연장선상에서 '무의미'의 문제에 봉착했으나 결국 이미지의 묘사로 시업(詩業)을 진행해 나간 반면, 이승훈은 '비대상'으로부터 새로운 '의미'로의 지향을 의도한 것으로 보았다. 또 이승훈이 '비대상'을 통해 추구하고자했던 시적 지향점이 무엇인가를 문제 삼았다. 이승훈이 추구했던 지향점을 도가(道家)에 뿌리를 둔 '무(無)'가 아니라 불교에 뿌리를 둔 '공(空)'으로 몸과 마음의 상호작용을 존중하는 연기설(緣起說)에서 찾았다.

시집을 분석한 연구로는 김준오의 「메타시와 인칭의 의미론」(『밝은 방』), 김현의 「어두움과 성성함의 세계」(『당신의 초상』), 서준섭의 「시·사랑·유토피아」(『밤이면 삐노가 그립니다』), 진순애의 「해체의 시간을 건너는 카오스의 언어」(『아름다운A』), 윤호병의 「타자화 된 너와 객관화된 나」(『너라는 햇빛』), 정효구의 「독백에서 대화로 가는 길」(『환상이라는 이름의 역』), 조남현의 「방법적 회의의 결실을 기다리며」(『당신의 방』), 이경호의 「시쓰기 밖의 시쓰기」(『길은 없어도 행복하다』) 등이 있다. 이 중에 김준오, 김현, 서준섭, 진순애를 중심으로 기술하면 다음과 같다.

김준오는 「메타시와 인칭의 의미론」[9]에서 이승훈의 시작품에서 나타난 인칭의 채용이 흥미 이상의 의미론적 의의를 지니고 있다는 시각으로 보았다. 다시 말해 자아탐구의 형식이 되고 있는 이승훈 시의 경우 2인칭의 구조적 기능은 더욱 강화될 수밖에 없는 이유와 3인칭 시에서 3인칭의 존재는 대부분 부정적 의미를 지닐 뿐만 아니라 2인칭 시와

---

9) 김준오, 「메타시와 인칭의 의미론」, 이승훈의 『밝은 방』 해설, 1995, 111~128쪽.

3인칭 시의 대부분을 의미론적 대립으로 의식했다.

김현의 「어두움과 싱싱함의 세계」[10]는 이승훈의 시집『당신의 초상』
에 대해 「비대상(非對象)」에서 이상(李箱)의 인식론적 회의와 김춘수의
인식론적 회의를 그의 인식론적 회의와의 비교를 통해 그의 시쓰기 인
식론은 현상학적 존재론에 가까운 것으로 보았다. 대상이 어떻게 존재
하는가를 논의하며, 그 대상이 일상적인 윤곽을 잃고 무정형의 것이 된
다는 양자의 인식론의 차이를 비교하기도 했다.

서준섭의 「시·사랑·유토피아」[11]는 이승훈이 사랑이라는 주제에 의
해 삶의 보편적인 인식에 도달하고, 이를 통해 시인 자신이 자기구원에
이르고 있는 과정을 논의했다. 또 「'바깥'으로의 사유」에서는 이승훈의
시론에 나타난 근대적 주체, 시 개념의 해체에 대해서도 언급하였다.
또 「시와 존재의 탐구」라는 '이승훈론'에 해당되는 연구가 있다. 진순
애는 「해체의 시간을 건너는 카오스의 언어」[12]에서 철저히 객관화된
자세이거나, 주관적 자세일지라도 중심이 아닌 파괴된 소외적 주체로
서 해체의 시대를 건너기 위한 이승훈의 자기 확지(確志)적 존재성은
언어가 있어 가능한 것으로 보았다.

대담시론으로는 최동호 · 이승훈의 「나의 문학, 나의 시작법」, 이승
훈 · 박찬일의 「자아찾기의 긴 여정」, 이승훈 · 이재훈의 「비대상에서
선(禪)까지」, 이승훈 · 김이강의 「나오는 대로 쓴다」등이 있음을 확인
하였다. 이상에서 기존의 연구는 자아탐구, 평론, 시집 분석, 시작품 분
석 등의 단면적인 연구 위주로 진행되었음을 알 수 있다.

---

10) 김　현,「어두움과 싱싱함의 세계」,『분석과 해석/보이는 심연과 안 보이는 역사
　　전망』, 2003, 273～277쪽.
11) 서준섭,「시·사랑·유토피아」,『밤이면 삐노가 그립니다』, 1993, 125～138쪽.
12) 진순애,「해체의 시간을 건너는 카오스의 언어」,『아름다운A』, 2002, 119～129쪽.

3. 연구방법

이승훈의 부정의 시론을 온전하게 검토하기 위해서는 대상부정의 시론, 자아부정의 시론, 언어부정의 시론, 선과 아방가르드의 시론에 대한 개념 정리가 선행되어야 한다. 앞에서 말하는 개념 정리라는 것은 "개념에 대한 비판은 개념을 통해 가능하다"는 아도르노의 주장에 따르는 것이다. 그 이유는 이승훈의 시론이 부정의 일색이라는 점에 있다. 또 그가 주장했던 시론들을 통시적으로 구분할 필요가 있다. 그것은 앞 시대에서 자신이 주장했던 시론을 현재에서 부정해야 하는 이유를 찾아야 하기 때문이다. 다시 말해 그의 시쓰기는 처음부터 대상부정의 시론에 의해 시작되었지만 대상부정은 다시 자아부정 시론으로, 자아부정 시론은 언어부정 시론으로, 언어부정은 선시 경향의 아방가르드 시론으로 발전되는 양상이 너무 뚜렷한 까닭이다. 특히 이승훈의 「비대상 시론」, 「비빔밥 시론」, 「해체시론」 등은 강렬한 부정의 양상을 띤다. 이것은 부정변증법과 유사한 형식이므로 일차적인 연구 방법은 아도르노의 부정변증법을 따르기로 한다. 또 부정적 변증법의 개념과 범주는 동일성의 변증법과 대립되는 시각으로 바라보아야 하며, 긍정적 부정에 대한 비판, 본질과 현상, 주체와 객체의 변증법에 한하고자 한다. 첨언하면 이승훈이 추구하는 부정의 시론은 '명제-반명제-종합명제'로 이어지는 헤겔의 변증법이 아닌 '명제-반명제'에서 부정의 명제를 찾는 방법을 기준점으로 삼고자 한다.

아도르노의 부정변증법은 동일한 사고에 의해 모든 것이 서로 빈틈없이 매개되어 있는 '총체적 현혹(眩惑)의 연관 관계'와 교환 합리성에 의해 매개되어 있는 '관리된 세계'로부터 해방의 가능성을 모색한다. 특히 '부정변증법'은 테제(these)와 반테제(antithesis)의 부정의 결과로 생성되는 종합 테제가 긍정되어야 한다는 헤겔의 변증법을 전면 부인하고 종합 테제는 다시 부정되어야 한다는 입장을 취한다. 만약 종합 테제를 긍정할 수 있는 상태가 실현되면, 이 상태가 아도르노에게는 바로 유토피아이다. 이승훈의 시론 역시 대상부정 시론에서부터 선(禪)에 이르는 일이 곧 무(無)의 세계이고, 이 세계가 아도르노가 말했던 유토피아와 같은 맥락이라 할 수 있다. 이승훈의 예술의 본령은 부정과 비판이다. 그의 부정시론을 살피기 위해서는 앞서 언급했던 바와 같이 초기시론13)-중기시론14)-후기시론15)으로 구분할 필요가 있다. 또 대표적인 시론으로는 대상을 부정하는 초기시론인 '비대상 시론', 중기시론인 '자아부정과 언어부정', 후기시론인 '선(禪)과 영도의 시쓰기'가 있다.

---

13) 초기의 비대상 시는 대상이 탈락하고 언어에 의해 자아를 찾는 단계이다. 『반인간』(조광출판사, 1975)의 「언어를 찾아서」, 「발견으로서의 수법」, 「절망의 윤리와 논리와 윤리」가 해당된다. 『비대상』(민족문화사, 1983)에서는 「비대상」, 「무의식과의 싸움」, 「피에타의 분석」, 「말의 새로움 모습」, 「무의미시의 이론」 등이 해당되며, 『이승훈의 현대 회화 읽기』(천년의 시작, 2005)에서는 모든 화가와 이승훈의 영향관계가 해당된다.

14) 중기시론은 해체시로서 자아소멸을 동기로 언어가 시를 쓰는 단계이다. 『포스트모더니즘 시론』(세계사, 1991)의 3부에 해당되는 「포스트모더니즘의 성찰」전부가 해당된다. 『한국현대시론사』(고려원, 1993)는 6장의 「1960년대 시론」이 해당되며, 『해체시론』(새미, 1998)은 1부의 5장, 6장, 11장을 제외한 모든 시론들이며, 『한국 현대시의 이해』(집문당, 1999)은 1부의 1장, 2장, 8장이, 2부의 13장과 16장이다. 『모더니즘의 비판적 수용』(작가, 2002)은 「환유적 글쓰기와 자아」와 「자아-모더니즘의 비판적 수용」이 해당되며, 『시적인 것은 없고 시도 없다』(집문당, 2003)의 1부의 「비대상」, 2부의 15장, 16장, 18장이다. 『탈근대주체이론-과정으로서의 나』(푸른사상사, 2003)의 1장, 3장, 4장, 7장이 해당된다.

15) 후기시론은 선적 사유를 매개로하는 시 쓰기는 언어도 버리려는 단계이다. 『작가세계』(세계사, 2005)의 '비대상에서 선까지', 『현대시의 종말과 미학』(집문당, 2007)의 1부 전부, 2부의 8장, 9장, 10장, 3부의 14장, 15장이 해당되며, 『이것은 시가 아니다』(세계사, 2007) 시집의 「누가 코끼리를 보았는가」의 해설, 『라깡 거꾸로 읽기-해방시학을 위하여』(월인, 2007)의 7장의 「영도의 시쓰기」, 9장의 「파편이 진리이다」, 16장의 「자아도 없고 언어도 없다」가 해당된다.

한편으로는 1기(대상부정)-2기(자아부정)-3기(언어부정)-4기(선과 영도의 시쓰기)로 구분할 수도 있으나, 본고에서는 후자의 2기(자아부정)와 3기(언어부정)를 공시적으로 보기 때문에 전자를 논의의 기준으로 삼기로 하고, 그의 시론의 모델을 도식화 하면 다음과 같다.

<그림 1>

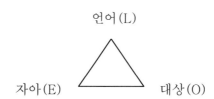

앞의 <그림 1>과 같은 모델이 제시됨으로써 변증법으로 바라본 이승훈의 부정시론 연구의 틀을 제공받는다. 또 이 모델을 통해 '대상부정의 시론'과 '자아부정의 시론', 그리고 '언어부정의 시론', '선과 아방가르드의 시론'이 전개되는 과정을 검토하게 된다. 또 <그림 1>과 같은 틀을 제공받음으로써 후기 시론에 해당되는 '영도의 시쓰기'의 시론을 논의할 수 있다. 이것은 대상, 자아, 언어를 버린 상태에서 '행위'로 시를 쓴다는 시론으로, '행위'로 시쓰기가 가능한가라는 물음에 대한 해답을 찾는 방식으로 논의될 것이다. 마지막으로 그의 시쓰기가 선(禪)으로 귀착되는 이유가 무엇인지를 연역법의 틀을 사용하여 밝히기로 한다. 그것은 이승훈의 부정시론을 분명하게 이해하게 하는 일이 이승훈의 시론 연구에 핵심이기 때문이다.

본고에서 도입하고자 하는 연구방법을 요약하여 기술하면 다음과 같다. 이승훈이 자아탐구에서 자아소멸을 거쳐 마침내 불이(不二)사상으로 발전해 가는 과정과 자아있음(자아탐구)/자아 없음(자아소멸)의 대립이 변증법적으로 종합된다는 사실을 규명하고자 한다. 그러나 선 (禪)은 종합이 아니므로 '있음/없음'의 경계를 초월하는 공(空), 즉 불이 의 세계로 나아가는 양상을 선불교의 입장에서 논하게 된다. 불이(不 二)나 공(空)은 '유(有)/무(無)'를 초월하는 세계이다. 즉 '나'는 있는 것도 아니고 없는 것도 아니고 '나'는 '너'와 같은 것도 아니고 다른 것도 아 니라는 불이사상으로 '삶과 시'의 경계와 '시와 비시'의 경계를 깨는 의 식이다. 따라서 무 또는 공의 세계를 찾아내기 위해서는 데리다의 해체 론에 의하지 않을 수 없다.

자아탐구를 하던 그가 자아부정을 한다는 것은 자아가 한낱 허구, 헛 것에 불과하다는 인식론적 회의에서 비롯된 것으로 볼 수 있다. 그러므 로 인식론의 입장에서 접근하는 것도 연구의 한 방법이 될 것이다. 또 자아에 대한 개념은 여러 선자들이 정리한 개념이 많이 있으나, 아더 T. 저어실드의 정의를 기준으로 한다. 그 까닭은 이승훈이 생각하는 자 아는 '주체와 객체'라는 양자를 하나로 보는 '총화'의 의미를 지니고 있 기 때문이다.

이승훈의 언어부정 시론에 대해 접근하고자 할 때에는 시니피앙과 시니피에의 필연성을 부정하면서 의미는 시니피앙의 차별성에 의해 형성된다고 보는 소쉬르의 언어의 구성 원리에 따른다. 그 까닭은 언 어가 어떤 세계에 대해 말하지 않고, 세계와 자아가 공유하는 숨어있 는 정신적 구조를 보여준다는 데에 있다. 결국은 그가 생각하는 언어 는 어떠한 것도 구체적으로 보여 줄 수가 없고 이 언어가 개입할 때 대 상은 존재하지 않는다는 불신을 가지고 있다. 언어는 구체적인 대상을 그릴 수가 없다. 그러므로 초현실주의자들이 사용했던 콜라주 기법의 하나라고 볼 수 있는 그림끼워 넣기 방식을 그는 사용한다는 점에서 초현실주의자들이 즐겨 쓰던 창작기법들의 개념을 알아내는 일도 간과해서는 안 된다. 곧 그의 시쓰기는 불립문자에 의한다는 것을 증명하는 일이다.

지금까지 이승훈의 부정시론들을 살펴본 결과, 그는 한곳에 머물지 않는다는 사실이다. 그에겐 '쉼'이란 없고 '과거'는 더욱 없다. 현재에서 현재마저 부정하는 하는 '전위 중에 전위'라는 의미를 가지고 있다. 곧 그가 아방가르드임을 알 수 있다. 따라서 아방가르드의 본령이 무엇인가를 살피게 되고, 그가 추구하는 시쓰기의 최종 목적지는 '허무'를 사랑하는 일이라는 것이다. 그것도 상호 의존설에 의하지 않고 '존재'로서의 아방가르드인 그가 이성과 의미의 세계에 대한 부정으로서의 허무주의를 추구한다는 것이다. 그의 '허무'는 단순히 인식론적 회의에서 오는 단순한 '허무'가 아니라 근본적으로 '인간은 무엇이며, 나는 무엇인가'라는 자아탐구의 결과물이다. 따라서 그의 '허무'는 선(禪)에서 말하는 무의 세계, 혹은 공의 세계와 같은 것이다. 그러므로 그의 후기 시론에 해당되는 선시 경향의 아방가르드를 온전하게 알기 위해서는 분명하고 폭넓은 개념 정리가 반드시 필요하다. 또 그의 시론이 보여주는 한국현대시와 시론의 역사에서 차지하는 의의와 중요성을 밝히는 일이 병행되어야 하므로 이승훈의 시론을 상호 비교 검토하는 방법을 사용하기로 한다.

작품에 반영된 장소, 작품에서 산출된 시간, 기타 정신적 자료 등은 물론, 연구자의 선입견도 배제되어야 한다. 또 선입견으로 형성되는 것으로는 첫째, 자연의 지식, 둘째, 대상의 순수한 관조를 위해 현재까지 그 대상에 대해 고찰된 판단과 의견, 셋째, 관찰자의 주관적인 감정과 소망, 취향, 기분 등이 있다. 이승훈의 부정시론을 바라보는 시각은 연구자의 취향이나 기분, 가치관으로 바라보는 것이 아니라, 모든 것을 배제한 채 순수하게 연구주제를 살펴봐야 한다는 것이다. 따라서 이 같은 방법을 택하는 것은 이승훈의 시론 연구에 있어서 연구 주제가 안고 있는 사실 그대로 바라보기 위함이다. 그러나 현상학적 방법은 실제적으로 행하기에 많은 문제점이 있음을 염두에 둘 필요가 있다. 또 하나는 심리주의적 이론에 의해 인물의 성격을 분석하거나, 작자의 창작 심리, 독자에 대한 심리적 영향 등을 분석하여 그의 부정시론이 지니고 있는 의미를 파악하고자 한다. 시론 연구는 작가 정신의 반영이나 작품과 작가의 경험을 긴밀히 연결시킬 뿐만 아니라, 상징이나 이미지의 처리도 이런 정신세계의 표현으로 보고 있다.

　인간의 모든 면을 다루고 있는 문학 세계는 어느 하나의 관점으로 설명될 수 없을 만큼 깊고도 복잡하다. 이승훈의 시론을 해석 할 때, 가능한 다각적인 측면에서 총체적으로 접근하기로 한다. 문학 작품의 감상에 있어서 작품의 특성에 맞게, 상대적으로 특정한 관점을 중요시하면서 다른 관점을 수용, 결합시키는 일이 곧 작품 이해의 폭을 보다 확장할 수 있다는 인식 또한 중요한 연구방법이 된다는 생각으로 연구될 것이다.

II 대상부정의 시론

1. 대상부정의 양상과 그 의미

1) 자기발견으로서의 수법

이승훈의 자아와 세계(대상)는 대립과 갈등의 구조 속에 있으면서 다른 한편으로는 화해와 공존의 장(場)에 놓여 있다. 모순구조의 굴레 속의 인간은 '나는 누구인가', '세계는 무엇인가', '나에게 세계는 무엇인가', '세계에게 나는 또 무엇인가'라는 물음을 던질 수밖에 없다. 특히 이 물음을 필사적인 태도로 일관했다. 이승훈은 처음부터 전통적인 시의식을 부정하면서 자연, 또는 현실을 노래하지는 않았다. 그의 시의식의 자체가 자아탐구였기 때문에 외부세계를 묘사하거나 분명한 대상을 형상화하기보다 자신의 깊숙하고도 은밀한 내면세계를 표출하는 데 주력했다. 이런 행위는 '나'와 '너', 그리고 '그'라는 인칭을 통해 자기동일성을 증명하려는 태도로 발전하였으며, 자기동일성의 증명은 일상세계나 자연세계가 아니라 내면세계를 통해서만 가능하다는 결론을 내릴 때 이것이 곧 대상부정이다. 그가 세계(대상)을 부정했던 까닭은 다음 글에서도 확인 할 수 있다.

모든 객관적 대상과 헤어진 다음, 나는 나를 대상으로 노래했다. 자의식의 공간을 노래했던 것이다. 그것은 현기증, 無, 자유, 형벌의 공간이었다. 나는 그것을 실존의 投射라고 불렀다. 그러한 세계는 무의식이 나를 잡아먹을 때 나타난다. 무의식과의 싸움이 시작되면서 나타난 것이다.16)

이승훈의 시적 자아는 무의식적 내면 공간 속에서 환상적으로 떠 올리는 장면들을 '바라보는' 상상력의 방식에 의해 성립된다. 그리고 그 내면 공간을 채우는 장면의 하나하나는 무의식적이며, 환상적인 심상의 형태로 주어지지만, 거기에 실존이 투사됨으로써 스스로 자기를 증명하는 반영 매체가 된다.17) 지속적인 자아탐구를 통해 '세계(대상)는 없다. 있는 것은 나 자신뿐이다'라는 인식과 함께 대상부정은 시작된 것으로 판단된다.

이승훈의 대상부정의 시론은 비판적 사유의 생동성이라는 특이점을 지니고 있으며, 형식적 논리보다는 비판적 사유의 생동성이 두드러지게 나타난다. 또 전통적인 변증법이 아닌 부정변증법과 깊은 관련을 가지고 있다. 그는 시적 대상을 외형적 관찰로 얻으려는 것이 아니라 내면세계를 노래함으로써 자아를 찾으려 했다. 그가 내면세계를 노래한다는 것은 자기발견이고 자기증명인 것이다. 이승훈은 필연적으로 현실, 또는 자연세계에서 시적 대상을 찾지 않았으며, 그 같은 행위가 시적 대상을 부정하는 행위인 것이다. 그의 대상부정은 곧 세계부정이다. 자신을 제외한 모든 세계를 부정하고, 자신이 모든 것의 주체가 된다. 따라서 모든 것이 '나 중심'이다. 이를테면 세계가 없어도 살아갈 수

---

16) 이승훈, 『비대상』, 조광출판사, 1975, 36쪽.
17) 박민수, 「강원시인 연구3-이승론(2)」, 『관동향토문화연구 제10집』, 춘천교육대학, 1992, 30쪽.

있다는 의미와 자신을 제외한 모든 것을 부정한다. '나는 나일뿐 그 어떤 것도 나를 대신할 수 없다'는 세계의 부정은 철저하게 자기 자신을 제외한 모든 것의 부정이다. 그의 시론은 유형무형의 인간세계와 인공세계까지도 부정한다는 뜻의 확신과 결의가 내포하고 있다.

이 같은 이승훈의 주장은 모든 것이 자신으로부터 비롯되고, 그 모든 결과는 자신에게 돌아온다는 자기중심적 사유이며, 자기존재를 증명하고자 하는 정신으로 인식하여야 한다. 또 대상부정은 자유 연상, 실존적 리듬의 현기 속에서 대상이란 무엇이며, 무엇일 수 있는가에 대한 회의다. 이러한 대상에 대한 회의 속에서 그가 만들어낸 대상부정, 즉 비대상 시론의 강조점은 다음과 같다.

> 시는 일정한 형식에 의하여 일정한 내용(사상)을 노래한다고 정의할 때, 용이하게 포착되는 모순점이나 오류는 그렇다면 무엇인가. 우리가 현대시의 기법(技法), 기법의 중요성을 말하게 되는 한 커다란 이유가 여기에 있다. 현대시의 기법은 결론부터 말해서 우리들이 이원론적으로 시를 대할 때, 빠지기 쉬웠던 저 형식에 해당하는 것으로서의 기법이 아니다. 형식과 내용 두 가지를 전면 거부하면서 새롭게 나타나는 용어로서의 기법이다.[18]

현대시의 기법은 결국 자기발견의 수법이다.[19] 요컨대 자기동일성 증명의 희구이며, 참된 자아를 찾는 과정이다. 이승훈은 내용과 형식을 분리하는 정의에 대해 부정적 태도를 보인다.

> 우리가 문학개론 서적을 뒤지면서 최초로 마주치게 되는 시의 정

---

18) 이승훈, 「발견으로서의 수법」, 『비대상』, 조광출판사, 1975, 128~129쪽.
19) 이승훈, 앞의 책, 138쪽.

의는 이러한 이원론적 방법만 있었던 것은 아니다. 그리고 다른 것으로 시를 정의하는 것이 반드시 이원론적 시의 정의보다 우수한 것은 아니었다. 그러나 하나의 사물을 좀 더 명료하게 인식하려는 우리의 노력은 그 인식이 얼마나 정확한 것인가를 자문해야 된다. 시라는 사물을 정확히 인식한다는 것은 그리하여 시의 기능까지를 내면적으로 이해한다는 것이기 때문에, 이 자리에서 시 정의의 나머지 몇 가지 태도를 고찰할 필요가 있다.[20]

반성의 일체 대상은 인식의 도구 그 자체라고 한다면 자아부정은 인식에서 비롯된 반성이다. 따라서 그의 반성적 사유는 사유의 도구뿐만 아니라 인간의 실천 전체를 겨냥한다. 이승훈은 공자의 시삼백일언폐지사무사(詩三百一言蔽之曰思無邪)가 워즈워드나 포우처럼 내용과 형식이 양분되기보다는 오히려 시는 '사무사(思無邪)'라는, 즉 사(邪)됨이 없는 것, 다시 말해 시와 가까이 하는 것 역시 사(邪)됨이 없게 되는 기능을 갖는다는 입장이다. 이승훈은 이것을 공리주의적이라고 정의라고 했고, 이 공리주의적 접근법마저 이원론적 접근법처럼 독자와의 관계에서 파생되는 교화와 기능이 얼마나 정확하게 서술될 수 있는가라는 면에서 회의를 불러일으킨다는 지적이다. 이를테면 정(正)을 반(反)하여 합(合)의 명제를 이끌어 낸다고 볼 수 있다. 합의 명제는 이원론적 접근법과 공리주의 접근법이 배제했던 실제 시창작과정에 악센트를 두는 정의법으로, 이것을 그는 구조적 정의라고 명명하였다.[21] 그는 시의 창조 과정에서 부딪치는 문제를 언어와의 싸움으로 보았고, 그 언어와의 싸움은 한 편의 시라는 형태를 창조하기 위한 싸움으로 보았다. 이 형태를 구조적으로 본 것이다. 이것이 근대 형태심리학에서 말하는

---

20) 이승훈, 앞의 책, 159쪽.
21) 이승훈, 앞의 책, 160쪽.

게슈탈트(Gestalt)이다. 이 게슈탈트의 자각이 다양한 의미를 지니고 있지만 구조(structure)와 본질적으로 동일하게 쓰이게 만들어졌다.

이승훈은 시가 일정한 형식에 의하여 일정한 내용(사상)을 노래한다고 정의한다면 용이하게 포착되는 모순점이나 오류는 무엇인가라는 문제 제기와 현대시의 기법은 이원론적으로 시를 대할 때 빠지기 쉬웠던 그 형식에 해당하는 것으로서의 기법이 아니라고 부정한다. 또 '형식과 내용'을 전면 거부하면서 새롭게 나타나는 용어로서의 기법이라는 것이다. 그는 또 한 편의 시가 내용과 형식으로 분리될 수 있는 것인가라는 의문을 갖는다. 그 의문은 몇 가지 사례에 의해 해결된다.

첫째로 한 편의 시를 쓰면서 우리는 어떤 대상, 어떤 소재, 어떤 사상, 어떤 의도라고 할 수 있는 내용을 전제로 할 수 있다. 그러나 이러한 것들은 시작과정에서 보편화되거나 재형상화되거나 변용된다. 따라서 결코 소재로서의 내용이 어디서 끝나고 그것을 전달하는 형식이 어디서 시작되는가를 알 수 없다. 둘째로 우리는 저 예이츠의 유명한 발언을 알고 있다. 예이츠는 말했다. 어떻게 우리가 '무용(dance)에서 무용가(dancer)를 구별할 수 있는가. 이 말은 앞에서 고찰한 시의 형식과 내용의 非분리성을 다시 한 번 강조한 말에 지나지 않는다. 형식이 따로 있고 내용이 따로 있다는 우리들의 고정관념에 찬물을 끼얹는 것이다. 즉, 작품에서 의도와 총체적 의미, 소재와 소재의 변형, 시인의 사상과 결과로서의 작품 고유의 의미, 대상과 작품 속에 형상화된 이미지는 결국 동일시될 수 없다는 말이다. 셋째로 비판 받는 이원론적 시정의가 그럼에도 불구하고 이 땅에 그대로 먹혀들고, 그대로 먹혀들 때 나타나는 가장 바람직하지 못한 비평태도가 시를 해석하거나 해설함에 있어 무엇을 노래했느냐 하는 소재비평이다.[22]

---

22) 이승훈, 「발견으로서의 수법」, 『비대상』, 조광출판사, 1975, 161～162쪽.

이승훈은 대상을 부정하고, 그 반명제에 대해 다시 합명제를 찾아낸다. 아도르노의 미메시스(mimesis)는 인식이 추구하는 유토피아적인 목표로서 객체를 주체의 실용적인 목적에 종속되는 대상으로 도구화하는 것이 아니라 객체로 하여금 말하도록 한다. 형상을 사용하는 미메시스는 대상의 동화를 통해 실제대상을 만나지만 추상적인 개념 속에서는 이것이 불가능해진다. 신화는 모든 현상들을 의인화하는 표상세계를 구현하고 이때 주체와 객체의 엄격한 분리가 이루어지지 않는 것처럼, 그의 주장은 시의 형식과 내용이 분리될 수 없다는 것이다.

2) 대상부정과 비대상

이승훈의 비대상은 대상이 없는 상태, 즉 리얼리즘과 상반되는 대상을 지닌다. 따라서 그의 비대상은 리얼리즘의 부정이며, 곧 모더니즘의 수용이다. 이 모더니즘의 수용은 자아찾기 놀이의 과정이고, 자아찾기의 결론은 일상, 또는 자연을 대상으로 하는 리얼리즘의 부정이다. 이것은 대상부정 시론을 낳는다. 비대상과 대상부정은 리얼리즘과 모더니즘의 관계가 무엇인가를 요구하게 되고, 이 요구가 무엇인가를 알기 위해서는 양자가 각각 지니고 있는 특성을 살필 수밖에 없다.

모더니즘의 발생 조건은 '주객단절'과 '소외'23)이며, 예술적 입장에

---

23) 주객단절이란 인간주체가 객관현실로부터 유리된 상태를 말한다. 또한 객관현실은 인간관계의 총체성으로 짜인 사회 환경의 그물망으로 구성된다. 따라서 인간주체가 객관현실로부터 유리된다는 것은 인간관계의 총체성을 상실한 것을 의미한다. 어떤 진정한 인간관계도 가질 수 없는 시대, 그리고 총체성을 잃어버린 상황이 바로 모더니즘의 조건이다. 주객단절, 즉 인간관계와 '총체성의 상실'은 고립된 개인을 만들어낸다. 총체성이 깨지고 '파편화된 삶' 속에 개인이 고립되는 것, 그것이 바로 '소외'이다. 주객단절과 소외, 그리고 총체성의 와해와 파편화된 삶의 핵심 요인으로는 '도구적 합리성'을 들 수 있다. 도구적 합리성은 아도르노가 그토록 비판한 동일성 논리의 표본이다. 나병철, 『모더니즘과 포스트모더니즘을 넘어서』, 소

서 바라 본 협의적 모더니즘은 자의식의 문학이다. 이 자의식은 두 가지 측면에서 고려될 수 있다. 하나는 회의적이고 분석적인 태도다. 다른 하나는 인간의 삶에 대한 내면 성찰의 태도다. 전자가 언어에 대한 의식과 다양한 기법의 변화를 가져다 준 것이라면 후자는 내면의식에 대한 깊은 관심과 삶의 의미를 근본적으로 검토하려는 의도를 가지고 있다. 이승훈이 추구하는 모더니즘은 양자의 속성을 모두 지닌다. 소위 '비대상 시'의 출발이 자의식에서 비롯되었고, 자아탐구의 양상은 곧 내면세계를 노래한다는 것만으로 이해할 수 있다. 이처럼 그의 내면세계의 탐구는 '나'와 '너', '그'를 통한 자아탐구이고, 이것이 곧 대상부정이라 할 수 있다.

이승훈은 객관적인 현실이나 자연세계를 노래하지 않았다는 것은 리얼리즘의 낡은 전통기법에 대한 반동이며 부정이다. 즉 모더니즘의 미학적 원리를 밝히려는 그의 전위적이고 강렬한 메타포적인 행동의 양식이다. 특히 그의 자의식은 자신을 둘러싸고 있는 세계와 그 세계에 대한 이해를 가능하게 하는 인식 능력을 탐구해야 할 필요성에 직면하게 된다는 인식론적 회의에서 비롯되었다.

이승훈은 모더니즘적 아방가르드이다. 실험적인 모더니스트들이 인간의 내면세계 탐구에 몰입하고 지속적인 관심을 보이는 것, 그 자체가 그들의 목적이 될 수는 없다. 다만 그들에게 탐구라는 것은 새로운 세계관, 새로운 내면세계를 모색하는 과정에서 당연히 거쳐야 하는 단계일 뿐이다. 인류가 진보하면서 인간은 새로운 사유를 하게 되었고, 그러한 사유는 새로운 경향의 기법을 필연적으로 요구하게 된다. 이 요구는 현실의 총체적이고 충실한 재현을 목표로 하는, 즉 현상에 충실한

명출판, 2001, 156. 참고 바람쪽.

현상보고의 형식을 지닌 리얼리즘을 부정하는 태도를 보일 수밖에 없다. 따라서 그는 사실주의의 대한 반동을 시대의 부름으로 보았다.

부정변증법은 비판과 반성이 중심 주제인 것은 분명하다. 비판 이론가들은 이러한 대중문화의 부정적 효과로부터 벗어난 진정한 문화와 예술은 어디에 존재하며, 어떤 성격을 가진 것인가라는 물음을 제기한다. 비판 이론가들이 생각하는 진정한 예술이란 부정적인(negative) 성격을 가진 것이다.[24] 다시 말해 '비동일성 사고'를 통해 현실을 초월함으로써 현실에 대한 비판적 조망을 갖는 어떤 것이다.[25] 따라서 이승훈의 대상부정은 단순한 스타일이나 테크닉이 아닌 예술의 내적 조직 전체, 즉 관습적인 의미 양식을 재구성할 수 있는 능력을 중시한다. 그러므로 그에겐 예술의 자율성이 무엇보다 중요하다.

불가능성을 자각하게 되는 시의 현실과 실제적인 대상은 그의 자의식이다. 대상과 언어 사이에 벌어진 틈을 배회한다는 점에서 비시적이고 비재귀적이다.[26] 그가 대상을 부정하는 '비대상 시'라고 명명한 시적 작업을 통해 성취하고자 했던 것은 대상이 없는 시를 쓰는 일이 아니라 진정한 대상의 실재를 찾는 행위이다. 그는 21세기의 시적 '현대성(modernity)'의 구명이라는 차원에서 스스로 시가 선택하고 있는 내면성이나 무의미, 비대상, 또는 언어와 상상력 등의 문제(問題)에 대한 날카로운 해석적 증언을 제공해 준다. 이러한 증언은 다른 사람의 해석적 안목을 압도하는 문체(文體)의 날카로움과 논리의 치밀성을 보여줌에도 불구하고 자기 시의 해명, 또는 합리성 부여라는 면에서 주관성을 벗어날 수 없지만, 아울러 그의 시론을 이해하는 데는 많은 지침이 될

---

24) 송 무, 『영문학에 대한 반성』, 민음사, 1993, 230쪽.
25) 김유동, 「고통의 인식과 화해의 모색」, 『아도르노의 사상』, 문예출판사, 1993, 230쪽.
26) 김수이, 「시(아닌 것)에 대한 주석」, 『詩計』, 2009 창간호, 103쪽.

수 있다는 점도 부정할 수는 없다.[27]

　이승훈은 모더니스트로서 자신의 세대가 기존의 인생관과 세계관이 무효화된 시기라고 생각한다. 이것은 자신과 타인, 자신과 세계를 이어주던 모든 가치관과 습관, 믿음이 무너진 것을 의미하며, 고립된 자아만이 남아 있다는 뜻이다. 이 고립된 자아는 스스로 인생의 의미를 찾고 새로운 세계와의 관계를 재정립하려고 한다. 새로운 세계와 직면하게 된 자아는 내면을 성찰한다. 즉 의식세계에 대한 새로운 인식과정이다. 그러나 의식의 변화만을 쫓는 과정이 내적 성찰의 전부는 아니다. 의식의 변화가 결코 근본적인 문제를 해결하지는 못하기 때문이다. 이 근본적인 문제를 해결하기 위해서는 무엇보다도 내면 깊숙이 침잠하여야 하며, 그곳에서 원시적인 자신을 발견하고 새로운 정체성을 정립해야 한다. 이러한 내면세계의 탐구를 거치면서 그 자신의 존재의 실상을 파악한 자아는 새로운 차원에서 세계와의 관계를 추구하게 된다. 그는 기존 세계관의 틀이 아닌 다른 신화-원형을 모델로 삼는다. 예컨대 그의 작품 「피에타 Ⅰ」(『환상의 다리』, 1976)가 대표적이다. 그는 「피에타 Ⅰ」을 통해 자아에 침잠하는 것이 아니라 자아탐구를 통해 사회와 세상으로 복귀하는 과정을 보여준다. 그는 객관적 삶보다 감각과 환상, 의식과 무의식이 날카롭게 충돌하는 자신의 내면세계에 천착하여 그것을 작품화하는 경향을 보여주는 시인이다. 또 존재탐구의 시론을 통해 현실적이고 실재적인 세계가 극도로 배제되는 초현실적·추상적 세계를 지향한다.

---

27) 박민수, 「강원시인연구 2-이승훈론(1)」, 『관동향토문화연구 제9집』, 춘천교육대학, 1991, 30쪽.

2. 피에타의 분석과 절망의 논리

1) 피에타의 분석

피에타(Pieta)는 그리스도와 성모 마리아의 생애 가운데 감동적인 여러 면에 대한 당대의 관심을 시각적으로, 그리고 가장 통렬하게 표현한 것으로 회화 및 조각 분야에서 널리 다루어왔다. 이승훈은 '피에타'의 원형 속에서 장엄함과 고통, 위대한 순종, 절망을 확인하려고 한다. 또 대상이 어떻게 존재하고 있는가를 시적 대상으로 삼는다. 인식론자인 그의 인식론은 현상학적 존재론에 가깝다. 대상이 어떻게 존재하는가를 따지자마자, 대상은 일상적인 윤곽을 잃고 무정형의 것이 되어버린다.[28] 그는 환상을 통한 일종의 초월을 꿈꾸었고, 그 초월이 그가 노래한 비대상의 세계이다.

개인적 내면세계를 노래한 그의 첫 시집 『사물A』는 '밝은 세계'(1960년대 초반)와 '어두운 세계'(1960년대 후반)로 양분된다. 다시 에로스(Eros)와 타나토스(Thanatos)의 세계로 나누어진다. 이 타나토스는 한국적 삶과 관련된 피해의식과 깊은 연관이 있으며, 이 피해의식이 그의 두 번째 시집 『환상의 다리』(일지사, 1977) 제1부 「감옥」의 세계로 드러나 있다. 이를테면 첫 시집 『사물A』의 타나토스가 '바다'의 이미지로 제시되었다면 두 번째 시집 『환상의 다리』는 '감옥'의 이미지로 제시되었다. 그리고 감옥으로 표상되는 내적 갈등의 세계에서 그가 최초로 마주친 하나의 형이상학적 명제는 절망이었다. 그는 리얼리즘적 존재를 부정한다. 존재의 기계화, 또는 유기적 메커니즘을 부정함으로써 그의

---

28) 김현, 「어두움과 싱싱함의 세계: 이승훈」, 『분석과 해석/보이는 심연과 안 보이는 역사 전망』, 문학과지성사, 2003(3쇄), 274쪽.

시는 끝없는 비극적 정서를 드러냄과 동시에 끝없는 해체의 몸부림을
보여 준다.29) 이 같은 사실을 다음 작품에서 알 수 있다.

> 아버지는 바람을 일으킨다/나는 바람 속에 처박힌다/벌판에서 벌
> 판의 피를 뜯어가지고/나는 다른 벌판을 만든다//아버지는 홍수를
> 일으킨다/내가 만든 벌판이 떠내려가므로/나는 홍수 속에 처박힌다/
> 나는 다른 벌판을 만든다//아버지는 홍수를 일으킨다/내가 만든 벌
> 판이 떠내려가므로/나는 홍수 속에 처박힌다/홍수의 얼굴을 뜯어가
> 지고//나는 커다란 푸른 담요를 만든다/아버지는 화염을 일으킨다/
> 내가 만든 담요가 불에 탄다/나는 불 속에 처박힌다//나는 불 속에서
> 불의 손톱을 뜯어/공기를 만든다 불 속에서 내가 만드는/공기를 아
> 버지는 짓밟는다 나는 화상을/입는다 공기는 재를 털고 가까스로 일
> 어나면//새벽, 아버지는 악어를 찾아 떠나고/나는 악어가 되어 헤맨
> 다/아아 하얗게/빛나는 피에타,/아버지가 나를 찾을 때까지/나는 내
> 흔적이나 계속 지워야겠다
>
> ―「피에타 Ⅰ」전문30)

인용된 시는 두 번째 시집『환상의 다리』(일지사, 1976)에 실린「피
에타 Ⅰ」의 전문이다. 이 시에서 '아버지'와 '나'의 관계는 대립적이다.
그 대립적 관계는 보편적 상징물인 '바람', '물', '공기', '불' 등에 의하여
전개된다. 시적 화자인 '나'는 개인적 내면세계에서 '어머니'를 부르고
있었지만, '나'는 아버지와 나와의 관계를 생각하기 시작한다. 단순히
어머니를 부르는 세계는 개인적인 무의식이다.「피에타 Ⅰ」은 그의 시
작품 중에 '비대상'과 가장 밀접한 관계가 있다. 이 '비대상'이 갖는 다

---

29) 박민수,「이승훈의 상상력과 심상, 그 전환적 양상」,『한국 현대시의 리얼리즘과
   모더니즘』, 국학자료원, 1996, 281~291쪽.
30) 이승훈,『환상의 다리』, 일지사, 1976, 164~165쪽.

른 하나의 의미는 자아의 내면성, 그리고 신학적 의미의 원형이다. 그는 대상과 비대상에서 왜 대상을 배제(排除)하는가라는 질문에 '비대상(非對象)의 공간은 환영(幻影)의 공간[31] 때문이라는 것이다. 이런 환영의 공간에서 태어나는 형태들은 일상생활에서는 허망한 것이 되고 마침내 사멸하고 만다.

이「피에타 I」은 이미지의 '비극성'으로서의 짙은 정서적 색채를 보여준다. 비극적 의식에 있어서는 등급이나 이행 혹은 접근과 같은 개념이 없으며, '더' 혹은 '덜'의 개념은 무시된다. 비극적 의식은 오로지 '전체'와 '무(無)'의 개념에만 관심을 집중시킨다.[32] 이「피에타 I」은 단순히 죽은 예수를 무릎에 안고 있는 마리아의 이미지로 생각할 수도 있다. 그러나 이승훈의 '개인적인 고통의 세계는 바로 인류의 고통'과 직결된다.[33] 즉 그 자신의 내면성인 어두운 죽음, 또한 개인적인 고통이 곧 인류의 고통임을 고백한 시이다. 이와 같이 그는 정신적 내면성을 통해 보편적 상징성을 지향한다. 또 이 작품에서 아버지가 떠난 자리에 내가 있고, 내가 있는 자리에 나의 흔적을 지우려는 것으로 바깥의 실체보다 내면의 실체를 드러낸다. 단순히 이 시세계가 개인적인 무의식의 산물로써 '아버지'와 '나'의 구조적 관계를 노래한다는 의미는 원형-신화의 구속으로부터 벗어나지 않는 실존적인 자신만의 내면세계를 구현[34]하는 것이다.

실존의식이란 대상과 시인의 대립이 동기가 되지만, 내면을 열면 풍요한 세계가 전개된다고 보는 것이 일반적이다. 그러나 이승훈은 반대

---

31) 이승훈,「말의 새로운 모습」,『한양어문』제1집, 한양대학교 국어국문학과, 1974, 49쪽.
32) 루시앙 골드만,『숨은 神』, 송기형, 정과리 옮김, 연구사, 1990, 71쪽.
33) 김 현, 앞의 책, 274쪽.
34) 이승훈,『시적인 것도 없고 시도 없다』, 집문당, 2003, 27쪽.

로 대상의 내면에서 불모성을 보고 있다. 그는 생성을 준비하고 있는 것이 아니라 보편적인 것이라는 것을 깨닫게 된다. '개인적인 고통과 승화를 어떤 원형으로 제시'하고 싶어진 것이다. 그는 어떤 대상의 세계도 존재하지 않는다고 본다. 대상이 없다는 것은 그의 내면세계가 형상화된 것이다. 그러나 그 같은 내면세계는 일종의 실존의식과의 결합이므로 자신의 내면세계가 어두운 죽음, 또는 충동이 개인적인 것이 아니라 보편적인 것이다. 그가 원형-신화의 세계로 나아가게 되는 것은 대상의 세계가 모두 허구였다는 인식론적 자각에서 비롯된 일종의 현상학적 태도다. 따라서 이것은 자신의 시를 의식화 시키려는 노력이다.

그의 내면성 증명은 그것을 증명하는 언어들의 해석에 의해 가능한 것이 아니라, 개별 시가 드러내고 있는 비극성으로서의 정서적 색채의 분석으로 가능하다. 또 구체적으로 그의 개인적 원인에 의해 비롯된 어떤 상징성을 드러내기를 거부함과 동시에, 개별 작품들을 통해 유추할 수 있는 비극성이 변별적 집합으로 형성하지 않음으로써 여전히 '존재 드러내기'의 기대마저 거부하는 양상을 보인다. 특히 초기 시에 해당하는 첫 시집 『사물A』(삼애사, 1969)에서는 언어들에 의해 존재의 실체가 확인될 수 있지만, 제2집 『환상의 다리』(일지사, 1977), 제3집 『당신의 초상』(문학사상사, 1981)에 이르러서 '존재의 실체'마저 부정함으로써 강한 부정정신을 보여준다. 이것은 현실을 비극적으로 수용하면서 시적 자아와 현실의 리얼리즘적 만남을 거부하는 끝없는 부정정신의 자기 반영이다.[35]

이승훈의 시의식은 가톨릭의 사순절의 의미와 상통한다. 사순절 첫날 재의 수요일은 머리에 재를 얹는다. 인간은 언제가 재가 된다는 인

---

35) 박민수, 「강원시인연구 3-이승훈론」, 『관동향토문화연구제10집』, 춘천교육대학교, 1992, 43쪽.

생의 허무함을 경고하는 의식이다. 그렇다면 일상의 객관적인 현실을 노래하지 않고, 내면세계(대상)를 노래한 것은 결국 허무이고 자기소외로 볼 수 있다. 모든 고통에는 뜻이 담겨 있다. 인간으로 태어난 이유와 상실감에 빠져 있던 그의 불안은 절망으로 이어지고, 이 절망은 다시 갈등으로 이어진다. 결론적으로 역설의 방법으로 자기 증명을 하고 있다. 따라서 그의 불안은 부정이고 절망이다. 또 이 절망은 갈등이다. 이 갈등은 우리 인간이 성모가 되지 못한 이유다. 따라서 이「피에타 I」은 이승훈 개인의 자기성찰을 위한 몸짓이며, '나'가 '나'일 것을 주장하는 냉혹한 시도인 것이다.

> 소리 지르는 푸른 얼굴들이/내 속에 산다/하염없이 빛나는 하염없음/아무래도 잘못된 모양이다//소리의 나라에 말들이 뛰고/학살되고 엄청난 달이 가득/들어가 박힌다 헤매는/하염없이 빛나는 하염없음//아무래도 잘못된 모양이다/한사코 이 밤을 완성치 못하고/어디론가 떠나는 나/아무렇게나 빛나는 달/아무렇게나 빛나는 生//혹은 파괴의 애무의 절정의/꽃잎 하나 뜯어 먹으면/하염없이 빛나는 하염없음/아무래도 잘못된 모양이다//무엇이 의지를 버리고 무의지와 나를/만나게 한다 하염없이/빛나는 하염없음 소리 푸른 얼굴이/뛰는 이 스산한 밤의 미소!
>
> —「피에타 II」전문[36]

이「피에타 II」에서 안정과 변화의 대립이 구체적으로 어떤 모습을 띠고 있는지를 이해하기 위해서는 시의 중심이 되는 낱말과 시구를 찾는 일이다. 그것은 '소리 지르는 푸른 얼굴'이다. 이 시구는 구체적인 현실의 세계를 지시하지 않고, 시인의 내면을 암시하는 일종의 상징에 해

---

36) 이승훈, 『비대상』, 민족문화사, 1983. 76~77쪽.

당된다. '소리 지르는 푸른 얼굴'은 밝고 긍정적인 이미지가 아니라, 어둡고 기괴한 부정적 이미지이다. 한편으로「피에타 II」에서 느끼는 또 다른 감정은 뭉크의 '절규'가 연상되기도 하지만, 에곤 실레의 '침묵의 절규'와 더 근접한 유사성을 띤다. 이승훈과 에곤 실레, 그리고 뭉크는 '절규'라는 내용적인 면에서는 같다고 할지라도 표현의 방법에서는 완전히 다르다. 이승훈과 에곤 실레의 절규는 현대인의 내면적 고통, 또는 충격, 불안, 경악, 절망감 등과 같은 동질성을 갖는다. 그러나 뭉크의 경우는 밖으로 드러내는 절규로써 안으로 침잠된 이승훈과 에곤 실레의 '침묵의 절규'와는 차원이 다르다.

　이승훈은 삶과 죽음의 경계선에 놓인 매우 불안정한 시인이다. 뭉크와 에곤 실레가 불안과 공포를 해소할 수 있는 유일한 방법이 그림 그리는 것이었다면 그에겐 시 쓰는 일이었다. 앞에서 인용된「피에타 II」는 내면적 갈등을 제시하며 시작된다. '소리 지르는 푸른 얼굴'은 존재론적으로는 불안 혹은, 공포의 형상화일 수도 있다. 그러나 내면적 갈등은 대립적 구조로 드러난다. 그가 대립적으로 대상에 대해 부정하는 것은 일종의 실험적 체험에서 화자가 발견한 생에 대한 허망감, 생애에 대한 불신감 때문이다.37)「피에타 II」의 시적화자는 체험으로부터의 도피, 혹은 초월을 꿈꾼다. 즉 지금까지 지켜왔던 세계에 대한 확신을 버리려는 노력이다. 관능의 세계를 탐닉하는 것은 실존의 공포로부터 도피하는 또 하나의 양식이다. 가장 아름다운 육체와의 만남은 역시 생의 허망함, 불신감만 깨닫게 된다. 그러나 화자는 공포(소리 지르는 세계)의 확신과 허망(하염없는 세계)의 대립을 포기한다. 대립을 포기한다는 것은 의식과 의지를 포기한다는 것이고, 무의식의 세계, 무의지의

---

37) 이승훈, 앞의 책, 79쪽.

세계를 지향한다는 것이다.

우리는 여기서 「피에타 II」의 구조를 대상부정의 시각에서 분석하면서 두 가지 객관적 사실을 염두에 두지 않을 수 없다. 먼저 시의 표제인 '피에타'의 의미이다. 다른 하나는 구조분석에서 도출된 실존적 체험의 양상이 특수한 개인의 것이기 보다는 보편적인 인류의 것으로 해석됨을 암시한다. 결국 피에타의 분석은 이승훈의 시론 분석이며, 그의 삶의 분석이고, 인간의 보편적인 삶의 분석이기도 하다. 정리해 보면 그는 불안과 절망, 비극적 세계관에 깊게 침윤된 시인임을 알 수 있다.

2) 절망의 논리

절대를 욕망하는, 동시에 존재하는 것을 회의하고 부정하는 근대 시인은 기존의 종교와 철학이 제공했던 절대의 추구 방식을 거부한다. 왜냐하면 세계를 불신하거나 세계를 자신과 절대 사이의 방해물로 간주하여 파괴하고자 하기 때문이다. 따라서 시인은 자신의 수단으로 자신의 목적에 따라 독창적인 절대의 세계를 구축하는 일에 착수하며, 그 결과 시인과 시의 신화화가 이루어진다. 반시(反詩)의 주체는 신이 떠나버린 세계의 억압성과 비진정성에 맞서 의미를 찾기 위한 절망적 투쟁을 전개하지만 존재 의미, 불의, 희망의 부재와 같은 근본적인 문제들 앞에서 출구를 발견하지 못한 채 존재론적, 가치론적 위기 속에서 냉소주의, 신경증, 공격성을 드러낸다. 현실생활 속에 놓인 시적 자아는 소외된 보통 사람들의 진부함과 권태, 한계로 가득한 관습적 세계 속에서 때때로 하찮은 것들에 집착하거나 쾌락을 제외한 세상의 모든 일에 무관심을 보이는 타락한 존재(<스>ser degradado)로 그려진다.

이승훈은 자연을 노래하지도, 인간을 찬양하지도 않는다. 또 신에게

영광을 바치지도 않는다. 그것은 모든 것이 언어에서 시작된 문제이기 때문이다. 따라서 그의 모든 것은 현실에 대한 환멸과 총체적 허무주의로 귀결된다. 존재란, 그리고 존재를 태어나게 하는 기분의 영역인 불안·권태·절망 등은 퇴폐적인 기호가 아니라 인간의 인간으로서의 근원적인 경험의 기호다. 그는 시의 본질이 비대상의 세계임을 주장해왔다. 즉 시는 무(無)의 세계라는 것과 부재의 세계라는 것, 그리고 죽음의 세계로 보았다. 다시 말해 시의 출발과 고독의 심부에는 무와 죽음, 흔적 없는 대상인 비대상이 있을 뿐이다. 결국 그의 시작(詩作)은 끊임없는 절망의 반복적 행위에 지나지 않는다. 절망이라는 기호는 부정적 측면에서 운위(云爲)되기에 자기증명의 삶을 목표로 할 때 비로소 드러나는 기호다. 말하자면 존재나 절망의 문제는 산업사회에서 좌절과 실의를 경험한 사람들이 스스로의 의미를 터득하기 위한 방법이다. 이승훈의 정신은 불안이며, 이 불안은 시쓰기의 승리이다. 그가 느끼는 불안은 강렬한 의식이다. 무(無)·불안·우수·절망이라는 유개념(類槪念)은 근본적으로 지향성·가능성·결단성을 갖게 한다. 이런 까닭으로 그는 시를 쓰고, 이런 시쓰기는 절망과의 싸움이고, 무와의 싸움이다. 불안의 대상이 무(無)라고 할 때 이 무라는 사상은 무로의 회귀가 아니라 무로부터의 떠남이라는 삶의 양식과의 만남이다.

이승훈의 부정정신은 무목적적 부정이 아니라 긍정의 가능성을 내포한 양면성을 지닌다. 일체의 대상을 허상 또는 헛것으로 간주하여 부정해 버리고, 오직 현재에 존재하는 자신의 실존만을 긍정하며, 그것을 만나는 일이다. 또 일체의 대상을 버리고 유일하게 그가 만난 것은 그 자신뿐이다. 그때부터 자신과의 만남, 자신에 대한 탐구, 자기존재의 증명이라는 양상을 보여 왔다. 그의 문학세계는 절망과 기교 사이에 걸

려 있다. 현대인은 절망한다. 절망이 기교를 낳고, 그 기교 때문에 또 절
망한다.38) 따라서 절망은 자기 동일성을 증명하려는 무서운 욕망이다.

　　절망의 논리를 읽는 것, 그 내면성의 이해는 그렇기 때문에 부정
　　의 원리, 즉 권태의 힘에 더욱 밀착되어 나타나는 삶의 운동이라는
　　역설을 낳는다. 그리고 이 역설의 증명이 시작(詩作)이요, 증명은 벌
　　써 초월을 의미한다.39)

　달콤한 감정의 영역을 떠올리게 하면서 끝없이 카타르시스(catharsis)
로 다가오는 시, 그러나 그는 한 편의 시를 절망·불안·공포·허무의
기호로 읽는다. 특히 절망의 기호로 읽는다. 앞서 언급한 바와 같이 절
망의 기호는 부정적인 측면에서 운위(云爲)되기에 좀 더 열렬한 삶, 자
기증명의 삶을 목표로 할 때 비로소 드러나는 기호이다.40)

　　삼천만 대의 트럭이/해골을 가득 싣고/달려간다//삼천만 대의 트
　　럭이/죽은 아기 뼈다귀를/가득 싣고//안녕하세요?//달려간다/손을
　　흔들며

　　　　　　　　　　　　　　　　　　　　─「삼천만 대의 트럭」일부41)

　이승훈은 「삼천만 대의 트럭」에서 자기동일성을 증명하려고 무서운
욕망의 입을 벌리고 있다. 이 욕망의 입을 벌리게 만드는 일이 절망이
갖는 의미이다. 그는 소극적 절망의 개념에서 초월, 혹은 비약이라고
부를 수 있는 적극적 절망을 깨닫는다. 또 절망 속에 모든 존재의 아름

38) 서준섭, 『창조적 상상력』, 서정시학, 2009, 215쪽.
39) 이승훈, 『비대상』, 민족문화사, 1983. 188쪽.
40) 이승훈, 「절망의 詩學」, 『非對象』, 민족문화사, 1983, 172쪽.
41) 이승훈, 『길은 없어도 행복하다』, 세계사, 2000, 106쪽.

다툼이 은밀하게 도사리고 있다면, 절망의 변증법 강조를 망각하고서는 결코 절망을 바르게 이해할 수 없다는 태도를 보인다. 다시 말해 절망의 논리를 읽는 것, 그 내면성의 이해는 부정의 원리, 권태의 힘에 더욱 밀착되어 나타나는 삶의 운동이라는 역설을 낳는다. 그리고 이 역설의 증명이 시작(詩作)이며, 이 증명은 초월을 의미한다.

3. 비대상 시론의 발생과 자아찾기 한계 인식

1) 비대상과 불안, 그리고 무의식

(1) 비대상 시론

이승훈의 '비대상 시'[42]란 무대상처럼 대상이 '있다'와 '없다'의 차원이 아닌 대상의 부재를 의미한다. 대상이 있으나, 외부적으로 나타나지 않

---

[42] 비대상(非對象, non-object) 시론'을 비대상의 개념, 내면성과 비대상성, 의식과 무의식의 딜레마, 언어와 비대상의 관계 등 크게 네 가지로 밝히고 있다. 이의 핵심을 정리해보면 ①비대상이란 한 편의 시속에 노래되는 구체적인 대상이 없음을 뜻한다. ②비대상이라는 용어사용은 내면이라는 용어와 동일하게 사용된다. 내면의 세계가 한마디로 보이지 않는 심적 공간을 뜻한다면, 비대상의 세계는 실존의 투사, 외부세계의 무화(無化), 언어 자체에 도취되는 공간을 뜻한다. ③중요한 것이 무의식/의식의 대립, 혹은 본능/자아의 대립이 아니라 의식이나 자아가 존재하지 않는다는 사실이다. 존재하는 것은 무의식이며, 자아 대신 본능과 초자아의 역동적 실체라는 점에 주목한다. ④자기증명의 아이러니를 강조한다. 시작(詩作)의 모티브는 불안이나 고독이고, 따라서 시는 쓰는 행위란 불안과의 싸움 혹은 고독에 의미를 부여하는 행위이다. 고독에 의미를 부여하는 것은 고독을 이기는, 변형시키는 작업이지만, 한 편의 시가 완성될 때 그것은 언제나 근원으로서의 나의 고독과 단절된다. 자기증명의 아이러니란 시쓰기를 통한 자기증명이 허망하다는 인식을 토대로 한다. 또한 그것은 타인들과 함께 나를 증명할 수 는 없지만, 또한 그들 없이도 나를 증명할 수 없다는 만남의 아이러니와도 통한다. 이 만남의 아이러니는 시의 주제가 된다. 이지엽,『현대시 창작 강의』, 고요아침, 2009, 168쪽. 참고 바람.

는 외부의 현존 부재를 의미한다. 즉 노래해야 하는 시적 대상이 구체적
이지 않다는 것이다. 대상은 있으나 대상이 아닌 비대상은 대상이 처음
부터 존재하지 않는 무대상의 개념과는 다른 차이점을 보인다. 요컨대
비대상은 일상에서 체험하는 구체적인 현상들을 시적 대상으로 삼으려
고 하지 않으며, 자아도 없다는 인식론적 회의에서 비롯된 세계이다.

　시쓰기에서 대상이 없다는 것은 '자아/대상/언어'에서 대상을 괄호
친 상태,[43] 이를테면 '자아/(대상)/언어'라는 의미다. 즉 시쓰기에서 대
상을 빼버린 상태를 말한다. 대상의 세계와 대립적인 관계라 할 수 있
는 비대상은 자연, 또는 일상의 구체적인 현상들을 노래하지 않는다는
의미를 포함하여 어떤 관념에 대해서도 노래하지 않는다. 비대상의 세
계를 노래한다는 것은 대상의 세계가 과연 객관적으로 존재하는 것인
지, 아니면 주관적 경험의 산물이 아닌지 하는 인식론적 회의를 근간으
로 한다. 이것은 모든 대상의 세계, 혹은 우리가 현실이라고 믿는 하나
의 환영(幻影)이거나 착각이다. 즉 '나'라는 주체는 하나의 객체로서 동
일성을 상실하기 때문에 환상이나 상상의 세계에 지나지 않는다. 결국
비대상 시는 현실이나 대상이 없고 또한 자아도 없다는 인식론적 회의
의 세계를 노래하는 것[44]이다. 따라서 외부세계의 무화, 언어자체에
도취된 공간이다. 또 궁극적으로 언어(의식)로 포착하기 어려운 내면세
계이며, 접근하기도 어려운 자폐증적인 내면세계이다. 이처럼 객관적
현실이나 자연을 노래하지 않는 것과 어떤 관념도 대상으로 삼지 않는

---

43) 그것은 시인의 추상적 내면 심리나 관념이든, 또 구체적 산물이나 현실적 삶이든
　　간에 모든 시는 대상을 가진다. 하지만 그는 자기 시에서 대상을 의도적으로 기피
　　하고 있다. '괄호쳤다'는 말은 그렇게 해석될 수 있다. 이러한 시를 '비대상시'라고
　　부른다. 조동구, 『자아탐구와 시쓰기의 기나긴 여정』, 푸른사상사, 2007, 176~
　　177쪽. 참고 바람.
44) 이승훈, 『한국현대시론사』, 고려원, 1993, 307쪽.

다는 심적 분위기나 심적 영역이 시의 모티브가 되는 것은 정조(mood), 혹은 불안에서 기인한다.

> 그 동안 시를 써오면서 내가 많은 관심을 기울인 부분은 소위 비대상의 문제였다. 비대상은 대상이 존재하지 않는다는 사실을 의미한다. 대상이 없다는 것은 한 편의 시에서 시인이 노래하고 있는 대상이 분명하지 않다는 뜻도 되고, 우리가 전통적으로 알고 있는 자연 세계나 일상세계가 시 속에 드러나지 않는다는 뜻도 된다.[45]

앞글은 '비대상 시'에 대한 정의다. 시 속에 대상이 없다는 것은 시인의 내면세계를 형상화한 것이다. 이런 내면세계를 하나의 '문제'라는 의미로 전제할 때 이 문제를 일으키는 궁극적인 요인은 이승훈의 마음 안에 있고, 이 문제를 극복할 권리를 그는 가지고 있다. 그는 평온한 내면세계이든 불안한 내면세계이든, 결국 내면세계의 형상화를 통해 불안한 마음을 극복하고자 한다. 또 자신의 '비대상 시'의 모티브를 다음과 같이 '대상, 사물의 부정'에 기반을 두고 있다.

> 비대상 회화는 시의 경우 두 가지 유형의 비대상 시와 관계된다. 하나는 말이 생각하는 추상시, 다른 하나는 내가 생각하는 비대상 시이다. 둘 모두 대상, 사물을 부정한다. 그러나 이런 부정에 상응하는 것이 전자는 언어의 부정이고 후자는 언어가 아니라 대상, 사물의 부정이고 전자는 인간이 소멸하는 추상의 공간이고 후자는 의식이 소멸하는 무의식의 공간이다. 그런 점에서 전자는 추상시, 후자는 비대상시라고 부르는 게 좋다는 입장이다.[46]

---

45) 이승훈, 『非對象』, 민족문화사, 1983, 30쪽.
46) 이승훈, 「선과 다다이즘」, 『현대시』, 2005, 12월호./이만식, 「이승훈 '아방가르드 선禪'의 한국문학적 의미」, 『시와세계』, 2006년 봄호, 83쪽. 再引用.

자아나 주체가 개입하지 않는 상태에서 사물들이 만나는 관계를 관계항47)(Relatum)이라고 한다. 산소와 수소의 만남이 하나의 물을 만드는 것처럼 내면세계는 화합의 의미를 지닌다. '나'가 '너'가 되는 일이고, '너'가 '그'가, '그'가 '나'가 되는 일이며, '자기를 본다'는 뜻이다. 내면세계는 감각 없이는 어떤 것도 얻어낼 수 없다. 예컨대 시각장애인에게 색깔을 설명할 수 없고, 청각장애인에게는 소리를 납득 시킬 수 없듯이 냄새, 맛, 감촉, 의미 등 모든 것은 실체가 없고, 단지 감각에만 존재하는 환상이다. 또 내면세계는 '다툼'에서 벗어나려는 정신세계와 같고, 내적 갈등으로부터 벗어나려는 것과 같다. 즉 내면세계는 타인이 '나'를 바라보는 것이 아니라 내가 '나'를 바라보는 것이다.

앞서 논의한 바와 같이 대상이 없다는 것은 시인의 내면세계가 일종의 실존의식과 결합된다. 이 실존의식은 대상과 시인의 대립이 동기가 되지만, 그것은 마침내 대상의 근거가 허구했다는 인식론적 각성과 더불어 대상의 세계를 제로(zero)로 만들면서 출발한다.48) 내면세계는 선택과 가치가 결정되는 중심부이며 고독과 성찰을 추구하는 장소가 되기도 하다. 그는 현실적인 자아와 내면적인 자아 사이의 분열을 인식하여 자의식의 세계로 들어가, 두 자아의 대립과 모순을 통해 현대인의 의식세계의 비극성과 갈등이라는 불화를 구원하려고, 내면의 질서로 외면세계의 무질서를 변화 시킨다. 따라서 그의 내면세계의 본질은 질서에 있다.49) 다음은 비대상 세계에 대한 이승훈의 지적이다.

---

47) 이승훈, 「선과 아방가르드 예술」, 『시와세계』, 2006년 봄호, 69쪽.
48) 이승훈, 『非對象』, 민족문화사, 1983, 32쪽.
49) 이상(李箱)에 이어 김춘수에게서도 비대상의 시세계가 존재한다. 이상의 「절벽」이 비대상의 세계라면, 김춘수에게는 「꽃을 위한 서시」가 해당된다. 「절벽」의 '보이지 않는 꽃'(이상, 「절벽」의 일부) 이 '무덤'과 관련짓는다면, 「꽃을 위한 서시」의 '얼굴을 가리운 나의 신부'(김춘수, 「꽃을 위한 서시」의 일부)는 '추억'과 관련 지을 수 있

70년대 초, 특히 연작시 「모발의 전개」, 「지옥의 올훼」 따위를 쓰면서 나는 비대상이라는 말을 사용했던 것 같다. 그것은 실존의 투사였고, 외부세계의 무화(無化)였고, 언어 자체의 도취였으며, 잭슨 폴록의 경우처럼 이지러짐의 세계, 무형의 형태를 지향했다.[50]

인용문에서 확인 할 수 있는 것은 대상이 소멸한 세계를 노래한다는 것, 즉 이것은 고통스러운 시쓰기라는 것이다. 그의 '비대상'은 김춘수가 포기한 비대상의 연장선이다. 이상이나 김춘수도 자연이나 현실세계를 노래하지 않았다는 공통점을 지닌다. 이것은 '무의미 시'의 김춘수와 '비대상 시'의 이승훈의 시사적(詩史的)인 맥락을 추적해 볼 수 있는 하나의 단서가 된다. 특히 김춘수에게 보낸 이승훈의 개인적인 편지[51]에서 알 수 있듯이 그의 대상부정의 시론은 내면의식이 출발점이

다. 이 모두가 존재하지 않는 것, 즉 내면세계이다. 이것은 결국 무(無)의 세계이며, 부재(不在)의 세계의 노래다. 특히 김춘수의 경우 비대상을 노래한다는 것은 수사학적 차원에서 서술적 이미지를 추구하는 행위가 된다. 이승훈은 자신의 저서 『非對象』(민족문화사, 1983)에서 "김춘수가 연작시 '「처용단장」의 제2부'의 완성을 결국 중도에서 포기하고 만 사실은 비대상의 세계, 다시 말해 대상이 소멸한 세계를 노래한다는 일이 얼마나 어려운가를 여기서 나는 깨달을 수 있었다"고 했다. 이승훈, 『非對象』, 민족문화사, 1983, 33쪽. 참고 바람.

50) 이승훈, 『非對象』, 민족문화사, 1983, 35쪽.

51) 선생님의 詩選을 처음부터 다시 읽으면서 가장 최근의 것들로 여겨지는 「더라抄」 其他에 많은 주의를 기울였습니다. 언젠가 선생님의 「해파리」 기타를 짧게 評할 기회가 있어서, 저는 최근 선생님의 작업을 原型 혹은 生의 原形質 같은 낱말로 풀이했습니다. 超現實主義 화가 이브 탕기가 본 세계를 문득 선생님의 「해파리」 같은 작품에서 읽을 수 있었습니다. 이제까지 선생님의 작품을 저는 詩에 의해서만 가능한 認識의 세계로 풀이해 본 적이 있었고, 마침내 초기 詩篇에서부터 최근 詩篇까지를 일단 詩의 認識의 命題로 좀 더 다부지게 해명하고 싶은 욕심이 일었습니다. 선생님의 작품을 중심으로 한 편의 詩的 認識論을 써 보았습니다. 발표되는 대로 선생님께 보여 드리고, 많은 지도의 말씀 기다리겠습니다마는 저로서는 요즈음 가장 큰 문제는 詩的 인식과 科學的 인식의 상호관계인 것 같습니다. 과학적 인식에도 主觀的 오류가 지나치게 개입하고 있다고 바실라르 같은 이론가는 말합니다만 그렇다면 모든 인식의 뿌리는 주관적 오류, 바실라르式으로는 無意識 혹은 콤플렉스에 의

다. 또 스스로 자신의 논리 부여를 통해 명징하게 증명하는 비대상 시론에 이르기까지, 내면적 환상의 상상력에 뿌리를 두고 있다. 아도르노의 말처럼 억압된 자의 즐거움 속에서, 예술은 헛되이 항의함으로써 만족하는 대신에 억압하는 원칙인 불행을 동시에 받아들인다. 동일화 현상으로 불행을 표시하면서 그것은 자신의 힘의 상실을 예견한다. 모호한 객관성에 대해 현재의 진정한 예술의 위치를 그리는 것은 불행의 사진이나 엉터리 기쁨이 아니다.52)

「비대상」이라는 말에 대해서 1981년 그 당시에도 많은 논란이 있었고 지금도 마찬가지입니다. 비대상이라는 말은 일종의 추상표현주의 계통인 잭슨 폴록의 '액션 페인팅'에서 온 것입니다. 더 정확히 말하자면 그 당시 어느 학자가 잭슨 폴록의 작업을 비대상이라고 이름을 붙인 것에 자극 받은 것이고, 영어로는 non-object라고 하는 것이지요. 최근에는 김춘수 선생은 비대상이라는 말보다 무대상이라는 말이 더 적합할 것이라고 했는데 의미상으로 보면 무대상이기

하여 지탱되는 것이 참인지 하는 문제입니다. 이러한 문제는 구체적으로, 선생님의 경우, 꽃의 詩篇에서 드러났던 인식의 방향이 왜 최근에 李仲燮 시리즈나 해파리 詩篇에서 無意識의 명제와 만나는가를 어렴풋이 示唆하기도 했습니다. [後略] 김춘수, 「존재를 길어 올리는 두레박」『시의 표정』, 문학과지성사, 1979, 149~150쪽. 이 편지가 이승훈에게 중요하게 여겨지는 까닭은 다음과 같다. 먼저 김춘수의 저서인 『시의 표정』(문학과지성사, 1979)의 출판연도로 볼 때 적어도 이승훈이 춘천교육대학 교수 시절에 쓴 것이라는 점, 그 시절에는 복사기가 지금처럼 보편화되어 있지 않은 시기여서 편지를 썼던 이승훈은 이 편지에 대한 기억의 '흔적'만을 가지고 있다는 점, 이 편지가 그 시기의 이승훈의 사유세계를 추적할 수 있는 하나의 '단서'를 제공할 수 있다는 점, 그것은 적어도 E. A 포우의 소설 『도둑맞은 편지』와 그것에 대한 후기구조주의자들의 논의, 특히 자크 데리다의 『진리의 집배원』을 연상시킨다는 점 등이다./윤호병, 「아포리아의 언어, 그 진리의 핵심을 찾는 하이퍼-모더니스트」『작가세계』, 2005 봄호, 68쪽. 참고 바람.
52) 김현, 「무엇이 지금 문제되고 있는가」, 『한국문학의 위상/문학사회학』, 문학과지성사, 2005(7쇄), 59쪽. 再引用.

때문입니다. 다만 저는 잭슨 폴록의 비대상이라는 용어에 매력을 느꼈었고, 그의 작업이 내면의 억압된 충동을 밖으로 터뜨리는 저의 詩 작업과 유사하다고 생각했습니다. 한 마디로 내면의 억압된 충동, 내면의 억압된 무의식을 터뜨리는 시가 저의 비대상시 입니다.[53]

이 '액션 페인팅'은 작가의 제작 행위를 직접 화포에 기록하는 기법이다. 이승훈은 '비대상' 시론에 영향을 끼친 잭슨 폴록의 그림과 같은 아방가르드 계열의 그림을 선호한다. 1947년 잭슨 폴록이 마룻바닥에 화포를 펴고-위에 공업용 페인트를 떨어뜨리는 독자적인 기법을 개발하여 그림을 그린다는 것으로 이것은 전통적인 이젤 페인팅에 대한 부정이다. 따라서 전통 회화양식을 파괴하고 이런 부정과 파괴가 이승훈의 전위적인 실험성, 아방가르드 의식과 맥을 같이 한다.

　　(A)나는 마루 위에서 다 편안함을 느낀다. 나는 캔버스 주위를 맴돌면서 그릴 수 있을 뿐만 아니라 나아가 그림 속에 있을 수도 있다. 나는 순간순간마다 벌어지는 이미지의 관리를 두려워하지 않는다. 내가 무엇을 하였는가를 알 수 있을 때는 작업을 마치고 캔버스 밖을 나왔을 때이다.[54]
　　(B)그는 벽에 호랑이를 그리고/벽속으로 들어갔지/나도 이 시를 쓰고 시 속으로/들어가면 얼마나 좋을까/가능한 적게 먹고/적게 공부하자/그는 웃고 나는 시를 쓰네[55]

(A)는 폴록의 말이고, (B)는 이승훈의 「호랑이」이라는 시작품이다.

---

53) 대담: 박찬일 · 이승훈, 대담일시: 2002년 9월 28일(토요일), 장소 「현대시」사무실, 「자아찾기의 긴 여정」, 『이승훈의 문학탐색』, 푸른사상사, 2007, 239쪽.
54) F.O'Hara, J. Pollock, J. Braziller, Inc. 31-32, 김해성, 「동서양 추상표현에 대한 비교연구 2」, 『예술논문집 9』, 부산예술대, 1993, 12, 再引用.
55) 이승훈, 「호랑이」, 『비누』, 고요아침, 2004, 55쪽.

(A)와 (B)에서 이승훈과 폴록이 추구하는 지향점은 행위예술이다. 폴록이 화포 속에 들어가는 순간 자아를 망각하듯이 이승훈은 종이 위에 걷는 순간에 자아와 대상, 주체와 객체, 작품과 행위, 목적과 과정의 경계가 해체된다. 양자는 이미지를 파괴하며, 실험정신이 강한 예술가로서 매우 강렬한 표현을 사용하는 공통점이 있다. 특히 무엇을 그릴 것인가가 중요한 것이 아니라 그림을 그리는 행위가 중요하다. 고치거나 부수는 일에 대해 조금도 두려움을 느끼지 않는다. 또 내면의 움직임에 따라 기쁨과 슬픔, 놀라움과 분노 등을 표현한다. 이처럼 실험정신, 강렬한 메타포의 구사, 더 나아가 반리얼리즘이나 현실을 묘사하지 않는 이승훈의 시쓰기 행위는 잭슨 폴록의 그림을 그리는 방법이 아니라 어떤 행위를 저질렀는가와 같은 맥락이라 할 수 있다.(이 같은 사유의 영향을 받아 이승훈은 후기시론에서 '영도의 시쓰기'로 발전한다)

대상을 노래하지 않는다는 말은 애매한 정서나 충동의 세계를 노래한다는 뜻이기도 하고 억압된 내면, 이를테면 어두운 빛깔의 정서나 충동이 외면화된 세계이기도 하다. 그것은 일종의 표현주의적 태도를 암시한다. 표현(expression)이란 단어 자체가 가지고 있는 내면적인 억압(press)이 밖(external)으로 투사됨을 의미한다. 비대상 시의 대상이 없다는 것은 곧 주제가 없다는 것이다. 반드시 무엇을 노래하겠다는 뜻(Will)을 포기한 것은 세계관 상실의 상태이며 허무의 상태다.

> 고통이 견딜 수 없는 것은 고통을 피할 수 없기 때문이다. /고통을 피할 수 있다면 고통 받지 않으리라 …<중략>…항구/에서 항구로, 역에서 역으로 떠나는 삶, 이 회귀, 이 돌아/옴, 결국 고통 속엔 코스모스도 없습니다.
>
> —「고통에 대하여」 일부56)

이승훈의 입장에서 바라본 시란 실제 생활에서 무용한, 현재 부재하는 것의 기록이다. '비대상 시'는 부재하는 대상과 등가관계를 이루게 되며, 고통의 산물이 된다. 다시 말해 그가 생각하는 시란, 즉 「고통에 대하여」와 같은 것이다. 즉 시는 시쓰기에 대한 시쓰기, 곧 자기반영적인 메타시이다. 또 표현할 수 없는 것을 표현하는 것이다. 이런 시론은 이승훈의 「비대상」에 이미 마련되어 있다.57) 또 비대상의 세계는 공(空)의 세계이며, 실존적 각성이 환기하는 의식의 운동이다. 이러한 세계의 발견은 존재론적 자각과도 관련된다. 더 나아가 새로운 세계의 발견은 비대상 세계가 불안이라는 의식 속에서 자신의 진정한 삶을 증명하려는 노력이다. 요약하면 비대상은 내면세계이고, 내면세계는 자아탐구이다. 자아탐구는 자기동일성 증명이다. 자기동일성 증명은 자아의 동일성이 상실되었다는 주장이고, 자아상실이란 자신이 자신으로 느껴지지 않고 남(他人)으로만 느껴지는 심리적 상태, 이른바 자신이 자신으로부터 소외된 상태이다. 이 자기소외는 자기갈등의 양상이다. 이렇게 자아의 동일성을 찾으려는 시쓰기는 곧 자기소외 극복 차원이다.

(2) 비대상시와 불안의 관계

이승훈이 내면의식의 탐구에 집착하게 된 동기는 불안이다. 유년 시절은 '불안과 우울의 시간들'이었다. 또 내면적으로 외로움과 우울, 공포, 불안감 등에 시달렸다. 집안의 잦은 이주, 부친의 병으로 어두워진 가정, 모친의 자살 시도 등이 직접적인 영향이다. 이러한 일련의 경험과 내면적 정황들이 그 자신의 내면세계를 파고든 계기가 되었다. 천성

56) 이승훈, 『나는 사랑한다』, 세계사, 1997, 75쪽.
57) 김준오, 『현대시사상』, 고려원, 1993 겨울호, 194～195쪽.

적 성정(性情)보다는 카프카의 소설 같고 악몽 같은 외부 환경과 초등
학교 2학년 때의 6.25사변 등은 그에게 더 많은 불안을 가중시켰다. 따
라서 고립감과 외로움, 허무, 불안 등은 그의 삶의 조건이었다. 낭만주
의 개념이 고독이라면 현대주의, 즉 모더니즘의 개념은 불안이다. 정신
분석에 의하면 불안은 분리불안이고, 이 불안이 자아분열로 발전하게
된다. 사회적으로는 자아와 세계의 불화, 단절, 소외가 현대인의 조건
이며, 이런 단절 속의 현대인의 내면, 곧 불안과 공포가 모더니즘의 에
너지가 된다. 따라서 그는 허무주의자이고, 정신적 방랑자, 정신적 유
목민이다.58)

> 불안해서 시를 쓰고 불안해서 전화를 걸고 불안해서/시를 분석하
> 고 책을 내고 술을 마시고 외출도 못한다/불안해서 못한다 여행도
> 못한다 도대체 엄두를 못낸다/꿈도 못 꾼다 불안해서 가방을 들고
> 바람에 젖고 소음에/시달린다 말라 죽을 불안이라는 놈 초라한 저녁
> 이 오면/초라한 방에서 시를 쓰고 불안해서 다시 전화를 건다
> ──「서울에서의 이승훈씨」일부59)

앞의 시는 시작과 끝이 불안으로 점철되어 있다. 자아나 초자아의 압
력 때문에 불안을 느끼는 사람은 불안의 원인이 자기 내부에 있는 것이
아니라 외부에 있는 것처럼 가장하여 불안을 덜어보려는 심리를 갖게
된다. 신경증적 불안이나 도덕적 불안에 대한 자아의 방어형태를 가리
켜 '투사(投射, projection, 자아의 세계)'라고 한다. 투사는 시인 자신을
사물과 세계 속에 상상적으로 투여하여 대상을 인격화 한다.60) 따라서

---

58) 대담자: 이승훈·이재훈, 「비대상에서 선까지」『시와세계』, 2004 겨울호, 90쪽.
59) 이승훈, 『아름다운A』, 황금북, 2002, 89쪽.
60) 프로이트, C.S 홀, R.오스본, 『프로이트 심리학 해설』, 설영환 옮김, 도서출판선영

그의 불안은 신경증적 불안이나 도덕적 불안에 대한 자아의 방어형태의 '실존의 투사(投射, porojection)'인 것이다.

> 없는 사람이/없는 물건과/이야기를 나눈다/…＜중략＞…/없는 사
> 람과/없는 물건이/이 밤 속에/나타난다/사라진다//나타남과/사라짐
> 은/결국 하나이다.
>
> — 「사는 기쁨에서」 일부61)

앞의 인용된 시는 특이하게 부제가 있다. '-없는 사람이 없는 물건과 이야기를 나누듯이-'가 그 부제다. '없는 사람'과 '없는 물건'이 대상이 될 수 있는 까닭은 그것들이 현실 속에서 구체적으로 존재하는 것이 아니라 '세계가 숨기고 있는 어떤 질서' 속에서만 존재하고 있기 때문이다. 그것들은 단지 '자아의 추상성, 곧 선험적 자아'에만 포착될 수 있다. 그리고 구체적인 현실세계에 존재하지 않으나 '선험적 자아'의 세계에서는 존재한다는 점에서 '나타남과/사라짐은/결국 하나'라는 논리가 성립된다. 이 역시 일상세계나 자연세계에서 대상을 찾으려 한 것이 아니라 세계의 내면, 또는 일상의 내면에서 대상을 찾으려는 것이다.

> (A)현실적 불안: 외부상황과 비례된 적절한 불안
> (B)도덕적 불안: 부모와 사회로부터 훈련된 불안
> (C)신경증적 불안: 무의식적인 내부의 불안

이 예시 문은 프로이트의 불안의 분류이다. 이승훈의 불안은 (C)와 같다. 시인들마다 여러 유형의 시를 쓰는 이유가 있겠으나 이승훈은 불

사, 1995, 190쪽.
61) 이승훈, 『길은 없어도 행복하다』, 세계사, 2000(3쇄), 77쪽.

안해서 시를 쓴다. 불안은 프로이트가 말했던 현실적 불안과 신경증적 불안 중에서 그의 불안은 후자에 속한다. 불안은 수정되거나 통제되지 않으면 심신의 격렬한 통증을 유발하게 된다. 불안을 참는 것은 고통이고 심지어는 끔찍스럽기까지 하다.[62] 그렇다면 이승훈의 시쓰기는 '격렬한 통증', 즉 불안을 완화시키는 작용을 한다. 바꿔 말하면 불안이 시쓰기를 유발한다. 결국 그는 불안을 해소하기 위하여, 곧 '끔찍한 고통'이나 '격렬한 통증'으로부터의 탈출을 위해 내면세계를 노래한다.

  ― 환자: 제기랄, 내가 불안하다구요? 도대체 그게 무슨 말인가요? 또 그래서 어쨌다는 거죠?
  ― 분석가: 좋아요. 불안을 참아내기가 너무 고통스러워서 당신은 도망쳐버리죠.[63]

  앞의 인용문은 환자와 분석가의 대화 내용으로 '불안'이 인간에게 주는 고통을 설명한 예시이다. 불안은 곧 고통이다. 이승훈은 이 고통으로부터 도피하려는 행위로 시쓰기 한다. 그가 싸워온 불안 또는 공포는 『구토』(문예출판사, 1999)에서 사르트르가 암시하는 "실존이란 무동기·불합리·추괴(醜怪)이며, 인간은 이 실존의 일원으로서 불안·공포의 심연에 있다"[64]는 지적과 같다. 곧 그에게는 자신의 '실존' 그 자체가 '불안'이다.

  그의 비대상시는 일체의 관습적인 것에 대한 회의에서 촉발된다.

---

62) 레온 앨트먼, 『성·꿈·정신분석』, 유범희 옮김, 민음사, 1995, 147쪽.
63) 레온 앨트먼, 앞의 책, 152쪽.
64) 류순태, 『1950년대 한국 모더니즘시의 표상 연구』서울대학교 박사학위 논문, 1999, 24쪽.

비대상시란 실상 대상이 없는 것이 아니라 내면세계를 대상으로 한 것이다. 곧 외부 세계를 희석화한 세계 상실의 시다. 따라서 그의 비대상시는 자기증명의 시일 수밖에 없다. 그러나 이 내면세계란 좀처럼 포착되지도 언어로 표현할 수도 없는 잠재의식이다.[65]

앞의 인용문이 담고 있는 내용은 이승훈의 '비대상 시'가 외부 세계를 희석화한 세계 상실의 세계라는 것과 자기증명의 시라는 것이다. 1962년에 처음 발행된 『현대시』의 동인들도 모두 하나같이 현대인의 내면, 또는 심리적 현실에 관심을 두었지만, 우리가 유달리 그의 '비대상 시'에 천착하는 것은 지속적인 내면세계, 즉 일상과 자연을 부정하는 사례를 한국 시단에서 흔히 찾아 볼 수 없는 까닭이다.

이승훈의 『사물A』같은 시편들은 이상의 「오감도」를 연상시키면서 이상, 김춘수, 이승훈으로 이어지는 인간의 내면의식에 대한 탐구의 흐름의 형성과 주지적 초현실주의 시의 한국적 수용의 한 모습을 감지할 수 있게 해준다.[66]

앞의 글은 김춘수에서 이승훈으로 이어지는 계보와 그들의 내면의식의 탐구, 그리고 주지적 초현실주의 기법을 수용한 사례를 밝히고 있다. 앞글을 통해 이승훈은 이상에서 비롯하여 김춘수로 이어지는 계열로 구분되는 것을 알 수 있으며, 그들의 문학현상이 20세기 초 서구의 자아추구, 즉 인간 내면세계 탐구와 초현실주의의 경향이라는 공통점을 가지고 있다. 또 객관적 노래를 할 수 없는, 혹은 리얼리즘에 절망한

65) 김윤식, 「순수참여와 다극화 시대」, 『한국현대문학사』, 김윤식 외, 현대문학사, 2002, 384쪽.
66) 최동호, 「한국현대시사의 넓이와 높이」, 『한국현역100인 대표시선』, 푸른사상사, 2005, 433쪽.

사람들이 노래하는 내면의 길이라는 것이다.

2) 비대상과 자아탐구와의 관계

이승훈은 현실이나 자연세계를 자신과 대립 시키면서 낡은 전통적인 시쓰기 방법에 문제를 제기한다. 이를테면 대상의 세계가 어떻게 존재하는가에 대해 인식론적 회의로 제기한다. 시대적 상황과도 관련된 이러한 세계의 발견은 존재론적 자각과도 관련되며, 불안이라는 분명치 않은 기분 속에서 자신의 진정한 삶을 증명하려는 노력67)이다.

> 지독한 자의식에서 출발한 나의 詩作 행위가 이상하게도 최근에는 '나'와 '너', 주체와 객체의 동일성 증명이라는 문제로 쏠리는 것 같다. 외로움이 노여움으로 바뀌면서 시적 관심이 달라졌다고나 할까. 나는 그것을 병든 주체에 대한 인식, 병든 주체의 부정, 이 부정을 통하여 만나게 되는 객체의 의미, 주체와 객체의 대립을 극복하는 일로 정리하고 싶었다. '나'와 '너'의 관계에 대한 나대로의 탐구는 당분간 계속될 것 같다.68)

이승훈의 대상부정 시론은 '주체'와 '객체'의 대립관계를 극복하는 일이며, 주체와 객체의 동일성 증명이다. 이 방법은 '너'와 '나'의 관계에 대한 탐구가 유일한 통로이다. 그가 '나'와 '너'의 동일성 증명에 천착하는 것은 이 동일성 증명이 곧 이승훈의 자기증명이기 때문이다. 따라서 이 대상부정에 대해 그는 다음과 같이 주장한다. 첫째, 대상은 자아가 있음으로 존재한다. 따라서 대상이 아니라 자아가 문제라는 것이다. 둘

---

67) 이승훈, 『한국현대대표시론』, 태학사, 2000, 199쪽.
68) 이승훈, 『당신의 방』, 문학과지성사, 1986, 自序중에서

째, 대상의 부정은 그 대상이 언어로 명명될 때 존재하는 것이 아니라 부재하고 소멸할 때 존재한다. 이와 같이 그가 대상을 부정하며 지속적인 자아탐구를 시도하였으나 실패로 끝난다는 것이다. 이것은 '중심주의'와 '이성주의'라는 모더니즘의 핵심 내용에 대한 회의가 가져다준 결과이다. 표층을 뚫고 들어가 심층을 뒤져보아도 아무 것도 없고, 모두가 가짜이고, 허무뿐이라는 자각이다.

이승훈의 대상부정은 곧 자아탐구이다. 그의 자아탐구가 실패한 시쓰기라고 생각되는 이유는 첫째, 자신에게 맞지 않는 형식은 과감히 버린다는 생각이다. 이것은 전위적 사유가 가져다 준 결과라고 할 수 있다. 둘째, 새로움에 대한 의지, 집착과 문학 형식은 끊임없이 변해야 한다는 실험정신이다. 셋째, 내면을 탐구하는 허무주의자의 태도이다. 모더니즘이 담고 있는 낡은 전통방식에 반동하는 일에는 찬성하지만, 중심주의에 대한 부정과 비판은 들뢰즈의 리좀(rhizome)과 맥을 같이 하기 때문이다. 이것은 또 다원주의, 유목적 체계를 받아들이는 숭고정신에서 비롯된 아방가르드라는 데에 있다.

그는 '나', '너', '그'라는 인칭을 통해 자아찾기에 몰두했으나 '자아는 없다'는 결론이고, 자아가 '없다'는 것은 모두가 헛것, 허망한 것, 가짜라는 자성으로 자아찾기는 실패라는 것이다. 실패라는 것은 결국 '자아'는 없다는 사유에의 도달이다. 대상의 세계와 단절된 상태에서 자아의 동일성을 증명하려는 노력은 의식이 의식자체를 포착하려는 것과 같다. 또 자아의 동일성을 찾는 행위는 자아가 자아를 반성하는 행위에 지나지 않는 것과 같다. 대상을 상실한 자아는 무의식, 어두운 충동의 세계이고, 이 세계는 그 후 '나/너/그'라는 인칭으로 탐구되고, 이 자아탐구는 자아소멸로 전환된다. '자아-대상-언어'에서 남은 건 언어이고 자아가 없다면 언어가 시를 쓴다는 결론이다. 특히 자아가 없다는 그의 생각은 불교적 사유가 아니라 언어학, 특이 후기구조주의 언어학에서 얻은 사유다. 그러므로 그가 찾던 자아는 언어와 관련을 맺으며 언어가 자아라는 인식에서 자아탐구는 자아부정의 시학으로 발전한다. 『시적인 것은 없고 시도 없다』(1996)와 『비빔밥시론』(1997)이 대표적 시론이다. 즉 전자는 자아의 문제, 후자는 언어의 문제를 강조한다. 그가 추구했던 대상부정을 요약하면 다음과 같다.

그의 시쓰기는 사회현실이나 자연의 서정을 노래하지 않았으며, 처음부터 내면세계를 노래했다. 내면을 노래한다는 것은 자기발견이고 자기증명이다. 이것이 소위 말하는 '비대상 시'이고, 곧 대상부정이다. 비대상은 '없다'라는 의미가 아니라 대상은 있으나 '부재'의 뜻을 지닌다. 즉 눈으로 관찰할 수 없는 대상을 말한다. 가령, 사랑, 존재, 희망 등과 같은 것이다. 또 그의 대상부정은 세계부정이다. 그는 자신을 제외한 모든 것을 부정한다. 이 세계는 '나'로부터 시작되며, 자신이 모든 것의 주체가 되어야 한다. 따라서 그는 철저한 '나 중심'이다. 그가 집요하게 천착하던 자아탐구 과정에서 자아는 한낱 허구라는 것, 또는 허망이라는 인식론적 회의를 불러왔다. 결국 '나는 누구인가'라고 묻기 시작했고 '나는 없다'는 사유를 낳았다.

Ⅲ. 자아부정의 시론

1. 자아부정의 양상과 그 의미

1) 자아탐구 양상의 이해와 수용

　이승훈의 자아탐구 과정은 세 단계로 구분할 수 있다. 즉 탐구의 대상이 '나'에서 '너'로, '너'에서 '그'로 변화되는 3단계 과정을 말한다. 첫 번째 단계는 그의 초기 시집 『사물A』(1969)와 『환상의 다리』(1977), 『당신의 초상』(1981)에 실린 시들로 '나'에 대한 탐구이다. 이 시들은 무의식을 드러내는 것들로 억압된 무의식을 들춰내어 '나'를 드러내고자 한다. 또 심연의 무의식, 혹은 자의식과 같은 내면세계의 정황을 형상화하고 있다. 두 번째로 『사물들』(1983), 『당신의 방』(1986), 『너라는 환상』(1989)에 실린 시작품들로 '너'에 대한 탐구로 일관하며, '너'와의 관계 속에서 '나'를 찾으려는 시도로 볼 수 있다. 즉 '나'를 찾아 가는 과정에서 화두를 '너'로 삼았다. 그것은 '나'만을 가지고는 '나'를 찾을 수 없는 까닭이다. 특히 그는 40대 후반에 쓴 『당신의 방』(1986)을 출간하면서 '주체와 객체의 동일성 증명'이라는 문제로 나아간다. 이 단계에서 그가 추구하고 지켜 온 시론에 대해 본질적인 성찰을 꾀하는 유연성을 보여준다. 그가 객체와 주체의 동일성 증명이라는 시적 태도를 보이는 이유는 객관적 울림이 강한 시쓰기를 시도해야 한다는 강박관념에서 비롯된다. 그에게는 '너'라는 원관념의 정체에 대해 그것이 무엇인가가 중요하지 않다. 다만 '너'를 인식하고 느끼는 행위가 중요하다. 특히 '너'는 독립적인 실존이 아니라 '나'의 인식을 통해서만이 나타나고 사라진다.[69]

> 지독한 자의식에서 출발한 나의 시작(詩作) 행위가 이상하게도 최근에는 '나'와 '너', 그러니까 주체와 객체의 동일성 증명이라는 문제로 쏠리는 것 같다. 외로움이 노여움으로 바뀌면서 시적 관심이 달라졌다고나 할까. 이 책에서 나는 그것을 병든 주체에 대한 인식, 병든 주체의 부정, 이 부정을 통하여 만나게 되는 객체의 의미, 객체와 주체의 대립을 극복하는 일로 정리하고 싶었다.[70]

이승훈의 시쓰기는 지독한 자의식에서 출발한다. 특히 『당신의 방』(1997)에 오면서 더욱 두드러진 현상을 나타낸다. '이 나라는 슬프고/더러우니까'(「당신을 위해」)와 '다시 태어나고 싶다/말라빠진 나는/개 같은 휴식 속에'(「휴식」), 또는 '부서지고 비쩍 마르고'(「다시 3년」), '쓸쓸한 사람 곁에 누워 있는/비쩍 마른 나는 무엇이며/흘러간다는 것은 무엇이며'(「우리들의 밤」)와 같은 것들이 대표적인 예라 하겠다. 이것은 그의 마음이 늘 비어있는 상태라는 것과 지금까지 살아온 자신의 삶에 대한 일종의 회의를 암시하는 것과 다름이 아니다. 늘 불안에 시달려온 그는 병든 주체다. 이 병든 주체에 대한 인식, 그 병든 주체로부

---

69) 조남현, 「방법적 회의에 결실을 기다리며」, 『당신의 방』, 문학과지성사, 1986, 152쪽.
70) 이승훈, 『당신의 방』, 문학과지성사, 1997(6쇄), 「자서」에서

터의 이탈은 주체의 부정에서 비롯된다는 점이다. 그것은 곧 대립하던 주체와 객체의 극복이다.

세 번째는 『길은 없어도 행복하다』(1991), 『밤이면 삐노가 그립다』(1993)에 실린 시작품으로 '그'에 대한 탐구이다. 이 역시 '그'라고 하는 것은 '나'를 물질로 객관화시켜 바라보는 조소적이고 냉소적인 태도라는 것이다. 특히 『길은 없어도 행복하다』에서 '그'에 대한 테마가 더욱 두드러지게 나타난다. 그의 탐구과정을 요약하면 '나'가 '너'를 거쳐 '그'로 치환된다. 결국 그의 시집 『사물들』에서부터 『밤이면 삐노가 그립다』까지가 모더니즘의 시들로 구성되어 있다는 것은 대부분의 시들의 주제가 '자아찾기'이거나 '정체성 찾기'로 일관하고 있는 것으로 볼 수 있다.

> 그 동안 내가 관심을 둔 것은 '너'와 '나'의 동일성 증명이 벽에 부딪히면서 다시 '나'를 찾으려는 노력이었다. 그것은 두 방향에서 진행되었다. 하나는 산업사회 속에서 사물로 전락한 자아인 '그'를 노래하는 방향, 다른 하나는 무의식적 실체로서의 자아인 '그'를 노래하는 방향이다……<중략>……여기서 노래되는 '그'는 사물로 전락한 '나'의 초상이다. '나'를 '그'라고 부른 것은 3인칭으로 불리울 때의 '나'가 1인칭으로 불리울 때의 '나'와 다르기 때문이다. 이때의 '나'는 하나의 인격이 아니라 사물로 전환된다. 이런 자아에 대한 관심은 앞으로도 계속될 것이다. 이런 의미로서의 '그'에 대한 탐구는 이제부터 시작이라고 할 수 있다.[71]

전통적인 시들은 '나'를 표현하는 주관적인 장르였지만 오늘날 시에서의 인칭은 상당히 중요한 의미를 지닌다. 그 만큼 시의 영역이 넓어졌다고 볼 수 있다. 앞글은 이승훈의 '나'를 찾으려는 노력이 '그'를 찾

---

71) 이승훈, 『길은 없어도 행복하다』, 세계사, 2000, 「自序」중에서

으려는 대상으로 변화됨을 알 수 있다. 그 이유는 '나'와 '너'의 동일성 증명이 벽에 부딪히는 한계점의 도달이다. 그는 아방가르드로서 이 한계점의 탈출은 필연적이다. 이승훈에게 인칭의 변화는 시작(詩作)의 기법상의 문제라기보다는 시정신의 하나인 '자아찾기'와 관련된 문제로 판단된다. 즉 초기시들은 '나'의 내면에 관심을 갖는 '자아찾기'로 시작하였으나 앞서 언급한 바와 같이 '나'와 '너'의 동일성증명의 실패가 '그'라는 인칭으로 치환되었다고 볼 수 있다. 동일성증명의 실패라는 것은 '나' 외에도 '너'가 있음을 알게 됨으로써 타자와의 화해나 친밀감의 표현이다. 따라서 '너'라는 타자는 더 이상 대결이나 갈등의 대상이 아닌 것이다.

그러나 이승훈은 '나'를 '너'로 확인하면서 화해 속에 안주하지 않는다. 끊임없이 나의 분신인 '너'를 온갖 경우나 세계 속에 대입시켜 그 움직임을 관찰하고 이해하고자 한다.72) 그런 점에서 이런 자아의 객관화, 곧 거리를 두고 자아를 확인하고 이해하고자 하는 노력은 자아분열현상이라기보다는 끊임없는 자아탐구의 과정73)이라 할 수 있다. 이처럼 이승훈의 자아탐구로서의 인칭 변화는 '나'를 3인칭화 하는 시인론시, 또는 시론시에까지 나아가게 된다. 즉 시인론시, 혹은 시론시는 메타시의 대표적인 유형들로서 자기반영성(self-reflexivity)이라 할 수 있다.

그는 "'자아찾기'를 시작하다가 중기에 들어와 '자아 없음'이라는 자각을 했지만 정작 실천은 어려웠다"74)고 회고했다. 그가 추구하는 시는 '가벼움'이다. 가벼움으로 가는 길은 사물에 대한 집착을 버리는 일

---

72) 조동구, 「자아탐구와 시쓰기의 기나긴 여정」, 『이승훈의 문학탐색』, 푸른사상사, 2007, 190쪽.
73) 김준오, 「인칭의 의미론」, 『현대시의 환유성과 메타시』, 살림, 1997, 178쪽.
74) 대담:/박찬일 · 이승훈, 대담일시: 2002년 9월 28일(토요일), 장소 「현대시」사무실, 「대담/자아찾기의 긴 여정」, 『이승훈의 문학탐색』, 2007, 푸른사상사, 46쪽.

이고, 주체는 '나'로부터의 가벼움의 추구이다. 이것이 '자아탐구'의 근본이다. 또 그가 자아찾기 과정에서 발견한 것은 '나는 타자'라는 것이다. '나'를 찾으려던 그가 결국 찾아낸 것은 주체니, 자아니 하는 것들로 모두 허구였다. 그러나 그는 회의와 무력감, 그리고 허무감과 절망감 속에서 안주하려는 것이 아니라 그 부정적 의식 속에서 새로운 삶의 에너지를 찾고자 했다.

자아찾기는 기억에 의존하지 않고서는 불가능하다. 왜냐하면 기억은 자기 찾기의 유일한 계기이며 무엇보다 기억에 의하여 지속적 자아감각을 회복할 수 있기 때문이다.[75] 그러나 교환가치가 지배하는 자본주의 사회에서 자아의 정당성이 상실되고, 따라서 시인들은 잃어버린 자아를 찾아 나서기 마련이다. 특히 이승훈의 자아분열과 자아증명, 혹은 자아의 정체성 찾기는 철학적으로는 부르주아적 개체 개념인 자아의 선험적 능력에 대한 지적 회의와 부정을 노린다. 또 그의 시적 자아는 모성적인 공간을 지향함으로써 자신의 원형회복을 갈망하며, 자아실현을 위한 초월과 통합의 단계로 나아가 '개성화'의 완성을 동경한다.[76]

이승훈의 자아부정은 '불이(不二)'이고 '공(空)'이고 무(無)의 세계다. 찾던 자아는 없고 자아가 언어라는 결론에 도달하고, 그 언어가 시를 쓴다. 시에 의해 그가 태어나고, 시를 쓰지 않으려고 시를 쓰고, 시는 시를 부정한다. '자아부정'의 끝은 곧 '언어 찾기'이고, 언어 찾기란 언어에 기대어 시를 쓸 수밖에 없다는 의미이다. 이 언어 찾기는 언어 찾기의 끝이 되고, 곧 언어부정의 시작이다. 언어를 옹호하는 '자세', '태도', '행위' 그 자체가 '자아부정'이고 '자아부정'의 결과는 아무것도 '없음'이

---

75) 김준오, 「메타시와 인칭의 의미론」, 『밝은 방』, 고려원, 1995, 22쪽.
76) 이규명, 「프로이트, 융, 라캉의 관점에서」, 『예이츠와 정신분석학』, 동인도서출판, 2002, 247쪽.

다. 이것은 장르 해체의 요구이고, 소위 '해체시론'을 주장하게 된 동기가 된다.

이승훈은 '나는 누구인가', '너는 누구인가', '그는 누구인가'라는 인칭변화를 통한 지속적인 자아찾기를 한다. 이것은 '자아-대상-언어'에서 '(자아)-대상-언어'로의 발전이다. 그의 시집 『비누』(고요아침, 2004)에 실린 「비누」에서 '비누'는 소멸하며, 소멸되는 '비누'는 '자아'이다. 이 비누가 사라진다는 것은 자아소멸을 의미한다. '비누 속에 살자! /비누는 매일 사라진다'(「비누」)는 것은 그의 자아가 소멸하는 것을 의미한다. 이것은 이승훈의 부재증명인 것이다.

> 쓴다는 것은 나를 버리는 행위이다. 시를 쓸 때 나는 종이 위에 나를 버리고 혹은 버려지고, 나는 하나의 차이로 존재한다. 시 속의 나는 시 밖의 나를 버릴 때 태어난다. <담배를 피우는 나>는 종이 위에만 존재하지만, 그런 점에서 시를 쓰는 나의 투사이며 버림이며 죽음이지만, 나는 나가 아니다. 이 나는, 지금 이 종이 위에서 담배를 피우는 나는 지금 시를 쓰는 나와 다르고, 따라서 두 자아 사이엔 차이가 존재한다. 나는 없고 차이가 있을 뿐이다.[77]

앞글에서 이승훈은 자신의 정체성에 대해 극도로 부정한다. 특히 이런 현상은 1970년대 『나는 사랑한다』(세계사, 1997)를 펴내고부터 더욱 두드러지게 나타난다. 그는 '나는 나가 아니다'라고 자신을 부정한다. 이 말은 '나'는 시 속의 '나'와 시 밖의 '나'는 다르지만 다만 차이로 존재한다는 것이다. 이승훈은 자아를 부정하면서 동시에 긍정하지도 않으면서, 부정도 하지 않는 독특한 개방적 세계를 창조한다. 이것은

---

77) 이승훈, 『시적인 것은 없고 시도 없다』, 집문당, 2003, 164쪽.

폐쇄적 자아에 대한 비판이다. 또 앞의 말에 대해 뒷받침할 수 있는 근거는 "나는 말하는 나와 말 속의 나 사이에 지워지면서 존재한다. 이런 나는 결국 나라는 정체성, 자아라는 정체성을 부정하고, 부정이 생성하는 나이고 자아"[78]라는 그의 말에서 찾을 수 있다. 따라서 그의 자아부정은 소멸이 아니라 생성하는 자아임을 알 수 있다. 그가 이렇게 부정(소멸)과 긍정(생성)을 동시에 추구하는 것은 '있음/없음'의 이항대립적인 관계를 해체하여 불이(不二)로서 즉 공, 또는 무의 세계를 추구하는 것으로 판단된다.

이승훈은 오랜 시간을 통해 '자아찾기'라는 시론을 완성하는 듯하였으나 '대상도 없고 나도 없다'는 결론을 내리고도 불안감, 공포, 결핍, 현기증, 무기력을 느끼는 것은 완전한 자기구원이나 자기 해방을 완성하지 못한 것으로 생각된다. 그의 자아소멸은 자아부정이고, 자아부정은 곧 자아긍정이다. 가령 '내가 갑자기 자유로워진 이유, 시에서도 삶/에서도 가벼워진 이유(아직 삶은 무겁지만 그건 노/력하기 나름이다), 사랑에서도, 증오에서도, 가벼워진/이유'에 대해 '내가 없다는 걸 깨달은 다음/바람 같은 삶이 이렇게/황홀하다는 걸 깨달은 다음'[79]이다.

이승훈은 역사, 시간적 계기성, 전체성, 총체성 등을 부르주아 이데올로기의 산물로 규정하고, 이들을 근본적으로 부정한다. 말하자면 부르주아 이데올로기의 산물이라고 규정한 것들을 부정하면서 전체성에서 떨어져 나온 파편들과 부분들만을 긍정할 수밖에 없기 때문에 우울증 속에서 살아가는 것이고 그것은 구체적으로 분리, 단절, 소외를 경험하는 시간이 되고 만다. 그는 '대상도 없고 나도 없다'는 결론으로 나아가고도 자기구원과 자기해방에 도달하지 못한다. 이렇게 자기구원

---

78) 이승훈, 앞의 책, 39쪽.
79) 이승훈, 『나는 사랑한다』, 세계사, 1997, 17~18쪽.

과 자기해방이 영원히 유보될 수밖에 없는 관계로 지속적으로 새로운 길을 모색한다. 자신을 완벽하게 부정하고 나면 남는 것은 그에겐 오직 죽음 밖에 없다. 이승훈의 시쓰기의 출발점이 부정하는 정신임에도 불구하고 그가 시도하는 부정은 정효구의 지적처럼 "단선적인 부정으로 끝나지 않고, 긍정의 가능성을 항상 내포한 양면성을 가지고 있으며, 또 부정(肯定)을 통해 긍정(否定)도 수용할 수 있었던 부정과 긍정의 이분법을 넘어"선다. 다시 말해 긍정과 부정의 초월이다.

이승훈의 사유는 빠르게 진보한다. 때문에 부정시론은 전복·반역·개종·이단·이탈의 역사를 가진다. 그것은 그가 '중단'이라는 의미를 무색하게 하는 무수한 변화성을 소유하는 까닭에 있다. 변화에 대한 시대적 요구는 가속화되고 증식됨으로써 미학적 변이를 가져오지 못하는 주체는 소멸할 수밖에 없다. 이승훈의 자아는 그의 자아에 대한 열정적인 부정이다. 이 같이 자기부정으로부터 열정의 절정에 도달하는 근대성은 일종의 창조적인 자기 파괴인 셈이다.[80]

　　60년대 대상에 대한 인식론적 회의에서 촉발된 그의 <비대상시론>에서 시는 실존의 증명이었다. 그러나 대상은 물론 그 주체마저 부정함으로써 <주체상실의 시론>, 곧 <나를 지우기> 시론으로 그는 놀라운 변화 보인다.[81]

이승훈은 실존적 자아와 현상적 자아를 전복하기 위해 자아를 해체한다.[82] 자아탐구로 실존의 증명을 보여 오며, 대상뿐만 아니라 주체

---

80) 옥타비오 파스, 『흙의 자식들 외』, 김은중 옮김, 솔, 2003, 18쪽.
81) 김준오, 이승훈의 시집 『나는 사랑한다』 해설, 세계사, 1997, 표4쪽.
82) 자크 라캉, 「라캉의 욕망이론」, 『욕망이론』, 민승기·이미선·권택영 옮김, 문예출판사, 1994, 20쪽.

마저 부정한다. 그에겐 남은 것은 언어다. 그의 극도의 전위는 어디에도 머무르지 않으며 강박관념을 부추기고 시달리게 된다. 그는 아방가르드(Avant-garde)다. 아방가르드는 자기 학대를 통해 목적을 실현한다. 즉 자신의 시정신에 대해 자기 스스로 자해를 가하지 않은 온전한 몸, 온전한 정신으로는 새로움을 추구할 수 있는 실험정신은 결코 구원되지 못한다는 것이다. 실험시는 완전성을 요구하며, 무의식적인 것에 의해 결정된 생경한 단어들의 병치로 이루어지기를 원한다. 또 인간심리의 탐구와 그 표현을 촉구하는 수단임을 강조하면서 방법론적 연구와 실험을 중시한다.

2) 자아부정과 탈주체적 인식의 과정

이승훈의 자아부정은 그의 시의식이 진보하는 과정에서 나타난다. 시기적으로는 자아찾기를 지속적으로 하던 모더니즘의 시를 지나 자아소멸의 후기모더니즘(postmodernism)에서 해체시론을 발표할 그 당시부터이다. 이승훈의 시쓰기는 자아부정(자기부정)이 시작될 때 비로소 시작된다. 이것은 인간의 가장 큰 행복, 즉 완전한 자유와 은혜를 얻으려면 자기부정 밖에 없는 까닭이다. 자아부정은 무엇보다 강한 사람임을 의미한다. 그것은 아무것에도 유혹되지 않는 바로 그런 세계이기 때문이다. 따라서 세계를 부정하고자 하는 이승훈은 자신을 제외한 모든 것을 부정한다. 그러므로 그의 자아부정은 곧 인류 구원의 의미를 담고 있다.

라캉이 말하는 자아는 인간이 자아를 형성하기 위해 바로 '나' 이외의 다른 것의 대립이 전제되어야 한다. 이른바 테제(these)와 안티테제(antithese)의 대립이다. 테제가 존재하기 위해서는 안티테제가 존재해야 한다. 이러한 변증법 단계를 통해 자신과 타인을 구별하게 된다. 따라서 자아는 타인, 즉 외부세계를 통해 형성된다. 우리는 라캉이 제시한 자아에 의해 데카르트적 고기토(cogito)의 사고방식이 무너지는 경험을 확인할 수 있다. 따라서 자아는 그런 관념들의 흐름을 통해 이승훈이 부가적으로 상상해 낸 허구이다. 이처럼 자아가 허구임을 말할 때, 그가 집착하던 자아의 본질은 불안과 절망, 그리고 죽음과 무(無)의 세계를 엿보고 싶은 욕망에 시달리는 존재의 모습이다. 이제까지 끊임없이 탐구해 오던 '자아'가 그에겐 절망이고 허망이며, 허구임을 시론을 통해 보여준다.

> 나와 싸웠고/그 동안 살아온 인생이/넝마란 걸 알았다(「따듯한 피」)[83], 천리를 달려왔지만 천리가/잠시입니다 추운 겨울 저녁/바람 불고 앙상합니다(「한 송이 꽃」일부)[84], 모두 모두 꿈이었다/화만 나던 마흔 해/모두가 꿈이었다(「꿈이었다」)일부[85]

이승훈은 인용한 세 편의 시를 통해 진정한 아방가르드의 심정을 밝히고 있다. 「따듯한 피」는 자아소멸에서 오는 자기 비하의 태도를, 아방가르드적 모더니즘에 나타나는 이성과 의미의 세계에 대한 부정은 니힐리즘으로의 귀결된다는 한 단면을 「한 송이 꽃」에서 보여 주고 있다. 또 모두가 「꿈이었다」는 허무, 즉 가치체계의 상실로서의 '무'에 대한 관념으로 허무주의와 연결된다. 여기서 우리가 살피려고 하는 자아는 개인의 주체나 인격체의 자기해석과 분리해서는 자아를 충분히 고찰할 수 없다.

---

83) 이승훈, 『밤이면 삐노가 그립다』, 세계사, 1993, 47쪽.
84) 이승훈, 『인생』, 민음사, 2002, 21쪽.
85) 이승훈, 『당신의 방』, 문학과지성사, 1998(6쇄), 133쪽.

우리는 어떤 문제들이 우리에게 중요성을 띠는 한에서만 자아이다. 내가 자아로서 무엇인가 하는 것, 곧 나의 정체성은 사물들이 나에게 중요한 의미를 가지는 방식에 의해서 본질적으로 규정한다. 지금까지 폭넓게 논의해 왔듯이, 이러한 사물들이 나에게 중요한 의미를 띠고 나의 정체성 문제가 해결되는 것은, 내가 어떤 해석의 언어를 받아들여 이러한 문제들을 타당하고 명확하게 표현될 때에만 가능하다. 자신의 자기 이해를 떼어 내고 나서, 인격체가 무엇이냐고 묻는 것은 근본적으로 잘못된 물음을 하는 것이고, 원칙적으로 대답이 될 수 없는 물음을 제기하는 것이다. …'나는 유기체다'하는 식으로 우리가 자아인 것은 아니다. '나는 심장과 간을 가지고 있다'라는 식으로 우리가 자아를 가지고 있는 것도 아니다. 우리가 이러한 신체 기관을 가진 생명체라는 사실은 우리의 자기 이해나 자기 해석, 또는 사물들이 우리한테 갖는 의미와는 전혀 별개인 것이다. 우리는 우리가 물음들의 특정한 공간 속을 움직여 가는 한에 있어서만 자아인 것이다.[86]

앞의 인용문에서 확인되는 자아는 사람이 자신에 대해 가지는 이해, 견해, 축적된 지식, 인식, 감정과의 관련을 통해서 구성되고 재형성된다. 다시 말해 '자아'라는 것은 사적으로 창조되고, 해석을 통해 정교하게 다듬어지며 개인 상호간에서 구축된다는 사실이다. 또 주체와 인격체를 하나의 동일성임을 주장하는 사례로 볼 수 있다. 자아는 '객체와 주체의 동일성'이다. 다시 말해 자아는 '객체와 주체의 동일성' 또는 '신비로운 하나'이고, '행위 하는 자(者)'이며, 그 '행위의 산물'로 규정한다.

이승훈이 말하는 자아는 본질적으로 문화, 인간, 언어의 위기이다. 더 나아가 통합적 주체에 근거한 근대적 패러다임의 위기에 대한 격앙

---

86) 앤서니 엘리엇, 『자아란 무엇인가』, 김정훈 옮김, 도서출판 삼인, 2007, 13쪽.

된 의식이다. 또 비인간적이고 자기 파괴적인 현대사회의 트라우마를 파헤치는 사회적이며 윤리적 기획이다. 그는 대상을 부정하며 실존적 자아를 만난다. 또 그 실존적 자아의 모습을 탐구함으로써 자기 존재를 증명하고자 한다. 이승훈은 한국의 시단에서 누구보다도 현대 언어학적 측면과 철학적 이론에 관한 탐구와 모더니즘적인 시쓰기를 적극 실천하는 시인이다. 특히, 대상이 분명하지 않은 시를 쓴다. 무엇보다도 '너와 나' 그리고 '타자'의 구조를 파괴하고 끝없이 자아에 대한 물음을 제기한다. 또 '시적인 것도 없고 시도 없다'는 것과 '문학의 역사는 폐허의 역사'라는 의식을 보여준다. 또『모더니즘의 비판적 수용』(2002)에서도 '자아 인식은 모두 타자 인식'이라고 했고, '억압이 없으면 나도 없다'며, 대상과 비대상의 차이, 그리고 대상이 보여주는 주관적인 시선을 거부했다.

> 램프가 꺼진다. 소멸의 그 깊은 난간으로 나를 데려가 다오. 장송(葬送)의 바다에는 흔들리는 달빛, 흔들리는 달빛의 망또가 펄럭이고, 나의 얼굴은 무수한 어둠의 칼에 찔리우며 사라지는 불빛 따라 달린다. 오 집념의 머리칼을 뜯고 보라. 저 침착했던 의의(意義)가 가늘게 전율하면서 신뢰(信賴)의 차건 손을 잡는다. 그리고 시방 당신이 펴는 식탁(食卓) 위의 흰 보자기엔 아마 파헤쳐진 새가 한 마리 날아와 쓰러질 것이다.
>
> ─「위독(危篤) 제1호」전문87)

위의 「위독(危篤) 제1호」는 현실의 병적 징후를 '위독(危篤)'한 것으로 규정한다. 그리고 램프, 난간, 장송의 바다, 달빛, 망토, 어둠의 칼, 불

---

87) 이승훈,『아름다운A』, 황금북, 2002, 17쪽.

빛, 집념의 머리칼, 차건 손, 식탁, 흰 보자기 등의 시어들은 처절함, 한 없는 절망을 표현하고 있다. 처절하고 참담한 정서적 상황은 곧 이승훈의 현실의 참담한 상황의 무의식적 반응이다. 그의 내면세계의 처절하고 참담한 감정적 분위기를 순간순간 떠오르는 언어들의 상호 충돌을 통해 제시한다. 그는 「위독(危篤) 제1호」를 통해 내면적 분위기 속으로 들어가 그 상황 속에서의 자신을 발견한다. 요약하면 현실의 실제적 상황에 부딪혀 살아가는 사회적 존재로서의 한 실존의 내면의 무의식적 환상을 심상으로 제시하고 있다. 이렇게 무의식적 환상으로 내면세계를 형상화하던 그는 자아가 언어에 지나지 않는다는 사유를 하게 되고, 그 순간이 자아부정의 시작이다. 「위독(危篤) 제1호」는 대표적인 자아 찾기의 시다. '자아탐구'라는 작업을 제대로 수행한다는 것은 결코 쉬운 일은 아니다. 그런 까닭에 많은 시인들이 '자아찾기'를 스스로 기피하는 현상을 보인다. '자아찾기' 형식의 시쓰기 작업이 이루어지지 않은 상태에서 자아와 세계(대상)에 대해 노래한다는 것은 공소하기 이를 데 없다. 그러나 이승훈은 대상을 부정하고 자신을 직시하기 시작했고, 그는 대상이 부재한 자리에 서 있는 자신을 향해 진정한 '나'란 어떤 '나를 의미하는가'라는 물음을 던지며 자아탐구를 하지만 말하는 나와 말 속의 차이로 존재하는 '나'는 허구일 수밖에 없는 자아를 부정하기 시작 한다.

김춘수의 무의미시는 이승훈에게 '비대상시'로 승계된다. 이승훈은 관습 된 일상적 삶에 대해 한국시가 한 번도 제대로 인식론적 회의를 제기하지 못한 것과 노래가 시라는 자동화된 시의식을 문제 삼는다. 그래서 그의 비대상시는 일체의 관습적인 것에 대한 회의에서 촉발된다. 비대상시란 실상 대상이 없는 것이 아니라 내면세

계를 대상으로 한 것이다. 곧 외부 세계를 희석화한 세계 상실의 시
다. 따라서 그의 비대상시는 자기증명의 시일 수밖에 없다. 그러나
이 내면 세계란 좀처럼 포착되지도, 언어로 표현할 수도 없는 잠재
의식이다.[88]

앞글 중에 '내면세계란 좀처럼 포착되지도, 언어로 표현할 수도 없는
잠재의식'이라는 말에 주목하지 않을 수 없다. 왜냐하면 앞에서 논의했
던 자아부정의 근본적인 문제가 탐구과정에서 얻은 허무, 허망, 헛것으
로 말해왔던 이유를 더 강화시켜주기 때문이다. '자아'는 허망한 것으
로 좀처럼 포착되지 않는 것이 아니라 당초 포착될 수 없는 '잠재의식'
이다. 이승훈은 무의식적 세계의 환상을 순간순간 떠오르는 언어로써
이미지의 고리를 만들어 형상화하고 있다면, 김춘수는 심상만을 제시
하는 서술적 이미지에 초점을 둔다는 차이점을 보이고 있다. 이상(李
箱)과 김춘수, 그리고 이승훈은 대상을 부정했다. 그러나 그들은 각각
무늬와 색깔을 달리한다. 이상은 자아의 세계를 모두 부정하면서 동시
에 사물화 시켰고, 김춘수는 세계를 부정하였지만 자기고백을 하지 않
고 이미지화에 주력했다. 그러나 이승훈은 세계를 부정하며 자아를 옹
호하기도 하고 부정도 함께 한다는 차이점을 보이고 있다. 그리고 이승
훈이 이상과 김춘수와 또 다른 점은 앞의 두 시인이 상대적인 둘 중의
어느 하나를 선택하는 이원구도 속에 있다면 이승훈은 이 양자의 포용
과 동시에 양자의 어느 편에도 편애하지 않는 긍정과 부정의 구도 속에
놓여있다.

집착을 버리고 살아가는 것, 이것이 '공(空)'이다. 그가 사유하는 '공

---

88) 김준오, 「순수-참여의 다극화 시대」, 『한국현대문학사』, 김윤식 외, 현대문학사,
2002, 38~384쪽.

(空)' 이란 결코 사물을 '없다', 즉 '무(無)'로서 파악하는 것이 아니라, 모든 사물은 인연에 의해 성립되므로 사물이 실체로서 홀로 존재하는 것의 부정이다. 즉 주관이 개입되지 않은 상태, 원래의 순수한 마음의 상태로 돌아가라는 뜻이다. 이것이 그가 주장하는 '공(空)'의 의미이다. 공은 '선/악', '길고/짧음', '미/추' 등 상대 의미를 초월한다. 따라서 그가 추구하는 자아가 객관적으로 실재하는 사물이나 인간의 존재, 그리고 언어와의 관계에 의해서만 존재하고 규정된다고 볼 때, 불교에서 말하는 인연법의 자아와 그 의미를 같이한다. 요약하면 그의 자아가 존재하게 된 직접적인 원인이 언어(因)라면, 간접적인 원인은 불안과 무의식(緣)이다.

불교와 기독교에서 실천하는 주체의 소멸은 발화 내용이 외적인 퍼스펙티브(perspective)에서 포착된다는 것을 의미한다. 이는 인간의 진정한 얼굴을 은폐하는 관념적 마스크에 맞서 역사적 상황 속에 제시된, 있는 그대로의 인간 조건을 드러냄을 목표로 하는 반부르주아 미학의 중심 원리이다. 분열된 자아는 결국 집단적인 차원에 이르기를 열망하는 시적 자아의 마스크인 셈이다. 따라서 이승훈의 주체소멸이란 인간의 소멸과 동일시한다. 다시 말해 인간의 죽음을 뜻하는 소멸의 의미를 갖는다. 그가 말하는 '나'라는 존재는 이 시대에 오면서 경험적 현실을 초월하는 절대적 자아를 소유하는 것이다. 즉 '나'라는 존재는 절대적으로 존재한다는 것이 아니라 상대적으로 존재한다는 것이다.

이승훈의 자아부정은 신화적·역사적·문화적 인유(引喩)를 통해 정신질환자, 모순적이고 신경증적인 존재로 형상화되면서 동일한 주체 내의 교양인/문맹자, 선/악과 같은 대립물의 공존을 허용한다. 이를테면 인간의 평균 수준 밑으로 전락하려는 힘과 평균 수준 이상의 신성한 존재로 상승하려는 힘이 함께 작용한다. 이것은 불교에서 말하는 인연법과 무아(無我)의 사상에 근거한다. 그는 절대적인 자아부정을 통하여 궁극적인 진리의 세계를 표출하려고 한다. 다시 말해 색불이공 공불이색, 색즉시공 공즉시색(色不異空 空不異色 色卽是空 空卽是色)에서 '색'은 '공'과 다르지 않고 '공'은 '색'과 다르지 않다는 것이다. 꿈의 세계가 자아의 해방을 실현하는 것은 아니지만 최소한 자아와 싸우고 자아소멸의 길을 암시한다. 자아가 없다면 무엇이나 가능하고 자아가 현실 표상원칙을 표상한다면 꿈속에 자아가 없으므로 현실원칙을 부정하고, 쾌락원칙을 지향하고, 이 같은 원칙이 시적 아나키즘, 곧 현대시의 종말과 통한다. 그런 점에서 현실, 자아는 억압이고 곧 꿈이 진리가 된다.[89] 그가 추구하는 자아부정을 요약하면 두 가지로 집약할 수 있다. 첫째, 불이사상으로서 소멸이 아닌 생성의 의미를 가지며, 둘째, 형식과 제도로부터 억압된 자아가 좀 더 자유로워 지려는 자아 해방으로 볼 수 있다. 자아부정은 불이(不二)이고 공이며, 무의 세계다. 이것 역시 그가 선사상의 세례를 받기 위한 과정인 것이다.

2. 자아부정과 해체, 그리고 한계

1) 자아 해체의 시학

이승훈의 자아탐구는 '자기동일성 증명'이며, '정체성 찾기'이다. 자기동일성 증명과 정체성을 찾는 일은 일체감을 가지려는 것과 같다. 시와 비시, 이상과 현실, 유와 무의 일체감은 데리다식의 해체로부터 출

---

89) 이승훈, 『현대시의 종말과 미학』, 집문당, 2007, 143쪽.

발한다. 해체는 파괴가 아닌 새로움의 추구라는 의미를 갖는다. 즉 2항 대립적인 두 사물의 경계를 허무는 일이다. 경계를 허물기 위해 '나'를 찾던 '그'는 그의 시집 『밝은 방』(1995)에서 자아가 없다는 사유에 머무르게 된다.

> 남들은 어떤지 모르겠으나 나의 시 쓰기는 '나'를 찾아가는 여행이었다. 이 여행은 지금도 계속된다. 과연 '나'는 어디 있단 말인가? '나'에서 '너'로, '너'에서 '그'로 옮겨가면서 오늘도 계속되는 여행. 결국 '나'는 어디에도 없다.[90]

자아동일성의 증명은 자아해체를 필요로 하고, 자아해체는 자아소멸로 발전되고, 이 자아소멸은 자아해방을 불러온다. 따라서 자기동일성의 증명은 자아해체를 전제조건으로 한다. 앞의 인용문에 의하면 그는 '나는 어디 있단 말인가'로 자아를 찾으며, '나'에서 '너'로, '너'에서 '그'로 계속되는 여정은 반복과 차이를 연기하며, 자기동일성을 증명하고 있다. 그의 초기 시는 인식주체로서의 '나'에 대한 관심으로 일관한다. 첫 시집 『사물A』, 둘째 시집 『환상의 다리』, 셋째 시집 『당신의 초상』, 넷째 시집 『사물들』까지가 대체로 그러하다. 그러나 다섯째 시집 『당신의 방』에 오면서 오랫동안 이승훈을 사로잡은 것은 인식주체로서의 '나'가 있기 때문에 인식대상으로서의 '너'가 있다는 태도를 드러낸다. 즉 그는 탈주관성의 문제, 혹은 자의식에서 벗어나는 문제에 관심을 갖게 된다.

이승훈의 사유는 타인과의 소통보다는 고독과 단절, 혹은 자의식의 심연으로 자신을 몰고 간다. 또한 '너'에 대한 관심은 자의식의 탐구가

---

90) 이승훈, 『밝은 방』, 고려원, 1995, 「自序」중에서

벽에 부딪히면서 병든 주체에 대한 인식, 병든 주체의 부정, 이 부정을 통하여 만나게 되는 객체의 의미, 주체와 객체의 대립을 극복하는 일로 나누어 볼 수 있다.[91] 이 같은 과정을 거친 이승훈은 '나'의 현존은 '너'의 부재를 전제로 한다는 깨달음을 갖는다. 이 깨달음은 '나/너'의 동일성의 성취가 어렵다는 판단이고, '나'도 '너'도 환상이라는 주장이다.

이승훈은 일곱 번째 시집 『너라는 환상』을 펴내고서부터 '나'를 '그'라고 부르는 것으로 발전된다. '나/너'의 관계는 동일성의 세계를 지향하지만 '나/그'의 관계는 주체의 소멸, 주관성의 허위, 의식적 주체에 대한 병적인 반감으로 변한다. '나'를 하나의 인격체로 보기보다는 사물, 즉 사회라는 비인간적인 객관성에 종속되는 소모품으로 본다. 앞의 인용문에서도 '나는 어디에도 없다'는 말로 자아를 부정하는 태도를 분명하게 보이고 있다. 그의 자아부정은 대립하는 주체와 객체의 경계를 허무는 동일성 증명이다. 즉 주체와 객체의 대립을 극복하는 차원이며, 이 대립의 극복은 불이(不二)사상으로 발전해 나아간다. 그의 자아탐구는 1960년대부터 지금까지 집요하게 '나는 누구인가?'라

---

91) 4가지 유형의 탐구는 다음과 같다. 첫째 유형으로 주체와 객체의 대립을 극복하는 일이란 모든 인식은 세 단계에 걸쳐 발전하는 바, 첫째 단계는 주체가 있으로 객체가 있다는 논리, 둘째 단계는 주체가 없어도 객체가 있다는 논리, 셋째 단계는 주체와 객체의 대립이 지양되어 하나로 존재한다는 논리를 보여준다. 이승훈은 그의 시집 『당신의 방』에서 그가 관심을 두기 시작했던 주체와 객체의 대립극복이라는 명제는, 이상의 세 단계의 논리에 따르자면, 셋째 단계에 가서야 탐구될 수 있는 내용이었다. 인식의 주체로서의 '나'가 있든 없든 인식대상으로서의 '너'는 있다는 사실 앞에서 그는 '나'란 중요한 게 아니라는 확신이다. 이것에 대해 불교적 담론에 따르자면 '나'와 '너'에 대한 새로운 인식에 해당된다. 다시 말해 첫째 단계를 객관적 인식이라 할 수 있다면, 둘째 단계는 주관적 인식, 셋째 단계는 선적 인식 혹은 불교적 인식의 세계이다. 요약하면 인식주체로서의 '나'가 없어도 인식대상으로서의 '너'가 존재한다는 그의 깨달음은 세 단계를 놓고 볼 때 둘째 단계에서 셋째 단계로 넘어감을 뜻한다./이승훈의 『시적은 것은 없고 시도 없다』, 집문당, 2003, 91~93쪽. 참고 바람.

는 관심을 가져왔던 주제이다. 이것은 자아에 대한 인식론적 회의로 나타났고, 곧 구체적인 사물이나 현실을 괄호 친 상태에서 자아를 찾는 작업이었다. 그러던 그가 시집 『밝은 방』(1995)을 출간하면서 자아탐구는 자아소멸, 혹은 주체소멸이라는 명제를 가져왔고, 이는 곧 자아부정으로 치달았다.

이승훈의 자아찾기 과정은 한국시의 자아탐구라는 과제를 한층 발전시킴과 동시에 고도로 심화시키는데 적잖은 공헌과 영향을 미친 것으로 판단된다. 그가 자아를 부정한다는 것은 실제로 그가 찾던 자아가 너무 많이 없는 것과 같다는 것으로 자아를 찾던 일을 포기한 것으로 볼 수 있다. 이를테면 '나는 있다'고 주장하던 그가 '나는 없다'고 했던 말을 그 이유로 삼을 수 있다. 또 그의 자아부정은 세계의 부정이다. 세계를 부정한다는 것은 크게는 우주와 자연을 부정하는 것이며, 작게는 시간과 공간의 부정이고, 결국 인간세계의 부정이다. 그가 주장하는 자아부정은 어떤 대상에 대해 말하기를 포기하는 것이라고 앞서 말한 바 있다. 어떤 대상에 대해 말하기를 포기한다는 것은 말하기를 포기한 다음에도 시를 쓸 수 있는 새로운 가능성을 제기하는 것이다. 결국 대상이 아니라 대상과 자아가 공유하는 가능성으로서의 질서를 노래한다는 뜻이다.[92] 그러나 그는 비대상 시론이 한 단계 발전되기 전에는 대상을 괄호 친 상태에서의 자의식 혹은 자아의 심리적 실체만을 강조했다. 이것을 그는 '실존의 현기'라고 명명했다. 이 '실존의 현기'를 극복하는 문제가 그가 안고 있는 과제이다.

　　내가 삽을 들면/너는 달려온다/너는 없지만/너는 어디에나 있다/

---

92) 이승훈, 「자아와 대상의 부정」, 『포스트모더니즘 시론』, 세계사, 1991, 261쪽.

너는 방에 누워있고/너는 울고 있고/너는 거울을 보고 있고
— 「너는 누구인가」 일부93)

앞의 「너는 누구인가」를 통해 이승훈은 말하기를 포기한 다음에도 시를 쓸 수 있다는 새로운 가능성을 보여준다. 이 시행들은 어떤 대상의 세계에 대해 일체 말하지 않는다. 앞의 시가 갖는 시적 대상은 '너'이다. 그러나 이승훈은 '너'에 대해 구체적으로 말하지 않는다. 가령 '너는 없지만/너는 어디에나 있다'와 같은 시행은 과거 자아의 심리적 실체만을 강조했던 세계를 극복하려는 차원의 새로운 양상이다. 특히 '너는 없지만/너는 어디에나 있다'는 것과 같은 시행들은 비트겐슈타인(Ludwig Wittgenstein)이 정의한 소위 동어반복(tautology)의 개념에 가깝다. 비트겐슈타인은 구체적 현실이나 대상에 대해서 어떤 말도 하지 않으면서 존재하는 말을 동어반복이라고 했다. 가령 '바람이 불거나 불지 않는다'의 언어 형식과 같은 것이다. '바람'에 대해 말한다는 것은 '바람이 분다' 또는 '바람이 불지 않는다'는 언어형식으로 나타낸다. 이것은 기상에 대한 정보를 전달한다. 그러나 '바람이 불거나 불지 않는다'는 언어 형식은 구체적 현실로서의 '바람'에 대해서는 말하지 않는다. '바람'이라는 대상과 자아가 공유하는, 눈에 보이지 않는 진리, 혹은 가능성으로서의 질서를 보여줄 뿐이다. 이러한 언어 형식은 말하는 세계가 아니라 보여 주는 세계다. 그것은 세계에 대하여 말하지 않고, 세계와 자아가 공유하는, 숨어 있는 정신적 구조를 보여준다.94)

순수한 형식의 언어 속에는 구체적 대상의 흔적이 소멸해 있다. 이 순수형식의 논리는 대상을 괄호 속에 놓은(자아/(대상)/언어) 다음에 자

---

93) 이승훈, 『당신의 방』, 문학과지성사, 1986, 20쪽.
94) 이승훈, 앞의 책, 262쪽.

아, 혹은 정신의 구조를 보여준다. 이러한 자아는 그가 앓고 있던 '실존의 현기'의 자아를 새롭게 극복하는 것이기는 하지만, 다른 한편으로는 초월적 자아로 발전할 가능성이 높아 보인다. 초월적 자아란 '내가 안다는 것을 아는 자아'를 뜻한다. 그러나 속을 들여다보면 '내가 안다는 것을 아는 자아'인 초월적 자아, 혹은 '내가 보여준다는 것을 아는 자아'는 어디에도 존재하지 않는다. 이러한 자아는 어떠한 세계에도 속하지 않고, 오히려 어떠한 세계를 한정시켜 버린다. 세계를 제약하는 자아에 대한 신뢰는 다시 유아론(solipsism)의 차원으로 떨어진다.

이승훈이 보여 주기의 양식으로 시를 쓴다는 것은 매우 위험한 줄타기를 하는 것이다. 위험한 줄타기를 하는 것은 자칫 시가 추상의 세계로 떨어질 공산이 크다. 이처럼 그는 보여주기의 언어적 한계에 다다르게 된다. 전락에 대한 두려움을 극복하려는 방법으로 시인으로서의 자의식보다는 언어 자체의 자율성에 기대고 있다. 언어 자체에 기대는 방법은 곧 자아를 소멸시키는 방법이며, 자아소멸을 가져오는 과정에서 이승훈은 이 세계에는 어떤 중심도, 어떤 이성도, 어떤 본질도 없다는 새로운 인식론과 대면하게 된다. 이것이 바로 언어와의 만남이다. 곧 '나-너-그'의 자아가 같은 자아라는 동일성의 증명이다. 그러나 이 동일성 증명에 앞서 '자아' 즉 '나'는 없다는 결론에 도달하고 시쓰기에 있어서 마지막으로 의지하고 믿은 것은 '언어'일 뿐이라는 자의적인 내면을 보인다. 그가 자아를 문제 삼는 것은 무아(無我)를 실천하고, 아상(我相)을 버려야 하는 이유를 찾는 데에 그 목적이 있다.[95] 때문에 이승훈의 시론은 시로 표현하기 어려운 시 창작과 관련된 사유의 표현으로서, 방법론적인 자의식이 강하게 드러나 있다.[96]

---

95) 이승훈, 『탈근대주체이론-과정으로서의 나』, 푸른사상사, 2003, 16쪽.
96) 서준섭, 「바깥으로의 사유」, 이승훈의 『시적인 것은 없고 시도 없다』시해설, 집문

선(禪)이란 초월적 관념의 세계가 아니라 '자아없음'에 대한 깨달음이다. 그런 점에서 세계로부터의 해방을 노리는 사상이다. 말하자면 초월이 아니라 해방이 문제다. 이승훈에게도 '나'로부터의 해방, '너'로부터의 해방, '세계'로부터의 해방이 문제다. 그에게 새로운 시쓰기가 요구하는 것은, 이를테면 이제까지 믿어온 시쓰기가 불가능한 것은 이 같은 사정 때문이다. 그가 그 동안 시쓰기에서 얻은 깨달음 중에 하나가 자신이 시를 쓴다고 하지만 '나'는 시를 쓰는 게 아니라 즉 시를 생산하는 게 아니라 시에 의해 구성된다는 사실이다. 이 같은 사유 속에서 그가 깨달은 것은 시쓰기의 불가능성, 그 동안 믿어온 부르주아적 시쓰기가 불가능하다는 점이다. 그러므로 앞서 언급했듯이 '나'는 시를 생산하는 게 아니라 시에 구성된다. 시를 쓰는 '나'는 시 속으로 들어가지만 '나'는 시를 쓰는 '나'가 아니다. 그렇다면 시를 쓰는 '나'는 누구이며 시 속에 있는 '나'는 누구인가라는 것이다. 즉 시를 쓸 때 쓰는 '나'는 사라지고, 다른 '나', 말하자면 시 속의 '나'가 탄생한다.

그런 점에서 그의 시쓰기(문학)는 '나의 소멸', '나를 지우기', '나는 없다'는 것이다. 즉 지금 여기 있는 동안 있다고 믿어온 나를 없애기이며 결국 부재의 증명이다. 다시 말해 '나'는 시를 쓸 때, 말할 때 태어날 뿐이라는 것이다. 이것은 부르주아적 시쓰기의 주체인 '나'에 대한 회의와 부정을 나타나는 일이며, 부정과 회의는 부르주아적 주체에 대한 부정과 회의로 발전한다. 이 시대에 새로운 시쓰기가 필요한 것은 오늘날 일반화 되어 가는 시들에 대한 '절망적인 질문'이 없기 때문이고, '정체성 상실'이 그 원인이다. 요약하면 동일한 시작품의 재생산이다. 가령 A라는 시인의 시와 B라는 시인의 시가 교환관계에 있음을 의미한다.

당, 2003, 297쪽.

곧 자본주의 사회를 지배하는 교환가치가 시의 영역, 정신의 영역까지 파고든 것이다.

이승훈의 자아부정은 이 같은 시들에 대한 부정이고, 시의 상실, 시의 소멸 현상에 대한 자각과 사유이며, 고뇌다. 따라서 그가 사유한다는 것은 부정한다는 의미를 지닌다. 사유 주체로서 '나'는 부정된다. 왜냐하면 객체와 주체 사이에 언어라는 고통이 개입되기 때문이다. 즉 사물이 언어화될 때 사물은 희생된다. 이런 점에서 언어는 하이데거의 '존재의 집'이 아니라 소위 그가 주장하는 '존재의 짐'이며, 언어도 인간도 사물도 모두 죽인다는 것이다. 그는 시를 부정하려고 시를 쓴다.[97] 아도르노는 "삶의 사무치는 공허감 속에서 빠져나가기 위해서는 저항이 필요하며, 이런 저항의 핵심수단이 언어"[98]라고 지적한 바 있다. 이처럼 이승훈은 부정과 해체와 소멸을 통해 실재계에 도달하고자 한다. 즉 자아의 해체는 언어와 자아가 실재계의 차원에서 하나가 되고자 하는 행위이다.

2) 포스트모더니즘의 수용

이합 핫산(Ihab Hassan)에 의하면 포스트모더니즘은 불확정 편재성(indetermanence)이라는 개념으로 요약된다. 이것은 불확적성(indeterminacy)과 보편적 내재성(immanence)을 결합시켜 만든 조어이다.[99] 불확정 편재성이라는 용어가 환기하듯이 포스트모더니즘은 분명하게 정의할 수 없는 매우 복잡하고 모호한 내용들을 거느리는 것만은 사실이다. 포스트모던은 근대 서구 문명의 구조를 전복 시킬 수 있을 모호한 악마적

---

97) 이승훈, 『시적인 것은 없고 시도 없다』, 집문당, 2003, 150쪽.
98) 이승훈, 앞의 책, 151쪽.
99) 이승훈, 『포스트모더니즘 시론』, 세계사, 1991, 30쪽.

인 세력을 지시하는 유사 묵시록적인 개념이며, 비합리성, 아나키 (anarchy), 그리고 위협적인 불확정성을 암시하며, 그 용어가 사용되는 다양한 문맥으로부터, 한 가지 사실인 것은 '포스트모던'이 압도적으로 부정적인 함축을 갖는다[100]는 것이다.

여기서 주목해야 하는 것은 '포스트모던'의 '부정성'이다. 즉 이승훈의 부정시론을 연구 대상으로 하는 본 논문의 주제와 밀접한 관련성을 가지고 있기 때문이다. 포스트모던이 부정의 의미를 함축한다는 명제와 본 장에서 검토할 '자아부정'과 관련하여 생각할 때 '포스트모던'의 의미가 다양하게 사용되지만 압도적으로 '부정적인 함축'을 갖는다는 입장이라면 이승훈의 '부정시론'이 무엇인가라는 문제 제기를 위해서는 포스트모더니즘의 이해는 불가피하다.

> 그렇다면 우리는 우리 문화에 있어서의 하나의 새로운 단계와 조우하고 있는 셈인데, 그것은 동기와 근원에 있어서 하나의 소망 즉 피투성이가 되어 버린 모더니즘의 유산과 단절하려는 소망을 나타낸다…… 그 새로운 감수성은 관념을 참지 못한다. 그것은 단지 어제까지의 우리 비평의 구호일 뿐인 복합성과 정합성의 구조들에 대해 참지 못한다. 대신 그것은……(중략)그것은 합리성에 대한 경멸, 정신에 대한 참을 수 없음을 숨쉰다…… 그것은 과거에 싫증나 한다. 왜냐하면 과거는 지겨운 놈 a fink이기 때문이다.[101]

이 인용문은 포스트모더니즘의 개념을 정리한 글이다. 대체적으로 포스트모더니즘을 ①모더니즘의 연속 ②모더니즘과의 단절 ③모더니즘의

---

100) M. Calinescu, Matei, 「모더니티의 다섯 얼굴」, 이영욱 외 옮김, 시각과 언어. 1993., 166쪽.
101) M. Calinescu, Matei, 앞의 책, 164쪽.

변증법 지양이라는 시각을 전제로 하는 작은 원리를 도출할 수 있다. 이승훈은 특히 ②와 같은 모더니즘의 비판을 통해 단절을 가져왔다. 그가 이런 것들과의 단절을 꾀한다는 것은 곧 포스트모더니즘의 수용이라 할 수 있다. 따라서 포스트모더니즘의 수용은 자아해체라는 새로움의 추구라는 명분을 갖기에 충분하다.

이승훈은 ②와 같은 모더니즘의 유산과의 단절로 포스트모더니즘의 경향을 보여준다. 그는 전통적 가치와 그 가치가 전달되는 수사법도 거부하는 경향을 가지고 있으며, 사회적 존재로서의 인간보다는 개인으로서의 인간을 더 강조한다. 또 근본적으로 반지성적이며, 인간의 이성이나 일체적 도덕감보다 정열과 의지를 더 중시한다. 이승훈은 의식보다는 무의식을 강조하던 모더니즘 질서에 대한 반항과 극도의 작품내용의 파편화 및 현상학적 비평이론 등을 내세우고, 자아와 주관성에 대한 새로운 입장과 패러디와 패스티쉬, 그리고 탈장르화, 임의성과 우연성, 자기 반영성 행위와 참여의 정체성을 지닌 포스트모더니즘으로 이동한다. 불안과 광기, 현기증, 그리고 결핍증을 떨쳐버리지 못하는 자아탐구의 한계가 그를 포스트모더니즘의 경향으로 관심을 돌리게 했다. 대상이 없는 자아탐구를 하던 이승훈은 자아소멸이라는 명제로 자아를 해체한다. 그러나 그의 자아해체는 파괴(destruction)가 아닌 건설(construction)의 의미를 지닌다.

포스트모더니즘은 이성·중심주의에 대해 근본적인 회의를 내포하고 있는 사상적 경향이다. 이것은 2차 세계대전 및 여성운동, 학생운동, 흑인인권운동과 구조주의 이후에 일어난 해체 현상의 영향을 받았다. 포스트모더니즘의 특징은 탈중심적인 다원적 사고와 탈이성적 사고이다. 이러한 명제를 염두에 두고 포스트모더니즘의 특성을 안드레아스 후이센(Andreas Huyssen)의 입장102)에서 살펴보려는 것은 이승훈이 추구하는 포스트모더니즘이 후이센과 동일성하다는 데에 있다.

안드레아스 후이센의 견해를 바탕으로 한 포스트모더니즘의 특성을 요약하면 크게 4단계로 나눌 수 있다. 먼저 다다이즘과 아방가르드의 속성을 지니고 있다. 두 번째는 제도권 예술103)로 인식되는 것들에 대한 우상적 파괴의 성격을 가지고 있다. 세 번째는 아방가르드가 지녔던 기계예술, 즉 텔레비전, 비디오, 컴퓨터 등과 같은 기계기술에서 발견하는 미학의 가능성이다. 끝으로 '대중'과 '고급'이라는 문화와 예술의 경계를 허무는 일이다. 우리는 네 가지 견해 중에서 주목해야 할 것은 '파괴'라는 단어에 유의해 볼 필요가 있다.

페터 뷔르거(Perter Burger)가 말했던 '파괴'에 대해 우리는 해체가 아닌 새로운 건설의 의미를 받아 들여야 한다. 왜냐하면 여기에서의 파괴는 단일화된 어떤 것, 즉 예술, 집, 주의(主義) 등과 같은 것을 해체 또는 허물어뜨리는 경우가 아닌, 두 가지의 그 어떤 것들에 대한 경계를 허물어 하나로 통일시키자는 정신, 또는 운동이기 때문이다. 앞서 그의

---

102) 안드레아스 후이센, 「포스트모더니즘의 위상정립을 위해」, 『포스트모더니즘론』, 정정호 역, 도서출판 터, 1989, 285~297쪽.
103) 제도권 예술이란 용어에 대해 뷔르거는 먼저 사회 속에서의 예술의 역할이 인식되고 정의 내려지는 양식과 그 다음으로는 예술이 생산되고 판매 분배 소비되는 양식을 가리킨다. 뷔르거는 『아방가르드 이론』이라는 저서에서 유럽의 역사적인 아방가르드-다다, 초기 초현실주의, 탈혁명의 러시아 아방가르드-<뷔르거가 주로 3가지 운동에 대해 아방가르드란 말을 마련한 사실은 미국 독자들에게는─만일 20세기 독일의 미학사상의 전통내의 브레히트와 벤야민에서 아도르노에 이르는 주장의 위상을 이해하지 못한다면─특이 하거나 또 불필요하게 제한적이라는 인상을 줄 수도 있다. >의 주요 목적은 예술상, 문학상의 재현 양태들을 변화시키는 것뿐만 아니라 부르주아 제도권 예술과 그들의 자율성 이데올로기를 약화시키고, 공격하며, 변형시키려는 것이었다고 주장한다. 상세한 내용은 정정호·강내희 편, 『포스트모더니즘론』, 도서출판 터, 1990, 285~286쪽. 참고 바람.

해체가 파괴가 아닌 건설이라고 한 바와 같이 2항 대립적인 것들에 대한 경계 허물기로, 이것은 새로운 세계의 창조, 대립적인 경계 허물기, 또 하나의 새로운 세계 건설의 의미를 가진다. 따라서 그의 자아부정은 자아소멸을 의미하고, 이 자아소멸은 결국 불이(不二/異)의 사상과 맥을 같이 한다. 불이사상은 주지하듯이 '둘이 아니다'는 뜻이다. '하나'라는 의미로써 자아부정을 통하여 통일된 자아를 추구한다.

이승훈이 주장하는 '비빔밥 시론'의 섞임이라는 것은 혼합성, 복수성의 의미를 가진다. 독자와 시인이 혼합되고 섞이는 시이며, 둘의 관계가 하나가 되는 시, 즉 독자의 참여를 요구하는 시론이다. 섞인다는 것은 각각의 주체가 사라지면서 새로운 주체, 하나가 된 주체를 생성하는 과정이다. 이것은 단일한 세계가 아닌 복수성의 세계, 즉 파편의 세계이다. 비빔밥은 바깥에서 안으로 들어가고, 밥과 반찬이 섞여서 비빔밥이란 새로운 혼합물을 낳고, 시와 비시가 섞이고, '나'와 '너' 또는 '너'와 '그'가 섞여 '나=너=그'가 하나가 되는 불이(不二)의 세계이다. 불이의 세계, 즉 하나가 된다는 것은 2항 대립체계와 위계질서가 해체될 때 가능하다. 이때 주체와 주체, 주체와 객체, 자아와 자아는 양자 간의 대립을 필요로 하지 않는다. 이런 논리에 따라 그는 「비빔밥 시론」을 통해 섞임의 미학을 추구한다. 강조하건데 이승훈의 해체는 분열이 아니며, 파괴는 더욱 아니다. 건설의 개념을 가질 때 비로소 성립이 가능한 해체이다.

이승훈의 「비빔밥 시론」은 섞임으로써 하나를 이루는 불이사상에 근거하므로 이항대립을 가져오는 서구의 이원론적 사상과 대립되는 동양의 일원론적(一元論的) 사상을 담고 있다. 일원론적 사상은 우주의 근본원리인 본체의 세계와 현상의 세계가 근원적 차원에서 둘이 아니라 하나로 연결되어 있다. 그의 자아부정은 '나는 없다'는 의미를 지니고, '나는 없다'는 의미는 자아가 해체되었을 때 가능한 것이다. 그가 사유하는 해체는 '하나'가 되는 평등사상을 근원으로 한다. 그의 사유는 매우 유목적(nomade)이다. 즉 이성적 사고를 부정하고, 탈중심주의를 지향하며, 허황한 인식에서 벗어나 본래적인 공의 실체를 보려는 행동양식이다. 다시 말해 불안의 고통을 벗어나는 해탈(解脫)의 방편으로서 허황한 집착을 버리고, 깨달음을 통해 연기의 배후에 깔려있는 본래적 공의 세계로 귀착하는 '있는 그대로 진실의 모습', 혹은 '모든 물질의 본연 그대로의 모습'의 뜻을 지닌 여여(如如, tatahta)의 모습을 회복하는 일이다.

이승훈의 부정의 산물이란 인간은 정신과 육체가 분리된 별개의 존재가 아닌 통합된 전체라는 심신일원론적인 사상을 바탕으로 한다. 요약하면 '세계'와 '나'가 둘이 아닌 하나라는 의미로 '범아일여(梵我一如)'라는 불이사상이다. 그의 입장에서 '쓴다는 행위'는 '나를 버리는 행위'이다. 그가 시를 쓸 때 종이 위에 '나'를 버리고, 혹은 버려지고, 하나의 차이로 존재한다. 시 속의 이승훈은 시 밖의 이승훈을 버릴 때 태어난다. 따라서 두 자아 사이에는 차이가 존재한다. 그는 없고 차이만 있다. 다시 '나를 버리는 행위'는 소멸이며, 그것도 다름이 아닌 자아소멸이다. 소멸은 해체다. 해체는 파괴적이고 부정적인 느낌을 주지만 문학에서는 창조이고 건설이다. 따라서 그가 말하는 해체의 의미는 다시 말하지만 파괴가 아닌 건설의 의미로 새로움의 발견이며, 창조로서 아방가르드의 본령이다.

쓴다는 것은 고독하다는 것이며 나를 나에게서/ 분리시키고 두
개의 나를 만드는 행위라고 생각합니다 /그러나 쓴다는 것은 나를

버리는 행위입니다 종이 위/에 나를 버리고 나는 하나의 차이로 존
재합니다 /그러나 쓴다는 것은 계속 쓴다는 것은 나를 계속 연기/시
키는 일입니다 종이 위에서 나는 계속 연기됩니다/나는 이미 내가
아닙니다. 나타나고 사라지는 무수한/텍스트 밝은 방 속에 드러나는
이 흔적!/그러나 쓴다는 것은 산다는 뜻입니다 글 속에만 내가/ 있
으므로 나는 내가 아니고 동시에 나입니다 /오오 그러나 쓴다는 것
은 내가 언어이며 타자라는 사/실이고 타자의 타자가 나라는 사실이
고 이 나는 무수/히(글을 쓰는 만큼) 나타나고 사라집니다/그러니까
사막입니다 계속 쓴다는 것은 우리 인생에 /의미가 없다는 사실을
깨닫는 일이고 방랑이고(아무/튼 시작도 끝도 없지요) 내 시는 여기
서 끝내야겠습니/다

— 「답장」일부104)

앞의 글은 이승훈의 시론시로서 「답장」의 일부이다. 이 시의 전문
(全文) 속에는 세 개의 코드가 들어 있다. 하나는 편지를 보내온 시인의
시, 하나는 이승훈 시인이 쓴 시론, 하나는 이승훈의 근황이다. 하나의
메시지 속에 두 가지 이상의 코드가 들어 있는 것은 비빔밥과 같다. 이
같은 형식은 복수성 미학이다. 이 형식을 갖춘 시로는 「끄노에 대한 단
상」(『시와반시』, 1996년 봄호), 「거짓말을 하든지 죽든지」(『현대시학』,
1996년 4월호)가 해당된다. 차이는 반복을 낳게 한다. 차이는 두 상태
의 정태적인 비교에서 도출되는 그 어떤 것이 아니라 두 상태가 만나고
섞임으로써 생성된다. 곧 이승훈의 「비빔밥 시론」이 그와 같다. 그는
반복을 대명사적인 것으로 생각하고, 반복의 자기를 발견하고, 스스로
반복의 독특성을 찾아낸다. 반복은 반복하는 사람이 없으면 반복이라

---

104) 시의 전문은 5연 37행으로 되어 있는 비교적 긴 시에 속한다. 본고에서는 4연 17
행만 실었다. 시의 전문은 이승훈의 시집 『나는 사랑한다』, 세계사, 1997, 33~34
쪽. 참고 바람.

는 개념이 성립되지 않는다. 또한 반복하는 영혼이 없는 반복이란 있을 수 없다. 그는 반복을 '반복하는 것'과 '반복되는 것' 그리고 '대상'과 '주체'의 양립의 두 개념에서 '반복하는 것'과 '반복되는 것'의 구별에 천착한다.

전자의 반복은 같음의 반복이고, 개념이나 재현의 동일성에 의해 설명된다. 또 개념의 결핍에서 성립하는 부정적 반복이며, 가언적이고 정태적이다. 결과 안에서 반복이 일어나며, 수평적이다. 후자의 반복은 이념의 과잉에서 성립하는 긍정적 반복이다. 또 정언적이고 동태적이며, 원인 안에서 일어나며 수직적이다. 차이는 두 반복 사이에 있고, 그 차이는 반복의 생성지점이다. 이승훈은 차이와 반복을 통해 안주하기보다는 변화의 길, 그리고 연속성을 기대하는 모순의 불완전성을 찾는다. 또 수직적 위계질서상의 차이가 아니라, '평등으로서의 차이'를 새롭게 모색한다. 우월한 것과 열등한 것 사이의 차이는 필연적으로 '발전'이라는 개념을 끌어들인다.

이승훈은 모든 열등한 문화가 서구를 본받아 천천히 개화되어 나간다는 발전 사상이 아니라 수많은 다양한 것들 사이의 차이만이 계속 '반복'되는 것이 역사라고 본다. 또 그가 사유하는 '차이와 반복'은 우월성과 열등성의 우울한 대립 너머에 있는, '다양성이 공존하는 평등'이다. 첨언하면 안과 밖, 어둠과 빛으로 반복하면서 상승의 에너지를 분출하거나 또는 경계에 서 있으면서 영겁회귀(永劫回歸)를 반복한다. 가령 앞의 「답장」에서 '글 속에만 내가 있으므로 나는 내가 아니고 동시에 나입니다'라는 시구에서 니체 철학의 근본사상의 하나인 '똑같은 것이 그대로의 형태로 영원에 돌아가는 것(回歸)이 삶의 실상(實相)', 즉 영원회귀를 보여 준다.

이승훈의 '부정'은 곧 '긍정'으로서 긍정을 위한 부정이다. 그의 자아 부정은 자아긍정이라는 의미이다. 이것은 '나는 내가 아니고 동시에 나'라는 등가의 성립을 통해 알 수 있다. 또 현실/이상, 현상/본질, 남/여, 땅/하늘, 선/악과 같은 2항 대립체계를 초월하려는 사유다. 대립적인 것들의 본질로부터 벗어나 하나가 되는, 하나는 대립을 필요로 하지 않는 세계, 곧 그가 지향하는 세계다. 이러한 명제들을 앞세워 '초월'을 이해하려고 할 때 그것은 '해체'의 개념이 포함된다. 이 해체는 파괴가 아닌 대립적인 것의 해체다. 즉 '나는 내가 아니다'라는 명제는 불교에서 말하는 무아(無我)의 개념과 같다.

이승훈의 자아탐구 작업은 포스트모더니즘의 이론 및 세계관과 결합시킨 것으로서 의미를 지닌다. 또 해체 담론은 권위적인 질서나 의미의 체계 혹은 중심적인 사고 체계를 전복하는 데 목적을 둔다. 미하엘 토이니센(Michael Theunissen)은 '부정'이라는 말 속에는 '존재하지 않는 것'이라는 의미와 '존재해서는 안 될 것'이라는 의미가 내포되며, '부정변증법'과 관련해서는 후자가 결정적 의미를 지닌다고 지적한다. 그러나 '부정변증법'에서 '부정'은 또 한 가지의 결정적 의미를 지닌다. 즉 부정적 상황, 바람직하지 않은 상황을 '비판하고 거부한다'는 의미가 그것이다.[105]

한국시에는 두드러진 특징이 하나있다. 본래부터 강한 언어를 사용하던 시인은 말할 것도 없고 억양을 낮춘, 때로는 여성적인 언어를 주로 사용하던 시인들마저도 근래에 와서는 수백마력짜리 강력한 말들을 혹사하고 있다. 「살육」, 「전율」, 「막강한 힘」같은 언어들이

---

105) 아도르노, 「해방적 실천은 충분히 해방적인가」, 『부정변증법』, 홍승용 옮김, 한길사, 2003, 30쪽.

시의 증명서가 되었다. 필자는 이 현상이 오늘날 우리의 정신풍토와 무관하다고 생각하지 않는다. 우선 이승훈씨의 「지옥의 올훼」(현대시학)를 살펴보자, 이십 편이나 되는 이 시는 첫 행의 「힘은 암흑 속에서 샘솟는다」부터 마지막 강력한 말들의 묶음으로 빡빡하게 차 있다. 끝까지 읽고 난 뒤의 인상(印象)은 「강력한 부정(否定)」이다.106)

앞글에서 '강력한 말'이라는 어구가 던져주는 의미에 대해 주목해야 할 사항은 두 가지로 집약할 수 있다. 첫 번째는 ⓐ '이 현상이 오늘날 우리의 정신풍토와 무관하다고 생각하지 않는다'는 말이고, 두 번째는 ⓑ '강력한 부정(否定)'이라는 표현이다. ⓐ에 대해 <Ⅱ장 대상부정의 시론>에서 그의 불안과 자의식의 과잉에 의한 전위적인 실험시의 진단을 이상(李箱)과 같은 정신 병리학적 입장에서 분석해야 한다는 논의 과정을 거친 바 있다. 그러나 여기에서 논의 하고자하는 것은 ⓑ의 부정(否定)에 대한 고찰이다. 즉 이승훈의 '부정'의 의미는 자아해체를 통한 불이의 세계를 지향하려는 새로운 시쓰기의 시도이다.

3) 자아부정의 한계

이승훈은 '나-너-그'라는 인칭변화를 통하여 지속적으로 탐구해오던 자아는 '없다'는 결론에 도달한다. 자아가 없다는 것은 자아찾기의 실패이고 곧 자아가 언어라는 것이다. 이렇게 언어를 옹호하는 자세, 태도, 행위 그 자체가 '자아부정'이고, 그 결과 아무것도 '없음'이다. 또 '나는 없다'는 자아의 속성이 모두 허구임을 깊이 깨달은 결과이다. 이 같은 결과로 자아부정의 시론이라고 말할 수 있는 「비빔밥 시론」, 「해체 시론」을 주장하게 된다. 자아부정을 통하여 주체와 언어를 해체하는

---

106) 황동규, 「강하게만 느껴지지 않는 강한 시어」칼럼, 『동아일보』, 1974. 3. 18일자.

과정을 보여주며, 그가 얻으려 했던 것은 해체와 탈근대적인 담론인 문학적 실험성과 연관이 있다. 이러한 방식의 시쓰기는 동양적 사상과의 접목을 시도한다. 특히 그가 포스트모더니즘의 수용은 동양적 모색의 시작으로 볼 수 있다. 이것은 그가 선(禪)으로 향하는 단초가 된다. 왜냐하면 자아는 삶의 무의미성을 깨달은 후에 기원으로 돌아가고자 하는 욕망을 포기하는 존재론적 위기를 드러내기 때문이다.

이승훈은 1963년 등단을 하고 첫 시집『사물A』(1969)를 낸 이후부터『밤이면 삐노가 그립다』(1993)는 시집을 낼 때까지 등단을 기준으로 하면 30년이고, 첫 시집을 기준으로 하면 25년 동안 자아를 찾았지만 '자아 없음'을 발견한다. 자아탐구에서 자아가 없다는 인식에 도달하기까지 30여 년이 걸린 셈이다. 그가 집요하게 자아탐구에 천착하였지만 자아부정으로 발전하고, 대상-자아-언어에서 언어만 남고 언어가 시를 쓴다는 결론에 이르게 된 것을 의미한다. 그의 시론을 지배하는 것은 부정정신이다. 처음부터 리얼리즘이나 리리시즘과는 거리가 멀었고 지속적인 새로운 실험을 통해 새로운 세계, 새로운 방법을 찾으려고 했다. 새로운 것에 대한 또 다른 새로운 관심이다. 따라서 그는 과거 시인들이 노래했던 것을 '또' 그리고 '다시'라는 의미로 노래할 필요성을 가질 이유가 없다. 이것은 "이상한 토양에 이상한 거름으로 된 이상한 꽃"이며, "차가운 뼈"이고, "아주 강한 개성 때문에" 한국시단에서 "혼자 동떨어진 존재"[107]이기 때문이다.

> 60년대부터 시작된 나의 시쓰기는 자아/언어/대상의 관계에서 대상을 괄호친 상태에서의 자아찾기였다. 30년 동안 나의 자아찾기는 '나/너/그'라는 인칭변화를 통해 계속된 셈이지만 시집『밝은 방』을

---

107) 김영태, 이승훈 · 박찬일 대담,『이승훈의 문학탐색』, 푸른사상, 2007, 54~55쪽.

내면서 깨달은 것은 자아찾기가 자아소멸로 전환된 점이고 마침내 '나는 없다'는 생각이 들고, 이젠 좀 자유롭다. 남은 것은 언어뿐이다. 30년 동안 '나'를 뜯어 먹고 살았지만 그 '나'가 없다면 이제 나는 언어를 뜯어 먹고 살아야 하리라. 나의 무능력이 나의 능력이다. 시는 배고픔을 먹고 산다.108)

앞에서 인용된 글은 이승훈이 그의 시집 『나는 사랑한다』(1997)의 「自序」에 남긴 글이다. 인칭변화를 통해 자아를 찾았지만 그가 사유하는 자아는 허구이고, 한낱 꿈이며, 허망이고 헛것이었다. 결론적으로 '자아는 없다'는 것이고, 이것은 '나는 없다'라는 의미로의 발전이다. 이런 사유는 30년간 집요하게 '나'를 찾으며 살았던 이승훈에게 '언어'에 기대어 시쓰기를 해야 한다는 새롭게 주어진 명제라 할 수 있다. 이승훈은 『밝은 방』(1986)을 내면서부터 자아탐구가 자아소멸로 전환되었다. 자아탐구에서 자아소멸로 전환되었다는 것은 자아찾기의 한계점을 드러낸 것이다. 그러나 그 한계는 한계로 끝나는 것이 아니라 자기구원과 자기해방을 위해 철저히 또 다른 길의 모색일 따름이다. 자아탐구로부터 자아소멸로 전환된 상태, 즉 자아부정에서 얻은 결론은 언어에 기대는 일이다.

본고의 관심 중에 하나인 이승훈의 자아부정이 한국 문단 내지 시단에 어떤, 또 얼마만큼의 영향을 끼쳤는가에 주목하지 않을 수 없다. 그의 자아부정은 사유에서 자유롭기 위해 객관화된 이미지로 드러나 있다는데 그 나름의 의의를 지닌다. 특히 자아탐구 작업은 포스트모더니즘의 이론 및 후기구조주의 언어학과 세계관을 결합시킨 것으로 의미가 있다. 또 이승훈의 자아의 세계는 모두 끊임없는 유동성의 흔적에

108) 이승훈, 『나는 사랑한다』, 세계사, 1997, 「自序」 중에서.

불과하고 자아의 정체성을 이미지, 환상, 시니피앙 등의 개념으로 파악한 것은 우리 시사에서 보기 드문 경우이다. 자아의 정체성을 환상이나 시니피앙 등으로 파악하는 일은 자아탐구의 한계에 직면했다고 볼 수 있다. 이 한계는 그 한계점을 벗어나려는 극렬한 실험정신이다.

　자아탐구에 실패하면서 자아가 언어에 지나지 않는다는 그의 사유는 곧 자아부정의 동기가 된다. 시쓰기 세 요소 중에서 대상을 괄호 친 상태, 즉 대상을 부정하는 것, 다시 대상을 부정한다는 것은 대상을 버린다는 것으로 '자아-(대상)-언어'에서 대상과 자아를 버리는 '(대상)-(자아)-언어'로 발전되고, 남은 것은 언어뿐이다. 즉 그가 자아탐구에서 얻은 것은 자아는 언어에 지나지 않는다는 사유이다. 예컨대 대명사인 '나'는 언어에 지나지 않는다. 실체는 없고 누구나 '나'다. '이승훈'이라는 언어가 없다면 그가 누구인지를 모른다. 즉 '이승훈'은 언어이고 언어가 이승훈이다. 그러므로 자아가 언어이고, 언어가 자아이다. 때문에 자아부정은 '자아가 아니다'라는 개념이 아니라 '자아가 없다'라는 결론이다. 요약하면 '자아가 없다'라는 것은 자아가 언어라는 것이며, 자아가 언어라면 언어가 시를 쓴다는 결론이다. 대상부정에서 자아탐구로 이어지던 그의 시적 사유는 다시 자아부정으로 발전되는 변화의 관계를 나타낸다. 곧 자아찾기 실패의 결과가 자아부정인 셈이다. 그가 생각하는 자아는 언어에 지나지 않는다. '자아부정'의 끝은 '언어찾기'이고, 언어찾기는 언어찾기의 끝인 동시에 언어부정의 시작이다.

Ⅳ. 언어부정의 시론

1. 욕망의 언어와 시니피앙

1) 시니피앙과 시니피에의 대응 부정

이승훈의 시쓰기가 '자아/대상/언어'에서 '자아/(대상)/언어'로 발전하고, 다시 '(자아)/(대상)/언어'라는 형식을 추구하며 유일하게 기대고, 의지할 수 있었던 것은 '언어'뿐이었다. 그러나 언어도 한낱 떠도는 시니피앙에 불과하다는 결론을 얻은 그 이후부터 언어에 대해 의구심을 갖게 되었다. 즉 언어에 대해 강한 부정으로 일관하게 된다. 언어는 하나의 헛것이라는 것, 허구라는 생각이다.

> 나도 없고 대상도 없고 언어만 남았다. 그러나 이 언어도 버려야 하리라. 언어도 버리는 심정으로 이 심정도 버리는 심정으로 시를 써야 하리라. 언어는 나를 사랑하지 않고 나는 언어에서 벗어날 수도 없다. 오늘도 바람 부는 세상 해질 무렵 시 한 줄 쓴다.[109]

---

109) 이승훈, 『비누』 고요아침, 2004, 「시인의 말」중에서.

이승훈이 언어도 버려야 한다는 주장은 언어도 버리는 심정으로 시를 쓰는 태도이고, 이런 심정도 버리고 시쓰기를 해야 한다는 것이다. 이를테면 언어도 헛것이지만, 언어가 헛것이라는 생각도 버리는 심정으로 시를 쓰는 태도를 말한다. 초기에는 "나도 없고 대상도 없고 언어만 남았다"고 하던 그는 분명히 있을 거라는 믿음과 의지로 탐구하던 '대상'은 결국 '없다'는 결론을 내리고, 다시 '자아'에 기대여 시쓰기를 했었다. 그러나 그 '자아'도 실체로서의 '나'가 '없다'는 것을 깨달은 뒤, 언어를 찾아 나섰으나, 그 언어로 명명될 때 대상의 세계는 죽거나 부재하다는 인식을 갖게 되었다.

> 이 언어에 경의를 표하고 축하하고 감사하고 언어 축복 저주 유죄도 언어 무죄도 언어 개구리 개구리 춘천교대 교수 시절 초여름 밤 석사동 논에서 울던 개구리 소리도 언어다 나는 이 언어들을 버리려고 이제까지 시를 썼다 아아 힘이 든다
>
> —「언어를 버리고」일부110)

앞의 시는 결국 언어에 대해 불신하는 심정을 밝히고 있다. 곧 언어에 대한 부정이다. 이승훈이 언어부정을 하는 이유는 곤경에 빠진 언어를 해방시킨다는 명분을 가지고 있다. 부정의 부정이 긍정일 수 없는 근거로 아도르노는 "만일 전체가 속박이고 부정적인 것이라면, 그 전체로서 총괄개념을 이루는, 부분들에 대한 부정도 여전히 부정적"이라는 것과 "부정된 것은 사라질 때까지 부정적"111)이라는 것이다. 따라서 이승훈의 자아는 억압되어 있었으며, 그가 언어를 부정하는 것도 이런 억

---

110) 이승훈, 앞의 책, 82쪽.
111) 아도르노, 「해방적 실천은 충분히 해방적인가」, 『부정변증법』, 홍승용 옮김, 한길사, 2003, 31쪽.

압으로부터 해방되려는 하나의 방책이라 할 수 있다. 그의 언어부정은 그 언어가 사라질 때까지 부정적이다. 이 말은 향후 부단한 언어와의 싸움을 예고하는 말이며, 새롭게 제기되는 언어부정의 사유에 긍정의 색깔을 입히거나 덧칠해서는 안 된다는 말이기도 하다. 그는 또 자아부정에서부터 대상부정을 거쳐 언어부정으로 넘어감으로써 특정한 시론에 대한 자신의 부정마저 무력화 한다.

　이승훈의 시론들은 부정으로 일관한다고 해서 막다른 골목으로 향해 달려가는 것은 결코 아니다. 그는 실패한 시론에서도 긍정적인 요인들을 발견하고 추후 다른 시론에 활용함과 동시에 그 시론에 내재하고 있는 부정성을 구체적으로 비판하여 극복하는 가운데 시론의 전체적 의미를 평가하고, 그 성격을 개조해 가고자 한다. 즉 그의 어떤 시론에 대해서는 긍정하고 어떤 시론에 대해서는 신성하다고 말하기는 곤란하다. 이승훈의 언어부정은 '모든 언어는 대상을 기호화하지 않는 것'에 대한 부정이다. 사르트르가 문학의 구조특성을 밝힌 글 중에 산문이 언어를 도구화 하는데 반해서 시의 언어는 사물이라고 한 바 있다. 여기서 시의 언어가 사물이라는 것은 그것이 한 사회의 전통, 인습으로 흐르고 있는 의미 내용과 독립되어 있음을 뜻한다. 이승훈의 시의 언어도 이와 마찬 가지로 의미의 차원이 아니라 존재의 차원을 지향한다.

　　남들이 언어와 세계, 혹은 언어와 대상에 대해서 생각할 때 나는
　　언어와 자아 혹은 언어란 무엇인가에 대해서 생각한 셈이다.[112]

　이승훈은 대상에 대하여 규정하려고 하면 할수록 그 대상의 실체가

---

112) 이승훈, 『포스트모더니즘 시론』, 세계사, 1991, 260～261쪽.

언어 밖으로 빠져나가게 되는 체험을 하게 된다. 말하자면 대상, 또는 대상이 존재하는 현실은 인간의 정신이나 능력으로 파악하기에는 매우 복잡하고도 불확실한 속성을 갖고 있는데다가 언어는 그러한 것마저 온전히 표현할 수가 없어, 대상이나 현실을 언어로 규정하려고 할 때, 그것들의 실체가 없어 언어 밖으로 빠져나가게 된다.113) 이처럼 그는 구체적인 대상이나 현실에 대해 어떠한 규정도 하지 않으면서 순수하게 논리적인 언어의 세계를 보여주려고 한다. 앞의 인용문에서 생각할 수 있는 언어는 세계에 대해서 말하기를 포기하고, 세계가 숨기고 있는 어떤 질서를 보여준다는 것이다.

2) 언어부정의 양상

어떤 대상에 대해서도 말하기를 포기한다는 것은 결국 대상이 아니라 대상과 자아가 공유하는 가능성으로서의 질서를 노래한다는 뜻과 같다. 그러나 언어로 그러한 가능성을 노래한다는 것이 어떻게 가능한가라는 의문에 대해 언어의 형식은 말하는 세계가 아니라 보여주는 세계라고 할 수 있다. 요약하면 언어는 어떤 세계에 대해 말하지 않고, 세계와 자아가 공유하는 숨어있는 정신적 구조를 보여준다. 또 언어는 순수한 형식을 지향한다. 순수한 형식으로서의 언어 속에는 구체적 대상의 흔적이 소멸하고, 그 소멸 뒤에 남는 것은 언어를 사용하는 자아의 추상성, 곧 선험적 자아뿐이다. 따라서 언어가 개입될 때 대상은 이미 존재하지 않는다.114) 말하기는 구체적 현실이나 대상을 전제로 한다.

---

113) 이경호, 「시쓰기 밖의 시쓰기」, 이승훈의 시집 『길은 없어도 행복하다』, 세계사, 2000(3쇄), 151쪽.
114) 이승훈, 『한국현대시론사』, 고려원, 1993, 310쪽.

그것은 구체적 현실이나 대상을 언어로 그리는 행위이다. 그러나 우리가 바라보는 구체적인 현실은 그야말로 혼돈·불확실성·애매성으로 덮여 있다. 언어는 이러한 혼돈의 세계를 그릴 수가 없다. 따라서 그는 점차 언어에 대해 믿음을 잃고 언어에 대해 신뢰하지 못하는 언어부정의 형태로 시쓰기의 한계성에 직면하게 된 것으로 여겨진다.

> 내가 삽을 들면/너는 달려온다/너는 없지만/너는 어디에나 있다/너는 방에 누워있고/너는 울고 있고/너는 거울을 보고 있고/<중략>/나는 너를 삼킨다/과연 너는 누구인가?
> ─「너는 누구인가」일부115)

이승훈은 시가 말하는 세계가 아니라 보여주는 세계라는 것에 대해 확신을 가지고 있다. 그가『당신의 방』(1986)에서 생각했던 것은 말하기를 포기한 다음에도 시쓰기의 새로운 가능성을 가질 수 있다는 태도를 보여 왔다. 즉 언어를 버리고도 시쓰기가 가능하다는 주장이다. 따라서 시집『당신의 방』은 이런 점에서 비대상의 개념을 새로운 방향으로 지향했다고 볼 수 있다. 그는 기표와 기의의 관계를 부정함으로써 새로운 세계를 창조하기 위한 해체 양상을 보여준다. 초현실주의의 기법에 해당하는 몽타주, 통사의 해체, 병치은유 등의 다양한 방법을 사용한다는 것은 김춘수의 무의미를 어느 정도 계승했다고 볼 수 있으나, 이런 것들-통사의 해체, 몽타주, 병치은유 혹은 병렬-의 사용은 전통적인 것과 일상적인 것에 대한 부정이다.

시는 언어에 자신을 의탁할 때 자신의 전모를 일시에 의탁하는 것은 아니다. 시가 그렇게 하고 싶어도 언어는 불완전한 인간의 것이기 때문

---

115) 이승훈,『당신의 방』, 문학과지성사, 1997, 20~21쪽.

에 시의 전모를 일시에 다 담을 수 없다.[116] 또 시의 창조과정에서 마주치는 문제는 언어와의 싸움이며, 그 언어와의 싸움은 한 편의 시라는 형태를 창조하기 위한 싸움이다.[117] 또 언어 자체를 부정하는 것이 아니라 그것이 어떤 대상을 드러내기에는 온전하지 못하다는 것의 의미이다.[118] 따라서 해체주의에서는 소쉬르(F.Saussre)가 언어의 구성 원리로 보았던 시니피앙과 시니피에의 필연적 연관성을 부정하면서 의미는 단지 시니피앙의 차별성에 의해 형성된다고 보았다. 이는 시니피에와 무관한 시니피앙의 자율성에 대한 지적이다.[119] 이승훈은 언어에 의미를 두지 않으며, 또 시니피앙의 자율성에 의해 언어로 시를 쓰는 것이 아니라 삽화를 그린다. 그것은 언어로는 표현이 불가능하다고 생각하기 때문이다. 그는 시의 형태, 형식, 스타일과 치열하게 싸운다. 이것은 결국 자신과의 치열한 싸움이며, 늘 자신의 시를 부정하고, 자신까지도 부정하는 일이다.

이승훈은 직관적으로 포착한 미적 판단 내용을 상상력의 내면으로 삼으면서도, 그것이 이성적 판단이나 재제상의 리얼리티에 지배되지 않는 자유로운 연상작용으로서의 상상력 전개라는 또 다른 방법을 생각한다. 자유로운 연상작용은 시인의 창조적 의식의 해방, 또는 언어(시니피앙)의 시니피에로부터의 독립 등을 전제로 한 것으로, 무엇보다도 의미의 구조적 진술, 또는 리얼리티의 시적 수용을 거부하는 것이다.[120] 그는 사르트르식의 대자(對自)가 아니라 즉자(卽自)로서 존재하고자 한다. 그러나 존재를 실현하는 언어는 본질적으로 대자를 지향한

---

116) 김춘수, 「시의 전개」, 『詩의 表情』, 문학과 지성사, 1979. 118쪽.
117) 이승훈, 「발견으로서의 수법」, 『反人間』, 조광출판사, 1975, 128쪽.
118) 이재복, 「유(有)에서 무(無)로 무(無)에서 무(無)로」, 『작가세계』, 2005 봄호, 105쪽.
119) 오세영, 『현대시와 불교』, 살림, 2006, 21쪽.
120) 김춘수, 『의미와 무의미』, 문학과지성사, 1980(4판). 52~53쪽.

다. 대자는 의식적인 자아로 의식 자체인 언어의 추상성 때문에 필연적으로 무의식적 자아로부터 멀어진다. 그러므로 무의식적 실체인 즉자가 되고 싶은 인간의 노력인 시작(詩作)은 언어와의 싸움을 야기했고, 이승훈은 초현실주의적 자동기술, 무의식과의 싸움, 내면의식의 표현, 실존의 투사, 즉 즉자로서 존재한다.

> 언어에 대해서 난 할 말이 없다 언어/나와 관계가 없다 난 우연히 언어 속/에 처박히고 당신 속에 처박히고<중략>//당신 속에 처박혔지 당신 속에 처박힌
>
> — 「언어 1」일부121)

라캉은 프로이트에 의한 정신분석학적인 문학해석의 한계를 뛰어넘어 심리구조에서 언어학의 개념을 도입하여 새로운 문학해석 방법을 연구하여 인간의 정신적 삶을 기호학적으로 풀어냈다. 이 명제를 앞세울 때 앞의 인용된 「언어 1」이 말해주는 것은 이승훈의 언어 의식은 라캉의 정신분석학에서 비롯된 것이다. 즉 라캉의 상징계에서 받은 억압으로 인해 무의식이 생긴다는 것이다. 예컨대 '우유'라는 외부 물질을 이미지로 가지고 있다가 그것이 '우유'라는 언어로 표현된다는 것을 알게 된다. 그는 이 과정에서 매우 강압적이라는 억압을 의식하게 되고, 또 언어가 억압이고 의식이므로 언어에 기대어 시를 쓰던 행위에서 언어의 허구성을 발견하고, 언어를 의심하기 시작했다. 따라서 그를 억압하는 언어를 믿을 수 없고 마음속에 담아 놓은 '심상'을 이미지화 할 수 없다. 이를테면 언어는 허구이고, 실체가 없는 한낱 기호에 불과하다는 것이다. 또 언어와 문화로 이루어진 보편적 질서의 세계인 상징계

---

121) 이승훈, 앞의 책, 79쪽.

를 벗어나 실재계를 찾으려는 것이다. 이 상징계는 인간이 가지고 있는 선악의 판별이 불가능한 충동을 규칙과 규율로써 억압한 세계인 관계로 억압된 충동은 사라지는 것이 아니라 매우 다양한 형태로 표출된다. 때문에 그의 억압된 충동 역시 다양한 표출을 위해서는 언어를 버릴 수밖에 없다.

> 시인도 없고 시도 없고 언어도 없고/듣는 이도 없고 말할 것도
> 없고
>
> —「시」일부122)

한 언어가 우리에게 주는 힘이 이와 같다고 한다면 대개의 언어들은 시가 깃들 수 있는 가능성을 지녔다고 할 것이고, 시는 바로 개개인의 언어, 그것이라 할 것이다. 그러나 한 언어는 고립하여 제 구실을 다 할 수 없다. 언어와 언어의 관계 속에서 제 구실을 보다 발휘할 수 있는 것이라면, 이는 마치 고대 희랍의 신들과 같다.123) 즉 개개의 언어들은 제 자신을 주장하기도 하고 제 자신을 희생시킬 수도 있다면 이승훈은 언어부정을 통해 제 자신을 희생시키려고 한다. 언어가 시에 봉사했다면 언어부정으로 이승훈은 언어에 봉사하는 것이다.

> 언어를 버리자 언어에서 도망가자 遺棄가 진리다 경련/하는 언어
> 여 나는 시를 쓰지 않으려고 한다. 나는 이 /종이를 찢고 싶다 언어는
> 억압이다 마침내 나는 웃는/다 이 글씨들, 이 작은 무덤들, 무덤들의
> 웃음 속에 /이 글이 계속되고 나도 계속된다 시는 나쁜 장르이다. /
> 미치기 위해 글을 쓰고 글쓰기가 미쳐가기 때문이다 /그러므로 중요

---

122) 이승훈, 앞의 책, 74쪽.
123) 김춘수, 「시의 전개」 『詩의 表情』, 문학과지성사, 1979. 117쪽.

한 건 웃음 그 동안 난 웃음을 잃고 웃/음이 또 무덤이다.

— 「시는 나쁜 장르이다」 전문[124]

언어를 버리자는 것은 언어에 대한 불신과 저항의식이다. 그의 시쓰기는 지독한 자의식과 불안에서 비롯된다. 따라서 언어를 버리려는 행위는 불안을 떨쳐내기 위한 하나의 방법이고, 그 언어로는 억압된 자신을 밖으로 뿜어내는 일, 즉 더 이상 표현한다는 것에 한계를 느끼는 일이다.

언어를 감옥으로 인식하는 태도와 언어를 유리병으로 인식하는 태도는 같다. 언어의 감옥에서 탈출할 수 없는 것, 언어의 유리병을 깨고 나올 수 없는 것----이것이 우리들의 삶의 조건이다. 우리는 유리병 속에 갇힌 파리들에 지나지 않는다. 어떻게 이 유리병을 깨뜨릴 것인가[125]

이승훈은 언어 사용을 거부하는 시인이며 도구로서의 언어와 인연을 끊고자 한다. 곧 말을 기호로서가 아니라 사물로서 본다는 시적 태도를 단호하게 선택한 시인이라는 의미다. 또 그에게 언어는 외적(外的)세계 구조이다.[126] 이를테면 이승훈은 언어를 사용하는 언어적 상황 속에 처해 있고, 언어 밖에 있다는 것이다.

나도 없고 대상도 없고 언어만 남았다. 그러나 이 언어도 버려야 하리라. 언어도 버리는 심정으로 시를 써야 하리라. 언어는 나를 사랑하지 않고[127]

---

124) 이승훈, 『인생』, 민음사, 2002. 86쪽.
125) 이승훈, 앞의 책, 표4.
126) 장 폴 사르트르, 『문학이란 무엇인가』, 민음사, 2006(15쇄), 17~19쪽.
127) 이승훈, 「시인의 말」, 『비누』, 고요아침, 2004, 5쪽.

이승훈은 은유나 상징이 환기하는 비유성, 상징성, 이중성, 다의성을 버리고 언어를 사용한다. 그가 사유하는 언어는 공(空)/무(無)의 그 자체이다. 또 본질, 깊이, 심오한 의미가 있는 게 아니라 오직 소통을 위해 잠시 빌려 쓰는 도구에 지나지 않는다. 시적 의미든 사회적 의미든 모든 의미를 무거운 짐으로 본다는 데에서 언어부정을 이해할 수 있다. 그는 언어를 버려야 한다는 인식에 도달함으로써 마음도 한결 가벼워지고, 시도 한결 가벼워진다. 결국 언어를 버린다는 것은 언어의 의미를 버린다는 뜻이다. 의미가 버려진 언어는 시니피앙과 시니피에의 거리가 소멸하는 언어이고 기표가 곧 기의가 되는 언어이다. 사회적(사람들) 동의에 따라 한 단어는 다른 단어로 대체될 수 있다. 그러나 규약이 제정되면 관습이 존중되어야 한다. 기호가 자의성으로 인하여 관습을 따라야함이 필수적이지만, 소쉬르에 의하면 기표(signifiant)와 기의(signifie) 관계를 순간마다 변화시키는 요인들에 맞서, 언어는 스스로를 방어하기에는 근본적으로 무력하다. 이 명제를 바탕으로 이승훈의 언어부정을 요약하면 다음과 같다.

　첫째, 언어를 버리는 심정으로 시를 쓴다는 것은 행위나 사건을 있는 그대로 옮기는 일이다. 어떤 의미를 부여하지도 않으며, 어떠한 의미를 찾지도 않고 시를 쓴다는 뜻이다. 또 언어를 버린다는 것은 의미를 버리는 것으로, 이때의 언어는 투명해야 한다. 투명한 언어는 다의성이 아니라 일의성(一義性)이며, 이 일의성도 버리고 나아가 기표와 기의의 거리가 소멸하고 이 소멸이 공(空)인 것이다. 따라서 언어를 부정하는 것은 결국 공(空)을 만나기 위한 것이며, 그의 언어부정이 선시(禪詩)의 세례를 받게 되는 단초가 되는 이유이기도 했다.

　둘째, 그는 최근에 들어와서 언어가 아니라 파롤(parole)을 강조한다.

그것은 언어(langue)가 말(parole)이 아니기 때문이다. 전자는 말들의 추상적·보편적 법칙을 의미하고 후자는 개별적·구체적 발언 행위를 뜻한다. 모든 인간은 랑그(langue)와 파롤(parole)의 관계 속에서 살아간다. 그 중에서 랑그는 단어 그 자체이다. 개인적이고 주관적인 파롤과는 달리 랑그는 일차적이고 고정적인 관념이 된다. 그러나 많은 시인들은 시의 법칙을 따르기 위해 언어를 강조하지만 그는 이런 언어를 해체하는 파롤을 강조 한다.

셋째, 아이러니의 문제이다. 시적 아이러니가 서로 배반되는 두 요소의 변증법적 종합을 지향한다면 그가 생각하는 아이러니, 이른바 선(禪)적 아이러니는 종합을 모르는 종합과 싸우는 아이러니이다. 종합은 이성의 산물이고 종합부정은 그 같은 이성·논리·인식과 싸움이고 이런 아이러니가 불이(不二)사상, 즉 공(空)의 세계이다. 그의 생각은 이 세상에 종합이 있는 게 아니라 현상이 있을 뿐이라는 것이다.

넷째, 그가 언어를 버리는 심정으로 쓰는 시가 노리는 것은 공(空)의 발견이고 삶과 시, 시와 비시(非詩)의 경계를 허무는 불이(不二/異)의 관계이다. 또 시에는 자성이 없고 이름, 언어, 제도만 있다는 생각이다. 시와 삶이 따로 노는 위선적, 이중적 시인에 대한 존재의 부정이다. 요약하면 영원성을 부정하고 소멸의 진리를 주장한다는 것은 곧 이승훈의 시쓰기의 최종 목적지가 선이고 선을 위해서는 언어를 버려야 한다는 것이다. 이런 행위가 공(空)이고, 이 공은 불이사상을 완성하려는 이승훈의 의도로 생각할 수 있다.

시는 언어 예술이긴 하나, 언어가 지닌 오랜 역사적 퇴적(堆積)에 대한 집착을 버리고, 그 언어를 떠나서, 또는 언어 이전의, 사물의 있는 그대로의 참모습을 표현해야 한다.<중략>언어는 허구에 지나지 않는다. 나가르쥬나는 언어를 허구, 즉 거짓꾸밈으로 보고 있으므로, 언어를 믿지 말고 그것에서 떠나야 한다는 것을 강조한다. 언어를 부정하면 사유도 부정하게 된다. 사유는 사물의 실재와 관계없는 언어의 허구에 의해서 발생하기 때문이다.128)

이 글은 언어의 허구성에 대한 강조이다. 앞글의 지적처럼 시는 '언어 예술'이라는 근대시의 명제도 부정될 수 있다. 특히 나가르쥬나 (Nagarjuna)는 언어에 집착을 버리고, 언어를 떠나서 사물을 순수하게 직관할 것을 주문한다. 즉 언어를 허구, 즉 거짓꾸밈으로 보고, 언어를 믿지 말고 그것으로부터 떠나야 한다는 주장이다. 또 언어를 부정하게 되면 사유(思惟)조차 부정하게 된다는 주장이다. 그 까닭은 사유는 사물의 실재와 관계없는 언어의 허구에 의해서 발생하기 때문이다. 언어에 대한 회의주의, 언어에 대한 불신은 현대시에 있어서 언어 파괴와도 관련이 없지 않은 모더니즘의 극단적인 형태인 무의미 시(nonsense verse) 이론과도 접맥되는 부분을 갖는다.129) 무의미 시론을 펴왔던 김춘수의 시작품에서도 언어부정의 경향을 볼 수 있듯이 사물과 언어의 불일치 문제를 극명하게 보여주는 김춘수의 「꽃」이라는 시는 앞에서 논의된 문제들이 사물 쪽에도 있고, 언어 쪽에도 있고, 그리고 언어 주체(사람) 쪽에도 있음을 암시한다. 언어는 사물의 참모습을 완전하게 표현하지 못하는 불완전성을 지니고 있다. 따라서 언어는 지나치게 불완전한 존재이다. 이 언어의 불완전성으로 말미암아 이승훈은 언어에 대해 집착을 버릴 때 비로소 사물의 참모습, 사물의 진리를 볼 수 있다는 입장이다.

---

128) 문덕수, 『모더니즘을 넘어서』, 시문학사, 2003, 12쪽.
129) 문덕수, 『앞의 책』, 12쪽.

3) 언어와 지시물의 관계

결론부터 말하자면 언어와 대상(지시물) 사이엔 필연적 관계가 없다. 이 말은 개개의 낱말들이 자의적(恣意的)인 차이를 나타낸다는 뜻이다. 여기서 자의적이라는 것은 기표와 기의의 결합이 필연적인 것이 아니라는 의미이다. 이를테면 책상이라는 낱말에서 기표인 '책쌍' 과 기의인 '그 뜻'은 필연적으로 결합하여 '책상' 이라는 낱말이 된 것이 아니다. 다만, 한국어 내부에서는 '책쌍'은 오직 하나의 기의와 결합하여 쓰이는데, 소쉬르는 이것을 자의적 필연성이라고 했다. 그의 의하면 말이라는 것은 지칭 대상에 대응되는 상징이 아니라 오히려 종이의 양면처럼 두 개의 부분으로 구성되어 있는 '기호'이다.

이승훈이 주장하는 대상의 세계는 언어로 명명될 때, 즉 언어가 대상을 지시할 때 비로소 살아나는 것이 아니라 오히려 소멸한다. 그가 믿어왔던 '언어는 존재를 건설한다'는 하이데거적인 명제를 의심하기 시작했다. 따라서 언어는 존재를 건설하기 보다는 존재를 파괴한다. 요컨대 언어는 대상을 구성하는 것, 대상을 지시함으로써 의미를 부여하는 것이 아니라 대상을 부정하는 것, 대상을 지시함으로써 의미를 파괴한다.[130] 따라서 언어는 언제나 그에겐 절망인 것이다.

하이데거는 언어를 '존재의 집'이라고 했다. 곧 '언어는 사물을 존재하게 한다'는 의미다. 언어와 사물의 관계는 자의적이지만 사회적 약속이기도 하다. 그러나 시의 언어는 사회적 약속을 깨뜨린다. 시의 언어가 사회적 약속을 깨드리는 것은 언어가 사물이 아니기 때문이다. 또한 사물의 공통적인 속성에 자의적으로 이름 붙여진 이름(기호)에 불과한 까닭이다. 언어는 추상적이고 불안전하다. 그러나 시는 일상의 언어가

---

130) 이승훈, 「비대상시」, 『시적인 것은 없고 시도 없다』, 집문당, 2003, 39쪽.

지닌 추상성과 불안정성을 언어를 통해 극복하려는 노력이다. 시의 언어는 의사소통을 위한 언어가 아니다. 시의 언어는 체험하게 하는 언어이다. 특히 언어는 행위요구의 기능을 가지고 있다. 그러나 이승훈은 언어가 요구하는 행위요구 기능을 거부한다. 이것이 그가 주장하는 언어부정이다. 언어는 객관성을 초월한다. 지시대상에서 오류가 크더라도 정서를 일으킬 수 있는 효과가 큰 것이라면 문제가 되지 않는다. 그의 언어는 지시어와 지시대상과의 결합이라는 언어 고유의 특성, 언어의 함축성이나 애매성 등의 시어 고유의 특성들과 관련 없이 전개된다. 언어 그 자체가 자기 고립, 혹은 자족적 실체로서 있을 뿐이고, 그러한 실체 속에서 아무 의미도 발견할 수 없다. 기호들의 놀이, 기호들의 연쇄 과정만이 의식의 아무 간섭 없이 나열된다.

현대시가 가장 큰 본질로 파악하는 것은 '긴장과 부조화'이다. 현대시는 그 '애매성(obscurité)'과 '난해성(hermétisme)'으로 독자를 당혹하게 만들면서 동시에 매혹시킨다.131) 따라서 현대시가 독자들을 당혹하게 만들려면 다의성을 가진 언어를 사용할 수밖에 없다. 또 이 다의성은 필연적으로 애매함을 낳을 수밖에 없는 것 또한 사실이다. 따라서 이 다의성과 애매성을 빚어낸 의미의 압축은 시인의 의도적 작업의 결과이다. 그리고 '애매성(Ambiguity)'을 '모호성'이라고도 하며, 형식주의자들이 핵심 시학으로 규정해 온 시어의 특질이다. 또 추론이나 화법에서는 논리나 어법의 오류로 간주되지만, 문학적인 산문이나 시에서는 언어의 풍부함과 미묘함을 증가시키고 복잡성을 띠게 하는 기능을 하며, 이 복잡성은 원래의 진술이 담고 있는 문자적인 의미를 넓혀 준다. 따라서 애매성과 난해성의 시어들은 일반적인 언어를 부정할 수밖에 없다.

---

131) 심재상, 『노장적 시각에서 본 보들레르의 시세계』, 살림, 1995, 24쪽.

논리나 어법, 또는 화법에서 사용되는 언어는 문학적인 측면에서 볼 때 버려야 하는 언어들이다. 왜냐하면 심상을 정확하게 표현할 수 없다는 문제점을 가지고 있기 때문이다. 이승훈의 언어부정 역시 순수하지 못하고 복잡한, 그리고 모순된 인간의 마음을 시로 표현하여 인간에 대한 존재론적 인식에서 비롯된다. 데리다와 라캉의 사유를 자신의 서사 속으로 데려와 함께 서술해 나갈 정도로 그는 강렬하게 기호적(嗜好的) 지성에 의지하는 시인이다.132) 소쉬르의 지적과 같이 언어가 대상을 지시하는 데에는 필연성이 없다. 이른바 자의성(arbitrariness)이 존재할 뿐이다. 그러므로 언어는 기표(significant)와 기의(signifie)가 표리의 관계를 이루는 기호이며, 이 기호는 대상의 세계와는 자의적인 관계를 띤다. 즉 대상, 기표와 대상 사이에는 자의적 관계가 존재한다.133)

> 대상의 세계와 단절된 상태에서 시를 쓴다는 것은, 언어를 중심으로 하면, 대상과의 관련성이 탈락된 언어, 이른바 탈지시적 언어로 시를 쓴다는 말이 된다. 모든 언어는 대상을 지시한다. 그리고 모든 언어가 의미를 지니는 것은 이런 지시성 때문이다. 예컨대 '산'이란 언어는 '▲'이라는 대상을 지시하고, 또 그 대상을 지시할 때만 의미가 있다. 우리의 삶은 이런 지시적 언어의 교통으로 전개된다. 언어와 대상이 1:1의 관계로 대응된다는 이런 언어관은, 문학의 경우, 리얼리즘의 문학론을 지탱하고 있다. 언어와 대상이라는 말을 문학과 현실이라는 말을 바꾸었을 때, 이런 언어관에 따르면, 문학은 현실을 반영하고 지시한다.134)

---

132) 김상미, 「이상한 토양에 이상한 거름으로 된 이상한 꽃」, 『작가세계』, 2005 봄호, 42쪽.
133) 이승훈, 『시적인 것은 없고 시도 없다』, 집문당, 2003, 103쪽.
134) 이승훈, 앞의 책, 101~102쪽.

앞의 인용문이 설명하는 것은 이승훈이 구체적인 대상의 세계가 소멸한 상태에서 시를 쓰는 행위는 아무런 의미가 없다는 것이다. 대상에 대해 할 말이 없다는 것이고, 이것은 현실에 대해 할 말이 없다는 것과 같다. 대상의 세계와 단절된 상태에서 시를 쓴다는 것은 언어를 중심으로 하면 대상과의 관련성이 탈락한 언어, 이른바 탈지시적 언어로 시를 쓴다는 것이다. 문학론의 경우, 언어와 대상을 문학과 현실이라는 말로 치환하면 문학은 현실과 무관하게 된다. 남는 것은 특수한 언어 공간뿐이다. 언어를 중심으로 했을 때, 비대상의 세계란 결국 대상과의 관련이 탈락된 언어들의 공간이다. 시의 언어는 관련 대상을 지시하는데 효과적인 것을 목적으로 하지 않는다. 다만 우리에게 얼마나 효과적으로 정서를 빚어낼 수 있는가를 염두에 두고 쓰일 뿐이다. 그러므로 이승훈의 언어는 있는 것에 대한 표현이 아닌, 없는 것에 대한 표현을 필요로 한다. 즉 부재 욕망의 표현이다. 또 그의 대상의 인식 방식이 감각을 물질화 감정으로 의미화하거나 무의식, 또는 추상화하게 한다.

2. 의미가 상실된 무의식의 언어

1) 욕망의 언어와 언어부정

이승훈은 초기에 주지적 서정을 바탕으로 한 내면의식의 비유적 형상화와 새로운 언어구조 질서를 찾기 위한 실험적 모색을 보여주었다.[135] 이상(李箱)의 뒤를 이은 전위적인 시인이며, 냉소적이고 이성이 날카로운 아방가르드, 그리고 모더니스트로서 어떠한 이론 위에도 군

---

135) 김재홍, 「60년대 시와 시인」, 『한국현대시연구』, 민음사, 1989. / 시와세계 기획, 『이승훈의 문학탐색』, 푸른사상사, 2007, 174쪽. 再引用.

림하려고 하지 않는다. 또한 어디에도 얽매이지 않으려고 한다. 후기 시쓰기에 들어와 주체의 내면적 주관성 대신 초월적인 구조와 형식을 강조하는 그의 시론은 구조주의와 연통하지만, 그는 구조주의자로 분류되는 것을 원하지 않는다. 다만 정신분석학으로부터 언어학과 철학을 차용해 현대시를 재해석하고 쇄신하는 데에 전위적인 태도를 보이고 있다. 또 프로이트의 무의식과 라캉의 상상계·상징계·실재계를 받아들여 한국문단의 새로운 시론의 지평을 열어 가고 있다. 그는 지금까지 자신의 욕망과 싸워왔고, 그 욕망과 절대 타협하지 않았으며, 욕망의 종말이 어디까지인지 가보고자 했던 시인이며 비평가이다.

라캉식에서 남근은 남성의 실제 성기를 가리키는 것이 아니며, 성적 쾌락과 연관 지어 상상하는 특정 대상도 아니다. 라캉은 남근이라는 용어를 도입하면서 프로이트의 생물학적이고 해부학적인 경향과 달리 상징적 기능을 중시한다. 라캉의 남근은 대타자에 속한 것, 대타자의 욕망을 상징하는 절대 기표다. 그러나 이 욕망은 근원적으로 결핍이다. 이 결핍의 욕망은 대상이 허구화될 때, 또는 사라졌을 때 일어난다. 그의 욕망 역시 대상이 닿을 수 없을 때 다시 일어난다. 이때 그 '타자성의 주체'의 무의식 속에서 기표들의 연쇄가 일어나게 하는 힘이 '욕망'이다. 라캉은 이 욕망을 환유라고 했다.[136]

아버지는 남근(팔루스)을 소유한 자로 간주되며, 남근이라는 특권적 기표를 얻고자 하는 것이 주체의 욕망이다. 즉 생물학적인 '욕구'는 언어적 '요구'를 통해 완전히 실현되지 못하며, 그 잔존하는 잉여가 '욕망'이라는 무형의 에너지로 환원되어 무의식에 잔류한다. 이렇듯 무의식은 언어를 통해 자신의 일부를 표출하고 그 잔존한 '욕망'을 배태하여

---

136) 나병철, 『모더니즘과 포스트모더니즘을 넘어서』, 소명출판사, 1999, 310쪽.

인간을 '반복 충동'하게 한다.137)

　　무의식적 실체와의 싸움은 최초로 언어에 의하여 수행되었다. 언
어는 新칸트주의적 명제에서처럼 바로 의식 자체였던 것이다. 무의
식과 의식의 싸움은 어지러운 심리의 세계인 무의식적 실체를 언어
에 의하여 表現하려는 노력이었다. 언어는 대치의 개념을 그 본질로
하였다. 모든 언어는 구체적 세계가 아니라 끝끝내 추상적 세계, 곧
단순한 하나의 기호의 세계에 지나지 않았다. 단순한 기호는 극단적
으로 하나의 과학, 곧 추상을 지향하는 것이 아닌가. 궁극적으로 모
든 언어는 구체적인 세계로부터의 소외를 운명으로 하였다. 여기서
모든 언어의 한계가 대두되었다.138)

　　윗글은 언어의 한계에 대해 설명하고 있다. 이 언어의 한계는 이승훈
이 생각하는 언어의 한계이다. 그가 생각하는 언어 한계라는 것은 언어
로 수행되는 실체와의 싸움을 말한다. 시는 이승훈에 있어서 주관적 진
리의 세계라 할 수 있는 실존의 투사를 증명하는 일이고, 이 실존의 투
사는 의식이 아니라 무의식이 되려는 노력이다. 이를테면 앞서 언급한
바와 같이 사르트의 즉자(卽者)로 존재하려는 노력인 것이다. 그러나
존재를 실현하는 언어는 본질적으로 대자를 지향한다는 점에서 언어
와의 싸움은 시인으로서는 필연적이다. 따라서 무의식의 자체는 언어
에 의해 표현될 수 없다. 언어 경기론(Language-game)139)에 의하면 언

137) 이규명, 「프로이트, 융, 라캉의 관점에서」, 『예이츠와 정신분석학』, 동인도서출
　　판, 2002, 167쪽.
138) 이승훈, 「무의식과의 싸움」, 『비대상』, 조광출판사, 1983, 85쪽.
139) 언어-놀이는 루트비히 비트겐슈타인이 제안한 철학적 개념이다. 그는 언어가 본
　　질적으로 짜인 활동으로서 사용된다는 것을 설명하기 위해 이 개념을 창안하였
　　다. 그는 또 5가지 측면에서 놀이와 언어발달의 관계를 고찰하였다. 첫째, 놀이는
　　새로운 언어의 고안을 자극한다. 둘째, 놀이를 통해 새로운 단어와 개념이 소개되

어의 의미는 관습이나, 어떤 규칙을 따를 때 나타난다. 즉 언어의 의미는 사용에 있다. 이 말은 경기에서 규칙이 지켜지듯이 언어에서도 언어의 규칙이 지켜져야만 하는 것을 의미한다. 언어의 규칙은 관습이고, 화자가 언어경기의 규칙에 따를 때 언어는 의미를 획득한다. 그러한 일상적 용법에서 벗어날 때 언어는 무의미의 위험과 마주치게 된다. 이처럼 그의 언어사용은 궁극적으로 언어의 일상적 용법, 곧 언어-경기의 규칙에서 벗어난다. 따라서 이승훈은 언제나 무의미한 위험과 마주치게 된다.

본고에서 정신분석학을 이승훈의 시론에 적용하려고 하는 것은 존재의 무의식적인 경험을 말함으로써 욕망을 찾아내고자 하는 데에 있다. 그 욕망의 억압은 무의식적인 경험의 인식에 의해서 표출되고, 그 표출은 재료나 상황을 넘어서 수단과 방법을 가리지 않고 이루어진다. 그는 의식과 이성보다 무의식과 욕망을 강조하면서 정신적 차원의 작용(operation d'ordre psychique)의 한 본질로 무의식을 고려한다.

내게는 결국 이 모든 것들이 이렇게 되어 버리고 만 것입니다. 즉 무엇인가 어떤 것을 다른 것과 관련 지어 생각하거나 말하는 능력이 상실되어 버리고 만 것입니다. 내게는 모든 것이 붕괴되어 부분이 되고, 그 부분이 또 붕괴되어 다시 부분이 되어 이제는 하나의 개념으로조차 묶을 수가 없게 되어 버렸습니다. 말 한 마디 한 마디가 내 둘레를 맴돌고 있습니다. 그리고 그것이 응결되어 눈이 되었습니다. 그 눈은 나를 응시하고 있습니다. 그 눈의 깊숙한 바탕을 응시하지

고 명료화 된다. 셋째, 놀이는 언어 사용과 연습을 유도한다. 넷째, 놀이는 상위 의사소통 인식을 발달시킨다. 다섯째, 놀이는 언어적 사고를 고취시킨다고 한다. 언어-놀이는 확고한 정의로 설명할 수 없으며 오히려 여러 종류에서 발견되는 서로 중첩되고 유사한 특징을 파악할 수 있다. 비트겐슈타인은 이를 "가족유사성"이라고 표현하였다.

않을 수가 없습니다. 그것은 소용돌이입니다. 들여다보면 멀미가 납니다. 그것은 끝임 없이 맴돌고 있습니다. 그 속을 뚫고 나가도 거기에는 공허 밖에 없습니다.140)

앞의 인용문은 언어부정에 대한 이해 차원의 글로써 물론 이 글의 강조점은 언어 문제이다. 관계를 상실한 언어, 또는 낱말은 세계와의 관계를 상실할 뿐만 아니라 낱말과 낱말의 관계도 상실한 언어라는 것이다. 언어는 부분으로 떠돌고 표류한다. 중요한 것은 이렇게 관계를 상실한 언어 너머에는 공허만이 있다는 사실이다. 이런 낱말들은 외적 세계를 재현하지 못하고 오직 전체성이 파괴된, 혹은 관계가 파괴된 새로운 시대의 삶을 혹은 삶의 내면을 암시할 뿐이다.141)

(A)
내가 사는 곳은 언어, 언어 속에 내가 있다 아니 언어/가 나다 나는 말하고 나는 침묵하고 나/는 담배를 피우고 난 정치를 모른다 <중략>지금 저무는 하루도 언어 속에 저문다 물론 언어는 피로하다 당신들이 언어를 죽이기 때문이다
—「언어」일부142)

(B)
언어에서 벗어나시오 언어에서 벗어날 때 당신에서 벗어납니다 언어는 감옥입니다 귀를 막고 들으시오 어제도 말 때문에 상처입고 시달리고 병들었습니다 말이 아니라 말너머 말 너머 들리는 저 마음을 들으시오
—「언어」일부143)

---

140) 마이어, 『세계상실의 문학』, 장남준 옮김, 홍성사, 1981, 19쪽./ 이승훈, 『이승훈 회화 읽기』, 천년의 시작, 2005, 18~19쪽. 再引用.
141) 이승훈, 『이승훈 회화 읽기』, 천년의 시작, 2005, 19~20쪽.
142) 이승훈, 『너라는 햇빛』, 세계사, 2000, 41쪽.

앞의 두 개의 예시문 중에서 (A)는 2000년에 출판한『너라는 햇빛』에 실린「언어」의 일부이고, (B)는 2004년에 펴낸『비누』에 실린「언어」의 일부이다. (A)와 (B)를 놓고 볼 때 두 개의 시가 지니는 모티브는 '언어'라는 동일한 대상을 가지지만 내용면에서는 극명하게 다른 양상의 태도를 보인다. (A)는 언어를 철저하게 옹호하는 편인 반면, (B)는 언어를 부정하며, 그로부터 벗어날 것을 권유하는 태도를 분명하게 드러내고 있다. 여기서 말하고자 하는 요점은 당연히 (B)에 관한 문제를 다루고자 한다. 이승훈이라는 주체는 자신의 고유한 이름으로 인해 사회가 아닌 언어구조에 종속되어 있다. 그것은 종속되어 있는 언어구조로부터 탈피하려는 욕망을 가진다. 또 언어는 사물을 지칭하는 기표와 지칭을 당하는 대상인 기의로 이루어진다. 그리고 언어는 차이(혹은 관계)에 의해 변별의 기능을 갖는 자의적 체계이다. 이 두 가지의 정의는 각기 기호학과 구조주의로 가는 토대가 된다. 전자는 기표와 기의의 관계가 1:1의 정확한 대응이 되지 못하고 기의가 연기되어 의미가 수없이 확산되는 언어의 비유성 쪽으로 나아간다. 그러나 후자는 은유와 환유의 두 축으로 정립되어 정(正)·반(反)의 대립항이라는 구조주의 시학을 낳는다. 라캉은 이 두 가지를 모두 적용하여 주체와 욕망을 해석한다.[144] 주체의 분열로 인해 발생하는 욕망은 의식적 언어로 벗어난다. 또 주체는 남근을 억압함으로써 상징적 질서로 들어가 기표가 되고 바로 이 억압된 언어 때문에 무의식이 발생한다.[145]

이승훈의 무의식적 욕망은 원초적 이미지가 표현하거나 재구성 할

---

143) 이승훈,『비누』, 고요아침, 2004, 51쪽.
144) 자크라캉,「해설-라캉의 욕망 이론」권택영 역,『욕망 이론』, 문예출판사, 1994, 17쪽.
145) 자크라캉,『욕망 이론』, 민승기 외 역, 문예출판사, 1994, 269쪽.

수 있는 힘을 가져야만 언어의 기표들과 기의들의 요소들과 협상한다. 여기서 모든 예술은 정신분석학적으로 '억압의 회귀(le retour du refoulement)', '욕망의 대체 만족(le substitut a la satisfaction du desir)' 또는 '욕망의 승화 (lesublimation du desir)'로 고려된다.146) 라캉은 무의식에 잠재된 욕망 에너지를 주이상스(jouissance)라고 부른다. 이 주이상스는 무엇보다도 쾌락의 원리 너머로 가보려는 전복적인 충동이다. 이것은 또 자아의 쾌락이 상처를 향유하고 있다는 점에서 고통을 동반하며, 궁극적으로는 죽음을 향한 욕망이다. 따라서 이승훈의 언어부정은 결핍을 채우기 위한 것이고, 이 결핍은 욕망이며, 이 욕망은 환유가 된다. 이승훈의 언어부정의 이유는 언어가 '나'로 하여금 '내'가 말하는 것과 정확히 상반된 것을 전달하게 만든다147)는 데 있다.

> 허나 너는/내가 아니다/깊은 밤/약으로 뒤 덮인/내가 아니다
> ─「다시 황혼」일부148)

이 시에서 '너'는 '나'로 대체된다. 언어는 '나'로 하여금 '나'가 말하는 것과 정확히 상반된 것을 전달하게 만든다. '너'라는 언어는 '나'로 대체되고, '너'는 '나'를 내세워 부정한다. '너'는 '나'의 부정의 은유다. 또 '너'를 '나'라는 다른 차원으로 옮기고 있다.

---

146) 홍선미, 「미술, 욕망의 언어로써」, 『라캉과 현대정신분석』의 논문, 한국라캉과 현대정신분석학회, 제8권 2호, 2006, 216쪽.
147) 부르스 핑크, 『에크리 일기』, 김서영 옮김, 도서출판b, 2007, 174쪽.
148) 이승훈, 『길은 없어도 행복하다』, 세계사, 2000, 118쪽.

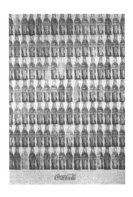

— 「이승훈이라는 이름을 가진 3천 명의 인간」 전문149)

　예시된 「이승훈이라는 이름을 가진 3천 명의 인간」의 시에서도 그림이 언어로 대체되는 것을 볼 수 있다. 이것은 '상반된 의미의 전달'이라기보다는 언어에 대한 부정의 의미가 부각된다. 언어는 불완전하므로, 언어의 불완전성은 그림으로 대체될 수밖에 없다. 하나의 언어가 다른 언어로 대체 되면, 그 후자의 언어는 사라지지만 그 의미는 어느 정도 전자의 언어 속에 보존된다. 그러나 그의 시작품은 하나의 언어 자리에 그림이 들어갈 때 이 언어의 의미는 완전히 소멸하고 만다는 라깡의 '상반된 것을 전달'하는 경우와는 다른 현상을 보여준다.

　하나의 언어가 다른 언어로 대체되는 것은 언어에는 어떤 본질이나 혹은 보편적 특성이 없기 때문이다. 언어가 어떤 본질이나 보편적 특성이 없다는 것은 곧 언어의 유희에 빠질 수 있다는 뜻과 같다. 이처럼 전락하는 언어에 대한 두려움이 이승훈을 언어 한계라는 문제에 직면하게 만든다. 욕망은 결핍이고, 상상계에서 나타나는 결핍의 채움이다. 어머니가 없다는 사실에 대한 본능적 행위로서 놀이를 하고, 이 놀이로

149) 이승훈,『나는 사랑한다』, 세계사, 1997, 122쪽.

서 좌절과 결핍을 충족하려고 한다. 이 놀이가 그의 글쓰기이며, 이 글쓰기는 언어행위이고, 이 언어행위는 자기소외의 극복 과정이다. 그는 자기소외 극복을 위해 글쓰기를 하고, 이 글쓰기가 고통일 수밖에 없다. 고통은 욕망을 불러온다. 이 욕망을 채우려는 행위, 곧 언어부정이라는 극단적인 태도를 그는 보이고 있다. 언어를 버린다는 것은 마음을 버리는 것이고, 자아를 버리는 것과 같다. 결국 그 자신을 버리는 것이며, 이것은 이승훈의 타나토스(Thanatos)이다.

반복되는 말이지만 욕망은 그에게 고통이다. 인간이 사회 또는 역사의 실체로 간주되는 경우도 있으나 일시적으로 존재하는 한낱 허구에 지나지 않는다. 역사가 흘러가는 동안 사회체제는 남지만 인간은 모두 죽어가기 때문이다. 따라서 인간은 마땅히 부정되어야 하고, 인간이 사용하는 도구인 언어마저 부정되어야 한다. 그 까닭은 언어가 하나의 체계이며, 모든 체계는 그것을 구성하는 요소들의 관계로 인식되기 때문이다. 누구든 글쓰기는 자신을 증명하고 싶은 욕망이다. 결국 이 욕망은 자기소외의 극복 차원이며, 의지의 표현이다. 「이승훈이라는 이름을 가진 3천 명의 인간」이라는 시작품을 통해, 그가 강조하는 것은 시(詩)와 비시(非詩)의 경계와 이승훈과 코카콜라병이라는 경계를 해체하고, 더 나아가 '고유명사 이승훈/일반명사 인간/코카콜라 병'의 경계를 해체하는 일이다. 또 언어의 예술이라는 일반적인 시의 정의를 전위적으로 조명하고 있다는 점에 대해 새로운 의미를 부여해야 한다. 이처럼 그가 하나의 그림으로이나 다른 언어로 대체시키는 것은 자신의 글쓰기를 텍스트에 중점을 둠으로써 타인과의 변별성을 획득하려는데 있다. 또·다른 하나는 기대하는 환유적 '욕망의 대체 만족(le substitut a la satisfaction du desir)'에 근접하려는 남다른 전위적인 예술성이다. 이런 측면을 고려하여 그를 아방가르드라고 부른다.

우리는 「이승훈이라는 이름을 가진 3천 명의 인간」의 시를 대면할 때 하나의 형식으로써 단순한 스타일이나 테크닉이 아닌 예술의 내적 조직 전체, 곧 관습적인 의미의 양식을 재구성할 수 있는 능력을 말한다. 그는 예술의 자율성을 무엇보다 중요한 것으로 생각한다. 「이승훈이라는 이름을 가진 3천 명의 인간」의 시는 아도르노가 가장 중요하게 여겼던 예술의 자율성이 근본을 이룬다. 따라서 비판 이론가들은 대중문화의 부정적 효과로부터 벗어난 진정한 문화와 예술은 어디에 존재하며, 어떤 성격을 가진 것인가라는 물음을 제기할 수밖에 없다.

2) 콜라주 기법과 언어부정

이승훈의 언어부정을 분명하게 이해하려면 콜라즈(Collage)기법의 이해가 선행되어야 한다. 그것은 그가 시쓰기 과정에서 콜라주 기법을 사용하게 된 이유 중에 하나가 자신의 진일보한 인식을 진전시키기 위해서이다. 그는 무의식의 신비를 환기시키는 일과 현실을 뒤엎는 일을 결합한다. 그에게 진정으로 중요한 것은 시적 또는 철학적 측면이 아니라 자신의 내적 풍경이다. 시에 대한 그의 역할은 자신의 내면에 보이는 것을 무의식으로 포위하여 투사하는 일이다. 즉 내부세계의 밑바닥에 잠재 상태로 묻힌 상응하는 현상과 현상들을 분산시켜 뛰어난 형태로 외부세계에 투사하는 일이다. 시는 복잡한 전체 속에 사유작용의 운명을 포괄한다. 이 사유작용은 시를 중심으로 선회하며, 시는 사고를 승화시킨 후 그것을 뛰어넘어 마침내 부정하기에 이른다.[150]

대상부정으로부터 시작한 그의 부정시론을 통시적으로 살펴보면 자

---

150) 이본느 뒤플레시스, 『초현실주의』, 조한경 譯,, 탐구당, 1993, 84~85쪽.

아탐구-자아소멸-자아불이로 요약되고 초기에는 대상이 없는 비대상 시를 썼고, 중기에는 자아가 소멸하므로 언어가 시를 썼고, 최근에는 언어마저 헛것, 환상, 허상이라는 주장이다. 따라서 그는 언어도 버려야 한다는 입장이다. 또 초기 시론에서는 시에는 본질이 없고 언어와 제도만 있다고 했지만, '자아부정'을 끝낸 이후 언어로는 표현이 불가능하다는 것이다. 결론적으로 모든 것을 불이(不二/異)로 보려는 하나의 방편이다. 즉 불이의 시론으로 모든 것을 해체하여 통합의 시대를 열어보려고 한다는 것으로 해석할 수 있다. 완전은 불완전한 사태를 완벽하게 기술할 수 있지만, 역으로 불완전한 인간은 완전이라고 명명되는 절대적 동일성을 완벽하게 기술할 수 없다.[151]

> 나는 시론을 쓰는 심정으로 이 시를 쓴다 언어도 버리자 언어는 존재의 집이 아니라 존재의 짐이므로...<중략>... 이 고통을 견딘다 그러므로 토할 때는 나는 다른 누구이고 길을 잃고 헤매지만 헤맴, 방황, 유랑이 희열이고 쾌락이고 주이상스(향락)이다 그러므로 나도 버리자 나도 버리고 나도 버리고 남은 건 언어 이 황량한 언어 언어가 나이므로 언어도 버리자 언어도 버리고 언어도 버리고 시를 써야 한다 언어를 버리는 심정으로! 이런 심정도 없는 심정으로!
> — 「언어도 버리자」 일부[152]

이승훈은 후기에 접어들어 시는 언어라는 것, 언어는 늘 무상하게 변하는 것, 따라서 지난 시대의 언어, 곧 죽은 언어, 그 의미를 쓰는 시는 죽은 시로 받아 들였다. 언어는 예술을 완성하는 도구가 아니라는 생각이다. 시쓰기에서 죽은 언어를 버릴 때 비로소 그의 시쓰기는 희열이고

---

151) 김석준, 「동일성과 비동일성」, 『유심』, 2008년,, 12월호 [35호].
152) 이승훈, 『비누』, 고요아침, 2004, 47쪽.

쾌락이 된다. 이것은 이승훈 나름의 시의 밑바탕이 되는 시론이다. 그의 예술성은 시대가 지나가버린 시, 죽은 시는 결코 시가 아니라고 본다. 이 말은 시의 반성적 이해로써 아방가르드를 지향하는 시인으로서의 지론(持論)이다. 반동(反動)하는 시의 사조, 아방가르드인 그의 이런 반동에 반동은 또 반동한다. 그것은 그의 입장에선 시가 무의미하기 때문이다.

> 시는 언어의 예술이다. 그러므로 시의 본질은 일차적으로 언어의 문제에서 해명되어야 한다. 그렇다면 언어행위라는 관점에서 '시'란 무엇일까/ 한 마디로 그것은 언어의 한계성을 극복하려는 행위이다.153)

앞의 글을 이해하려면 적어도 두 가지 명제가 전제되어야 한다. 오세영의 말에 의하면 하나는 "인간의 언어란 불완전하다는 것이요, 다른 하나는 그런 까닭에 시의 언어는 일반적인 언어, 우리가 소위 일상의 언어라 부르는 것과는 근본적으로 다르다"는 주장이다. 쉬클로프스키는 시의 언어에 대해서 말하기를 일상의 언어에 폭력을 가한 것, 즉 변형 시키거나 뒤틀어 놓은 것을 말한다. 일상의 언어는 시의 언어로서는 이같이 한계성을 가지고 있으면서 전달이 불가능한 체험의 일종으로 볼 수 있다. 그러므로 시는 인식의 한계성에 처하면서도 표현 불가능한 것을 표현하고자 탐색하는 것이다.

이승훈의 시론은 지향성과 환원이 서로 화합할 수 있는 지를 문제삼는다. 또 '부정'을 일관성 있게 유지하기 위한 하나의 방편으로 '반복'이라는 방법을 취한다. 그의 시론의 역사를 통시적으로 살펴본 결과는 부정을 일관되게 주장한다는 것이다. 또 매우 부정적인 편향을

---

153) 오세영, 『현대시와 불교』, 살림지식, 2006, 16쪽.

가지고 있다. 대상이 처해있는 짜임관계 속에서 대상을 인식한다는 것은 대상이 자체 내에 저장하고 있는 과정에 대해 인식하는 것이다. 그의 이론적 사상은 자신이 해명하고자 하는 개념의 주위를 맴돈다. 마치 잘 보관된 금고의 자물쇠처럼 그 개념이 열리기를 희망한다. 이 때 하나의 개별적인 열쇠나 번호가 아니라 어떤 번호들의 배열에 의해 열리는 것이다.154)

　　언어가 시를 쓴다? 물론 어려운 명제입니다. 자아탐구가 모더니즘의 세계라면 자아소멸은 포스트모더니즘의 세계에 해당하고 따라서 언어가 시를 쓴다는 것은 자아소멸과 장르해체의 양상으로 전개되고 이런 사유는 시론 「시적인 것은 없고 시도 없다」, 「비빔밥 시론」으로 요약됩니다. 그러나 이상해요. 언어가 시를 쓴다지만 문득 언어도 헛것이다. 언어도 버리자는 생각이 들고 그 무렵 선과 만나게 됩니다. 그러니까 결국 소생의 시쓰기는 시를 구성하는 세 요소, '자아/대상/언어'를 하나씩 죽이는 과정이고 결과적으로 그렇게 된 것이고 그건 어디까지나 후기구조주의 철학자들, 특히 데리다나 라캉 같은 철학자들을 매개로 한 사유의 결과였습니다.155)

　　앞글의 요지는 언어로 시를 쓰던 이승훈이 '언어도 헛것'이고, '언어를 버리자'는 사유로 말미암아 언어에 대한 의심을 말하고 있다. 자아, 대상, 언어를 버린다는 것은 시쓰기 세 요소를 죽이는 일이다. 또 그가 시쓰기 세 요소를 모두 버린 이유, 즉 죽인 이유가 데리다 또는 라캉과 같은 철학자들의 사유에 영향을 받았다는 사실이다. 철학자들에게 받

---

154) 아도르노, 「해방적 실천은 충분히 해방적인가」, 『부정변증법』, 홍승용 옮김, 한길사, 2003, 35쪽.
155) 이승훈, 『현대시 종말과 미학』, 집문당, 2007, 20쪽.

은 사유 속에는 그의 예술성이 녹아있다. 그는 전통적인 시작법(詩作法)으로는 어떠한 언어를 사용하여도 한 폭의 그림이나 사진보다는 더 세밀하고 정확할 수 없다는 주장이다. 이 같은 사유가 언어에 대한 부정, 즉 불신을 초래하게 된 또 다른 이유가 된다. 다음 작품에서 그 이유를 찾을 수 있다.

— 「준이와 나」 전문156)

앞의 「준이와 나」의 시에서 '준이와 나'라는 시니피에를 나타내기 위한 시니피앙은 그 어떤 것보다도 적확(的確)한 것이 있을 수 없다. 그림이 작품에 녹아 들어갔을 때 차이를 나타낼 수밖에 없다는 논리이다. 또 차이라고 하는 것은 계속 연기되고 이 연기가 반복됨으로써 더욱 커다란 격차를 나타낸다. 결국 작품에서 말하는 주체의식과 겉으로 드러난 시니피앙 사이에는 어떠한 공통점도 발견할 수 없게 되고, 작품은 그 자체로 남게 되는 사물에 불과한 것157)이다. 따라서 '준이와 나'의

---

156) 이승훈, 『나는 사랑 한다』, 세계사, 1997, 112쪽.
157) 허혜정, 「이승훈도 없고 이승훈씨도 없다」, 『시인시각』, 2007, 겨울호, 65쪽.

관계, 또는 '준이'와 '나'의 개별적 의미를 나타내는 데에는 언어를 버리고 그림을 따오는 콜라주 기법의 방법 밖에 없는 것이다. 이 언어의 한계성은 우리가 감정(emotion)과 지각(sensation)을 전달하고자 할 때 명백히 드러난다.[158] 이승훈의 시가 언어에 의해 자아가 소멸되고 언어가 시를 쓴다는 인식을 넘어서는, 곧 자아소멸의 해체시가 한층 심화되어 주체와 언어의 해체에 이르게 된다. 그의 시집 『나는 사랑한다』(세계사, 1997), 『너라는 햇빛』(세계사, 2000)에서 사진이나 그림을 인용하면서 시를 구성하는 차원의 '끼워넣기'(embadings) 형태로 시의 제도성을 해체하는 사진시 또는 그림시를 발표한다.

　　신경에 거슬려 책을/못 읽고 1년이 갔다 이런 말을 하는 건 자랑이/아니다 쏘파를 다시 연구실로 옮길 수도 없고/(무엇보다 아내가 얼마나 속으로 나를/비웃겠는가?) 어제는 위치만 바꿨다 쏘파/위치만 바꾸고 현재 쏘파는/

　　처럼 놓여 있다. 어색하게 놓여 있다 어색한/위치에 놓였습니다 쏘파는 낡은 잿빛 쏘파는/아내는 버리라고 하지만 책상을 향해 놓아/야지요 책상을 보고 있어야지요 책상은 서향/창을 보고 쏘파는 책상 옆에 있는 책꽂이를/보고

　　　　　　　　　　　　　　　　　　　—「쏘파 이야기」 일부[159]

158) 오세영, 앞의 책, 17쪽.
159) 이승훈, 『나는 사랑한다』, 세계사, 1997, 42쪽.

앞의 「쏘파 이야기」는 시니피에만 가지고는 이미지의 본질을 그리지 못하므로 초현실주의자들이 사용해왔던 콜라주기법을 차용한다. 즉 기표를 상용하는 것이다. 이처럼 그가 불확실한 언어를 부정할 수밖에 없는 것은 앞서 논의했던 것처럼 언어로 표현된 상징계는 끊임없이 움직이는 불완전한 체계이기 때문이다. 언어를 통해 존재의 본질을 정의하며 사는 우리는 상징계에 살고 있다. 우리가 정의를 내리는 상징계는 당연히 끊임없이 수많은 기표를 사용해야만 존재의 본질에 접근할 수 있다. 즉 아무리 수많은 기표를 사용한다 하더라도 결국 존재의 본질에 완전히 다다를 수는 없다. 상징계는 끊임없이 움직이는 불완전한 체계이다. 우리가 살고 있는 이 세계는 끊임없이 요동치는 불완전한 상징계의 모습을 띠고 있다.

(A)

　　솔직히 말해서 난 밤에 일찍 잔다 겨울밤엔/ 열 시 반이면 잔다
　　TV뉴스는 9시부터 10시까지다/뉴스를 볼 때 난 TV 앞에 앉아 혼자
　　맥주를 마신다/뉴스를 본

—「어느 스파이의 첫사랑」일부[160]

---

160) 이승훈, 앞의 책, 65쪽

(B)

시는 나의 의지를 넘어선다
그것은 나로 하여금 그 자신이 원하는 것을
하게 만든다

이 승 훈

— 「시」전문161)

　　앞의 인용된 (A)와 (B)는 이승훈의 시집 『나는 사랑한다』(세계사, 1997)에 실린 초현실주의자들의 콜라주기법을 차용한 시작품이다. (A)는 일종의 시 속에 그림 끼워넣기(embadings)이고, (B)는 그림이 언어를 대체하는 현상을 보여주는 시이다. 보편적으로 시는 언어를 필요로 한다. 언어에 의해 구절(句節)이 이루어지고, 이 구절이 모여, 문장이 구성되는데, 이 문장은 통사규칙을 따르게 된다. 그는 시집 『나는 사랑한다』에서 극렬하게 장르를 해체하며, 미적 자율성에 대한 반기를 들고 나선다. 일반 보편적인 시가 통사규칙을 준수하는 것과는 달리 그의 시는 파괴하는, 더 나아가 문법적 요소를 전혀 고려하지 않는 극한 상황으로 몰고 간다는 데에 문제가 있다. 앞에서 인용된 그의 여러 시편에서 특

---

161) 이승훈, 앞의 책, 11쪽.

히 찾아낸 것은 글쓰기의 자율성 회복이다. 이것은 상징계에서 자아를 억압하는 언어에 대한 부정이다. 그의 시의식은 인식이 아니라 의식을 주제로 삼기 때문에 대상을 고정시키는 것이 아닌 운동하는 것, 그리고 모순과 갈등으로 가득 차 있는 것으로 파악된다.

— 「뒤샹의 <샘>?」일부162)

이승훈의 「뒤샹의 <샘>?」의 작품은 그림이 언어다. 이 그림의 언어는 비유나 상징의 과정을 거치지 않고 있는 그대로 시의 언어로 사용된다. 이 같은 그림의 언어가 시의 언어로 전이시키는 데 있어서 초현실주의 창작기법에 해당하는 몽타주, 콜라주 등 다양한 방법으로 표현한다. 이것은 예기치 못한 그의 글쓰기 행위가 곧 언어에 대한 강한 불신이며, 믿어왔던 언어에 대한 신뢰성 상실이다. 또 과거와 현재간의 친밀성과 친화력이 배제된 상태이다. 그러나 인간은 그림의 언어이든, 시의 언어이든 언어를 통해 지속적으로 소통을 시도하지만 그것은 근원적으로 '결핍'을 만들어낸다.

---

162) 이승훈, 『나는 사랑한다』, 세계사, 1997, 117쪽.

3. 비빔밥 시론의 발생과 언어부정의 한계

1) 비빔밥 시론에서의 언어부정

이승훈이 자신의 시집 『나는 사랑한다』(1997)에 발표했던 「비빔밥 시론」은 장르의 대립이나 2항 대립성, 논리적 체계를 무너뜨리고 해체시킨다. 이것은 모더니즘에 대한 비판이며, 포스트모더니즘의 수용이라 할 수 있다. 이 「비빔밥 시론」은 「시적인 것은 없고 시도 없다」의 시론을 더욱 발전시킨 시론으로 '새로운 시는 시를 부정한다'는 명제로 요약된다. 즉 새로운 시는 현재의 모든 시를 부정한다는 논리를 담고 있다.

> 물론 이승훈 씨는 시를 쓴다 언어가 있기/때문이다 언어라? 언어라? 언어라? 도대체/언어란 무엇인가? 그는 언어 때문에 시를 쓰지만/언어 때문에 실패의 연속이다 언어 유리디체여/그녀를 돌아보면 안 된다 차라리 불을 지르라/물론 어려울 것이다 그렇다면 이제 남은 건/훔쳐오기 그렇다 이제 그는 유리디체를 훔친다/……<중략>……험담은 병이 아니라 이 시대의 상식이다 험담을/하고 모함을 하고 인간들은 우울증을 극복한다/나도 극복한다 우울증 환자 가운데 알코올 중독자도/있고 투전꾼도 있고 약물 중독자도 있고 요컨대/이승훈 씨가 쓰는 시는 우울증의 산물이다 오오/우울증이 무슨 죄란 말입니까? 그는 불안이라고/하지만 아마 우울증일 것이다 그건 누구보다 내가/잘 안다 우울증은 자랑할 일이 아니다 불안하면/도둑질도 한다 무슨 짓을 못하랴? 그는 오늘도/그가 읽는 책에서 언어를 훔치고 창문도 훔치고/종이도 줍고 물론 불을 지를 순 없으리라 언어/속에서 언어를 훔치는 이승훈 씨여 언어라는/아파트에서 그는 가구나 물건들 (예컨대 재떨이,/신발, 양말, 의자, 낡은 셔츠 등)을

훔친다/도둑질을 한다 그는 염치도 없이 염치도 없이
— 「이 시대의 시쓰기」 일부163)

인용된 시의 제목이 암시 하듯이 이승훈은 자기 나름의 「이 시대의
시쓰기」에서 자기성찰을 하고 있다. 그 성찰의 동기는 두 가지로 요약
된다. 언어의 문제와 우울증의 문제다. 그는 언어 때문에 시를 쓰지만
이 언어 때문에 실패의 연속이기도 하다. 연속되는 실패는 언어가 사물
을 그려내는 게 아니라 사물을 오히려 죽인다는 사실에 있다. 이를테면
언어가 '나'를 드러내기도 하지만 동시에 '나'를 억압한다. 언어를 신뢰
하던 그가 언어에 기대여 쓰는 시쓰기는 불가능이라는 문제에 직면하
게 된다. 따라서 그가 언어로부터 해방되는 가장 바람직한 길은 언어라
는 체계를 해체하는 일이다. 즉 부르주아 문화의 텍스트를, 그런 텍스
트가 숨기고 있는 허구성을 파괴하고, 절단하고, 해체하고, 해체된 파
편들을 세상에 뿌리는 일이다. 시는 없고 차이와 반복만 있다면 그는
"시에서 나는 시와 편지 사이에 시가 있고, 시와 편지의 차이가 시이고,
또 편지와 시 사이에 편지가 있고, 편지와 시의 차이가 편지"라는 '사이
의 미학', 혹은 '반미학'을 노린 셈이다. 이것은 일종의 장르 해체이며,
광의로는 복합매체(intermedia) 미학을 염두에 두고 쓴 시론이다. 이 시
론은 비빔밥처럼 섞는다는 것으로 혼합성, 복수성, 불이(不二)의 의미
를 지닌다.

완성이 아니라 만드는 과정, 생성이 중요하고, 그런 생성이 무슨
단일한 세계가 아니라 복수성, 파편의 세계로 뒹구는 것도 중요한
점이다. 비빔밥에서는 안과 밖이 섞이고 밥과 반찬이 섞이고 당신과

---

163) 이승훈, 『아름다운A』, 황금북, 2002, 16쪽.

내가 섞이고, 시와 비시가 섞인다. 섞임의 미학이다. 이런 복수성의 세계는 이른바 2항 대립체계, 위계질서를 해체한다는 점에 의미가 있고, 무의미가 있고, 철학이 있다.164)

비빔밥은 우리가 일반적으로 먹는 밥과 다르다. 일상적인 주식으로 먹는 밥은 단일성을 강조하지만 비빔밥은 복합체이며 혼합물이다. 또 혼성이며, 중심주의를 부정하는 다원주의의 강조이다. 선(線)들로 이어지는 다질적(多質的)인 요소들의 경합 공간, 즉 망상조직으로 구성된 다양체의 들뢰즈의 리좀(Rhizome)이다. 비빔밥 속에는 절대 단일자아가 존재하는 것이 아니라 다성담론(多聲談論)의 복수자아가 존재한다. 상황에 따라 비빔밥은 밥도 아니고 반찬도 아니다. 비빔밥은 모든 것이 '아니다'에서 '아니다'로 끝난다. 곧 부정에서 부정으로 끝난다. 가령 'A는 A가 아니다'가 아니라 'A는 B가 아니다'라는 명제를 담고 있다. 이것은 부정 속에 도사리고 있는 긍정이다. 즉 비빔밥은 밥과 반찬의 경계가 모호할 뿐 아니라 재료들을 섞고, 비비고, 만드는 '과정으로서의 나'가 먹는 '과정으로서의 나'보다 중요하다. 이 같은 과정은 시작과 끝의 경계선이다.

이승훈의 「비빔밥시론」은 대립되는 모든 경계를 해체하는 일이다. 비빔밥에서 밥은 반찬을 지배하지 않고 반찬은 밥을 지배하지 않는다. 그것은 자기 보존을 위해 필수적으로 요구되는 결핍된 재화를 획득하기 위해 노동이라는 짐을 서로 지지 않는다. 비빔밥은 밥과 반찬이 노동의 결과로 획득한 비빔밥이라는 재화를 공동으로 소유한다. 비빔밥 속에는 어떠한 사회 지배구조도 성립하지 않는다. 밥과 반찬이 빚어낸 비빔밥을 자연이라고 한다면 이 비빔밥은 인간과 자연, 주체와 객체의

164) 이승훈, 「비빔밥 시론」, 『나는 사랑한다』, 세계사, 1997, 128쪽.

관계를 분리시키지 않는 화해의 행동방식을 가져다준다. 그런 점에서 비빔밥은 완성된 것도 아니고 매우 개방적이다. 김밥이나 주먹밥 같은 모든 음식은 완성된 다음 먹는 것이지만 비빔밥은 '내', '당신', '우리'가 만들며 먹는다. 그러나 비빔밥은 만든 다음 먹는 것이 아니라 만들며 먹고, 무엇을 만드는지도 모르고 먹는다.165) 이처럼 그는 지속적으로 미끄러지고 반복적으로 이동하며 차이를 발생한다. 그 차이는 두 개의 반복에서 발생하며, 또 그것을 지연시킨다.

이승훈이 말하는 '비빔밥'은 한 편의 시다. 이 시는 완성된 것이 아니다. 반찬도 아니고 밥도 아닌 모호한 경계라는 것과 만드는 과정의 중요성, 또는 개방적이라는 것은 2항 대립적인 관계의 청산이다. 2항 대립적 관계의 청산은 탈중심주의의 지향이고, 이성이 비이성을 지닌다는 이성주의에 대한 비판이다. 이승훈의 「비빔밥 시론」은 다원주의의 세계, 비대칭적인 체제, 노마드적 사회의 선포이다. 특히 그는 어떤 중심에 서 있기를 꺼려한다. 이것은 전통주의와 모더니즘의 한계를 넘어서는 태도이다. 역사주의나 종교주의자들이 주장하는 것처럼 시간의 개념을 '일직선상으로 흐른다'고 가정 할 때 그 시간의 흐름의 맨 앞에 서 있기를 그는 원한다. 그 시간의 맨 앞에 서서 전위적인 사유로 새로운 길을 내고 자극적(강렬한)인 새로운 세계를 창조한다. 길이 형성됨으로써 현재와 미래로 분리된 두 개의 장소가 결합한다. 분리된 시간은 결합이라는 역설적 과정의 성취이다. 따라서 그의 「비빔밥 시론」은 분리되어 있는 객체와 주체, 현재와 미래를 하나로 묶는 결합의 원리를 지닌다.

이승훈의 시작품 「이 글쓰기」(『나는 사랑한다』, 1997), 「노예에 대하

---

165) 이승훈, 「비빔밥 시론」, 『나는 사랑한다』, 세계사, 1997, 128쪽.

여」(『나는 사랑한다』, 1997) 와 같은 시는 하나의 메시지 속에 두 개 이상의 코드가 들어 있다. 이것은 밥과 반찬 등 여러 코드가 하나가 되어 일구어낸 비빔밥과 같다. 이런 형식을 복수성의 미학이라고 한다면 그는 데리다의 철학에 깊숙이 스며있다고 볼 수 있다. 이 같은 형식, 소위 그가 말하는 복수성의 형식은『나는 사랑한다』의 시집에 실린「기차를 향한 배고픔」(『현대시』, 1996년 1월호),「끄노에 대한 단상」(『시와반시』, 1996년 봄호),「거짓말을 하든지 죽든지」(『현대시학』, 1996년 4월호)에서 나타난다. 앞의 형식과 같은 시들은 가능성을 위해 불가능성에 대한 도전이며, 시의 정형(定型)에 대한 부정으로 무정형을 추구한다. 또한 동일성의 모순에 대한 비판이며, 비동일성의 옹호 차원이다.

데리다가 말하는 영원불변의 진리가 없다는 해체이론을 근간으로 한 이승훈의 해체적 시론은 자아, 언어, 무의식의 상태에서 벗어나 자아가 언어에 지나지 않는다는 사유를 받아들임으로써 자아소멸의 해체시로 접근하게 된다. 곧 언어에 의해 자아가 소멸되고 언어가 시를 쓴다는 사유로의 발전이다. 이런 사유는 자아소멸에 의해 새롭게 확장되는 메타시적 형태와 시론시를 낳는다. 해당되는 시가「오토바이」,「돌아오지 않는 법?」,「그녀의 이름은 환상이다」,「그녀의 방」,「어머니 무덤」,「이승훈 씨를 찾아간 이승훈 씨」,「크리티포에추리?」,「답장」,「언어」,「봄날은 간다」,「이 시대의 시 쓰기」,「텍스트로서의 삶」,「시」등이 대표적이다.

쓰며 사는 난 노예도 괴롭다고 생각합니다. 주인은 잘
못 만나면 영화에서 본 것처럼 노예는 채찍을 맞고
주인은 시장에 내
다 팔기도 합니다   오늘도 해질 무렵 난 이 글을

그러니까 노예가
되기를 바랄 사람
은 없습니다 그러
나 난 노예가 되기
를 바라지 않는다
성급한 결론은 폭
력이다 이 문제는
다시, 건강할 때,
내 몸에 열이 안
날 때, 감기가 나
은 다음, 담배도
피우면서 맑은 정
신으로 천천히 다
시 생각해야 한다
사이는 동굴이다
생각과 생각 사이
에 있는 동굴! 오
오 이 동굴 속으로
들어갑시다

쓴다 머리가 아프지만 감기
로 열이 나고 콧물도 나오지
만 대학 교수가 콧물을 흘리
며 노예에 대해 시를 쓰신다
그의 시는 그의 잡념이다 그
의 시는 그의 삶에 대한 변명
이고 부재에 대한 진리이다 소
크라테스도 변명을 했다 변
명을 하라 변명을 하라 난 변
명은 안 한다 노예에 대한 생
각이 어디서 왔는가에 대해!
그리고 어디로 갔는가에 대
해! 오오 이 구멍에 대해! 삶
과 죽음, 태어남과 사라짐,
태어남의 사라짐, 결핍에 대
해! 노예에 대해! 노를 버린
사람에 대해! 사자들에 대해!
노예에 대해! 이 시에 대해!
이 시를 쓰는 시간에 대해!

—「노예에 대해」일부166)

이승훈에겐 문학은 유령이다. 그는 유령과 싸우고 있다. 그 싸움은
두 가지 방식으로 수행된다. 하나는 문학의 자율성, 일관성, 통일성의
해체이고, 다른 하나는 문학, 혹은 시의 제도성을 해체하는 방법이다.
앞의「노예에 대해」는 전자에 해당하는 작품으로 소위 복수형 스타일,
즉 복수성 미학의 시이다. 즉, 한 편의 시 속에 또 다른 한 편의 시가 반

---

166) 이승훈,『나는 사랑한다』, 세계사, 1997, 101쪽.

드시 존재해야 한다는 자율성과 통일성을 해체하는 시쓰기이다. 이에 해당하는 작품으로는 앞에서 인용된 「노예에 대해」(『문예중앙』, 1996년 여름호), 「이 글쓰기」(『현대시사상』, 1996년 여름호) 등으로 이른바 파편의 기법, 좀 더 구체적으로 말하면 뿌리기(sprinkle), 혹은 산종(dissemination)의 기법으로 수행된다. 산종, 혹은 파편화는 이승훈에게 기쁨이고 쾌락이다. 이런 시들도 복수성의 개념에 포섭되지만 의도는 시적 통일성, 다시 말해 시 속에는 오직 한 편의 시만 존재해야 한다는 전통적 기법, 한 번도 의심해 보지 않은 부르주아적 허구성을 파괴하는 데에 있다.

난 글쓰기를 두려워했다 글쓰기를 사랑했기 때문이다
뭐라고 할까? 난 글쓰는 환자 불안 때문에 병이 든 이
승훈 씨는 우울 때문에 병이 든 이승훈 씨다 그러나
어제부터, 꿈속에서 박목월 선생님이 나타나시고 난
글을 써야 한다고 생각 했다

난 글을 쓰면서 커피를 조금 마시고 담배를 피우고 바카스를 조금 마시고 아무 것도 마신 건 없다 아무 것도 달라진 건 없다 아무것도 생긴 건 없다 사라진 것도 없다 이 종이를 보시오!

글쓰는 환자들은 행복하다 글쓰기는 병을 치료하는 한 가지 방법이다 어제는「문학의 역사는 폐허의 역사」라고 글을 썼다 30매를 쓴다는 게 35매를 썼다 원고료를 조금 더 받으려고 그런 건 아니다 물론 난 어디로 갔던가? 글을 쓰면서 난 컴퓨터를 드리면서 동시에

창밖을 볼 순 없다 인간은 동시에 두 가지 일을 못한

다 그러나 담배는? 오 담배를 피우며 컴퓨터를 두드릴
순 있다 담배는 그만큼 인간적이다 담배를 모욕해선
안 된다 난 흐린 날을 두려워했다 흐린 날이 오면 흐
린 날이 오리라는 걸 확신하는 건 흐린 날이 두렵기
때문이다 흐 린 날 흐린 날 흐린 날 갑자기 햇빛이 쨍
쨍 난다 그래서 난 흐린 날

그런 날이 오는 게 두렵   을 기다렸다 너를 만난 것도
다 가슴이 뛴다 그러나   흐린 날이었다 흐린 날은 두
그런 날이 이제 내 인   렵다 그래서 난 흐린 날을
생에 과연 얼마나 찾아   기다리고 흐린 날이 오리라
올까? 그래도 그런 날   고 믿는다 두려움은 믿음이
을 생각한다 오리라 믿   다 외갓집에 간 준이는 왜
는다 아무튼 아무튼 그   아직도 안 오는 걸까? 지금
런 날이!   은 밤 아홉 시 그러나 난 후
                         회하지 않는다 후회할 수도

없는 인생이 여기 있도다 이젠 슬프지도 않다 그 동안
슬픔이 나를 모두 삼켜 버렸기 때문이다 아마 거짓말
이리라 난 또 거짓말을 한다 거짓말을 하면서 이 글을
쓰면서 그는 누구인가? 지금 여기부터 난 그가 없이는
생각할 수 없는 생각을 한다 말하자면 거짓말을 한다
언제나 이미 미래다 그리고 과거다 우리는 그로부터
배울 것이다 그의 이름은 글쓰기다 지금 여기 그가 머
문다 불탄다 결국 언제나!

— 「이 글쓰기」 전문167)

앞의 「노예에 대해」와 「이 글쓰기」의 시 속에는 세 개의 파편이 존
재한다. 첫 번째는 이 두 작품이 지니고 있는 전체적인 큰 틀 속으로 또

---

167) 이승훈, 앞의 책, 110쪽.

하나의 시작품이 오른쪽 내지 왼쪽에 새롭게 자리잡고 있다. 두 번째는 각각 독립적인 작품으로서의 지위를 갖는 특성이 있다. 끝으로 「노예에 대해」는 각각 다른 주체로서의 독립성을 가지면서 독립하지 않는 두 개의 파편이라는 시적 구조로 짜여 있다. 또 「이 글쓰기」 작품은 각각 세 개의 작품, 즉 세 개의 파편으로 구성되어 있다. 이 세 개의 파편들의 의미가 반복적으로 연기되고, 전환되고, 다시 '그리고 그리고'의 의미로 반복적으로 접속되며 미끄러진다. 파편적 글쓰기가 노리는 것은 기표와 기의 사이의 틈, 균열, 부재이고, 그것은 통사구조의 해체, 논리적 질서의 해체와 소통되고 기의의 부재를 전제로 한다.

파편적이고 산종의 글쓰기가 이승훈에게는 기쁨이고 쾌락인 것은 전통적인 시가 지니고 있는 제도의 해체와 통일성 내지 일관성, 그리고 자율성을 파괴한다는 데에 있다. 다시 말해 전통적인 시들이 가지고 있는 획일적인 형식과 관습, 인습을 타파한다는 것에 대한 희열이다. 또 다른 하나는 삶의 무게가 언어공간으로 침투하는 시들이다. 포스트모더니스트인 그의 해체적 자아성찰은 삶이 해체됐을지라도 '너'에 대한 인식과 함께 '너'가 있으므로 시가 있다는 인식이다. 또 자아소멸을 강조하는 포스트모더니스트로서 그의 해체적 자아성찰은 '나'와 '너'에 대한 동일성 증명이다. 그 대표적인 시작품으로서 「너라는 햇빛」, 「시」, 「네!」, 「언어」, 「너」, 「아름다운 새여」, 「시인」, 「극에 달하다」, 「난 당신 아저씨」 등이 해당된다.

이승훈의 입장에서 시를 쓴다는 것은 '나를 버리는 행위'이다. 즉 종이 위에 그 자신이 버려지는 일이다. 이 명제는 '시 속의 나는 시 밖의 나를 버릴 때 태어난다'는 말로 해석된다. 무엇이든 버린다는 것, 또는 그 어떤 것이 버려진다는 것은 자아소멸을 의미하고, 이 자아소멸은 해방시학이 된다. 이 해방시학은 다시 자아불이(自我不二/異)로 이어지고 이 자아불이는 결국 해체의 의미를 가지며, 이것은 반복이고 차이이다. 그의 시쓰기 행위를 자극하는 것은 불안에서 비롯되고, 포개어 있던 시 속의 자아와 시 밖의 자아가 두 개의 자아로 분열하기 때문이다. 모든 텍스트에 선행하는 선험적이고 초월적인 존재로서의 저자의 개념을(곧 주체 중심주의) 텍스트 시간 속에서만, 텍스트를 읽을 때만 존재하는 생산자, 그것도 필사자 또는 편집자의 개념으로 대치한 포스트모더니즘의 관점을 재진술한 것[168]으로 해석된다.

이승훈은 시쓰기 이전의 '자아'와 시쓰기 할 때의 '자아'를 엄격하게 구분 한다. 즉 시쓰기 이전의 '나(자아)'를 스스로 인정하지 않는다. 시 쓰기 이전과 이후의 '나'를 구분하는 이유는 언술행위의 주체가 없는 상태에서는 어떠한 언술내용의 주체는 존재할 수 없다는 데에 있다. 이른바 그가 말했던 "나는 없다. 나는 시를 쓸 때, 말할 때 태어날 뿐"이라는 말과 깊은 관련을 가진다.

비빔밥은 자연과 인간을, 분리된 객체와 주체를 화해하는 교량(橋梁)이다. 교량은 분리된 두 강안(江岸)을 대립시킴과 동시에 하나로 통합하는 사물이라면, 비빔밥은 그런 역할의 교량이다. 비빔밥이 갖는 섞임의 미학과 같이 분리되어 서로 무관하던 대지(大地)의 두 부분은 교량으로 끌어당겨지고 결합된다. 그러나 불완전한 언어는 자연이 분리한 것을 인간이 결합하는 특정 상황의 보편성을 표현하는 교량(Bridge)의 역할을 할 수가 없다. 이와 같이 비빔밥 시론은 언어의 한계성을 뛰어넘는 새로운 형식의 생성이며 반복이다.

---

168) 김준오, 이승훈의 시집 『나는 사랑한다』(세계사, 1997), 「비빔밥 시론」, 131쪽. 再引用.

2) 언어 부정의 한계

이승훈의 언어 한계는 곧 언어부정이다. 그는 언어의 한계성을 뛰어넘으려는 차원에서 언어를 그림으로 인식한다. 여기에 「어느 스파이의 첫사랑」(『나는 사랑한다』, 1997), 「준이와 나」(『현대시사상』, 1996년 겨울호), 「쏘파 이야기」(『현대시학』, 1996년 6월호), 「뒤샹의 샘?」(『현대시』, 1997년 1월호)이 해당된다. 앞에서 예시한 시작품에서 알 수 있는 것은 첫째, 인습적 · 관습적 · 전통적인 형식의 시, 또는 제도성의 시, 그리고 전통적인 시의 장르 해체라는 명분을 갖는다. 앞의 「준이와 나」는 이승훈이 준이(손자)를 안고 찍은 상반신의 사진이다. 이 사진에 '준이와 나'라는 제목만 붙인 시다. 시의 내용은 아무것도 없다. 또 「쏘파 이야기」는 「준이와 나」보다는 파격적이지는 않지만 시의 행과 행 사이에 소파그림을 끼워 넣었다. 「어느 스파이의 첫사랑」역시 스파이의 그림을 끼워놓고 시는 시작된다. 또 「뒤샹의 샘?」또한 언어로 표현된 어떠한 내용도 들어있지 않다.

이런 시들을 대면할 때 관심과 의문을 갖게 하는 것은 내용은 말하지 않고 형식에 대해서만 논의된다는 사실이다. 또 다른 하나는 그가 이렇게 제목 이외는 언어를 사용하지 않았거나, 언어를 사용했다 하더라도 왜 시 속에 그림이나 사진 같은 것을 끼워 넣었을까라는 의문이다. 두 의문에 대해 전자는 내용보다 형식이 주는 억압의 무게가 더 크다는데 있다. 이승훈은 아나키스트이다. 이 아나키스트들에게는 자유가 시쓰기의 에너지이다. 언어는 내용이 아니라 형식에 가깝고, 이 형식은 억압을 가져다준다. 결국 그의 언어부정은 형식에 대한 부정이며, 억압으로부터의 해방 요구이다. 이 형식에 대한 부정은 다시 자유의 갈망이다. 그의 자유의 갈망은 또 다른 실험성의 촉구이며, 새로운 세계로의 안내이다. 후자는 초현실주의자들이 사용했던 창작기법 중의 하나인 콜라주 기법이다. 그의 「준이와 나」에서 찾는 의의는 초현실주의자들의 사용했던 창작기법을 차용했다는 단순성에 머무를 것이 아니라 존재하지 않았던 결과물의 새로운 발견이라는 데 있다. 즉 무관계가 관계라는 것이다. 이렇게 새로운 결과물의 발견은 언어의 한계를 불러오는 필연적인 것이 될 수밖에 없다.

언어는 그때그때 환경에 따라 다르게 사용되므로 어떤 본질 혹은 보편적 특성을 갖지 않는다. 또 그는 언어를 그림으로 인식했지만 곧 언어는 게임이라는 결론을 내린다. 언어를 게임으로 인식한다는 것은 무엇보다도 게임에는 어떤 관념(ideas)도 존재하지 않는다는 말이며, 어떤 보편적 특성도 존재하지 않는다는 뜻이기도 하다. 즉 언어 속에는 어떤 본질도 존재하지 않는다는 것과 같다. 게임이 게임으로 존재하기 위해서는 일정한 규칙이 필요하다. 언어행위가 하나의 게임이라고 가정한다면 언어를 사용할 때 게임의 규칙, 즉 언어의 규칙에 따라야 한다. 즉 놀이의 규칙에 지배 받는다는 것이다.

모든 언어가 의미를 갖는 것은 대상을 그리거나 대상과 자아가 공유하는 숨은 구조를 보여주기 때문이 아니라, 현실적 용법 때문이다. 현실적 용법이란 어떤 낱말의 의미도 고정되어 있지 않다는 것이며, 그것은 그때그때의 용례에 따라 의미를 획득한다. 그러나 그는 다섯 번째 시집 『당신의 방』(1986)을 내고 나서도 시는 말하기의 세계가 아니라 보여주기의 세계라는 생각에는 변함이 없다. 그러나 '보여주기의 세계'가 그에게는 언어의 한계로 인식된다.

보여주기 언어형식은 고전적 재현론, 곧 언어가 대상의 세계를
재현한다는 전통적 언어이론을 극복하는 한 가지 양식이지만, 비트

겐슈타인이 그랬듯이, 최근에는 보여주기 양식에 대한 어렴풋한 회의가 생긴다. 어렴풋하다는 것은 보여주기의 양식이 언뜻언뜻 내비치는 지나친 형식성에 대한 불안과 관계가 있다. 보여주기 양식은 동어반복의 명제들이 그렇듯이, 결국은 언어의 순수한 형식을 지향한다. 순수형식으로서의 언어 속에는 구체적 대상의 흔적이 소멸한다. 대상의 흔적이 소멸하고, 남은 것은 언어를 사용하는 자아의 추상성, 곧 선험적 자아뿐이다. 보여주기의 양식으로 시를 쓴다는 것은 그런 점에서 매우 아슬아슬한 줄타기를 하는 셈이다. 매우 아슬아슬하다는 것은, 자칫하면 시가 추상의 세계로 떨어질 공산이 크기 때문이다.[169]

앞의 인용문은 이승훈의 언어 한계성에 대한 솔직한 심정과 언어의 한계성을 해결할 수 있는 방법을 모색하려는 의미를 담고 있다. 그가 우려하는 것은 언어의 순수한 형식의 지향이다. 언어를 사용하는 자아의 추상성, 그리고 선험적 자아이다. 그는 포스트모더니즘을 수용하기 이전까지는 절대적으로 신뢰하던 언어를 잘 보존된 하나의 전통적 유물로 보았다. 그러나 언어는 시간의 힘에 의해 파괴되고 망각되어야 하고, 전통적 유물로서의 가치를 지닌 언어는 부정되어야 한다. 때문에 그는 언어를 믿지 않았고, 언어는 언제나 실패한다고 보았다. 그가 이런 시론을 주장하는 것은 결국 실패와 싸우는 일이다. 이것이 그가 생각하는 언어의 한계성이다. 그러나 이 한계성은 막혀있는 것이 아니라 새로움의 추구와 부정(否定)의 정신으로 항상 다른 새로움을 낳는 실험정신이다. 요컨대 언어부정은 새로움의 창조이고, 타성화는 건강한 시적 욕망을 왜곡하거나 훼손시키는 것에 대한 자각이다.

어떤 언어도 시적 대상에 대해 충분하게, 또는 완전하게 설명할 수

---

169) 이승훈, 『포스트모더니즘 시론』, 세계사, 1991, 263쪽.

없다. 언어의 절대적 모순과 결함을 인정함으로써 언어를 통해 전달된 많은 지식과 논리들, 철학을 포함한 인간 인식의 역사가 불완전해지게 되는 것에서 그의 언어부정은 시작된다. 그는 시적 방법으로서의 인식론적 회의라는 다소 한국의 시 체질과 거리가 먼 형이상학적 태도와 인식과 표현의 통로로서 언어의 기능과 한계에 대한 그의 관심은 시단으로부터 주목 받기에 충분하다.[170] 이승훈의 언어는 허구이고, 기호에 지나지 않는다. 이 허구성 언어는 과감히 버린다는 생각이고, 이런 사유는 언어부정의 태도를 갖게 한다.

---

170) 조동구, 「자아탐구와 시쓰기의 긴 여정」, 『이승훈의 문학탐색』, 푸른사상사, 2007, 174쪽.

V. 선과 아방가르드의 시론

1. 모더니즘의 비판적 수용

1) 모더니즘의 시적 태도와 한계성

모더니즘의 용어를 광의와 협의의 개념으로 나누면 전자는 소위 근대라는 개념에 준하는 것으로 이해된다. 근대란 정치적으로는 근대국가 단위의 역사 전개와 그에 이어진 정신의 흐름이며, 다다이즘이나 이미지즘, 초현실주의, 심리주의, 큐비즘 등, 근대 이후에 나타난 사조에 대한 상위개념으로 본다. 협의의 모더니즘에 대해서는 어떤 특정한 문학 예술상의 유파(流派)를 지칭하며, 따라서 역사적, 민족적, 지역적인 한계성을 벗어날 수 없는 것171)으로 본다. 본고에서는 이승훈의 모더니즘의 시적 태도와 한계성은 모더니즘의 용어 개념의 정의 중에서 앞의 협의의 개념에 따르기로 한다.

이승훈의 시쓰기를 초기-중기-후기172)로 나눈다면 초기 시쓰기는 모

---

171) 김윤식,『한국현대시론비판』, 일지사, 1975, 241쪽.
172) 拙稿,『이승훈의 시 의식에 관한 연구』석사 논문에서 "이승훈의 시세계를 3단계로 나누어 볼 수 있다. 즉 1960~`70년대를 초기로 보고 이때에는 모더니즘 경향

더니즘 경향으로서 자아탐구의 과정이다. 초기에 자아탐구에 천착했다는 것은 모더니스트였다는 말과 다름이 아니다. 모더니스트로서 오랫동안 자아탐구를 했다는 것은 곧 그의 시적 태도가 모더니즘이었다는 것이다. 이승훈의 모더니즘 시는 전반적으로 현실을 직접적으로 드러내지 않고, '자기인식'을 통해 현실과 주체의 연관을 직접적으로 드러낸다.173) 그는 형식주의자이다. 이 점이 그를 모더니스트로 규정하게 하는 중요한 요인이다. 현대사회의 속성을 예민하게 인식한 모더니스트답게 형식미의 발견과 창조에 골몰한다.174) 이러한 정황들을 살펴볼 때 이승훈을 모더니스트라는 데에는 별 이유가 없을 것으로 판단된다. 모더니스트로서의 이러한 면모는 일찍이 『현대시』 동인으로 활동하던 1960년대 시작품에서부터 확인된다.175) 이승훈은 시를 필연적으로 난해한 상태로 몰고 가는 과격하고, 분방한 메타포의 에너지를 집중적으로 투사하여 거기에 비극적인 자아의 생생한 리얼리티를 떠올린다. 이것은 부정을 위한 부정, 파괴를 위한 파괴176)를 모티브로 하던 다다이즘과 맥이 닿아 있다.

이승훈은 자타가 공인하는 현대 모더니즘 시인이자 詩 이론가이다. 그의 창작 詩들은 우리 시사에서 이상(李箱), 조향(趙鄕), 김춘수

의 시세계로 자아탐구의 과정이라면, 1980~`90년대를 중기로 보고 이때를 포스트모더니즘의 자아부정과 자아소멸의 시세계 과정으로 생각해 볼 수 있으며, 2000년대를 후기로 볼 때 불이사상의 양상이 나타나는 선시의 시세계로 나누어 볼 수 있다"고 밝힌 바 있다.

173) 류순태, 「1950년대 한국 모더니즘시의 표상 연구」, 서울대학교 박사논문, 1999, 4쪽.
174) 정효구, 「모더니스트의 긴 여정」, 『이승훈의 문학탐색』, 푸른사상사, 169~170쪽.
175) 조동구, 「자아탐구와 시 쓰기의 기나긴 여정」, 『이승훈의 문학탐색』, 푸른사상사, 174쪽.
176) 엄창섭, 『문예사조론』, 홍익출판사, 2001, 201쪽.

(金春洙)로 이어지는 경향의 계보를 대고 독특한 그만의 시세계를 이룩하였으며 그의 시론은 서구 아방가르드와 미국 포스트모더니즘에 토대해서 그것의 한국적 가능성을 심도 있게 탐구한 것이라 할 수 있다. 문학에 대한 이와 같은 관심이『포스트모더니즘 시론』등 몇 권의 탁월한 저술로 결실되었다는 것은 학계에서 이미 잘 알려진 사실이다.177)

앞글에서 오세영은 이승훈이 모더니스트였다는 사실을 확인하고 있다. 이처럼 그가 모더니스트였다는 사실은 한국 문단에서 일찍이 잘 알려진 사실이다. 또 그의 많은 저서 중에서『反人間』(조광출판사, 1975),『非對象』(민족문화사, 1983),『시론』(태학사, 2005),『한국현대시의 이해』(집문당, 1999),『모더니즘의 비판적 수용』(작가, 2002) 등과 같은 다수의 저서에서도 확인되고 있다. 그는『反人間』에서 "시는 자기성찰을 위한 몸짓, 자기가 자기일 것을 주장하고 증명하기 위한, 냉혹한 시도"178)라는 말로 모더니스트임을 자임한다. 이처럼 '자기성찰'이라는 것은 자신을 뒤돌아보고 찾는 일이며, 그 무엇을 찾았다는 것은 탐구했다는 의미이고, 무엇을 탐구했다는 것은 중심주의의 경향의 의식을 가지고 있음이다. 또 중심에 서 있다는 것은 수목적이며, 대칭적인 것으로 그가 모더니스트라는 사실을 분명하게 보여주고 있는 것이다.

이승훈의『反人間』(조광출판사, 1975)은 초기 시론집에 해당된다. 초기의 시론들은 자아탐구의 양상을 보여주는 시기이므로 이것은 그가 초기부터 모더니스트였다는 방증(傍證)이기도 하다. 야스퍼스(K. Jasperse)는「지상의 미사」라는 시론에서 인간이 인간일 수 있는 세 가

---

177) 오세영, 이승훈의『모더니즘의 비판적 수용』, 작가, 2002, 표4.
178) 이승훈,『反人間』, 조광출판사, 1975, 4~15쪽.

지 근원적 동기를 첫째, 경이(驚異), 둘째는 의심, 셋째는 자기 확인이라
고 했다. 그가 첫째와 둘째 모두 관련성을 가지고 있음을 부인할 수 없
으나, 특히 세 번째의 '자기 확인'과는 더 깊은 연관성이 있다. 이를테면
그의 시쓰기가 자신에 대한 탐구 혹은 자기존재증명이기 때문이다.

이렇듯이 모더니스트인 이승훈은 현실을 존중하고, 대상(세계)을 객
관적으로 관찰하여 사실적인 태도를 보이는 자연주의와 리얼리즘의
세계관을 부정하고, 그들과 불연속 관계를 가진다. 특히 '단절의 극복'
이라는 또 다른 의미를 가지고 있다. 그는 이 시대에 오면서 모든 사물
들이 내적이든 외적이든, 서로 맺고 있던 관계들을 상실하고 하나의 원
자적 개체가 되어 존재한다는 생각을 가지고 있다.. 이것은 일종의 불
연속 관계로 ①인간과 인간의 단절, ②인간과 사회의 단절 ③인간과 자
연의 단절, ④인간과 신의 단절이다. 이 네 가지 유형의 단절은 곧 인간
과 자연, 그리고 신이라는 삼자 관계에서 각 상호간의 단절이다. 이런
현상을 소외라고 할 때 아래의 그림을 통해 이해할 수 있다.

<그림 2>

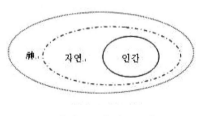

<인간 ≠ 자연 ≠ 신>

앞의 <그림 2>에서 신과 자연과 인간은 단절되어 있음을 알 수 있
다. 문명은 자연을 변화시키고 인간은 문화를 향유하기 위해 자연을 파

괴한다. 인간의 언어는 자연의 파괴를 막지 못한다고 판단한 이승훈은 신화(神話)라는 정신의 세계만이 인간과 자연, 그리고 신의 단절을 구원하리라 생각했다. 또 신과 자연, 인간의 경계가 허물어진 상태, 즉 삼위일체의 상호 교류가 가능하도록 개인적인 고통과 승화를 어떤 신화-원형으로 제시하고자 노력했다. 그것이 바로 유일한 소통의 통로라고 생각했던 <피에타 I>의 신화를 통하여 무생명(fiction)을 사실(fact)로 만들어 가는 개인적 고통의 세계가 바로 인류의 고통과 직결[179]되어 있음을 보여주는 대표적인 예이다.

<그림 3>

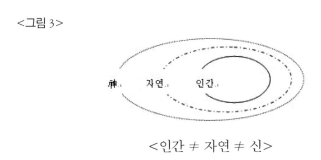

<인간 ≠ 자연 ≠ 신>

앞의 <그림 3>은 신과 자연, 그리고 인간이 소통되는 상태를 보여준다. 신과 인간, 자연과 인간이 단절된 상태를 이승훈은 신화와 원형을 통해 소통하고자 한다. 그 소통의 방법은 <피에타 I>과 같은 작품을 통하여 신과 자연과 소통하려고 한다. 따라서 이승훈이 추구하는 '단절'의 개념에 대해 두 가지의 의미로 해석할 수 있다. 하나는 과거의 낡은 전통기법을 부정하는 단절의 개념과 단절되어 있는 우주와의 소통을 가지려는 두 가지 측면이다. 전자의 단절은 시적 인습에 대한 저

179) 김현, 『분석과 해석/보이는 심연과 안 보이는 역사 전망』, 문학과지성사, 2003, 274쪽.

항이며, 전통 신념·의미의 상실을 의식화한다. 그러나 20세기에 오면서 인간 삶의 특성으로 단절의 개념이 드러난다는 것은 삶의 본질에 새로운 자각을 요구하기 때문이다. 요약하건대 앞의 논의 과정에서 얻은 이승훈의 모더니즘의 시적 태도에 대해 두 가지 양상으로 유추해 볼 수 있다. 그는 현대성이 가지고 있는 특성 중에 하나인 '단절'에 대해 '인간은 자연과 연속된 존재'라는 명제로 이를 부정하고 있다. 이것은 그가 보여주던 모더니즘의 시적 태도가 결론적으로 소통의 부재를 가져다주는 '단절'에서 벗어나려는 노력이라 할 수 있다.

또 다른 하나는 불확정성 개념은 사물의 본질에 대한 새로운 인식을 전개한다. 새롭다는 것은 이 같은 불확정성 원리 혹은 단절의 개념이 강조될 때 이제까지 우리가 수용한 소위 자연과 연속된 존재로서의 인간, 자연법칙의 지배를 받는 인간, 무엇보다 합리적이고 결정적인 세계관에 종속되어 온 인간이라는 개념이 부정되기 때문이다. 따라서 인간의 삶은 어떤 것도 확정될 수 없고 객관적으로 증명할 진리도 없다. 따라서 현대의 특성인 단절의식은 사물의 본질에 대한 새로운 전망과 연결되고, 결정론적 태도로부터 인간을 자유롭게 만든다는 의의를 드러내는 일이다. 그러나 전통적인 방법과의 단절은 그로서는 피할 수 없는 모더니스트로서의 운명이다.

이승훈의 모더니즘의 한계성이란 새로움의 갈망이다. 모더니즘을 비판하면서 포스트모더니즘의 수용이라는 명제는 그가 아방가르드로서 다시 새로운 방법을 모색하는 노력이다. 이런 노력들은 단순한 경이로움, 신기함, 충격을 노리는 엽기적 태도가 아니다. 서구 문화의 충격 속에서 때로는 서구문화의 모방이며, 비동양적, 반한국적 태도로 매도되어온 21세기 한국 문학의 근대성, 혹은 현대성을 역사적으로 수용하는 일과 비판하면서 새로운 방법을 암중모색하며 시도하는 일이다. 이를테면 전통적 가치의 부정, 혹은 현재의 새로운 가치 찾기이다. 이것은 다시 제도로서 예술성을 인정하면서 전통적 글쓰기 방법에 대한 공격이며, 또 다른 하나는 예술의 제도성을 공격한다는 입장이다. 그는 동시에 전자와 후자의 예술 양식 모두를 부정한다.

2) 모더니즘의 비판과 포스트모더니즘의 수용과 이해

앞 장에서 이승훈의 모더니즘의 비판적 태도, 즉 그가 모더니즘을 비판하는 이유에 대해 살펴보았다. 그것은 모더니즘이 안고 있는 글쓰기 방법의 한계성이었다. 본 장에서는 그의 모더니즘의 시적 태도가 자신의 시쓰기 행적에 흔적이 '있음/없음'의 여부를 찾는 일이다. 또 모더니즘에 대한 비판적 태도가 그의 시쓰기에 어떠한 영향을 끼쳤는가를 찾는 일이며, 무엇이 그에게 모더니즘의 한계라는 굴레를 씌웠는가라는 의문을 해소하는 일이다. 특히 '모더니즘의 시적 태도'가 '모더니즘의 비판적 수용'으로 환기되는 원인을 규명하는 차원에서 논의하고자 한다. 그러나 혹자(或者)들은 그의 '모더니즘의 비판적 수용'에 대해 부정(否定)의 맥락으로 받아들일지도 모른다. 왜냐하면 부정(否定)과 비판의 의미를 상호 비교해볼 때 '부정'은 '거절'의 의미로서 사물이 서로 일정한 관계가 없음을 인정하는 것이다. 즉 명제의 참과 거짓을 반전하는 논리 연산이다. 그러나 '비판'은 사물을 분석하여 각각의 의미와 가치를 인정하고, 전체 의미와의 관계를 분명히 하며, 그 존재의 논리적 기초를 밝히는 일이다. 이처럼 본 장에서는 이승훈의 '모더니즘의 비판적 태도'가 그 후 그의 시론에 많은 변화를 가져왔다는 것을 다음과 같이 말할 수 있다.

앞서 지적한 바와 같이 모더니스트인 그는 '모더니즘을 비판하고, 이 비판을 수용한다는 것은 한국 현대시에 있어서 모더니즘의 전개과정을 역사적으로 재조명하고, 그 정체성을 재확립하는 일이다. 이처럼 우리가 논의 과정을 통해 확인할 수 있는 것은 그가 모더니즘의 비판적 수용을 통해 포스트모더니즘과 아방가르드 시론을 새롭게 수용하게 되었다는 사실이다. 특히 서구의 아방가르드와 미국의 포스트모더니즘을 토대로 하는 시론의 전개이다. 더 나아가 이승훈은 어느 누구보다도 시대를 한 발 앞서 가는 모더니스트이다. 윤호병은 그를 '모더니스트'라고 명명하기 보다는 '아방-모더니스트(Avant-Modernist)'로 명명하자고 했다.[180] 단순히 모더니스트라고 하면 어딘지 모르게 '시대에 뒤떨어진 것'으로 느껴지기 때문이다. 따라서 끊임없이 새로운 문학이론과 비평이론을 모색하면서 새로운 시와 시론을 추구하는 그에게 적합한 명칭은 '아방-모더니스트'로 명명함이 옳다.

이승훈은 소위 '아방-모더니스트'라는 이름으로 자아와 대상, 그리고 언어와 싸워왔고, 그 싸움은 언어의 해체로 이어지고 결국 자신의 시의 아포리즘(aphorism)을 강화한다. 그의 모더니즘의 비판적 태도는 모더니즘을 비판 하되, 새로움의 창출이 담보되어야 하는 조건을 전제로 하며, 이런 새로움의 창출은 과거의 방법으로는 불가능하다는 것이다. 이러한 결론은 새로운 도구(방법)의 발견으로 이어지고, 새로운 도구의 발견은 새로움의 창출이라는 명제를 구원한다. 자극적인 새로움을 창출하기 위해 강렬하고 새로운 도구의 필요성은 포스트모더니즘의 수용이라는 대의명분을 앞세운 셈이다. 48년 동안 한결같이 새로움을

---

180) 윤호병, 「해체의 세계와 포스트모던의 세계: 이승훈의 시 세계-<나는 사랑한다>와 <너라는 햇빛>을 중심으로」, 『이승훈의 문학탐색』, 푸른사상사, 2007, 199쪽.

추구해온 그의 시론은 하나 밖에 존재하지 않는 창조 행위이고, 현대성이고, 전위적인 행동이다.

포스트모더니즘이 '의미의 해체'를 추구하는 형식을 지닌다면 불교 세계관과 그 본질은 달리하지만 '의미의 해체'라는 방법만큼은 불교의 무(無)의 언어를 지향한다는 점과 같다. 포스트모더니즘의 이념이 이성에 중심을 둔 서구 문명사의 몰락과 그 극복에 있다는 것을 감안할 때 더욱 그러하다.181) 이승훈의 모더니즘은 제도문학과 재현에 충실하고자 하는 리얼리즘에 대한 미적 비판이다. 이런 문학적 태도는 예술의 자율성을 중시하는 문학관이나 리얼리즘과 거리를 두고자 하는 그의 독자적 문학관에서 비롯된 것이다. 또 카프카, 베케트, 이브 탕기, 잭슨 폴록, 이상, 김춘수 등에서 진정한 모더니티를 발견해온 청년기 이후의 지적 예술적 편력에 따른 것이기도 하다.182)

이승훈의 입장에서 '찾는다'는 의미는 '탐구'와 같은 의미이다. 이 탐구는 끝이고, 헛것이라는 극한 허무와 불안, 억압에 그는 갇힌다. 이런 시적 태도는 가령 A지점에서 B지점으로 미끄러지는 노마드(Nomad)적 사유를 불러온다. 이 사유는 다시 '자아있음(자아탐구)/자아없음(자아소멸)'의 대립이 변증법적으로 종합이 된다. 그러나 선(禪)은 종합이 아니라 반명제인 '있음/없음'의 경계를 초월하는 공(空), 즉 불이(不二/不異)의 세계로 나아간다. 이처럼 모더니스트로서 활동하던 그가 모더니즘을 비판하고 포스트모더니즘의 수용은 곧 선시로의 귀환이다. 그는 모더니즘의 비판에 대해 그 자신이 모더니즘을 비판하는 게 아니라 오히려 모더니즘이 나를 비판한다는 역설적인 주장을 펴고 있다. 즉 비판의 대상은 모더니즘이 아니라 이런 글을 쓰는 '나'183)라는 주장이다. 그

---

181) 오세영, 『현대시와 불교』, 살림, 2006. 21쪽.
182) 서준섭, 「'바깥'으로의 사유」, 『시적인 것은 없고 시도 없다』, 집문당, 2003, 300쪽.

는 현재에서 현재와 싸우며, 현재에서 현재를 부정한다. 오직 문예사조의 맨 앞장 서 있으려고 한다. 모든 낡음은 그에게 적이며 부정의 대상이다. 이렇듯이 그가 모더니즘을 비판한다는 것은 포스트모더니즘을 적극 수용으로 이어진다는 것이다.

이승훈이 포스트모더니즘을 수용한 이유를 요약해보면 첫 번째가 자아탐구 과정에서 얻은 허무이다. 모든 자아는 가짜이고, 꿈이고 환상이고, 아무것도 아니라는 것이다. 자아는 있는 것도 아니고 없는 것도 아니다. 혼란에 빠진 정체성, 즉 마샬 버먼(Marshall Berman)의 말처럼 "역사를 재창조할 수 있는 인간의 능력"과 "타자의 세계와 자신의 세계의 정체성"이다. 두 번째는 포스트모더니즘의 수용은 동양과 서양의 경계가 해체되는 시대를 맞이하는 작금의 아방가르드로서의 업(業)이다. 또 포스트모더니즘이 보여주는 계층 간의 위계질서 파괴와 상호간의 인정을 강조하는 데에 아방가르드로서 본령에 충실한 태도이다. 즉 중심주의를 강조하는 모더니즘에 비해 서로 상호간 인정하고 인정받기라는 평등사상의 수용이다.

뷔르거(Burger Gottfried August)에 의하면 20세기 아방가르드는 역사적 아방가르드이고, 이는 아방가르드가 역사화 됨을 의미한다. 말하자면 아방가르드가 지향하는 전통 파괴와 새로운 문체 탐구가 20세기가 되면서 하나의 역사로 정립됨을 의미하고, 그것은 제도로서의 예술, 자율성이라는 부르주아 미학을 부정한다.184) 그가 모더니즘을 비판하며, 그것을 수용하는 것은 역사적 모더니즘에 대한 재인식이고 낡아 가는 현대미학을 부정하고 극복하는 일이다. 문제는 한국 근대문학, 혹은

---

183) 이승훈, 『모더니즘의 비판적 수용』, 작가, 2002, 4쪽.
184) P. Bürger, Theory of Avant-Garde, trans. M. Shaw, Univ. of Minnesota Press, 1974, 14~15쪽. / 이승훈, 『모더니즘의 비판적 수용』, 작가, 2002, 261쪽. 再引用.

현대문학이고 근대성이고 현대성이고, 그것도 이른바 미적 현대성에 대한 것이다. 특히 미적 현대성의 경우 자생적 자본주의에 대한 미적 반응이 아니라 식민지 시대 모더니즘이라는 한계와 불행한 운명과 만남이었다. 그러므로 주체적 전통을 강조하는 이론가들은 식민지 모더니즘을 무시하고 부정하고 비판한다.

　이승훈의 모더니즘의 비판은 모더니즘을 통해 새로움을 추구하는 데에 있어서 그 모더니즘이 새로운 방법을 제시하지 못한다는 것에 대한 비판이며, 강렬하면서도 새로운 욕구를 충족해 주지 못한다는 데에 따른 것이다. 따라서 그가 모더니즘에 대해 비판적 태도를 취한다는 것은 포스트모더니즘의 수용이라는 의미를 가짐과 동시에 선시로 향하는 교량적 역할을 한다. 그리고 당대 문단의 역사를 항상 앞서려는 그의 강한 욕망이다. 최근에 택한 새로운 길의 모색은 선시로의 입적이다. 그러나 그와 선시의 만남도 새로운 길의 모색이라기보다는 지난날 추구하던 목적, 또는 목표의 변경이라는 말이 더 옳다. 이 같은 사실은 최근 그의 발언에서 찾을 수 있다. 그는 『아방가르드는 없다』(2009)에서 "내가 이 책을 내는 것 역시 개인적으로 시쓰기 시론에서 그 동안 나대로 추구해온 미적 현대성, 구조주의, 후기구조주의의 단계를 거치면서 새로운 미학, 혹은 창작 방향을 선(禪)과 관련시켜 모색하려는 의도와 관계"[185)] 가 있다고 했다. 다시 말해 20세기의 전위예술은 선적 세계관과 선적 방법이고 이를 토대로 우리 예술, 우리 시가 나갈 길을 새롭게 모색하는 일이라는 것이다. 또 지금까지 그의 글쓰기의 모든 방법과 형식에 대해 일체 부정한다는 말로 간주된다. 왜냐하면 새로움이란 낡은 과거에 대한 저항이며 부정이며, 이 부정은 아방가르드의 본질이기

---

185) 이승훈, 『아방가르드는 없다』, 태학사, 2009, 6쪽.

때문이다. 이 본질의 정체는 본성을 드러낼 때만이 가능해 진다. 따라서 새로움의 모색이란 아방가르드의 본성을 드러내는 일이다.

이승훈은 모더니즘의 '중심주의' 또는 '이성주의'를 비판한 것이라기보다는 모더니즘도 이미 낡은 시대적 유물로 보고 있다. 또 하나는 모더니즘의 입장에서 탐구해오던 자아에 대한 사유가 인식론적 회의에서 비롯되었다는 판단이다. 이승훈은 근래에 들어와 '아방가르드는 없다'는 사유이다. 이것은 아방가르드가 아방가르드에 대한 부정이다. 곧 현재에서 현재의 부정이다. 이를테면 '아방가르드는 없다'는 부정 그 자체가 곧 아방가르드의 아방가르드이다. 극심하게 말하면 그는 현재에서 미래를 부정할 만큼 극렬 부정적이다. 이것은 '전위적 전위'의 사유에서만이 가능하다. 따라서 그가 선시와의 만남은 아방가르드로서 당연한 새로운 길의 모색이며, 연기하는 반복이며, 차이인 것이다. 부정과 부정의 반복 사이에서 선시라는 차이가 나온다. 이것은 곧 현재까지 싸워온 정신의 부정이며, 또한 아방가르드를 추구하는 본성의 충실함이다.

이승훈이 주장하는 복수성 미학의 글쓰기가 곧 일관성과 자율성, 통일성의 해체라는 것과 시의 제도성 해체라는 두 가지 싸움이었다는 사실을 앞 장(IV. 언어부정 시론)에서 살펴 본 바 있다. 이 명제에 대해 그가 「노예에 대해」(『나는 사랑한다』)와 「이 글쓰기」(『나는 사랑한다』)에서 파편적, 복수성, 혹은 혼합성의 기미를 보였던 것은 단일성의 성질을 가지고 있는 모더니즘에 대한 비판이다. 그 비판을 수용하는 태도는 포스트모더니스트로서 선시로의 입적이라는 예정된 새로운 결과물을 낳았다고 볼 수 있다.

그렇다면 우리는 우리 문화에 있어서의 하나의 새로운 단계와 조우하고 있는 셈인데, 그것은 동기와 근원에 있어서 하나의 소망 즉 피투성이가 되어 버린 모더니즘의 유산과 단절하려는 소망을 나타낸다…… 그 새로운 감수성은 관념을 참지 못한다. 그것은 단지 어제까지의 우리 비평의 구호일 뿐인 복합성과 정합성의 구조들에 대해 참지 못한다. ……(중략)……그것은 합리성에 대한 경멸, 정신에 대한 참을 수 없음을 숨쉰다…… 그것은 과거에 싫증나 한다. 왜냐하면 과거는 지겨운 놈 a fink이기 때문이다.186)

앞글이 담고 있는 의미는 포스트모더니즘이 모더니즘의 유산과 단절하려는 치열한 모습을 엿볼 수 있다. 특히 이 글이 강조하는 것은 'post'라는 접두사에 있다. 이것은 주지하듯이 '후기'라는 뜻과 '탈'이라는 두 가지 의미를 동시에 가지고 있다. 또 앞에서 언급했듯이 포스트모더니즘은 현실의 객관적 측면들이 존재하는 것을 부정한다. 현실에서 객관적으로 옮아가거나 그런 말들이 있다는 것조차 부정한다. 그러한 말들, 즉 객관적인 지식에 대한 말들이 가능하다는 것도 부정한다. 이승훈 또한 인간이 확실하게 어떤 것들을 아는 것이 가능하다는 것을 부정한다. 또 객관적 혹은 절대적인 도덕적 가치가 있다는 것도 부정한다. 이것은 곧 실체와 지식, 그리고 가치는 담론에 의해 형성된다는 의미이다. 그것들은 그 담론들과 더불어 변할 수 있다. 현대 과학의 담론이 그것의 내재적 기준들과 별도로 고려될 때에는 점성술이나 마법을 포함한 다른 대안적 전망보다 더 나을 것이 없다. 그것은 포스트모더니즘 사상가들이 때로는 이성과 논리의 사용을 포함한 과학의 증거 기준을 계몽적 합리성으로 특징짓는 경우가 있기 때문이다.

---

186) M. Calinescu, Matei, 「모더니티의 다섯 얼굴」, 이영욱 외 옮김, 시각과 언어, 1993. 168쪽.

특히 이승훈이 모더니즘으로부터 포스트모더니즘으로의 이행은 현재의 계급구별이 과거의 어느 때보다도 희미해지며, 가족과 같은 전통적인 권위의 중심체가 인간존재에 대한 일정한 구속력을 상실한다는 사유에서 비롯되었다. 또 그의 시작(詩作)에 있어서 대상이 지닌 '실재'의 파악은 선불교의 언어의식과 같은 것을 지니지 않고서는 불가능하다.[187]는 판단에서 비롯되었다. 가령 '언어'가 '이승훈'이고 '이승훈'이 '언어'라는 것과 '언어'가 '대상'이고 '대상'이 '언어'이며, '자아'가 '언어'이고 '언어'가 '자아'로 관통하는 선불교 불이(不二)사상과 같다.

선시(禪詩)는 언어를 초월하는 길을 걷는다. 선의 기본이 되는 특질은 '불립문자 교외별전 직지인심 견성성불(不立文字 敎外別傳 直指人心 見性成佛)'로 표현 된다. 문자는 언어를 표기하는 수단인 만큼 이 네 가지 종지(宗旨)는 특히 언어의 초월을 강조한다. 또 선(禪)의 표현방법을 다섯 단계[188]로 나누어 설명할 수 있다. 1단계는 언어의 부정, 2단계는 언어의 파괴, 3단계는 언어 형성 단계에서 최초 관념인자의 제거, 4단계는 언어의 철저한 파괴 및 그에 대응하는 창조의 쌍자적(雙者的) 제거, 5단계는 언어의 본질적 회귀성이다. 이것은 부정의 단계인 1~4단계에서 직관의 단계인 5단계까지의 선적 발전단계를 표현하는데, 5단계는 무분별과 초월정신으로 나타낸다. 본 장의 논의 내용을 요약하면 이승훈의 모더니즘의 비판적 태도는 포스트모더니즘의 수용과 선시의 경향으로 태동하는 일이며, 이것은 곧 언어부정의 포석이라 할 수 있다.

---

187) 오세영, 「현대시와 불교」, 살림, 2006, 7쪽.
188) 석지현, 『선시 감상사전』, 민족사, 1997, 84~88쪽.

2. 선(禪)과 포스트모더니즘의 관계

1) 선과 포스트모더니즘의 관계 양상

선(禪)은 선정(禪定)의 약칭이다. 마음을 가다듬어 정신을 통일하고 무아정적의 경지에 도달하는 정신집중의 수행을 선이라 한다.[189] 선사상이라 함은 무지(無知)의 지(知), 무념(無念)의 염(念), 무심(無心)의 심(心)이다. 또 무의식(無意識)의 의식, 무분별의 분별, 상비(相非)의 상즉(相卽), 사사무애(事事無碍), 만법여여(萬法如如)이다.[190] 선시는 불교의 선사상(禪思想)을 바탕으로 하여 오도적(悟道的) 세계나 과정, 체험을 읊은 시를 뜻한다. 즉 선에서 표현하기 어려운 정신적 경지를 상징적으로 나타내고자 할 때 시가 되는 것이며 이것이 곧 선시이다. 따라서 '시선일여(詩禪一如)'로서 시와 선의 관계는 하나라는 동일한 의미로 취급할 수 있다. 또 '시선일미(詩禪一味)'로서 시와 선은 같은 맛이라는 뜻을 의미한다.[191]

선은 집착을 덜어내는 일이다. 이승훈은 텅 빈 근원의 세계, 공의 세계로 들어가려고 한다. 그의 최근 시들은 선(禪)적 깨달음의 시, 시와 내가 하나가 되는 시, 시와 시론이 무분별한 시, 일상과 꿈, 현실과 환상의 세계를 넘나드는 시 등이 복합적으로 얽혀져 있다. 특히 자아소멸에 대한 허무의 세계가 자기구원과 자기해방을 지향한다는 점이 남들과 다른 점이다. 데리다의 차연은 우연한 선불교와의 만남이라고 말할 수 있지만 데리다의 차연의 개념, 즉 무아의 개념은 언어 연구에서 온 것이

---

189) 성기조, 「韓龍雲의 시와 평등사상」, 『韓國現代詩人硏究』, 동백문화재단 출판문화국, 1990, 24쪽.
190) 스즈끼 다이세쯔, 『禪의 진수』, 동봉 옮김, 고려원, 1994, 13쪽.
191) 신현락, 「禪과 시적 상상력」, 『批評文學』, 한국비평문학회 제10호, 1996, 235쪽.

고, 불교의 무아 개념은 수행에서 온 사유라는 점을 고려해 볼 때, 그가 선시로 입적하게 된 이유가 후자임을 알 수 있다.

포스트모더니즘의 입장에서 선시를 바라보면, 포스트모더니즘은 확정된 것은 아무 것도 없다는 특징적인 시대인식 아래 전통적인 미학과 장르와는 전혀 다른 문화적 논리를 바탕으로 한다. 그 특징으로는 단편화, 미학적 대중주의, 탈정전화(脫正典化), 혼성모방, 고급문화와 저급 대중문화의 구분, 또는 무의미하다는 의미의 해체, 퍼포먼스와 참여에 대한 강조를 들 수 있다. 즉 포스트모더니즘은 모더니즘이 끝나는 곳에서 출발했다기보다는 모더니즘으로 표현할 수 없는 것을 표현하는 것이다. 리오타르(Jang-Francois Lyotard)가 포스트모더니즘의 발생론적 동기를 근대적 거대서사에 대한 불신과 회의192)를 출발점으로 보았듯이 이승훈의 시론은 인식론적 회의가 선시의 입적을 동기화한다.

이승훈이 선시(禪詩)로의 귀화하는 일과 포스트모더니즘의 관계를 살펴보려는 것은 포스트모더니즘의 핵심 사상이 그를 선시로 이동시키는 가교역할을 했다는 점이다. 모더니즘을 비판하고 선시로 이동하기 위해서는 필연적으로 포스트모더니즘의 사유가 불가피했으리라는 판단이다. 그렇다면 포스트모더니즘의 특성 중에 어떤 부분을 그가 따랐는가라는 것이다. 포스트모더니즘의 특성에 대해 많은 선자들의 견해가 있으나 이승훈은 안드레아스 후이센의 주장193)을 수용했음을 알 수 있다. 가령 고급예술의 탈신비화, 대중예술의 부상은 본격 모더니즘에 대한 불신으로 환기된다는 점 등이다. 특히 그의 모더니즘에 대한 불신은 모더니즘의 비판적 사고를 불러왔으며, 이 비판적 사고는 포스

---

192) 장 프랑수아 리오타르, 『포스트모던의 조건』, 유정완 외, 민음사, 1996, 6쪽.
193) 안드레아스 후이센, 「포스트모더니즘의 위상 정립을 위해」, 정정호 역, 『포스트모더니즘론』, 정정호·강내희 편, 도서출판 터, 1990(2쇄), 285~291쪽.

트모더니즘의 시적 태도를 수용하게 되었고, 또 이런 태도는 데리다의 해체론의 사유를 필요로 했으며, 또 이런 사유는 탈중심주의와 이성적 비판을 하게 만들었다.

이승훈은 『인생』(2002)에서 "나의 무가치가 나의 가치이고, 나의 무의미가 나의 의미이다. 나도 나를 인정하지 않고, 나도 내가 쓴 시를 모르고, 나도 나를 이해할 수 없다"[194]라고 '나의 존재'에 대해 깊은 사유를 한 바 있다. 그가 끝없는 미지의 세계를 개척하는 과정에서 얻은 사유는 모두 허망뿐이다. 이 같은 허무주의로부터 탈피하려는 최선의 방법이 선으로의 귀화이다. 허무주의의 극복은 곧 존재에 대한 물음으로 이어진다. 즉 지금 '나'는 여기에 있다. 있다는 것은 또 무엇인가? 산다는 것은 또 무엇이고 존재한다는 것은 무엇인가? 이렇게 존재하는 '나'는 과연 무엇인가라는 것이다. 그는 자신의 저서 『선과 하이데거』(2011)에서 "그 동안 시를 쓰면서 나를 사로잡은 화두 역시 존재에 대한 질문"[195]이라고 술회했다.

> 존재는--존재자를 존재자로 규정하고 있는 바로 그것, 존재자가 각각 이미 그렇게 이해되는 바로 그것이다. 존재자의 존재는 그 자체가 또 하나의 존재자가 아니다.--존재는--존재자의 발견과는 본질적으로 구별되는 나름의 고유한 제시의 양식을 요구 한다.--존재는 있다는 사실과 그리 있음, 실재, 눈앞에 있음, 존립, 타당함, 지금 여기 있음, '주어져 있음'에 놓여 있다.[196]

하이데거가 강조하는 존재와 선불교에서 말하는 마음, 불성, 진아(眞

---

194) 이승훈, 「自序」, 『인생』, 민음사. 2002, 5쪽.
195) 이승훈, 『선과 하이데거』, 황금알, 2011, 11쪽.
196) 마르틴 하이데거, 『존재와 시간』, 이기상 옮김, 까치, 1998, 20~21쪽.

我)는 서로 유사한 개념이다. 하이데거나 선이 강조하는 것은 존재한다는 사실 자체에 대한 순수한 경탄이고 이 경탄이 공(空)과 통한다.[197] 이것은 선의 세계를 언어로 해설하는 게 아니고, 공(空)사상을 완전히 육화시켜 현실을 바라본다. 따라서 선(禪)은 불립문자(不立文字), 즉 언어가 필요 없는 세계다. 교종(敎宗)이 경론의 문자나 교설만을 위주로 공부함으로써 불교의 참정신을 잃고 있다고 보아, 선종에서는 부처의 진정한 진리로서의 정법은 단순히 문자에 의해서가 아니라 마음에서 마음으로 전해지는 체험을 중시하여 불립문자 교외별전을 강조한다. 인생과 우주의 깨달음에 이르기 위하여 언어를 버리고 마음을 닦는 수행방법이다. 즉 언어문자에 의지하지 않고(不立文字) 언어에 의하여(不離文字) 깨달음에 이르는 모순성이 선이 가지고 있는 본질이다.[198]

> 난 글 쓰는 사람/언어는 저항한다/…… <중략> ……/그러므로 이 한/편의 시는 언어의/흔적 언어의 상처/언어의 피 언어의/흉터 언어는 애매/하고 무섭고 손에/잡히지 않는다 언/어 당신 그대 오/난 당신에게 묶여/있도다
>
> —「언어. 2」일부[199]

앞의 「언어 2」는 이승훈이 언어로부터 자유롭지 못한 정황의 포착이며, 또 언어로부터 벗어나려는 고뇌의 흔적이기도 한다. 아방가르드의 입장에서의 언어는 그 어떤 세계, 즉 인식의 새로움을 추구하는데 한낱 도구에 불과하다. 지난날의 언어는 자기구원이며, 자기증명에 대한 집착이었다. 그가 언어에 집착할 때 사물의 본질, 또는 삶, 그리고 우주의

---

197) 이승훈, 앞의 책, 14쪽.
198) 신현락, 「禪과 시적 상상력」 『批評文學』, 한국비평문학회 제10호, 1996, 241쪽.
199) 이승훈, 『인생』, 민음사, 2002, 67쪽.

실체를 깨달을 수 없다는 극도의 부정의식을 갖게 되는 것은 필연적이다. 또 문자로는 깨달음을 갖지 못하며, 문자를 버릴 때에 비로소 '마음으로 들어가(直指人心) 모든 분별적 지식이 끊어진 적멸의 상태에서 직관적으로 이루어지는 깨달음을 구하려고 한다. 64편이 실려 있는 이승훈의 시집 『인생』은 대부분 역설의 언어로 이루어진 시를 담고 있다. 가령 「天眞」에서 "간 것도 없고/온 것도 없고/이미 떠났지만 여기 있고/여기 있지만 이미 떠난 것"이라고 노래한 것이나, 「벽도 없고 문도 없다」에서 "신선 놀음 신선 놀음을 하며 사십시/오 벽도 없고 문도 없습니다 그저 눈/이 내릴 뿐입니다"와 같은 것이 해당된다.

또 『인생』의 시편 대부분이 선시의 모순어법에 해당하는 반상합도(反常合道), 초월은유(超越隱喩), 무한실상(無限實相)의 수사법을 구사하고 있다. 한편으로는 '대상-자아-언어'의 관계에서 '대상'과 '자아'가 소멸된 이후, 언어에 주목했지만 '언어'마저 버려야 한다는 인식론적 회의에 도달 한다. 그 까닭은 자아부정의 시론에서 언어가 허구임을 자각했고 '언어와 대상', '나와 대상'이 둘이 아닌, 불이사상을 토대로 시와 비시(非詩)의 경계, 부르주아적 시의 한계를 극복하려 하기 때문이다. 시와 인간의 경계를 허물지 못한 안타까운 한계를 뛰어 넘으려는 그의 의도가 선불교의 선시에 몰입이다. 자아소멸을 통해 불이사상이라는 선시의 세계로 진입하게 된다. 이런 사유는 그의 시집 「누가 코끼리를 보았는가」의 시론에 잘 나타나 있다.

> 대상이나 현실을 노래 한 것도 아니고 내면, 격정, 파토스를 노래한 것도 아니다. 나는 무엇을 창조한 것이 아니라 그저 기표를 따라 표류했을 뿐이다. 기의가 없는 기표의 세계, 의미 없는 삶의 세계에서 떠돈 것은 언어를 버리고 시도 버리고 나도 버리기 위한 하나의

시도였다. 결국 언어가 문제이다. 언어가 현실이고 언어가 법이고 언어가 아버지다. 따라서 언어를 버리기 위한 시는 미친 소리이고 미친 소리가 구원의 해탈이다.[200]

앞의 글은 이승훈의 시집 『이것은 시가 아니다』(2007)의 시해설 대신 실린 「누가 코끼리를 보았는가」라는 시론의 일부분이다. 시집 제목에서 알 수 있듯이 '이것은 시가 아니다'라고 극단적으로 자신의 시를 부정한다. 자신의 시에 대해 극단적으로 부정하는 이유는 곧 언어의 허구성에 대한 회의에서 비롯되었다. 또 그의 인생은 의식의 죽음의 역사이고 남은 건 정신분석이다. 최근에 들어 그는 언어를 버리고 시를 쓰는 방법을 모색한다. 그의 정신분석이 노리는 것은 환상 깨기와 환상 가로지르기의 시쓰기이다. 이 시쓰기는 상상계와 상징계에 대한 동시적 파괴를 노리고 언어로 표현할 수 없는 존재하는 욕동(drive), 즉 실재계를 지향하는 일이다. 또 그에겐 언어는 환상이다. '언어가 시를 쓰던/날들도 가고/마침내 마침내 마침내/오오 마침내 언어도/환상이다'[201]이라는 것이다. 이승훈의 자신의 새로운 시는 시를 부정한다.[202] 즉 현재는 과거의 시를 부정하고 미래는 현재의 시를 부정한다. 이것은 리얼리즘의 부정이고 현대성이 가미된 전위적인 시쓰기를 해야 하는 이유이기도 하다. 더 나아가 '순수도 폭력'[203]이라며 전통시에 대한 강한 비판을 제기한다. 그는 시의 본질주의자들, 즉 근대적 미학이론의 숭배자들을 강하게 비판하며 언어는 환상이고, 시쓰기도 환상이라는 생각이

200) 이승훈, 「누가코끼리를 보았는가」의 시론, 『이것은 시가 아니다』, 세계사, 2007, 139쪽.
201) 이승훈, 『시적인 것은 없고 시도 없다』, 집문당, 2003. 143쪽.
202) 이승훈, 앞의 책, 146쪽.
203) 이승훈, 『이승훈의 문학탐색』, 푸른사상, 2007, 391쪽.

다. 이처럼 대상, 자아, 언어를 버린 상태를 무의 세계라고 한다면 그는 선사상으로 입적할 수밖에 없다는 결론이다.

> 피는/불이 되고/불은 연기가 된다/이제 나는 연기다/나는/풀풀풀
> 날린다/시간이/딱꿀질하는 뇌에는/연기만 가득하다/또 가을이다
> ─「또 가을이다」전문204)

앞의 「또 가을이다」는 직관으로만 감득되는 무정형의 내면을 언어로 표현한 시다. 또 선시의 모순적 어법인 반상합도와 초월은유, 무한 실상으로 구사된 선시계열의 시작품이다. '연기만 가득하다/또 가을이다'의 결구는 병치로 이루어진 초월은유이다. 이 시는 초현실주의적인 것 같지만 의외로 선시적 표현방법을 구사했다.205) 앞서 언급 한 바와 같이 선과 포스트모더니즘의 두 개념이 추구하는 근본적인 목표는 공(空)의 세계, 무(無)의 세계다. 그가 아방가르드 시론을 통해 보여주는 시의식 또한 공의 세계이며, 무의 세계다. 이승훈의 이런 세계의 추구는 '나는 무엇인가'라는 존재론적 인식론의 회의를 가져오게 했으며, 또 인식론적 회의는 허무를 불러오고 이 허무를 극복하려는 차원에서 선으로 입적했다는 판단을 갖게 한다. 예술은 그 당시의 시대와 제대로 된 만남이어야 한다. 이승훈의 현대시의 새로운 방향은 포스트모더니즘의 한계를 극복하고자 선(禪)사상을 받아들였으며, 이 선사상이 포스트모더니즘의 한계를 극복하는 하나의 과정이라 할 수 있다.

---

204) 이승훈,『사물들』, 고려원, 1983, 95쪽.
205) 송준영,「현대선시의 새로운 가미」, 시외세계기획,『이승훈의 문학탐색』, 푸른사
  상사, 2007, 220쪽.

2) 선과 아방가르드의 예술적 상호관계

이승훈은 지적 순혈주의, 폐쇄성, 경직된 사유와는 친근하지 않다. 지적 이종교배, 개방성, 유연한 사유를 선호한다. 고정된 형식, 법칙, 틀과 같은 억압에 격렬하게 저항한다. 저항한다는 것은 곧 억압하는 것들-형식, 폐쇄성, 틀, 순혈주의, 그 어떤 법칙을 깨뜨리고 해체하고자 하는 사유-과의 싸움이다. 이런 그의 사유가 예술이고 시쓰기이고, 선(禪)의 정신, 특히 조사선(祖師禪)의 정신과 통한다. 그의 선시를 온전하게 검토하기 위해서는 아방가르드의 예술-마르셀 뒤샹, 앤디 워홀, 백남준, 이우환, 마그리트, 존 케이지, 잭슨 폴록 등-과 관련지어 논의할 필요가 있다.

(1) 아방가르드 회화들

아방가르드의 예술은 마르셀 뒤샹과, 앤디 워홀, 백남준, 이우환, 마그리트, 존 케이지, 잭슨 폴록 등을 대표적인 인물로 본다. 특히 백남준을 중심으로 살피기로 하는 것은 백남준의 예술세계가 곧 마르셀 뒤샹, 앤디 워홀, 이우환, 마그리트, 존 케이지, 잭슨 폴록의 예술세계보다 더 관념과의 싸움이라는 퍼포먼스를 보여주기 때문이다. 본 장에서는 아방가르드를 대표하는 화가들을 통해 이승훈의 아방가르드 예술을 선(禪)불교적으로 이해하려고 한다. 선불교적으로 이해가 가능한 것은 이들의 예술성이 이승훈이 선과 아방가르드 시론을 실천하게 했던 동기가 되기 때문이다. 특히 백남준의 퍼포먼스는 관념과의 싸움이고, 관념을 제거하는 실천이고 그런 점에서 수행이고 깨달음이다. 백남준을 비롯한 그들의 아방가르드 예술행위를 이승훈이 적극 수용했다는 점에서 그들과 최소한의 공통점을 찾을 수 있다.

백남준은 최초의 퍼포먼스 <존 케이지에 대한 경의>에서 도끼로 피아노를 부수고 <머리를 위한 선(禪)>에서는 머리카락을 붓으로 사용하여 먹물 묻은 머리로 바닥을 기어가며 그림을 그린다. 피아노를 부수는 행위는 피아노라는 상(相)을 부정하는 행위요 머리카락을 붓으로 사용할 때 머리카락은 머리카락이 아니고(不一) 머리카락이 아닌 것도 아니다(不異). 요컨대 이런 행위는 선불교가 강조하는 이른바 불이(不二), 중도(中道), 공(空) 사상을 지향한다. 물론 다시 생각하면 이런 행위는 일체의 해석, 정의, 의미를 부정하지만 이런 부정이 또한 선(禪)과 통한다.206)

이승훈은 인용문에서 백남준이 1959년 11월 뒤셀도르프의 '갤러리 22'에서 피아노 2대, 테이프레코더 3대, 그리고 달걀과 완구를 사용한 최초의 퍼포먼스 「존 케이지에 대한 경의(Homage John Cage)」를 공연한 과정을 선(禪)의 입장에서 설명하고 있다. 백남준이 존 케이지를 찬미, 존경, 찬양, 경의를 표한 것으로 보아 존 케이지의 예술성, 사상과 철학, 그리고 미학과 반미학이 백남준에게 많은 영향을 준 것으로 판단된다. 이승훈은 백남준의 퍼포먼스 과정에서 백남준이 보여준 피아노의 파괴 행위와 의미를 생각하기 전에 존 케이지에 대해 먼저 생각해야 한다는 주장이다. 이런 주장을 전제로 백남준의 예술, 즉 백남준의 아방가르드는 선불교적으로 이해되어야 한다. 선불교에서 말하는 수행은 불립문자의 실천이고 행동이다. 그런 점에서 수행은 관념과의 싸움이다. 따라서 백남준의 퍼포먼스는 관념을 제거하려는 실천이고 수행이라면 이 같은 백남준의 퍼포먼스의 양식을 수용한 이승훈의 예술성 또한 백남준과 같은 맥락으로 보는 일이 큰 무리는 아니다. 창조는 예술가의 의도적인 산물에 지나지 않는다. 이른바 현대미학, 곧 예술은

---

206) 이승훈, 『아방가르드는 없다』, 태학사, 2009, 5쪽.

내적 유기체라는 인식도 유사하다. 따라서 20세기 전위예술 운동인 다다이즘이 인생과 예술의 동일시를 강조한다면 플럭서스(Fluxus)는 반예술과 인생의 동일시를 강조 한다.207) 이렇게 인생과 반예술을 동일시하거나, 동일시하려는 것, 또는 동일해야 한다는 것은, 특히 백남준의 경우 선적(禪的) 감각, 선적 취향이라는 문맥으로 해석할 수 있다.

> 백남준의 행위 음악은 플럭서스 해프닝의 집단적 성격 속에서 좀더 체계화되고 거듭된 공연을 통해 양식화 된다……<중략>……그것은 정신을 번쩍 들게 하는 선종(禪宗) 선사(禪師)들의 회초리질 같이 관객을 일깨우고, 예술과 인생의 간격을 메우기 위해 길고 예리한 지각 경험을 유발하는 아르토(Artaud)의 전기 충격 요법같이 관객에서 지워지지 않는 인상을 남긴다.208)

앞글에서 샤터크는 백남준의 예술 행위가 선종 선사들이 회초리질로 중생을 일깨우는 일과 같고, 아르토(Artaud)의 전기충격요법과 같다고 지적했다. 이 지적은 이승훈에게 백남준의 독특하고 강렬한 예술성을 경험하게 만든다. 이 세상에 존재하는 모든 것들은 제각기 자율성, 절대성, 이른바 자성(自性)이 있는 게 아니라 인연이 있고 의타기성(依他起性)이 있다. 따라서 백남준의 예술이 보여주는 선적 특성과 그의 충격요법이 단순한 충격요법으로 끝나지 않고 깨달음과 관계됨을 암시한다. 또 백남준이 1964년 뉴욕으로 가는 길에 하와이에서 리버만(Lieberman)과 함께 관객 없이 공연을 한 것은 '나와 너', '주체와 객체', '배우와 관객'이라는 이항대립, 양변을 해체하는 이성공(二性空)의 암

---

207) 이승훈, 앞의 책, 19쪽.
208) R. Shattuck, Innocent Eye: On Modern Literature and Arts, New York, 1986, 207~218쪽/김홍희, 『백남준과 그의 예술』, 디자인하우스, 1992, 43쪽. 再引用.

시이다. 이것은 '자아 없음'이고, 곧 무아(無我)의 실천이고 아상(我相)을 버리려는 노력이다.

이승훈의 아방가르드 시론은 플럭서스이고 뷔페식 퍼포먼스이다.[209] 선이 아방가르드를 모델로 삼을 때 후기 현대미학, 혹은 후기 현대세계관의 토대가 된다는 점이 중요하다. 현대의 종언과 함께 아직 분명한 길이 보이지 않는 이 시대 예술의 방향에 대해 선불교가 암시하는 것은 많다. 자율성의 미학을 파괴하고 일상과 예술의 단절을 극복하는 이승훈의 시론은 삶으로부터 유리된 제도 예술을 다시 삶으로 통합시키려는 운동으로서의 아방가르드와 관련이 있다. 그의 시론을 아방가르드 시학이라 부르는 이유가 이러한 맥락이다.[210]

이승훈의 아방가르드 시론은 그의 나름대로 추구해온 미적 현대성, 구조주의, 후기구조주의의 단계를 거치면서 새로운 미학, 혹은 창작 방향을 선(禪)과 관련시켜 모색하려는 의도와 관계가 있다. 그가 후기에서 보여주는 전위예술은 선적 세계관과 선적 방법이고 이를 토대로 한국 시단의 시와 한국의 예술이 나아갈 길을 새롭게 제시하는 일이다. 그는 시론의 출발부터 끊임없는 미지의 문제와 대결하여 기성의 예술이나 형식을 부정하고 현재의 예술개념을 일변시킬 수 있는 혁명적인

---

209) 조셉 보이즈와 바존 브로호, 람, 토마스 슈미트, 볼프 포스텔, 살로트 무어만, 우테 클롭하우스, 그리고 백남준 등 8명이 벌인 24시간의 난장판은 플럭서스에서 하나의 뷔페식 퍼포먼스로 기록된다. 이 기록에 따르면 약 6조로 구성되어 각 예술가가 방 하나씩을 차지하고 24시간 동안 각각 자신의 퍼퍼먼스를 연주하는 계획이었다. 관객들은 각 방을 순회하면서 적당히 퍼포먼스를 관람하는 이른바 뷔페식 관람이었으며, 8명의 작가 가운데 사진작가 우테 클롭하우스는 전체 퍼포먼스를 사진 작업에 담는 것으로, 시인 토마스 슈미트는 관객에게 예술을 보여주지 않는다는 취지로 자신의 방에 관객이 한 명이라도 들어오면 하던 작업을 즉시 멈추고 멍하니 앉아 있는 장면을 연출한다. 상세한 내용은 이용우,『백남준 그 치열한 삶과 예술』, 열음사, 2000, 125쪽. 참고 바람.
210) 권경아,『이승훈의 문학탐색』, 푸른사상사, 2007, 298~299쪽.

예술 경향, 즉 혁신적 예술을 지향해 왔다. 그가 추구하는 진정한 예술은 의미로서의 사기, 비(非)진리를 보여주는 일이다. 또 어느 시대나 전위는 사기꾼이라는 생각이다. 그러나 이 사기가 진리이다. 왜냐하면 진리는 허구이고 억압이고 진리가 있는 게 아니라 진리로 추상화된 언어가 있기 때문이다.211)

　　이승훈이 아방가르드에 대해, 즉 전위는 '사기꾼'이라고 정의를 내리는 행위 또한 파괴적이고 파격적이다. 그는 입체파, 표현주의, 다다이즘, 초현실주의로부터 영향을 받은 자의성(恣意性)과 잭슨 폴록의 액션페인팅의 영향을 받아 비대상 시론이라는 이론을 정립했다. 또 샤갈로부터는 환상성을, 마르셀 뒤샹으로부터는 예술과 일상의 해체라는 영향을 받았다.212) 이 같은 것을 바탕으로 하는 그의 아방가르드 시론은 끊임없는 미지의 문제와 대결, 지적 급진성을 띠는 특정한 문화적 실천을 대변한다. 또 그가 시대의 통념과 절연(絶緣)하여 '정신의 내적 필연성'에 따름으로써 다음 시대를 낯설게 창조해 낸다. 이것은 기성 질서와 가치의 교란을 지향한다는 점이고, 언어와 표현자체의 반성과도 연관 지울 수 있다. 그는 단일 양식을 거부한다. 추상적·절대적·순수성·전체성·초현실성·기록적·경이성·의외성·도발성을 갖는다. 거기에다 우연성과 불확실성을 도입한다. 독창적이고도 급진적인 작품 세계와 도발적 예술가를 추구한다. 따라서 그는 한국 시단에 미학적 모험의 이단아일 수밖에 없다.

---

211) 이승훈, 『아방가르드는 없다』, 태학사, 2009, 6쪽.
212) 김이강·이승훈, 「나오는 대로 쓴다」, 『詩計』, 시계사, 2009, 창간호, 26쪽.

(2) 아방가르드와 허무주의

다다이즘이나 초현실주의와 같은 아방가르드는 부르주아 합리주의와 물신화(fetishism)된 이성, 즉 도구화된 기계적 이성을 거부하고 이를 비이성적 세계관으로 대응하려고 했던 예술 사조이다. 초현실주의나 다다이즘, 미래파나 입체파 등을 포괄하는 아방가르드의 경우엔 이성에 대한 근본적인 불신이 자리하고 있다.213) 이러한 아방가르드는 이 세계-이성에 대해 근본적으로 불신하는 초현실주의, 다다이즘, 미래파 입체파 등-는 무의미한 것이며 무가치한 것으로 해체되고 분열된 것으로 인식된다.214)

이승훈은 아방가르드로서 세계를 실험실로 만들려고 하는 자유를 추구한다. 이것이 정신적 현상으로써의 그가 가지고 있는 아방가르드의 특성이다. 이 특성으로 말미암아 '법칙'에 맞서 '변종'으로서의 다양화를 꾀하려는 본질적 성격을 나타낸다. 가령 물고기가 나뭇가지로 올라가 낮잠을 자는 행위를 보여주는 아방가르드이다. 그의 예술적 행위는 건설의 의미를 지닌 파괴성을 가지며 언어를 초월하려고 한다. 언어의 초월이란 선불교의 불립문자 교외별전의 의미이다. 따라서 그가 언어를 초월하는 선시로의 방향 전환의 이유를 불교의 연기설에서 찾을 수 있다.

> 이것이 있음에 말미암아 저것이 있고/이것이 생김에 말미암아 저
> 것이 생긴다/이것이 없음에 말미암아 저것이 없고/이것이 멸함에 말

213) 오세영, 「모더니즘, 포스트모더니즘, 아방가르드」, 『한국현대문학론과 근대시』, 민음사, 1996, 394.
214) 금동철, 『1950-60년대 모더니즘시의 수사학적 연구』, 서울대학교 박사학위 논문, 1999, 130쪽.

미암아 저것이 멸한/다.215)

앞의 글에서 불교의 연기설에 대한 이해를 가질 수 있다. 가령 나무 젓가락은 이쑤시개라는 비교 대상이 있을 때, 비로소 길이가 더 길다는 결과를 얻는다. 또 전봇대가 있으므로 하여 나무젓가락은 자신의 길이가 짧다는 현상계의 존재를 인지한다. 이 세상의 모든 존재는 원인(因)과 조건(緣)으로 생겨난다. 이 연기설의 결과는 원인을 반드시 필요로 한다.

그가 선시로의 방향을 전환한 또 하나의 이유는 기호가 더 이상 의미를 지니지 못하고 기호들의 놀이로 떨어질 때, 그곳엔 '의미없음'에 대한 관념이 자리 잡는다는 데에 있다. 인식으로서의 대상이나 사물 자체를 '의미없음'으로 인식한다는 것은 그 사물 자체를 인식하지 못한다기보다는 그 사물이 지닌 '가치체계'를 인식하지 못한다216)는 말이다. 이렇게 사물이 지니고 있는 '가치체계'의 소멸은 인간이 가지고 있는 가치체계의 소멸과 동일한 위치에 서 있는 것이다. 이승훈의 '가치체계' 소멸은 '모든 존재는 고유한 자성(自性)이 없다'는 연기설의 상호 의존설에 그 기반을 둔다. 즉 '존재가 아닌 존재'(眞空妙有)라는 것이다. 상호 의존설에 의하지 않은 '존재'로서의 아방가르드인 이승훈은 이성과 의미의 세계에 대한 부정으로 결국 허무주의로 귀결된다. 이런 사실들이 그를 선시로 귀화하게 만든 또 하나의 이유가 된다.

나도 이리저리 허송세월 하면서 당신을 만/나고 비 오는 저녁 이 술집 저 술집 기웃거/리며 허송세월 한다 그동안 내가 부른 노래/는

---

215) 「인연경」 『잡아함경』 12권, 동국역경원, 344~345쪽.
216) 금동철, 앞의 논문, 132쪽.

모래 그리고 나도 모래야 그러나 당신은/모래에 물을 주지 그러므로
허송세월이 아/름답도다 누구나 허송세월 하면서 이리저리/떠 다니
는 물렁물렁한 삶일 뿐이냐 얼마나/좋아? 이 허송세월 한 세상이 허
송세월이야

—「허송세월」전문217)

위의 인용된 「허송세월」의 시작품에서 이승훈의 강한 허무를 알 수
있다. 대상을 부정하고, 자아를 부정하고, 언어도 버린 성태에서 얻은
것은 허무뿐이다. 그에겐 '이 허송세월 한 세상이 허송세월이야'는 모
든 집착에서 벗어난듯하다. 그가 아무것도 없는 상태에서, 다시 말해
무의 상태에서 선으로 가는 길은 의도적이라기보다는 당연한 귀결로
볼 수 있다. 선(禪)은 명상으로 심신을 통일 하는 것, 즉 깨달음이다. 이
승훈의 아방가르드는 언어를 버리고 몸소 실천한, 이를테면 오랜 시력
(詩歷)에서 체득된 시쓰기의 깨달음을 얻고(見性成佛)나서 바라보는 사
물에 대한 새로움을 찾는 일이다. 그가 깨달은 새로움이라는 것은 깨달
음을 철저히 내면화하기 위한 수행이며, '가치체계'의 상실이다. 이러
한 가치체계의 상실로서의 '무'에 대한 관념은 허무주의와 연결된다.
니힐리즘이 안고 있는 허무감의 본질은, '중심의 상실', '무와의 조우',
'권태로부터 탈출 불능' 등으로 비교적 명백하게 설명된다.218) 앞의 명
제가 허무주의에 대한 정의로 받아들인다면 그가 지니고 있는 아방가
르드의 세계관도 '중심의 상실', '무와의 조우', '권태로부터 탈출 불능'
이 그대로 투영된 면을 보게 된다. 이 같은 이승훈의 심정을 앞에 「허송
세월」에서 그런 정황들을 확인할 수 있다.

---

217) 이승훈,『인생』, 민음사, 2002, 61쪽.
218) 고드스 블롬,『니힐리즘과 문화』, 천형균 역, 문학과지성사, 1988, 42쪽.

문화적 격변기라고 하는 것은 기존의 전통문화가 견지했던 세계관이 모든 사회 구성원들에게 완전한 설득력을 얻을 수 없는 상태를 말한다. 이러한 상태에서 사회 구성원들은 자신들의 입장에 합당한 새로운 세계관을 찾아 나서게 된다. 이러한 모더니즘 시에서 주체가 은유적 동일성을 상실하고 대상으로부터 분리되어 세계로부터 소외되고 고립된 자아로 존재하게 된다는 점은 모더니즘 시로 하여금 매우 중요한 측면에서 허무주의와 연관성을 지니게 하는 부분이다.219) 따라서 이승훈은 `60년대 자아찾기 과정에서 이미 허무주의에 스며 있었으며, 이 허무주의는 어떠한 준거 집단도 가지지 못한 채 사회적으로 고립된 사람들이 빠지는 '혼란'220)인 것이다. 이승훈의 시 쓰기의 출발점이 불안인 것처럼 아방가르드를 추구하는 것도, 선시로의 입적도 모두 불안에서 비롯되었다는 것은 그가 허무주의와 관련성이 있다는 징표이다.

'진리에의 충동'을 지닌 개인은 불안을 느낄 수밖에 없고, 이러한 불안이 심화될 때, 그 사회에서 제시된 모든 진리에 대해 부정하게 되는 극단적인 허무주의에 빠져들게 된다.221) 허무주의에 빠져드는 주체는 사회의 일반적인 인식 체계와 가치 체계로부터 분리되어 고립된 주체가 된다. 이들의 고립된 주체는 인간 존재의 생존에 필요 불가결한 조건들을 구현하고 인간 실존의 의미를 부여한다고 생각되는 것들, 즉 사회, 민족, 국가뿐만 아니라 가족, 그리고 타인들과의 사회적 유대관계와 같은 자연적 공동체들의 가치를 전면적으로 부정하고 사회적 권위의 정당성을 전적으로 부정하며 해체한다.222) 이러한 측면에서 허무주

---

219) 금동철, 『1950-60년대 모더니즘시의 수사학적 연구』, 서울대학교 박사학위 논문, 1999, 133쪽.
220) 고드스 블룸, 앞의 책, 143쪽.
221) 고드스 블룸, 앞의 책, 139쪽.
222) 금동철, 앞의 논문, 134쪽.

의는 개인주의.223)라고 할 수 있다.

이승훈의 세계관은 '나 중심'이다. 따라서 이런 관점에서 그의 아방가르드는 허무주의적 경향을 분명하게 드러내고 있다224)는 사실이다. 아방가르드에서의 허무주의적 태도는 공중과 전통에 대한 적대주의적 성향에서 나온 것이며, 현대 예술가의 정신적 사회적 환경에 대한 반동과 탈출이라는 다양한 양상이 동시에 일어난다.225) 이승훈의 삶에는 무슨 의미도 본질도 없고 그저 흘러가는 과정이 있을 뿐이다. 따라서 그는 아방가르드 니힐리즘을 열애한다.226)

허무는 고독을 불러오고 이 고독을 다시 허무라고 한다면 루카치가 가장 불만스럽게 생각했던 것은, 아방가르드가 인간의 존재를 무엇으로 보느냐의 문제이다. 이를 아방가르드의 존재론이라 한다. 이 같은 아방가르드의 존재론은 고독과 실존적 불안의식을 인간의 본성으로 본다. 아방가르드에 있어서의 고독은 보편적인 인간의 조건으로 작용하므로 인간 존재의 피할 수 없는 사실로 고정되어 버린다. 따라서 고독이 모든 인간의 중심에 놓이게 되므로 상호간의 의미 있는 관계를 맺는다는 것은 불가능하다. 또 인간의 고립은 자신의 탄생 배경과 자신의 존재를 분리시키는 결과를 낳는다. 이처럼 탈사회적·탈역사적 존재가 되는 인간에게는 역사의 부정이 일어나게 되며, 그 원인이 아방가르드의 존재론에 있다고 루카치는 말한다.

이렇게 루카치의 말을 역설적으로 받아들여 허무는 무엇을 낳는가라고 의문을 가질 수밖에 없다. 이 물음에 대해 루카치는 아방가르드의

---

223) 알랭 로랑, 「개인주의: 창조적 니힐리즘」, 이화숙 역, 『문학과 비평』, 1991년 여름호, 184쪽.
224) 고스트 블름, 앞의 책, 42쪽.
225) 레나토 포지올리, 『아방가르드 예술론』, 박상진 옮김, 문예출판사, 1996, 104쪽.
226) 이승훈, 『이것은 시가 아니다』, 세계사, 2007, 「自序」중에서.

예술형태를 타락한 것으로 가치 평가 하는 반면, 아도르노는 시민 사회 예술의 가장 진보한 형태로서 아방가르드를 이해한다. 즉 아도르노가 생각하는 아방가르드는 현대사회의 물화된 현상의 소외에 극명하게 항거하는 고독의 양식일뿐더러, 그 형식의 내재적 힘으로 인하여 인간의 역사적 서술의 역할을 부담하고, 수용자에게 극도의 자유, 극도의 긴장감을 유도함으로써 퇴행된 귀를 회생시켜줄 가능성까지 내포 한다. 이승훈은 한 곳에 머무를 수 없는 극도의 자유, 한 곳에 머무르려고 하지 않는 극도의 긴장감, 그리고 일회성을 추구하는 아방가르드이다. 이 일회성의 성취는 그에겐 허무일 뿐이다.

3. 비대상에서 영도의 시쓰기까지

1) 비대상에서 선까지의 긴 여정

이승훈은 시쓰기의 구성 요소인 '자아-언어-대상'에 대해 끊임없는 탐구를 시도하여 그의 시적 인식이 자아탐구→자아소멸→자아불이(自我不二)에 이르는 과정을 보여 주었다. 이 과정에서 그가 내린 결론은 '나는 없다'이다. 그가 말한 '나는 없다'는 것은 불변의 실체로서 '나'가 없다는 무아론의 입장이다. 가령 '나'가 없다는 것은 '자아'가 없다는 것이고, 자아가 없다는 것은 자아가 허구라는 것이다. 이것은 자아부정으로서 선불교의 '무아(無我)'와 같은 의미를 지닌다. 다시 말하면 '무아'는 '없다'는 의미가 아니라 '내가 아니다'라는 부정의 의미를 지닌다. 그는 관념이나 의미와의 싸움이 아니라 나와의 싸움, 즉 자신의 억압된 무의식을 터뜨리는 일이 문제였다. 또 젊은 날의 정신적 위기감을 표출한 「위독(危篤)」(『아름다운A』, 2002)과 같은 연작시 실험, 산문시, 주관적인 독백과 객관적인 묘사, 반복과 병치, 무의식의 세계에 대한 새로운 인식과 자동기술법의 가능성 탐색 등을 통해 모더니즘의 다양한 방법론을 시도했다.

시에 있어서 형식을 중시한다는 것은 상대적으로 대상의 문제와 밀접한 관련성을 띠게 되는데, 벤(Gottfried Benn)에 의하면 대상이란 목적에 이르는 수단이다.[227] 대상이 목적에 이르는 수단이라는 것은 결국 대상이 없으면 목적에 이르지 못한다는 것과 같다. 따라서 그는 대상을 통해 자아를 찾으려고 했고, 시쓰기의 대상은 내면세계이고, 이 내면세계는 곧 비대상이다. 비대상은 대상이 없다. 대상이 없다는 것은 벤의 주장대로 수단이 없는 것이고, 수단이 없다는 것은 목적에 다다를 수 없다는 것과 같다. 따라서 그가 시적 대상이 없는 내면세계를 탐구했다는 것은 목적에 다다르지 못했다는 뜻이고, 결국 자아찾기는 실패라는 결과를 낳은 셈이다.

미적 모더니즘의 특성은 자율성이다. 이 자율성이란 예술과 현실이 대립적인 관계에 있고 예술은 예술만의 특수한 공간을 지닌다. 이런 자율성은 자본주의 생산 양식이 지향하는 사회적 모더니티에 대한 미적 비판을 뜻한다. 자율성 미학은 리얼리즘 미학의 부정과 비판, 그리고 극복이다. 이 시기에는 불안과 공포의 세계이고, 이승훈은 이런 세계와 싸우고 있다. 아도르노식으로 말하면 미적 변증법이고 억압된 욕망·충동·무의식을 해방하는 방식이다. 이것은 김수영, 김춘수, 김종삼, '후반기 동인'들에 의해 발전적으로 계승되었고, 1960년대는 '현대시' 동인에 의해 내면탐구로 발전해 갔다. 다시 1960년대 후반에 들어와 김수영에 의해 미적 현대성 탐구는 부정되고, 이승훈이 강조한 것은 반자

---

227) 이승훈, 『反人間』, 조광출판사, 1975, 119쪽.

율성, 시적 공간과 일상적 공간의 경계 해체, 시와 산문의 경계 해체였다. 이로 인하여 현실과 단절되는 시적 공간은 훼손되고 부정되고 비판되었다. 그러나 이승훈의 말을 빌리자면 "현대시의 종말은 시의 죽음이 아니라 현대시의 종말이고 현대시의 종말이 현대시의 목적"이었다. 죽음은 끝이 아니라 시작(始作)의 전부이다. 이 뜻은 그가 본질적으로 아방가르드라는 방증이다. 그에게 남은 것은 자유이고 잉여(언어·의미·시라는 것들은 실재계의 측면에서 볼 때 잉여이고 사치이다)이고 쾌락이고 아나키즘이다. 그는 허무의 상태에서 불안감을 감추지 못하는 일상의 세계에서 자신의 소외를 극복하려는 노력으로 대상이 없는 자아찾기를 했다.

이승훈의 자아탐구는 1990년대의 시집『밝은 방』(1995),『나는 사랑한다』(1997),『너라는 햇빛』(2000)에 와서 현존하는 자아가 아니라 텍스트적 자아[228]로 나타나고 자아가 소멸한다. 데리다가 말하는 영원불변의 진리가 없는 해체이론을 근간으로 하는 그의 해체적 시론은 자아·언어·무의식의 상태에서 벗어나 자아가 언어에 지나지 않는다는 사유를 함으로써 자아소멸의 해체시로 접근하게 된다.

그는『인생』(2000)에서 지금까지 사유하던 일체의 것으로부터 벗어난다. 또 그 동안 그를 붙잡고 가던 물심이원론적인 이분법이 막다른 길에 이른다. 이것은 내면의 싸움이 비로소 자신의 그림자와의 싸움,

---

228) 텍스트에 대한 기본적 시각은 고영근,『텍스트이론-언어문학통합론의 이론과 실제』, 아르케, 2002에서 텍스트의 정의와 성격을 인용해 보면, 다음과 같다. "텍스트는 사람의 의도적인 언어표현이나 언어로 옮길 수 있는 기호로 정의될 수 있다. 이런 의미의 텍스트에는 길고 짧은 일상발화를 비롯하여 문학작품, 문서, 영상매체가 포괄된다. 텍스트를 연구대상으로 삼는 학문을"텍스트이론"이라 부른다. 텍스트이론은 가까이는 인문과학과 사회과학을 통합할 수 있고, 시야를 넓히면 자연과학까지도 그 영역 안에 아우를 수 있다. 텍스트이론은 위로는 기호학을 떠받치고 있고 아래로는 언어학을 바닥에 깔고 있으면서 인지과학, 인문과학, 사회과학 등의 이웃 학문과 넘나드는 강한 학제성을 띠는, 일종의 통합학문이다.

즉 순수 자아에 도달하기 위해 탐욕·어리석음·시기심과의 싸움이었다. 그에게는 '자아', '주체', '나'라는 허깨비와 싸우는 것은 고통이었다. 이승훈의 시쓰기가 모험이라면 자아에 대한 것도, 주체에 대한 것도, 자신에 대한 성찰도 모험이다. 그는 근대적 주체 개념의 모순을, 그리고 시대적 낙후성을 지적하는 탈근대적 주체 개념을 주장하며, 이런 개념을 불교적 사유나 세계관에 의해 새롭게 해석하려는 시의식의 지평을 열어간다.

이승훈은 살기 위해 예술을 하는 게 아니라 죽기 위해 예술을 한다. 또 암담·우울·고통의 이미지이며 쾌락주의적 감정에 대한 투쟁이다. 그가 『반인간』(1975)에서 보여주는 20세기의 예술경향은 전 시대의 예술경향인 리얼리즘이나 인상주의와 연결되며, 그 연결 관계를 원칙적으로 폐기하려는 혁신적 태도를 가지고 있다. 이것은 현실의 환영을 추구한다는 사실주의적 요소를 강력하게 부정하는 일이다. 이승훈은 자연물체의 고의적 왜곡(deformation)을 통해 자신의 인생관을 표현한다. 또 다른 하나는 마술적 자연주의로써 브라끄·샤갈·루오·피카소·달리 등의 그림에서 비현실적 세계를 깨닫고 있다.

> 모더니즘, 포스트모더니즘, 해체주의를 거쳐 불교와 만나게 된 건 고마운 인연이다. 산이 물 위로 간다. 가는 것은 산인가 물인가. 최근의 화두이다. 오늘도 무엇을 쓰는지 모르며 무엇을 쓰고 어디로 가는지 모르며 어디로 간다. 나의 무가치가 나의 가치이고 나의 무의미가 나의 의미이다. 나도 나를 인정하지 않고, 나도 내가 쓴 시를 모르고 나도 나를 이해할 수 없다. 왜냐하면 이해할 게 없으므로. 결국 나는 아무것도 말하지 않고 말 한 게 없고 이 글도 이렇게 쓰지 않으면 좋았을 것이다.[229)]

앞 인용문의 화두가 노리는 것은 불이(不二/異)의 관계이고, 공(空)의 세계이며, 초기 시론이라 할 수 있는 '비대상 시론'에서 '자아는 없다'라는 결론을 내릴 때부터 이미 무의 세계를 지향했다는 점이다. 잭슨 폴록이 현대미술의 이단아인 것처럼 이승훈은 한국시단의 이단아이다. 폴록의 미술과 그의 시론 및 시쓰기도 초현실주의에 맥이 닿아있다는 공통점을 지니고 있다. 또 양자는 화가의 무의식을 드러낸다는 점에서 초현실주의의 자동기술(自動記述)과 같은 동일성이 강조된다. 자동기술은 무의식에 떠오르는 생각들의 받아쓰기이다. 흘러나오는 말, 끝없는 속삭임을 받아쓰는 일이다. 말이나 목소리를 이해하려고 애써서는 안 된다. 그것들은 말해지면서 동시에 말해지지 않는 것, 즉각적이면서 동시에 접근할 수 없는 것, 다만 넋으로만 다가갈 수 있다.[230] 자동기술은 말(word)이다. '욕망'이 되는 말이다. 자신의 근원으로 돌아오기 위해 욕망에 몸을 맡기는 말이다.[231]

본래 선(禪)은 말과 생각이 아닌 불립문자(不立文字)를 수행의 도구로 삼는다. 홀연히 깨닫는 순간에 튀어나오는 찰나의 깨우침은 언어를 뛰어넘는다. 때문에 선시(禪詩)의 불립문자는 초현실주의의 자동기술과 영향을 주고받는 상호텍스트성을 갖는다. 따라서 자동기술은 선시의 불립문자와 같다. 자동기술의 근원은 고대 그리스의 신탁이나 이스라엘의 예언에서 찾는다. 또 시를 우주적 신비의 폭로자라고 지칭하는 인도의 베다(Veda)경전에서도 비슷한 형태가 있다.[232] 앞의 인용문은 선시에서 불립

---

229) 이승훈, 「비대상에서 禪까지」, 『현대시의 종말과 미학』, 집문당, 2007, 56쪽.
230) 신현숙, 「제6장 창작 기법」, 『초현실주의』, 동아출판사, 1992, 89쪽.
231) 모리스 볼랑쇼, 『문학의 공간』, 박혜영 역, 책세상, 1990, 258쪽.
232) Mechel Carrouges, 「Le Surrrealism」, in 『Le reel et l'irreel』, Aproches, le centurion sciences humaines, 1968, 134쪽./신현숙, 『초현실주의』, 동아출판사, 1992, 89쪽. 再引用.

문자 교외별전이 지니는 의미를 강조하는 말이다. 즉 마음을 닦아 도달된 자리는 문자로 정확하게 묘사될 수 없는 경지233)를 말한다. 아직도 성찰의 자아를 발견하지 못하고 새로운 길을 모색하는 이승훈의 몸부림은 치열하기만 하다. 결코 내적 고요가 없는 혼탁한 정신으로 선(禪)으로의 입적은 그에겐 방황일 수밖에 없다. 바로 진과 선과 미가 조화롭게 이루어진 시의식이 진정 그가 가지려는 내면의 현실이다.

　잭슨 폴록의 회화세계는 자동기술의 그 안에서 느끼는 내면의 움직임에 따라 기쁨이나 슬픔, 놀람, 분노 등이 표현된다. 폴록의 추상 미술은 형태가 없다. 그 까닭은 형태가 이미 화포 속에 녹아버렸기 때문이다. 그의 작품이 미술사에서 자주 거론되고 중요시 되는 이유는 작품 제작의 독특한 방법에 있다. 즉 그는 보이지 않는 추상의 세계를 새로운 조형언어로 그려내는 데 성공한 것이다. 그 그림에는 구상과 추상이 모두 사라지고 행위만 남아있다.234) 폴록은 마룻바닥에 화포를 펴놓고 그 위에 공업용 페인트를 떨어뜨리는 독자적인 회화기법을 개발한 화가이다. 폴록이 강조하는 것은 사물의 재현도 아니고 사유의 형상화도 아니고, 그리는 행위 자체, 그것도 자신이 무엇을 하는지 모르는 제작과정 그 자체이다. 즉 화가의 행위를 직접 화포에 기록하는 액션 페인팅이다. 또 억압된 내면, 무의식보다는 그리는 행위 자체이고 자신도 무엇을 하는지 모르는 퍼포먼스이고 캔버스와 현실의 경계가 해체되는 일이다. 이런 점은 전통적인 이젤 페인팅을 부정하고 따라서 전통양식을 파괴한다.235) 이와 같은 부정과 파괴는 이승훈의 전위성, 아방

233) 이만식, 「고전선시와 현대선시」, 『만해축전』, 백담사만해마을, 2011, 153쪽.
234) 현광덕, 「구상과 추상이 사라지고 행위만 남아있는 '잭슨 폴록'」, 『대전일보』 2011-06-07 36면.
235) 이승훈, 『아방가르드는 없다』, 태학사, 2009, 77쪽.

가르드 의식과 유사성을 갖는다.

> 나는 마루 위에서 더 편안함을 느낀다. 나는 캔버스 주위를 맴돌
> 면서 그릴 수 있을 뿐만 아니라 나아가 그림 속에 있을 수 있다. 내가
> 그림 속에 있을 때 나는 무엇을 하고 있는지 거의 알 수 없다. 나는
> 순간순간마다 벌어지는 이미지의 파괴를 두려워하지 않는다. 내가
> 무엇을 하였는가를 알 수 있을 때는 작업을 마치고 캔버스 밖으로
> 나왔을 때이다.236)

앞글은 이승훈이 구상과 추상이 사라진 상태에서 '행위'로 그림을 그
리는 잭슨 폴록의 액션페인팅의 영향을 받았다는 사실을 뒷받침해 주
는 글이라 할 수 있다. 그림을 그릴 때 무의식보다 행위 그 자체이고 폴
록 자신도 무엇을 하는지 모르는 퍼포먼스이다. 또 캔버스와 현실의 경
계가 해체되는 순간이다. 폴록이 전통 회화 양식을 파괴하고, 전통적인
이젤 페인팅을 부정한다면, 한편으로 이승훈은 전통적인 시쓰기의 형
식을 파괴하고 이제까지 자행해오던 대상, 자아, 언어를 부정한다. 이
것은 양자 모두 부정과 파괴, 전위성, 아방가르드 의식을 지니고 있다
는 사실이다. 또 폴록은 화포 속으로 들어감으로써 그림과 화가가 하나
가 되고, 이승훈이 대상, 자아, 언어를 버리고 공의 세계를 추구하는 것
은 불이사상, 즉 선과 깊은 관련성을 가지고 있음을 알 수 있다.

이승훈은 잭슨 폴록뿐만 아니라 샤갈의 환상성, 마르셀 뒤샹의 예술
과 일상의 해체에 대해 지대한 영향을 받기도 했다. 액션 페인팅은
1950년 무렵, 뉴욕을 중심으로 일어난 전위적인 회화운동으로, 그림이

---

236) F. O'Hara, J. Pollock, J. Braziller, Inc. 31〜32./김해성, 「동서양 추사표현에 대한
비교연구2」『예술논문집』제9집, 부산예술대, 1993, 12.. 再引用.

그려진 결과보다는 그리는 행위 자체를 중요시하며, 그림물감이나 페인트를 떨어뜨리거나 뿌려서 화면을 구성한다. 곧 잭슨 폴록이 대표적 화가이다. 주지하시다시피 폴록과 이승훈을 같은 맥락으로 분류가 가능한 것은 두 예술가가 가지고 있는 각각의 장르에서 보여주는 의식이 같다는데 있다. 즉 전위적이고 실험적이라는 것이다. 그러나 이승훈의 시쓰기와 시론이 전위적이고 실험적인 것은 단순히, 또는 우연히 샤갈이나 뒤샹, 그리고 잭슨 폴록으로부터 영향을 받은 것은 아니다. 의도적으로 영향을 받으러 오랜 시간을 찾아 다녔다고 보는 편이 분명한 이유일 것이다. 특히 이승훈이 회화 쪽의 화가들과 깊게 관련된 것은 미술이 이론적으로 다른 분야보다 더 전위적인 것에서 기인한다. 회화가 다른 분야의 예술보다 더 전위적이고, 더 전위적인 화가들의 영향을 받으려고 했다는 것은 그의 전위성이 강렬하다는 것의 대변이다. 요약하면 잭슨 폴록과 이승훈이 강조한 것은 억압된 내면, 무의식보다는 그리는 행위의 자체이고 자신도 무엇을 하는지 모르는 퍼포먼스(행위예술)이고 캔버스와 현실의 경계가 해체되는 공의 세계나 무의 세계라는 점이다.

2) 영도의 시쓰기

지금까지 이승훈이 '자아-대상-언어'에서 보여준 변증법은 종합이 없는 명제와 반명제뿐이다. 어떤 종합을 추구하는 것이 아니라 현상을 쫓고 있다. 대상과 자아와 언어를 부정하는 곳에 머무르는 반명제만 고집한다. 그의 모든 사유는 반명제로 끝나고 반명제에서 다시 명제로 시작되므로 이것은 재생·재연이 아니라 새로움의 추구이다. 이러한 그의 사유가 '영도의 시쓰기' 시론을 낳았다. 이를테면 모든 것이 소멸하고 쓰는 행위만 있다[237]는 것이다. 그는 「비대상에서 선까지」(『작가세계

』, 2005년 봄호)의 시론을 발표한 적이 있다. 그것은 지금까지 이어져 온 시쓰기, 즉 긴 여정의 종합 편으로 상징된다. 그러나 이 시론이 너무 도식적이라는 판단에 따라 이론의 보충이라는 차원에서 「누가 코끼리를 보았는가」(『이것은 시가 아니다』, 2007)라는 시론을 발표했으며, 이 시론은 시/삶의 경계 해체(不二思想)와 공의 사상을 강조했다. 그 후 「영도의 시쓰기」(『시와세계』, 2008년 봄호)라는 시론을 발표했으며, 이 '영도의 시쓰기' 시론은 현재까지 이승훈 시론의 종합에 해당된다. 영도는 사유가 제로이고, 자아, 대상, 언어가 없는 시쓰기, 행위로만 쓰는 시, 즉 공(空)이고, 선(禪)이다. 이 '영도의 시쓰기'는 향후 '선의 시쓰기'와 만나게 되는 시론으로 아무것도 만들지 않는 시쓰기, 대상성을 초월하는 시쓰기, 언어 불이(不二)의 시쓰기, 무엇이나 시가 되는 시쓰기이다. 부연하면 아무것도 아닌 것에서 시작하기, 곧 영도(零度)에서 시작(詩作)하기이고 영도의 사유를 뜻한다. 요약하면 아무것도 사유하지 않는 사유이고 사유에 대한 자의식이 소멸한 사유이다. 이 같은 사유는 무아(無我)를 토대로 한다. 즉 비주체·비대상·비언어·불이를 지향한다.

> 자아도 대상도 언어도 사라지고 이제 남은 건 쓰는 행위뿐이다. 영도의 시 쓰기는 그저 쓰는 것. 배고프면 밥 먹고 잠이 오면 잔다.[238]

앞글에서 확인되는 것은 이승훈이 '이제 남은 건 쓰는 행위뿐'라는 심정이다. 사유는 어떤 무(無) 속에서 말을 배경으로 행복하게 솟아오르는 것 같았는데, 이런 무로부터 출발한 글쓰기는 점진적인 응결의 모든 상태들을 통과한다.[239] 이승훈이 추구한 시쓰기는 '비대상-비주체-

---

237) 이승훈, 『라깡 거꾸로 읽기』, 월인도서출판, 2009, 170쪽.
238) 이승훈, 「자서」, 『화두』, 책만드는집, 2010. 5쪽.

비언어'로 발전하고, 이것은 '자아탐구-자아소멸-자아불이'의 단계에 상응하고 자아불이는 언어가 시를 쓰는 단계와 이 단계의 극복을 포함하고 이때의 자아불이는 비언어를 포함한다. 언어를 절대 신뢰하던 그는 언어가 자신을 신뢰하지 않는다는 인식을 할 때 언어를 부정할 수밖에 없다. 그러나 언어를 버려야 하지만 언어로부터 벗어날 수 없는 심정을 다음과 같이 진술한다.

> 나도 없고 대상도 없고 언어만 남았다. 그러나 이 언어도 버려야 하리라. 언어도 버려야 하는 심정으로 이 심정도 버리는 심정으로 시를 써야 하리라. 언어는 나를 사랑하지 않고 나는 언어에서 벗어날 수도 없다.240)

이승훈은 인용문처럼 언어를 버리는 심정으로 쓰는 시는 결국 공의 발견이고 '삶과 시', '시와 비시'도 불이(不二)의 관계라는 것이다. 아울러 그가 모색하는 것은 경계의 해체이다. 이것은 시는 없고 시에는 자성이 없고, 시라는 이름과 언어, 제도가 있기 때문이다. 그러기 위해서는 그는 언어를 버려야 하고 제도와 싸워야 했다. 또 언어를 버려야 한다는 심정으로 시를 쓴다는 것은 의미를 찾지도 않고 의미를 부여하지도 않고 행위나 사건을 사실대로, 즉 있는 그대로 옮긴다는 것을 의미한다. 이 때 사용되는 언어는 투명할 수밖에 없다. 이같이 투명한 언어는 다의성이 아니라 일의성(一義性)을 강조하고 나아가 기표와 기의의 거리가 소멸하고 이 같은 소멸은 공(空)과 만나게 된다.

이승훈은 초기부터 최근까지 '자아-대상-언어'를 강조할 뿐 쓰는 행

---

239) 롤랑 바르트, 『글쓰기의 영도』, 김웅권 옮김, 동문선, 2007, 10쪽.
240) 이승훈, 「비대상에서 선(禪)까지」 『작가세계』, 세계사, 2005 봄호, 36~37쪽.

위는 문제 삼지 않았다. 그러나 후기에 접어들어 그가 생각했던 비대상·비주체·비언어는 대상·자아·언어의 소멸을 의미하며, 남은 것은 쓰는 행위뿐이라는 것이다. 이것이 바로 언어부정 이후의 시론으로 그의 '영도의 시쓰기'의 시론이다. 그의 '부정'은 버리는 행위이다. 즉 '대상'을 부정한다는 것도, 자아를 부정한다는 것도, 언어를 부정한다는 것도 대상, 자아, 언어를 버리는 행위다. 그러나 버린다는 것은 버리는 행위가 아니다. 어디까지나 그런 심정으로 시를 쓴다는 뜻이다. 아무리 불립문자 교외별전이라 하지만 시는 언어를 수단으로 하기 때문이다.

언어를 버리는 심정으로 시를 쓴다는 것은 무엇이든 다 버리고 시를 쓴다는 것이다. 모두 버린다는 것은 무소유의 실천이며, 공의 세계의 지향이다. 시인이 시를 쓴다는 것은 대상, 자아, 언어와의 싸움이다. 그는 다툼의 주체가 되는 '대상-자아-언어'를 버리고 시를 쓰겠다는 심정이다. 이것은 변증법이 종합을 지향한다면 종합을 모르는, 종합과 싸우는 아이러니이다. 이승훈의 아방가르드는 종합이 없으므로 과정을 중시하고, 과정을 중시한다는 것은 결론이 없다는 말이고, 결국 아방가르드는 차이와 반복을 낳을 뿐이다. 두 개 이상의 반복에서 그 차이는 계속 연기된다. 그러므로 이승훈이 추구하는 아방가르드의 모험성·실험성은 '시작(beginning)'이 존재할 뿐 '끝(end)'은 존재하지 않는다. 다시 '자아-대상-언어'가 사라진 상태, 즉 모두 버린 상태에서의 시쓰기는 결국 쓰는 행위만 남은 시쓰기가 된다. 그러나 불이사상을 전제로 하면 이때 자아·대상·언어는 '없는 것'도 아니고 '없는 것도 아닌 것'도 아니다. 이승훈은 시쓰기의 구조를 '자아-대상-언어'의 삼각형 구조에서 역삼각형이 첨가되는 다이아몬드 구조로 변형시키고 역삼각형의 꼭짓점에서 '쓰는 행위'가 나오는 소위 '영도의 시쓰기'시론을 주장한다. 이

'영도의 시쓰기' 시론을 도식하면 다음과 같다.

<그림 4>²⁴¹⁾

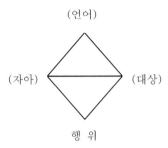

앞의 <그림 4>가 의미하는 것은 '자아-대상-언어'를 버린 상태로 공(空), 즉 불이(不二)의 세계를 의미한다. 이승훈의 입장에선 시를 쓰는 행위 또한 공의 상태이다. 즉 불이의 상태에서의 시쓰기를 한다. 행위만 있는 시쓰기는 자아 해방이 가능하다. 쓰는 행위만 있는 시쓰기는 행위의 주체가 구별되지 않는 시쓰기이고, 인위(人爲)의 시쓰기를 무위(無爲)의 시쓰기로 전환한 것이다. 이 '영도의 시쓰기'는 행위가 생성되는 시쓰기이다. 이것은 자아해방의 시쓰기의 연장선상에 있고, 선을 지향하는 시쓰기와 관계가 깊다. 자아해방이란 자아가 소멸된 상태를 말하며, 해방시학은 자아, 대상, 언어가 소멸된 상태를 뜻한다. 따라서 자아해방이나 해방시학은 선에서 말하는 공의 세계, 무의 세계와 같은 의미를 갖는다. 이렇게 선적인 영도의 시쓰기, 즉 대상도 없고, 나(자아)도 없고, 언어도 없는 상태에서 남은 것은 행위뿐인, 이 행위로서 시쓰기가 가능한가라는 의문이 제기 된다.

241) 이승훈, 『라캉거꾸로 읽기』, 월인도서출판사, 2009, 175쪽.

모노파(物派)242)가 강조하는 것은 창조 주체를 부정하고 대상을 부정하고 무언가를 하는 것이고, 무언가를 하지 않는 것이다. 즉 창조보다는 존재 간의 관계성 파악에 주력한다. 이승훈이 강조한 시쓰기도 시를 쓰는 행위의 문제이다. 그가 주장했던 '영도의 시쓰기'는 모노파가 그랬듯이 존재 간의 관계성, 즉 관계항 파악에 주력할 뿐 아무것도 만들지 않는다. 오히려 창조행위를 부정하는 시쓰기를 한다. 금세기의 현대시는 미적 자율성의 세계를 창조한다. 모노파처럼 '영도의 시쓰기'는 창조 개념을 부정한다. 중요한 것은 창조 주체로서의 '나'를 부정하고 쓰는 행위이다. 이 창조 주체는 자신의 의지, 상상력, 기교에 의해 대상을 지배하고 나아가 독자를 지배하는 자를 말한다. 이것이 가능한 것은 인간이 세계의 중심이고 세계는 주체의 표상작용이라는 의지와 표상으로서의 세계를 토대로 하기 때문이다.

<그림 5>243)

---

242) 1960년대~1970년 일본에서 나타난 미술경향이다. 모노란 물(物), 즉 물체·물건이라는 뜻이다. 물체에 대한 관심에서 비롯된 모노파는 나무·돌·점토·철판·종이 등의 소재에 거의 손을 대지 않고 있는 그대로의 상태를 직접 제시하였다. 그럼으로써 물체에 대한 근본적인 존재성을 부여하고 더 나아가 물체와 물체, 물체와 공간, 물체와 인간 사이의 관계 등을 통해 창조보다는 존재 간의 관계성 파악에 주력한 것이 특징이다. 모노파에 최초로 이론적 토대를 세운 작가는 한국의 이우환(李禹煥)이다.
243) 이승훈, 『라캉거꾸로 읽기』, 월인도서출판사, 2009, 159쪽.

제시한 <그림 5>는 '영도의 시쓰기' 이전과 이후의 시쓰기 형태를 비교한 것이다. 앞서 언급했듯이 이 그림에서 확인되는 것은 그는 초기 또는 중기에서는 시론이나 시쓰기에서 행위를 문제 삼지 않았다. 그때 까지만 해도 '행위'에 대한 사유가 깊지 않은 것으로 판단된다. 앞의 <그림 5>에서 알 수 있듯이 언어와 대상을 분리한 것은 언어와 대상을 동일시하는 인습적 시쓰기에 대한 비판적 부정이다. 대부분 일반적인 시인들이 대상으로 삼는 일상, 또는 자연세계는 언어로 표상 된다. 그들의 대상의 세계는 언어의 세계이고 대상과 언어는 1:1의 동일한 관계에 놓여있다. 다시 말해 대상과 언어, 사물과 기호, 기의와 기표의 관계에 대한 회의와 질문과 비판 없이 언어를 사용하는 데 있다. 반면에 이승훈은 비대상에서 대상과 언어를 분리시킨 것은 그들의 관계가 당연한 관계가 아니라는 자각이 동기가 된다.

이승훈은 대상과 언어는 아무런 관계가 없다는 주장이다. 대상과 언어가 동일하다면 언어가 대상을 재현해야 할 필연성이 없다. 이를테면 대상과 언어, 사물과 기호, 기의와 기표는 논리적 필연성이 아니라 자의성의 관계에 있다. 자아-대상-언어가 없는 상태에서 쓰는 행위만 있는 시쓰기, 즉 자아, 대상, 언어가 소멸한다는 문제를 선(禪)의 시각에서 아공(我空)과 법공(法空)의 중심으로 살피고 그의 시쓰기 방향은 언어 버리기로 흐른다.

이승훈의 시집 『인생』(2002)은 주체 소멸, 즉, 아공의 상태에서 시를 쓴 게 아니라 아공에 대해 썼고, 『비누』(2004)는 대상성의 초월, 곧 법공의 상태에서 시를 쓴 게 아니라 법공에 대해 시를 썼다. 이 두 가지 문제점이 이 두 시집의 한계점이다. 즉 전자는 아공법유(我空法有)이고, 후자는 아유법공(我有法空)으로 대립된다는 것이다. 진정한 공의 세계는 이공(二空)너머 있는 구공(俱空)이다.244) 이 구공은 아유법공의 세계이다. 그러나 이 두 시집은 아공과 법공이 따로 논다는 한계와 이와 같은 한계를 전제로 아공과 법공의 상태에서 시를 쓴 게 아니라 아공과 법공의 세계를 쓴다는 한계점을 드러낸다. 요약하면 첫째, 두 시집에서 '주체-대상-언어'의 관계에서 주체와 대상에 대한 불교적 사유를 노래했고 남은 건 언어이고 따라서 언어도 버리자는 주장이다. 의미를 찾지도, 부여하지도 않고 시를 쓰는 일이다. 둘째, 언어(랑그)가 아니라 말(파롤)의 강조이다. 일상적 대화를 옮기는 시쓰기는 언어, 법, 상징계를 거부한다. 셋째, 선적 아이러니의 강조이다. 시적 아이러니는 서로 대립되는 두 요소의 변증법적 종합을 지향하지만 선적 아이러니는 종합을 모르는, 종합과 싸우는 아이러니이다. 종합은 이성의 산물이고 종합 부정은 이성, 논리, 인식과의 싸움이고 이런 아이러니는 불이(不二)사상과 만나게 된다. 넷째, 언어를 버리는 심정으로 쓰는 시의 목표는 공의 발견이고 '시/비시', '시/삶'도 불이의 관계에 있다는 것으로 일체 경계의 해체를 노리는 데에 있다.

확고한 내면 찾기와 함께 발전해온 이승훈의 선적 경향의 시는 공의 세계에 대한 인식, 자율성 미학의 파괴, 참된 자아의 발견과 존재적 본질의 탐구, 그리고 자아소멸을 통한 불이사상 구현에 의해 전위적인 실험문학의 세계를 확장시켜 한국의 시사적 견지에서 선이 가미된 아방가르드를 보여 주고 있다. 그의 선시는 경외(敬畏)나 주술적 관념으로 자연을 대하던 가요나 환상, 또는 찬탄의 대상으로, 또는 심성(心性)을 기르는 규범적 존재로 단순한 은일이나 피세(避世)의 장소로 자연에 대한 음풍농월의 시가(詩歌)와는 사뭇 다르다. 선과 시의 공통적 원리를

---

244) 이승훈, 『라캉 거꾸로 읽기』, 도서출판월인, 2009, 164쪽.

바탕으로 비유도, 상징도 없는 투명한 언어로 선과 시가 합일되는 경지를 이룩함으로써 새로운 시학을 정립하였다는 것으로부터 시사적 의의를 찾을 수 있다.

VI. 결론

본 논문은 이승훈의 부정시론의 내적 논리를 규명하고자 했다. 독자적인 부정시론인 '대상부정의 시론', '자아부정의 시론', '언어부정의 시론', 그리고 '선과 아방가르드의 시론'에 대한 연구를 통해 얻어진 몇 가지 특이사항을 다음과 같이 정리할 수 있다.

첫째, 그의 자아탐구 작업은 모더니즘과 포스트모더니즘의 이론 및 세계관과 결합시킨 것으로서 그 의미가 있다. 또 그의 자아탐구는 한국시의 자아탐구라는 과제를 한층 발전시킴과 동시에 고도로 심화 시키는데 적잖은 공헌과 영향을 끼친 것으로 판단된다. 대상부정-자아부정-언어부정-선과 아방가르드 시론으로 이어지는 일련의 사건들은 낡은 문제들을 제거하기 위한 체계적인 비판이고 부정이다.

둘째, 이승훈의 부정시론은 결국 자기반성의 부정이다. 그의 부정시론은 전통에 대한 부정을 모토로 하는 아방가르드가 또 하나의 중요한 전통을 이루는 지점에서 제기되었다. 또 그의 시론이 시간에 따라 변천되는 것은 시쓰기(현대시) 방법론에 대한 자각에 따른 것이다. 따라서 이승훈의 시론들은 부정으로 시작하여 끝까지 부정을 추구할 수밖에 없다. 어떠한 부정도 끝내 완성품으로 존재하지 않기 때문이다.

셋째, 그의 '시론'의 변천과정은 '중단' 또는 '쉼'이란 없다. 끊임없는 변화를 추구해야 한다는 사유뿐이다. 그것은 그가 아방가르드이기 때문이다. 그를 아방가르드라고 말할 수 있는 것은 그의 시쓰기가 불안/허무의 극복이고, 삶과 시의 경계를 해체하기 때문이다. 또한 쉽게 범접하지 못하는 '최초' 또는 '새로움'의 추구라는 강박관념에 늘 갇혀있다는 것도 중요한 이유이다.

넷째, 이승훈의 부정시론들은 극도로 '단절의 전통(tradición de la rupture)'을 계승함과 동시에 이를 다시 전복시킨다는 점에서 '전위주의적 전위주의'로 정의 된다. 요약하면 극도로 실험적이며 도발적이다. 단절의 전통이란 기존의 전통을 부정하는 것이며, 동시에 단절도 부정한다. 그는 거의 도박에 가까운 예술 성향을 추구한다. 지배계층의 예술 문화에 반발하며 이에 전면적으로 대항한다. 또 그의 아방가르드는 기존 예술의 관념이나 형식을 부정하고 혁신적 예술로서 전통적인 예술 개념을 뛰어넘어 내면세계에 대한 모호성·불확실성의 역설과 주체의 붕괴, 비인간화 등을 특징으로 한다.

다섯째, 이승훈의 시론의 방향 제시는 더 이상 개인적 시론의 방향제시가 아니라 한국근대문학에 대한 방향제시이다. 자아-언어-대상의 관계에서 대상도 없고, 자아도 없고, 마침내 언어도 헛것이고 따라서 언어도 버려야 한다는 부정의 사유로 한국근대 문학의 새로운 방향을 개척해 나간다는 점을 들 수 있다.

여섯째, 언제나 대상의 의미를 해명하기 위해서는 해석과 이론이 필요하다. 그러나 그의 시론들은 어떤 결론에 도달하기가 힘들다. 왜냐하면 언제나 출발은 새로움으로 시작되어야 하고, 앞 시대가 짜놓은 시론들은 낡은 수단이 되어 목적에 도달하기 위한 가능치를 잃어버리기 때문이다. 해석과 이론이 필요하다고 생각하던 그가 후기 시론에서는 이론적 개입의 필요성을 거부한다. 이것이 선(禪)의 영향이고 불립문자 교외별전으로 요약된다. 참된 해석은 개별적 현상과 해석자의 특수한 언어 행위의 만남을 통해서만 가능하다는 타당성을 보여준다.

일곱 번째, 그의 시쓰기는 모험이다. 자아에 대한 모험, 주체에 대한 모험, 자아성찰에 대한 모험이다. 그는 근대적 주체 개념의 모순을, 그리고 시대적 낙후성을 지적하는 탈근대적 주체 개념을 주장하며, 이 같은 개념을 불교적 사유나 세계관에 의해 새롭게 해석하려는 시의식의 지평을 열어가고 있다.

이와 같은 결론을 내리고도 아쉬움이 남는 것은 이승훈의 시론으로 그의 시론을 재해석하는 방법이 적절한가이다. 이러한 연구가 또 다른 오류의 가능성을 내포할 수도 있다는 점 등을 인식할 필요가 있다. 이승훈의 부정시론은 아방가르드의 개념처럼 미래를 위해 현재를 부정하는 데 헌신한 것이 아니라 역사적 현재의 부정이면서 동시에 현재의 구원일 수도 있는 방식의 모색이다. 또 그는 예술의 자율성을 위해 삶과의 연관성을 포기한 것이 아니라 예술의 독자적 가치를 동시대에 삶의 맥락 안에서 모색한다.

본 논문에서 아쉬움으로 남는 것은 현재 진행 중인 이승훈의 '선의 시쓰기' 시론이 본고에서 논의되지 못한 점이다. 이런 아쉬움은 훗날 새로운 이슈로, 새로운 문제 제기로 연구될 것이라는 위안으로 본 논문을 마친다.

2부

비대상 시론 II

| 서론

1. 목적 및 문제 제기

이승훈의 시의식을 온전히 검토하기 위해서는 그의 시적 변모양상에 대한 검토가 반드시 필요하다. 왜냐하면 그의 초기시와 1960년대 이후의 시에 나타나는 시의식의 차이에 대한 명확한 이해가 없이는 그의 시세계를 제대로 파악하기가 어렵기 때문이다.

지금까지 그에 대한 많은 연구가 이루어졌으나 그의 시세계에 대한 부분적인 연구가 대부분이었다. 1960년대 이후 한국문단의 모더니스트로서의 역할과 한국 모더니즘시의 계승발전과 관련된 시사적 의의에 대한 집중적인 조명, 그리고 이승훈 그만의 독특한 시론과 시세계의 독자성에 대한 충분한 해명이 이루어지지 못했기 때문에 그의 문학사적 행적이 총체적으로 고찰되지는 못하였다. 이것이 본 연구에서 우리가 이승훈의 시세계 전반을 고찰을 하고자 하는 가장 큰 이유이다. 그의 시세계 전반에 대한 연구가 선행되어야 전위적이고 실험적인 시쓰기와 이론적 연구를 병행한 그의 시세계가 보여주는 자아탐구의 변천 양상 과정을 분명하게 이해할 수 있으며, 그의 시 의식을 정확히 규명할 수 있기 때문이다. 더 나아가서는 그의 문학적 시사(詩史)를 제대로 정립할 수 있는 터전을 마련하고자 하는 것도 이 논문의 목표이다.

이승훈은 1962년에 「낮」으로 1차 추천을 받고, 「바다」로 2차 추천(박목월)을 받은 뒤, 「눈보라」로 1963년 『현대문학』에 3회 추천을 완료한 이래로 지금까지 45년간 독자적인 독특한 시세계를 구축해 나가고 있다. 또한 1980년대 말부터 1990년대 중반까지 시 전문계간지 <현대시사상>의 주간으로 활동하기도 하였으며, 학자로서도 자신의 시작(詩作) 이론에 대한 끊임없는 연구와 검토, 정리 작업을 수행해 왔다. 그리고 20권의 시집1)과 다양한 시론집2)과 수필집3), 번역4), 그 밖

---

1) 첫 시집인 「사물A」(삼애사, 1969), 「환상의 다리」(일지사, 1976), 「당신의 초상」(문학사상사, 1981), 「사물들」(고려원, 1983), 「당신의 방」(문학과지성사, 1986), 「샤갈」(문학과 비평사, 1987, 그림 시집), 「너라는 환상」(세계사, 1989), 「길은 없어도 행복하다」(세계사, 1991), 「환상이라는 이름의 역」(미래사, 1991, 시선집), 「밤이면 삐노가 그립다」(세계사, 1993), 「밝은 방」(고려원, 1995), 「나는 사랑한다」(세계사, 1997), 「너라는 햇빛」(세계사, 2000), 「인생」(민음사, 2002), 「아름다운 A」(황금북, 2002, 시선집), 「비누」(고요아침, 2004), 「이것은 시가 아니다」(세계사, 2007), 「상처」(영언문화사, 1984, 시선집), 「너를 본 순간」(문학사상사, 1987, 시선집), 「이승훈 시선집」(뿔, 2007) 등이 있다.

2) 「반인간」(조광출판사, 1975), 「시론」(고려원, 1979), 「비대상」(민족문화사, 1983), 「문학과 시간」(이우출판사, 1983), 「한국명시 감상」(청하, 1985), 「이상시 연구」(고려원, 1987), 「한국시의 구조분석」(종로서적, 1987), 「시작법」(문학과 비평사, 1988), 「포스트모더니즘의 시론」(세계사, 1991), 「한국현대시론사」(고려원 1993), 「한국대표시해설」(탑출판사, 1993), 「모더니즘 시론」(문예출판사, 1995), 「한국현대시 새롭게 읽기」(세계사, 1996), 「이상-식민지 시대의 모더니스트」(건국대출판부, 1997), 「해체시론」(새미사, 1998), 「한국현대시의 이해」(집문당, 1999), 「한국모더니즘시사」(문예출판사, 2000), 「한국현대대표시론」(태학사, 2000 편저), 「현대비평이론」(태학사, 2001), 「모더니즘의 비판적 수용」(작가, 2002), 「이승훈의 알기 쉬운 현대시작법」(한국문연, 2004), 「시론 개정판」(태학사, 2005), 「선과 기호학」(한양대출판부, 2005), 「이승훈의 현대 회화 읽기」(시작사, 2005), 「정신분석 시론」(문예출판사, 2007), 「현대시의 종말과 미학」(태학사, 2007), 「이승훈의 아방가르드의 산책」(태학사, 2007), 기획 「이승훈의 문학탐색」(푸른사상사, 2007) 등 28권.

3) 「안개여 꿈꾸는 그대 영혼이여」, (고려원, 1983) . 「너의 행복한 얼굴 위에」, (청하,

의 작업들5)을 통해 문학 이론들을 탐색하고 적용하고 실험하는 일에 열성적인 면모를 보여왔다. 근래에 들어오면서 그는 창작과 이론을 겸비한 시인이자 이론가로서 새롭게 조명되고 새로운 평가를 받고 있다. 그 자신만의 전위적이고 실험적인 시론을 가지고 있다는 점에서 그는 단순히 직관에 의지하여 시를 써온 다른 많은 시인과는 분명히 구별된다.

그는 내면 지향 또는 내면 응시에 관심을 두고 일상의 시적 문제를 의식적으로 첨예하게 제기하는 시쓰기 행위를 하고 있다. 이승훈은 자신의 이론적 토대를 가지고 독자적인 시론을 만들어 내며 분명한 시적 자각에 입각한 시쓰기로 불안, 공포, 우울증, 신경증으로부터 자아를 방어하고 보호하며, 이런 자아가 허구, 환상, 이미지, 가짜에 대한 사유를 매개로 자아와 본능, 의식과 무의식의 화해를 시도하며 자아를 승화시키는 시인이다. 그는 무의식, 특히 억압된 무의식, 충동, 욕망의 해방을 통해 자아의 완전한 자유를 성취하는, 선불교에서 말하는 해탈의 경지를 지향하는 시인으로서 그만의 독특한 시론으로 모더니즘의 시세계를 넓혀왔다. 그는 동시대의 시인 중에서 그 유례를 찾아볼 수 없을 만치 자아탐구라는 문제를 집요하고 지속적으로 밀고 나아간 시인이다.

이 논문에서는 모더니즘의 큰 물줄기에 해당하는 자아탐구의 시각에서 실천의 범주를 통하여 이승훈의 시세계의 변천 이동 과정을 체계적으로 살펴보기로 한다. 비대상의 모더니즘에서 출발하여, 모더니즘에서 자아탐구로, 포스트모더니즘에서 자아소멸로, 또는 포스트모더니즘에서 해체주의로, 해체주의에서 선시로, 선시에서 불이사상으로

1986). 「너라는 신비」, (세계사, 1989). 「모든 섬은 따뜻하다」, (고려원, 1992). 「당신도 15분간 유명하다」, (모아드림, 1999) 등 5권.

4) 엘리스, 「문학의 이론」, (대방출판사, 1982), 랭거 「예술이란 무엇인가」, (고려원, 1982).

5) 「글을 어떻게 쓸 것인가」, (문학아카데미, 1992), 「문학상징사전」, (고려원, 1995).

의 이동 과정과 그 변천 양상을 따라가면서 전위적이고 실험적인 그의 시세계를 다원적으로 조명하고자 하는 것이 본 연구의 목적이다. 특히 우리는 시적 대상과 문체의 변화를 중점적으로 고찰하고자 한다. 시인에게 대상의 변화는 곧 의식의 변화이기 때문이고, 특히 그에게선 대상의 변화가 남달리 뚜렷하고, 빠르고, 강하게 실현되어 왔다고 여겨지기 때문이다.

이승훈은 언어에 대해서도 지속적인 탐색과 연구를 수행한 시인이다. 그가, 1930년대 이상(李箱)이 해명하려 했던 주체문제, 언어에 대한 자의식의 문제, 그리고 사회, 정치, 경제, 역사, 문화적 상징들로 개인을 제도화시키려는 언술법칙에 대한 저항을 인식하는 시인임을 고증하는 것이 또 다른 목적이기도 하다.

2. 연구사 검토 및 필요성

이승훈의 시세계는 지금까지 많은 학자들과 비평가들에 의해 논의 또는 연구되어 왔다. 그 연구물 중에서 대표적인 것들을 평론, 학위논문, 저서 등으로 선별하여 요약하면 다음과 같다.

김현은 「어두움과 싱싱함의 세계」, 『분석과 해석/보이는 심연과 안 보이는 역사 전망』(문학과지성사, 2003, 273~277쪽)에서 이승훈의 『당신의 초상』(문학사상사, 1981)을 이렇게 비평한 바 있다. "김춘수나 이승훈에게 오면, 프로이트의 정신분석학의 영향 때문에 작업하는 자아를 아무리 열심히 관찰하고 반성해도 그 반성적 의식을 벗어나는 것이 있다는 것을 알아, 그 믿음은 많이 약화되어 있으며 그 믿음에도 불구하고 자신을 넘어서는 먼 선조들에게서 내려오는 자신이 아닌 어떤 것들이 있다는 것을 발견하게 되는 것이지만, 그 믿음을 절망적으로 반추하는 것이다." 또 그는 이승훈이나 김춘수는 "그 믿음의 약화 때문에 작업하는 자아의 모습보다는 작업하는 자아가 무의식적으로 포착한, 의식하는 자아가 놓친 부분을 버리지 못한다"고 비평했다.

정효구의『이승훈의 시와 시론에서 나타난 자아탐구의 양상과 그 의미』「어문논총」, 7집, (1998, 충북대 외국어교육원)는 제목에서도 알 수 있듯이, 이승훈의 자아탐구를 집중적으로 논의한 글이다. 그는 "비대상적 자아와 실존적 자아에 대하여 이승훈은 세계를 부정하고 자아를 옹호하지만 그의 자아옹호 속에는 자아부정도 함께 들어 있다"[6]고 했다. 또한 무의식적 자아와 존재하는 자아의 관계를 찾는 작업에서 이승훈은 당위의 시인이 아니라 존재의 시인임을 밝히고자 했다. 그리고 유동하는 자아와 분열된 자아에서 실제로 살아서 존재하는 것은 모두 유동성 속에 있다는 결론을 도출하면서 자아는 고정된 존재가 아님을 규명하고자 했다.

박민수는『강원 시인 연구 · 2- 이승훈론(1)』에서 이승훈의 시집『사물A』를 중심으로 '상상력의 관점'과 '심상의 관점'을 분석하는데 초점을 두었다. 또한『강원 시인 연구 · 3-이승훈론(2)』에서는 '상상 공간의 현실과 전이의 자동기술'과 '자동기술의 의미 부정과 내면 반영의 변증법'을 논의한 바 있다. 또 다른 연구물인『한국현대시의 리얼리즘과 모더니즘』(국학자료원, 1996)에서는 이승훈 시의 방법론적 측면에서의 특수성을 지적하고 기법 확인과 이승훈의 시쓰기의 출발점이 상상력과 심상에 있음을 증명해내려 했다. 특히 이승훈의 초기시에 나타난 실존투사의 증명과 그 실존의 구체적 양상은 무엇인지, 그것이 지닌 사회

---

6) 정효구,「이승훈의 시와 시론에서 나타난 자아탐구의 양상과 그 의미」,「어문논총」7집, 1998, 충북대 외국어교육원, 228쪽.

적 의의는 무엇인지에 대해 집중적으로 논의하였다.

　서준섭은『이승훈의 시론에 나타난 근대적 주체, 시 개념의 해체에 대하여』에서 이승훈의 시창작의 모티브가 자아의 고독과 불안이었음을 분명하게 밝혔다. 그는 이승훈의 자아의 고독과 불안은 의식과 무의식이 갈등하는 어둡고 격렬한 초현실주의 시풍의 언어로 표현되고 있다는 점을 강조 하고 있다. 특히 그는 이승훈의 시론이 3단계를 걸쳐 전개되어 왔다고 주장했다. 첫 번째 단계는 서구 모더니즘의 영향이 강하게 나타난 시론의 형성과 정식화 단계로서 이승훈의 '비대상'시론에 해당하는 시기이다. 두 번째 단계는 1990년대의 '해체시론'의 단계로서, 이 시기의 시론 중에서 특히 중요한 것은『해체시론』(새미, 1998)에 수록된 「시적인 것은 없고 시도 없다」와 「비빔밥 시론」이다. 세 번째 단계는 최근의 서구적 모더니티의 담론에 대한 비판과 관련된 탈근대 시론의 모색 단계로서, 동양적 사유에 의해 모더니즘을 재해석하고 있는 김수영론·김춘수론(『모더니즘에 대한 비판적 수용』, 작가, 2002 수록)으로 대표되는 몇 편의 글과 시집『인생』(민음사, 2002)에 들어있는 시창작이 이에 해당된다.

　윤호병은『해체의 세계와 포스트모던의 세계: 이승훈 시 세계-「나는 사랑한다」,「너라는 햇빛」을 중심으로』에서 이승훈은 언어로 인해서 불행하기도 하고, 참패 당하기도 하고, 때로는 용기백배하여 다시 언어에 도전하기도 한다고 했다. 다시 말하면 이승훈의 시의식은 치열한 '언어와의 싸움'이고 완성을 추구하는 것이 아니라 미완의 형식을 추구하는 '언어의 해체'라는 명제로 이승훈의 '시의 아포리아'를 밝혀내고자 했다.

　권경아는『한국현대시의 해체적 양상』(시와세계, 2003년 봄호) 이라는 평론에서 '나'에서 '너'로, '너'에서 '그'로 이어지는 이승훈의 자아탐구는 '나'라는 인식이 결국 '타자'에 도달한다고 단정 짓는다.

이만식은 『나는 사랑한다』에서 소위 최동호 vs 이승훈의 '정신주의와 해체주의' 논쟁의 근원이 '우울의 서정'에서 비롯된 것이라고 했다. 그는 이승훈의 10번째 시집인 『나는 사랑한다』에 실린 「비빔밥 시론」 대해 '메타시론'적이라고 규정하였다. 또한 그는 '문학적 대화의 미래시제'라는 소제목에서는 이승훈의 자아탐구가 결국 자아소멸의 전환점이라고 말한 바 있다.

박종석의 논문 『시 분석의 과학적 접근론- 이승훈의 「당신의 방」을 중심으로』(동아대학교 국어국문학과 학술저널, 1997, 117~126쪽)은 이승훈의 다섯 번째 시집 『당신의 방』(문학과지성사, 1986)을 중심으로 논의를 전개하고 있다. 이 연구의 접근방법론은 '시는 언어'라는 대전제 아래 형식주의, 구조주의 혹은 기호학의 용어를 빌어서 궁극적인 시정신을 규명해내는 이론적 틀을 이용하여 이승훈의 시세계의 한 단면을 엿보고자 했다. 여기서 그는 이승훈의 언어체계가 계열체 혹은 통합의 원리로 이루어진다는 논리에 따라 『당신의 방』을 분석하였다.

송준영은 『현대 선시의 새로운 가미- 이승훈 시집 「인생」을 중심으로』에서 이승훈의 시집 『인생』(2002, 민음사)은 수록된 시편 65수 모두가 선사상을 시적으로 표현한 언어양식에 따른 것으로서 선미(禪味)가 넘치는 선(禪)의 정신이 농축된 선시집이라고 분석했다.

안지애의 『한국현대시의 포스트모더니즘 수용양상 연구』(건국대학교 교육대학원, 2006)는 대상이 존재하지 않는다는 사실을 의미하는 「비대상」 시론의 정의를 시도하고 있다. 이 논문에서 주장하는 것은 김춘수는 언어와 세계의 관계를 부정하고 해체하지만 이승훈의 경우, 기표와 기의의 관계를 부정함으로써 새로운 시세계를 다시 창조하기 위한 해체양상을 보여준다는 것이다. 그러나 기법 면에서는 몽타주, 통사의 해체, 병치은유를 사용함으로써 이승훈이 김춘수의 무의미시를 계승한다고 보고 있다.

김향라(필명 김이듬)은 『이승훈의 시 연구에서』-「유토피아를 향한 놀이의 변화 과정」(경상대학교 대학원, 2004)에서 '비대상시와 자아탐구', '해체시와 자아소멸', '선적 사유의 시와 무아'에 대해 심도 있게 논의 하였다.

이 논문의 연구 대상인 이승훈 시인과 동명이인인 이승훈은 『이승훈 시에 나타난 자아탐구의 과정 연구』(부산외국어 대학원, 2003)에서 '비대상에서의 자아탐구'와 '나/너/그'의 관계 속에서의 자아탐구, 그리고 '자아소멸 이후의 자아탐구'를 분리하여 이승훈의 '자아탐구'에 대해 집중연구 하였다.

그 외에 김승희의 『형이상학적 트리스탄의 떠도는 씨니피앙』(현대시학, 1990, 2월호), 김준오의 『메타시와 인칭의 의미론』-「<밝은방> 이승훈시집」(고려원, 1995), 장석주의 『이승훈론』-「언어의 마을을 찾아서」(조광사, 1979) 등의 연구물이 있다.

3. 연구방법

이 논문에서는 이승훈이 문단에 데뷔한 1962년부터 「현대시의 종말과 미학」(집문당)이라는 저서를 낸 2007년까지 그의 시의식을 과학적인 문학 비평 방법론으로 접근하고자 한다. 구체적인 논의 대상은 이승훈의 시와 시론에 한정 시킬 것이다. 우리는 45년이라 시력(詩歷)에서 독자적인 그의 시론인 『비대상 시론』, 『비빔밥시론』, 『해체시론』에 대한 개념을 정의하고, 모더니즘 시세계에서 보여준 비대상과 인칭 변화를 통한 자아탐구에 대해서도 고찰하고자 한다. 특히 그가 1960~1970년대에 발간된 시집에서 '나'라는 1인칭을 내세워 자아탐구에 열중했으며, 1980년대에는 '너'라는 2인칭으로 자아소멸의 양상을 보여 왔다. 그리고 1990년대에서 보여준 '그'라는 3인칭을 내세운 불이사상으로 변화되는 그의 시의식을 엿보고자 한다. 다시 말해서 '나'를 통한 '너'의 자아를 찾아 '그'의 자아로 치환하려고 했던 '나'와 '너', 그리고 '그'의 자아에 대한 동일성을 증명하고자 한다. 또 포스트모더니즘 시세계로 들어오면서 그가 자아와 세계 사이에 존재하는 모순구조로 인한 자아탐구의 한계에 봉착하며 방황하는 이유를 밝히는 것도 이 논문의 목표 중에 하나다.

낭만주의 시는 자아가 세계와의 화해를 시도하지만 이승훈은 세계와의 불화 속에서 자신의 실체를 만나는 초현실주의와 유사한 형태를 띤다. 그가 자아부정과 자아소멸을 거쳐 불이 사상인 선시의 시의식의 세례를 받는 것은 리얼리즘이나 자연주의 기법으로 그의 시세계를 표현해내는 것은 불가능에 가깝기 때문이다. 따라서 그는 인간존재의 실체를 파악하고 표현하기 위해 기존의 전통적인 수법에 의지하던 행위를 과감히 떨쳐버리고 자아부정에서 오는 자아소멸, 주체소멸을 통해 자신의 자아를 찾으려고 했다. 또한 그는 끊임없이 지속적으로 거듭해서 문제의식을 첨예하게 제기하며 자신의 독자적인 시론7)을 만들어내었을 만큼, 분명한 시적 자각과 이론적 토대를 가지고 있다.

이 논문의 구체적인 목표들은 다음과 같다.

---

7) 「반인간」(조광출판사, 1975), 「비대상」(민족문화사, 1983), 「해체시론」(새미사, 1998) 「비빔밥 시론」이 대표적인 시론임. 「비빔밥 시론」은 이승훈의 주장이며, 여기서 독자적 시론이라고 말함은 일반시론과 구별하기 위해서이다

첫째, 초기 시에 나타난 이승훈의 '자아탐구'에 대한 양상을 고찰하는 과정에서 그의 '자아탐구'는 무의식 속에 내재된 자아의 시적 자유의 대한 폭로임을 드러내 보이고자 한다. '자아/대상/언어'와 '자아/(대상)/언어'라는 모델로 비대상의 개념을 분명하게 정의하고자 하는 것은 그가 자연세계나 일상세계가 아닌 내면의 세계를 넓혀 온 자아탐구의 모더니스트라는 점 때문이다. 그가 인칭의 변화 속에서 '나'와 '너', 그리고 '그'의 자아에 대한 동일성을 찾으려 한 것도 바로 그 때문이다. 우리는 모더니즘의 정체성이 '자아탐구'임을 발견함으로써 그가 모더니스트라는 점을 분명하게 보여주고자 한다. 그것만이 비대상과 모더니즘의 불가분의 관계를 찾아 그의 시세계에 대한 분명한 정의를 내릴 수 있는 길이라고 판단된다. 더 나아가 자아탐구에서 자아소멸로 이어지는 그의 시적 한계는 무엇이며, 그 시적 한계는 무엇으로부터 비롯되었는가라는 질문에 대답하는 것도 본 연구의 목표 중에 하나이다.

둘째, 자아탐구라는 일관된 시세계를 보여주던 이승훈은 자아탐구의 한계성을 극복하기 위해 자아소멸을 통해 새로운 패러다임의 시세계를 펼친다. 초기의 모더니스트를 벗어난 포스트모더니스트로서, 또는 아방-모더니스트[8] 로서, 그는 자아, 자아가 바로 언어에 지나지 않는다고 사유하게 되고, 그의 시는 자아소멸의 해체시에 접근하게 된다. 그의 시세계는 시라는 장르의 해체, 곧 시의 제도성, 자율성, 통일성의

---

8) 윤호병은 이승훈을 '모더니스트'라 명명하기 보다는 '아방-모더니스트'avant-modernist-이 말은 '아방-가르드'와 '모더니스트'를 결합하여 만든 신조어라고 했다. 단순히 모더니스트라고 하면, 「시대에 대한 명상」에서 "자칭 모더니스트인 이승훈 씨의 시대에 낙후된 시도/좋고 뒤떨어진 건 그의 詩만이 아니고"에서처럼 어딘지 모르게 '시대에 뒤떨어진 것'처럼 느껴지기 때문에, 끊임없이 문학이론과 비평이론을 모색하면서 새로운 시세계를 추구하고 있는 그에게 적합한 명칭이 바로 '아방-모더니스트'라고 했다. 「해체의 세계와 포스트모던의 세계: 이승훈의 시 세계-<나는 사랑한다>와 <너라는 햇빛>을 중심으로」, 푸른사상사, 2007, 199쪽. 참고.

해체로 나간다. 예를 들어 시의 제도성을 해체하는 사진시나 끼워넣기 embedding 형태가 그러한데, 우리는 이것을 이승훈의 알레고리allrgory라고 말 할 수 있다. 우리는 그가 과감하고 진지한 실험적 아방가르드의 첨단 기법으로 전통적인 시의 장르를 해체시켜 나가는 양상을 살펴볼 것이다.

셋째, 이 논문의 가장 큰 목표는 인생관에 닿아 있는 그의 자아탐구가 왜 모더니즘에서 포스트모더니즘으로 이동해 갔는지를 밝혀내는 일이다. 자아탐구라는 일관된 시세계를 보여주던 이승훈은 모더니즘의 측면에서 자아탐구의 한계를 느끼고 주체소멸을 통하여 새로운 시세계를 만들어 가고자 포스트모더니즘의 시세계로 이동해 간다.

이 논문에서는 포스트모더니즘으로의 이동을 초기와 중기, 그리고 후기로 나누어 살펴보려고 한다. 자아소멸을 통한 그의 시쓰기는 또 다시 시적 한계에 봉착하게 되고, 그 결과, 2000년대에 들어 와서 그의 시세계는 선시(禪詩)적 경향을 보여주고 있다. '선은 아편'이라는 이승훈의 발언은 그가 이미 아방가르드적 선시의 중심에 깊숙이 들어가 있음을 보여준다고 할 수 있다. 이제 그가 원하는 것은 자기구원이고 자기해방이다. 이런 사실은 그가 그의 시집 『인생』(민음사, 2002) 65수와 『비누』(고요아침, 2004), 『이것은 시가 아니다』(세계사, 2007)에 수록된 작품을 통해 선시의 한 가운데에 자리매김하고 있음을 보여주고 있다. 특히 그의 시집 『인생』(민음사, 2002)에 수록된 작품 분석을 통해 그가 선시의 중심에 있음을 증명하는 것이 본고의 또 하나의 연구 목적이다.

넷째, 이러한 이승훈의 시세계가 <모더니즘>에서 <포스트모더니즘>으로, <포스트모더니즘>에서 <선시>로 이동되는 변천양상 과정과 그 과정에서 그가 주장하던 독자적인 시론과 시세계, 그리고 자아 탐구→자아부정→자아소멸→불이사상의 양상이 나타나는 시 의식에 대한 연구 방법은 구조주의 접근9)과 미학적 접근10), 그리고 전기적 접근11)으로 분석하고자 한다.

9) 형식주의적. 구조주의적 접근을 의미하는 것으로,
　김중하, 「'날개'의 패턴 분석」, 『한국현대소설 작품론』, 문장사, 1981.
　김정은, 「'오감도'의 시적 구조-이상 시의 기호 문체적 연구서설」, 서강대 석사학위 논문, 1981. 8.
　이승훈, 「이상 시 연구-자아의 시적 변용」, 연세대 박사학위 논문, 1983. 8.
　이영자, 「'오감도'의 구조와 상징 연구」, 명지대 박사학위 논문, 1986. 8. 등이 대표적이다.
10) 미학적 연구에서는 모더니티와 미적 자의식, 상호텍스트성 등 다양하게 논의 되었다.
　서준섭, 「1930년대 한국 모더니즘 문학 연구」, 서울대 박사학위 논문, 1988. 8.
　이복숙, 「이상시의 모더니티 연구-단절성과 추상성을 중심으로」, 경희대 박사학위 논문, 1988. 2.
　한상규, 「1930년대 모더니즘 문학에 나타난 미적 자의식에 관한 연구」, 1989. 2.
　나병철, 「1930년대 도시소설 연구」, 연세대 박사학위 논문, 1990. 2.
　최혜실, 「한국 모더니즘 소설 연구」, 서울대 박사학위 논문, 1991. 2
　김용직, 「극렬시학의 세계- 李箱論」, 『한국현대시사』, 한국문연, 1996.
　김주현, 「'종생기'와 복화술」, 『외국문학』, 1994. 9, 등.
　다만 최근에 발표된 「영도 시쓰기」는 본 연구에 포함 시키지 않았다.
11) 실존주의 건축학이나 기하학, 시간 의식과 공간 의식 등의 철학적 접근을 말하는데, 넓은 의미에서 미학적 연구를 포함한다고 할 수 있다.
　정명환, 「부정과 생성」, 『한국작가와 지성』, 문학과지성사, 1978
　이재선, 「이상문학의 시간의식」, 『한국현대소설사』, 홍성사, 1979.
　정덕준, 「한국근대소설의 시간구조에 관한 연구」, 고려대 박사학위 논문, 1984. 8.
　명형대, 「1930년대 한국 모더니즘 소설의 공간구조 연구」, 부산대 박사학위 논문, 1991. 2.
　김윤식, 「유클리드 기하학과 광속의 범주」, 『문학사상사』, 1991. 9
　황도경, 「이상의 소설 공간 연구」, 이화여대 박사학위 논문, 1993. 8.

II. 비대상과 자아탐구, 모더니즘의 개연성

1. 비대상non-object의 개념

1) 이승훈과 모더니즘

비대상12)과 모더니즘13)의 관계를 알아보기 위해서는 이승훈의 시의

---

12) 참고자료
   * 김향라, 「이승훈의 시 연구」, 경상대학교 대학원 논문, 2004, 12~15쪽.
   * 서준섭, 「바깥으로의 사유-이승훈의 시론에 나타난 근대적 주체, 시 개념의 해체에
       대하여」, 집문당, 2003, 297~298쪽
   * 시와세계 기획, 「이승훈의 문학탐색」, 푸른사상사, 2007, 76~94쪽.
   * 이승훈, 「비대상」, 민족문화사, 1983.
   * 이승훈, 「시적인 것은 없고 시도 없다」, 2003, 집문당, 101~121쪽.
   * 정효구, 「이승훈의 시와 시론에 나타난 자아탐구의 양상과 그 의미」, 충북대학교,
       「語文論叢」 제7집, 1998, 226~231쪽.
13) 여기서‘모더니즘’이란 ‘모더니티’에 의해서 초래된 ‘위기’에 적극적으로 대응하고
   자 하는 경향의 시를 전반적으로 지칭하고 있는 광의의 개념이다. 그렇기 때문에
   여기에는 이른바 영. 미 계통의 모더니즘과 유럽 대륙 계통의 아방가르드가 모두
   포괄 된다. 양자의 양상이나 특성이 상당한 차이를 지니고 있음에도 불구하고 ‘모
   더니즘’을 넓은 의미에서 사용하고자 하는 것은 한국 현대시사에 있어서 `30년대
   와는 달리 `50년대 이후에는 두 경향이 어느 정도 혼용되어 있다고 판단되기 때문
   이다. 이에 대해서 류순태, 「1950년대 한국 모더니즘시의 표상 연구」, 서울대학교
   박사논문, 1999, 1~3쪽. 참고.

식에 대한 객관적인 해답을 내리는 일이 선행되어야 한다. 그가 초기에 추구한 것은 비교적 온건한 은유였다. 그러나 그는 『사물A』(삼애사, 1969)를 전후해서 점차 강렬한 메타포를 전개하기 시작하여 「절망시」, 「모발(毛髮)」 등에 이르러서는 시를 지극히 난해한 상태에까지 몰아붙이고 있다. 그는 시를 필연적으로 난해한 상태로 몰고 갈 수밖에 없는 과격하고 분방한 메타포의 강력한 에너지를 집중적으로 투사하여 거기에 비극적인 자아의 생생한 리얼리티를 떠올리려고 하고 있다. 여기서 오세영 시인의 말을 옮겨보기로 한다.

> 이승훈은 자타가 공인하는 현대 모더니즘 시인이자 詩 이론가이다. 그의 창작 詩들은 우리 시사에서 이상(李箱), 조향(趙鄕), 김춘수(金春洙)로 이어지는 경향의 계보를 대고 독특한 그만의 시세계를 이룩하였으며 그의 시론은 서구 아방가르드와 미국 포스트모더니즘에 토대해서 그것의 한국적 가능성을 심도 있게 탐구한 것이라 할 수 있다. 문학에 대한 이와 같은 관심이 『포스트모더니즘 시론』 등 몇 권의 탁월한 저술로 결실되었다는 것은 학계에서 이미 잘 알려진 사실이다.14)

또 이승훈에 대한 오탁번은 다음과 같이 지적하고 있다.

> 이승훈 교수가 지난 모더니즘에 관한 관심은 남다를 뿐 아니라 그 지속적인 탐구와 지세는 이미 견줄 데가 없을 만큼 독보적인 것이 되었다. 그의 평론이 우리 문학사에 있어서 최재서, 김기림, 이후의 독보적인 위치를 차지하고 있다는 사실은 이미 정설로 굳어진 지 오래다. 그리하여 그가 모더니즘 시론에서 펼치는 언술은 지시적 의

---

14) 오세영, 이승훈의 「시적인 것은 없고 시도 없다」, 집문당, 2003, 표4.

미든 함축적 의미든 간에 곧 바로 우리 시단의 가장 강력한 중심요소로 작용하게 되었다. 이상과 김춘수를 잇는 그의 치열한 실험정신과 시인의식이 날카로운 분석적 사고를 더 풍요롭게 하고 있다.[15]

윤호병 역시 다음과 같이 기술한 바 있다.

> 우리 시대 모더니스트 시인 이승훈 교수의『시론』은 한국 현대시에 있어서 모더니즘 전개과정을 역사적으로 재조명하고 이를 비판적으로 수용하여 그 정체성을 재확립하고 있다는 점에서 모더니즘 시론의 정전(正典)에 해당하는 연구서이다. 체계적인 구성, 심도 있는 연구는 모더니즘을 쉽게 이해할 수 있는 길잡이 역할을 하고 있을 뿐만 아니라 책을 읽는 즐거움을 더해 준다. [16]

이처럼 이승훈은 모더니즘 시인이고 또한 포스트모더니즘 시인이기도 하다. 그의 시는 내면이 깊은 통찰에서 오는 자의식의 과정과 매우 지적인 작용을 거친 인공적 메이커maker라 할 수 있다. 그가 리얼리즘을 부정한다는 것은 그의 시세계가 보여주는 전위적이고 실험적인 특성 때문이다.

우리가 초기 시론인 비대상에서 이승훈 시인을 포스트모더니스트와 귀결 시키지 않는 것은 그의 시세계를 3단계[17]로 나누어 볼 때 자아소멸의 과정인 포스트모더니즘의 시세계는 중기에서 나타나기 때문이다.

---

15) 오탁번, 앞 책, 표4.
16) 윤호병, 앞 책, 표4.
17) 이승훈의 시세계를 3단계로 나누어 볼 수 있다. 즉 1960~`70년대를 초기로 보고 이때에는 모더니즘의 경향의 시세계로 자아찾기의 여정이라면, 1980~`90년대는 중기로 보고 이때를 포스트모더니즘의 자아부정과 자아소멸의 시세계 과정으로 생각해 볼 수 있으며, 2000년대를 후기로 볼 때 불이사상의 양상이 나타나는 선시의 시세계로 나누어 볼 수 있다.

무엇보다도 모더니즘 계열의 이승훈 시세계는 현실을 직접적으로 드러내지 않고, '자기 인식'을 통해 현실과 주체의 연관을 직접적으로 드러낸다는 점에 주목할 필요[18]가 있다. 왜냐하면 '자기 인식'을 통해 주체는 화해할 수 없는 모순된 현실을 부정하기도 하며, 더 나아가 그러한 현실을 극복할 수 있는 방안을 모색하기도 하는데, 이러한 과정에서 드러나는 주체의 변모가 모더니즘 시의 '형태화formalization[19]에 많은 영향을 미치기 때문이다. 따라서 자기 인식'을 '주체'와 '현실'의 '실재성reality'의 추구과정에서 고찰하는 것은 이승훈의 '시대적' 과제를 고찰하는 것이고, 다른 한편으로는 이승훈의 '시사(詩史)적' 과제를 고찰하는 것이다.

2) 비대상의 모델

이승훈은 1960년대에서 1970년대에 이르기까지 등단 초기에 쓴 자신의 시를 「비대상 시」[20]라고 부른다. 시쓰기에는 분명 '대상'이 있어야 함에도 불구하고 대상이 없는 '비대상'non-object이라는 말이 항상

---

18) 류순태, 「1950년대 한국 모더니즘시의 표상 연구」, 서울대학교 박사논문, 1999, 4쪽. 일반적으로 리얼리즘이 현실적 삶을 역동적으로 형상화함으로써 그 과정 속에 주체의 가치 지향을 포함시킨다면, 모더니즘은 현실의 형상화 대신 현실과 주체의 연관을 직접적으로 드러내게 된다. 이에 대해서는 나병철, 「모더니즘과 미적 근대성」, 「근대성과 근대문학」(문예출판사, 1995), 153~155쪽. 참고.

19) 모더니티는 그 자체가 분열이다. 달리 말해서 모더니티는 분열의 대상이라기보다는 분열의 주체이다. 이러한 측면에서 볼 때'형태화formalization'는 '근대화modernization'자체의 원리라고 할 수 있다. 구체적으로 말해서 형태화는 그 내면화 작용에 의해 구축된 차별화된 영역들을 궁극적으로 결합하는 원리, 달리 말해서 전체성을 다시 생각하는 하나의 방법인 것이다. 이에 대해서는 A. Hewit, Fascist Modernism-Aesthetics, Politics, and the Avant-Garde(Stanford Univ. Press, 1993), 44~45쪽. 참고.

20) 이승훈, 시집 「당신의 초상」에 수록, 문학사상사, 1981.

뒤따른다. 따라서 "비대상이란 무엇인가"라는 문제를 제기하지 않을 수 없다. 또한 이승훈의 시를 언급하며 빼놓을 수 없는 것이 '자아/대상/언어'이다.

초기시의 경우에는 '자아/대상/언어'가 대상을 괄호 안에 넣은 채 '자아/(대상)/언어'의 형태로 나타나게 되는데 이를 비대상non-object[21]이라고 부르고 있다. 이 '비대상'을 도식화하면 다음과 같다.

<그림. 1>

위에서 제시한 <그림. 1>과 같이 "언어/대상/자아"에서 대상을 괄호 친 상태, 즉 "언어/(대상)/자아"를 비대상이라고 한다. '비대상'시는 대상을 괄호 속에 넣고 난 다음의 세계, 즉 자의식 혹은 자아의 심리적 실체만을 노래한 것이다. 대상이 아니라 자아가 시의 전경으로 드러난 것이다. 그가 그런 시를 쓸 수밖에 없었던 이유는 언어 자체에 대한 그의 자의식 때문이다.

시를 쓸 때마다 느끼는 것이지만, 어떻게 된 노릇인지 내가 사용하는 언어는 대상의 세계를 명확하게 드러내거나 살아서 꿈틀거리게 만들기는커녕 대상의 세계를 자꾸만 죽이고만 있었다. 남는 것은 언어와 자아뿐이었다. 남들이 언어와 세계, 혹은 언어와 대상에

21) 이승훈, 「이승훈의 시에 나타난 자아탐구의 과정 연구」, 부산외국어 대학원 논문, 2003, 14쪽.(본 논문 저자는 이승훈시인과 동명이인 임)

대해서 생각할 때 나는 언어와 자아 혹은 언어란 무엇인가에 대해서
생각한 셈이다.[22]

　자아라는 것은 무의식이고 따라서 그는 무의식을 폭로하고 이항대
립의 억압적 구조를 폭로한다. 결국 그의 경우 이런 것들이 모더니즘이
고 모더니즘의 자아 찾기라고 할 수 있다. 그의 이런 태도는 데카르트
적인 주체가 지니고 있는 사유의 확실성과 초월성에 의해서 '실재'가
제대로 파악될 수 없다는 철학적인 흐름들을 그 토대로 하고 있다. 환
언하면 이승훈도 '실재'가 감각적 외현(外現)들의 직접적인 흐름에 있
는 것이지, 그것을 뛰어 넘는 합리적 질서에 있는 것이 아니[23]라고 생
각한다. 그는 단순하게 인간 내면의 관념만을 그리기 보다는 무의식적
인 시를 쓴다. 그리고 무엇을 쓰고자 하는 주제의식보다는 어렴풋이 내
면에서 피어오르는 표현의 욕구를 그대로 폭로한다.

　이승훈은 『탈근대주체이론-과정으로서의 나』(푸른사상사, 2003)에
서 "1960년대부터 시작된 나의 시쓰기는 '자아/언어/대상'의 관계에서
'대상', 말하자면 구체적인 사물이나 현실을 괄호 친 상태에서의 자아
찾기였고, 나는 이런 시들을 '비대상시'라고 부른 바 있다"고 했다. 특히
그는 첫 시집 『사물A』의 경우, 인간 심연의 무의식, 혹은 자의식과 같은
내면세계의 정황을 형상화 하고 있으며 이것을 '실존의 투사'[24]라고 불
렀다. 장석주 역시 그의 시를 '무의식의 지평에 투사된 실존'[25]이라고
규정한 바 있다. 이러한 실존의 투사는 작가의 내면에서는 '어지러움으

22) 이승훈-, 「포스트모더니즘 시론」문예출판사, 1995.
23) 류순태, 앞 논문, 14쪽.
24) 이승훈, 「이승훈의 시에 나타난 자아탐구의 과정 연구」, 부산외국어 대학원 논문,
　　2003, 17쪽.
25) 장석주, 「무의식의 지평에 투사된 지평」, 정한모. 김재홍 편 『한국대표시 평설』, 문
　　학세계사, 1983, 159쪽.

로 존재하게' 되고, 그 어지러움이 언어적 자발성에 의해 하나의 심상으로 표출될 때 그것이 곧 비대상의 시가 되며, 실존투사의 증명[26]이 된다.

'비대상 시'는 모더니즘 영향하에 1981년까지의 시창작 체험에서 얻은 사유가 집대성된 그의 최초의 시론이다. 여기서 '비대상'이라는 용어는 이상(李箱)의 시('보이지 않는 꽃'을 대상으로 한 작품「절벽」), 김춘수의 「처용단장」(제2부, 무의미한 서술적 이미지가 반복되는 연작)에서 아이디어를 얻은 것[27]이다. 비대상 시란 세계 상실의 시[28]이다. 그러므로 비대상 시는 김춘수의 무의미 시로부터 계승되었고, 이 시론의 출발도 역시 김춘수로부터 비롯되었다

> 김춘수의 무의미시는 이승훈에게 '비대상시'로 승계된다. 이승훈은 관습된 일상적 삶에 대해 한국시가 한 번도 제대로 인식론적 회의를 제기하지 못한 것과 노래가 시라는 자동화된 시인식을 문제 삼는다. 그래서 그의 비대상시는 일체의 관습적인 것에 대한 회의에서 촉발된다. 비대상시란 실상 대상이 없는 것이 아니라 내면 세계를 대상으로 한 것이다. 곧 외부 세계를 희석화한 세계 상실의 시다. 따라서 그의 비대상시는 자기증명의 시일 수밖에 없다. 그러나 이 내면 세계란 좀처럼 포착되지도, 언어로 표현할 수도 없는 잠재의식이다.[29]

위의 인용문은 비대상 시의 정의를 명확하게 내리고 있다. 김춘수를 전범으로 삼은 '현대시' 동인들은 때로는 수수께끼 같고, 모호하고, 혹

---

26) 박민수, 「한국 현대시의 리얼리즘과 모더니즘」, 국학자료원, 1996, 243쪽.
27) 서준섭, 「이승훈, "시적인 것은 없고 시도 없다"의 해설-바깥으로의 사유-이승훈 시론에 나타난 근대적 주체, 시 개념의 해체에 대하여」, 2003, 집문당, 298쪽.
28) 김준오, 「한국 모더니즘의 현단계-모더니즘과 마르크스시즘의 만남」, 현대시사상, 1980년 겨울호. 64쪽.
29) 김준오, 「순수-참여의 다극화 시대」, 김윤식 외, 『한국현대문학사』, 현대문학사, 2002, 338~384쪽. 이승훈, 「현대시의 종말과 미학」, 집문당, 2007, 125쪽. 재인용

은 난삽하고 독자들이 실로 접근하기 어려운 난해시를 쓴다는 비난과 좌시를 받으며 1970년대에 극복의 대상이 되었다. 그러나 언어에 대한 성실한 천착과 개성적 실험으로 시의 방법의식을 심화 확대 시키고 1960년대의 주류가 되게 한 점에 대해서는 한국시단의 시사적 의의를 갖는다. 그들의 시는 인식 그 자체였고 지적이었다. 또한 그들의 시는 내면의식의 시로 기술될 만큼 내면 탐구적이었고 언어와 형식 실험은 그들의 시적 상관물이었다. 그 가운데에 집요한 자아탐구의 실험적이고 전위적인 시쓰기를 계속하는 이승훈이 늘 함께 있었다. 이와 같이 대상을 버리고 내면의 세계를 찾으려는 자아탐구의 이유는 결국 그에게는 불안이다. 그의 시쓰기는 늘 불안과의 싸움이고 불안에 대한 방어이고 불안에 시달리는 자아에 대한 자기성찰이고 자기반성이고 고찰이다. 그러나 그 불안은 이유가 없다. 다만 그의 시쓰기는 불안을 견디는 하나의 방법인 것이다. 불안의 내면에 존재하는 것들은 오직 유기체에서 탈락한 파편들이다. 유기체란 자아를 상실한 생의 파편들이다. 이런 파편들이 그를 불안으로 몰고 갔다. 이승훈의 초기시에서 불안의 양상들이 극명하게 나타나는 시들로는 「사물A」, 「암호」, 「가을」, 「다시 흙으로」, 「서울에서의 이승훈 씨」등을 들 수 있다. 특히 「서울에서의 이승훈 씨」라는 작품은 모두 12행으로 구성되어 있으나 이 작품에서 ②행, ⑧행, ⑩행을 제외하곤 '불안'이라는 단어가 10회 이상 반복된다.

그러면 「비대상」이라는 용어가 구체화된 진원지는 어디일까? 이승훈 시인은 2002년 9월 28일(토) '현대시社' 사무실에서 '자아 찾기의 긴 여정'이라는 주제로 박찬일 시인과 대담(『이승훈 문학과 탐색』-제1부 이승훈 시력 45년-대담/자아 찾기 긴 여정)에서 비대상이라는 용어는 추상표현주의로부터 비롯된 것이라고 주장 했다. 현대미술에서 비대상을 표현한 작품으로는 잭슨 폴록 J. Pollock의 추상표현주의abstract expressionism 회화를 들 수 있다. 그러므로 「비대상」은 현대미술의 추상표현주의자 잭슨 폴록의 회화에서 따온 것30)이다. 비대상 시에 대한 이승훈의 관심은 1970년대 시집『환상의 다리』에서 구체화 되었다. 그의 「비대상」 시론은 체계적인 시론 하나 없이 서구에 의존하고 있는 한국문단, 그것도 현대시의 시단에 새로운 경종을 울리는 전위적이고 과격한 실험적인 모더니즘 시론이라 점에서 매우 큰 의의를 지닌다.

> 그 동안 시를 써오면서 내가 많은 관심을 기울인 부분은 소위 비대상의 문제였다. 비대상은 대상이 존재하지 않는다는 사실을 의미한다. 대상이 없다는 것은 한 편의 시에서 시인이 노래하고 있는 대상이 분명치 않다는 것이 되고, 우리가 전통적으로 알고 있는 자연세계나 일상세계가 시 속에 드러나지 않는다는 뜻도 된다.31)

그의 비대상 시는 앞서 말했듯이 자연세계나 일상세계가 아닌 내면세계를 드러낸 시다. 그러므로 비대상의 시쓰기가 노리는 것은 '자아탐구'인데, 그의 '자아 찾기' 또는 '정체성 찾기'는 기법적인 면에서 상징주의, 쉬르레알리즘의 영향을 많이 받았다.『바깥으로의 사유』에서 '비대상'이란 말은 현대미술의 추상표현주의 계통인 잭슨 폴록으로부터 자극을 받았다는 서준섭의 주장과 이승훈의 말은 동일하다.

> 「비대상」이라는 말에 대해서 1981년 그 당시에도 많은 논란이 있었고 지금도 마찬가지입니다. 비대상이라는 말은 일종의 추상표현주의 계통인 잭슨 폴록의 '액션 페인팅'에서 온 것입니다. 더 정확

---

30) 서준섭, 앞 책, 230쪽.
31) 이승훈, 「비대상」, 민족문화사, 1983, 30쪽.

히 말하자면 그 당시 어느 학자가 잭슨 폴록의 작업을 비대상이라고 이름을 붙인 것에 자극받은 것이고, 영어로는 non-object라고 하는 것이지요. 최근에는 김춘수 선생은 비대상이라는 말보다 무대상이라는 말이 더 적합할 것이라고 했는데 의미상으로 보면 무대상이기 때문입니다. 다만 저는 잭슨 폴록의 비대상이라는 용어에 매력을 느꼈었고, 그의 작업이 내면의 억압된 충동을 밖으로 터뜨리는 저의 詩 작업과 유사하다고 생각했습니다. 한 마디로 내면의 억압된 충동, 내면의 억압된 무의식을 터뜨리는 시가 저의 비대상시입니다.[32]

비대상시는 정확한 현상화의 대상을 갖고 있지 않다. 대상이 없음으로써 대상이 있는 자아를 말한다. 즉 대상이 아니라 자아가 질서를 노래한다. 결국 내면의 억압된 충동을 무의식적으로 터뜨리는 시를 의미한다.

> 하이얀 해안이 나타난다. 어떤 투명도 보다 투명하지 않다. / 떠도는 투명에 이윽고 불이 당겨진다. /一帶에 가을이 와 머문다. 늘어진 창자로 나는 눕는다. 헤매는 투명, 바람, 보이지 않는 꽃이 하나 시든다. (꺼질 줄 모르며 타오르는 가을.)
>
> —「가을」전문[33]

인용된 위의 작품은 리얼리즘적인 시다. 그러나 그것은 이 시가 지니고 있는 외형적인 형식일 뿐 주조적으로 분석해 보면 구절마다 사고가 불연속에서 연속으로 이어져 흐르고 있는 것을 알 수 있다. 절대 수직적인 인과관계를 완전 무시 한 채 수평적인 이미지들이 산만하고 무분

---

32) 대담: 박찬일/이승훈, 대담일시: 2002년 9월 28일(토요일), 장소「현대시」사무실, 『이승훈의 문학탐색』-「대담/자아찾기의 긴 여정」, 2007, 푸른사상사, 239쪽.
33) 이승훈, 「아름다운A」, 황금북, 2002. 22쪽.

별하게 흩어져있다. 이러한 시를 가리켜 비대상시[34]라고 한다.

이승훈의 시 작품 중에 「피에타.1」(『상처』, 영언문화사, 1984)의 작품이 '비대상'과 상당히 밀접한 관계가 있음을 알 수 있는 것은 그가 원형적 세계에서 발견한 신학적 지평 속에서 밝음을 예감하기 때문이다. 그러므로 이승훈의 비대상이란 대상의 내면성, 그리고 신학적 의미의 원형성이다. 이렇게 그의 비대상 시론은 그의 성찰적 의식이 작업하는 자아분석이다.

이승훈 자신이 주장한 바와 같이 비대상시 내면의 억압된 충동과 내면의 무의식을 터뜨리는 의미로 받아들인다면, 비대상의 공간은 환상의 공간이 된다. 그것은 인상주의가 밖에서 안으로 향하는 것이라면 impress, 표현주의는 안에서 밖으로 향하는 것express이기 때문이다. 또 억압이 억압인 것은 그것이 그것을 행사하는 주체자나 피해자인 대상의 모습을 잘 드러내지 않기 때문에 억압인 것[35]이다.

가령 繪畵藝術에서 새로운 공간탐구가 우리에게 암시하는 삶의 自己實現에의 갈망은 결국 회화자체로는 몇 개의 회화 공간을 설정하고, 이 공간은 시의 경우 비대상의 문제에 그대로 類推된다. 다음 그러한 공간에의 집념은 새로운 삶의 양식을 추구한다는 기본 틀을 우리에게 암시하는 것이 아닌가. 이러한 두 가지 사실, 즉, 비대상의 문제와 그것들이 삶과 맺는 관련성은 표면적으로는 逸脫의 형태를 띤다. 그러나 우리는 정신활동의 근본적인 본질이 저 逆說paradox에 있음을 또한 회상한다. 역설만이 어쩌면 이 시대의 우리를 구원하는 것인지를 모른다. 먼저 대상과 비대상의 문제, 즉 왜 시에서 우리가 대상을 排除하는가에 대한 질문에서부터 시작하자. 非對象의 공간

---

34) 김춘수, 「김춘수 사색 사회집」, 현대문학, 2002, 128쪽.
35) 김　현, 「우리 시대의 문학/ 두꺼운 삶과 얇은 삶」, 문학과지성사, 1993, 150쪽.

은 幻影의 공간이다.36)

여기서의 공간은 바로 환상의 공간을 말한다. 이 환상 공간의 움직임에 의해 태어나는 형태들은 일상생활에서는 허망한 것이 되고 마침내 사멸한다. 그것은 항상 형태에 의해 형성되고 또 파괴되며 형태에 따라 살아나고 테두리 지워진다.37) 그의 정신활동의 근본적인 본질이 역설 paradox인 것이다. 이와 같이 '비대상'의 출발점과 완성단계에 도달하게 된 근거38)는 다음과 같다

  첫째, 자가 자신이 있기 때문에 자신이 있다. 다시 말해서 자기 자신이 없다면 세계는 무의미하다는 것이다.
  둘째, 믿을 수 있는 것은 자기 자신뿐이라는 것이다. 자기 자신이 모든 주체다.
  셋째, 자기 자신을 통과하지 않는 세계는 허상이거나 없는 것과 마찬가지이다. 이 말은 자기 자신이 세계인식의 중심이라는 것이다.
  넷째, 진실이 있다면 그 진실은 세계 속에 있지 않고 자기 자신의 몸속에 있다. 그는 진실을 바깥에서 찾지 않고 자기 자신의 내면세계에게서 찾았다.
  다섯째, 세계가 먼저 있는 것이 아니라 자신이 먼저 있다. 형식적으로 보면 분명 세계가 있고 내가 있는 것처럼 보이지만, 내면적으로 본다면 그 순서는 바뀌고 만다.

이승훈의 초기 시세계에서는 대상이 없다. 대상이 없다는 것은 주제

---

36) 이승훈, 「말의 새로운 모습-비대상의 시를 중심으로」, 한양어문학술지 제1집, 한양 대학교 국어국문학과, 1974, 60쪽.
37) 미셸 라공, 「새로운 예술의 탄생」, 李逸 譯, 正音文庫, 1974, 58쪽.
38) 정효구, 앞 논문, 226 ~ 227쪽.

가 없다는 것이고 세계관 상실의 상태를 말한다. 달리 말하면 허무의 상태다. 이런 상태에서도 시가 가능한가? 가능하다고 생각하기에 그는 시를 쓰고 시라는 형태로 말을 한다. 따라서 그 후 시쓰기는 시니피앙 significant의 놀이[39]가 된다. 이것은 모더니즘 시인으로서만 가능한 시 쓰기 행위다. 그의 행위는 행위로써 행위가 가능할 뿐이고 허무는 허무로써 허무일 뿐인 것을 자신의 내면세계에서 집요하게 자아탐구 놀이를 하고 있다.

> 하느님 나라에는/꽃이 있다/어젯밤 내가 껴안은/찢어진 인생이 있다./총알이 있다/언제나 찢어진 인생이/언제나 총알이//찢어진 새의 창백한 아우성이/하느님 나라에는/피에 젖은 얼굴이/오 하느님/등을 구부리고/책상에 앉아/편지를 쓰시는/하느님 나라에는/찢어진 물고기와/ 내 손톱과/빵이 있다//방의 심장을 가르며/내가 마신 물/썩은 파 하나/그리고 날개가 있다.
>
> —「儀式.1」 전문[40]

이 작품의 경우 이승훈은 완전하고, 철저하게 주제에서 떠나 있다. A. 테이트에 따르자면 시인의 언어는 단순한 전달communication이 아니라 영적교섭communion이 되어야 한다. 영혼은 인간의 가장 내밀한 곳에 숨어 있다. 얼른 보아 방자하기 짝이 없는 이승훈의 표기들도 역으로 가는 현대적 순례의 모습[41]이다.

모두(冒頭)에서 밝혔듯이 비대상은 대상이 존재하지 않는다는 사실을 의미한다. 대상이 없다는 것은 한 편의 시에서 시인이 노래하고 있

---

39) 김춘수, 「김춘수 사색 사회집」, 현대문학, 2002, 128쪽.
40) 이승훈, 「상처」, 영언문화사, 1984 (시선집).
41) 김춘수, 앞 책, 130쪽.

는 대상이 분명치 않다는 뜻도 되고, 우리가 전통적으로 알고 있는 자연세계나 일상세계가 시속에서 드러나지 않는다는 뜻[42]도 된다. 시인이 구체적인 대상의 세계를 노래하지 않는다는 것은 두 가지 시각에서 해명될 수 있다. 대체로 대상의 세계란 자연세계나 일상세계 나아가 사회적 현실세계를 뜻한다. 많은 시인들은 이런 세계를 노래한다. 노래하는 방식이야 시인들에 따라 다양하겠지만, 그것은 크게 현실을 모방하는 방식이 아니면, 그런 현실에 대한 자신의 정서를 표현하는 방식으로 요약된다. 그러나 이승훈의 시는 이런 대상의 세계가 시작(詩作)의 모티브를 형성하지는 않는다. 따라서 비대상의 세계를 노래한다는 말은 시작의 모티브와 관계된다. 비대상의 세계를 모티브로 한다는 말은 구체적으로 단순히 대상의 세계를 노래하지 않는다는 의미 외에 어떤 관념도 노래하지 않음을 뜻한다. 즉, 비대상의 시는 자기실존의 운동을 지향하고, 언어를 중시한다.

우리가 하나의 대상을 꽃이라고 부를 때 그 꽃의 빛깔, 모양, 크기, 온도, 아름다움 같은 구체적인 형식은 사라진다. 그러니까 그 꽃은 부재한다. 그런 점에서 언어가 대상의 세계에 작동할 때 이미 그것은 비대상의 세계가 된다. 따라서 시에서 언어 자체를 강조하는 것은 비대상의 세계[43]에 지나지 않음으로써 앞에 예시된 시 「의식(儀式). 1」에 나타난 공간과 장면은 모두 현실적 리얼리티가 아니라 시적 자아가 무의식적으로 떠올리는 비현실적인 것으로, 불연속적이면서, 아울러 의미가 배제된 순수한 언어 심상으로의 자질[44]을 갖는다.

이와 같이 이승훈의 시세계는 대상이 없는 내면의 세계, 자기해방 또

---

42) 이승훈, 「한국현대대표시론」, 태학사, 2000, 197쪽.
43) 이승훈, 「한국현대시론사. 1910-1980」, 고려원, 1993, 306~307쪽.
44) 박민수, 「한국 현대시의 리얼리즘과 모더니즘」, 국학자료원, 1996, 258쪽.

는 자기구원을 위해 쓴 비대상 시이며, 이는 언어를 중심으로 할 때 자기소외를 경험하는 의식의 세계에 지나지 않는다.

> 사나이의 팔이 달아나고 한 마리의 흰 닭이 구 구 구 잃어버린 목을 좇아/달린다. 오 나를 부르는 깊은 명령의 겨울 지하실에선 더욱 진지하기 위/하여 등불을 켜놓고 우린 생각의 따스한 닭들을 키운다. 닭들을 키운다./새벽마다 쓰라리게 정신의 땅을 판다. 완강한 시간의 사슬이 끊어진 새/벽 문지방에서 소리들은 피를 흘린다. 그리고 그것은 하아얀 액체로 변하/더니 이윽고 목이 없는 한 마리 흰 닭이 되어 저렇게 많은 아침 햇빛 속/을 뒤우뚱거리며 뛰기 시작한다.
>
> ―「사물A」전문[45]

작품의 난이는 목표가 아니라 과정이며 문제는 전달되는 것의 성질이다. 이와 같은 말을 전제로 하면 이승훈의 「사물A」와 같은 시편들은 이상의 「오감도」를 연상 시키면서 이상, 김춘수, 이승훈으로 이어지는 인간내면 의식에 대한 탐구의 흐름으로 형성과 주지적 초현실주의 시의 한국적 수용의 한 모습을 감지[46]할 수 있게 해 준다. 특히 언어의 난해성이 아니라 시적 대상의 형상화가 난해한 「사물A」는 유희주의적 입장이 아니라 공리주의적인 입장의 작품이다. 사물이란 인식의 대상이다. 「사물A」는 이승훈의 초기 시로서 그가 이 시를 쓸 때 무슨 대상이나 구체적 현실, 곧 무슨 형이상학이나 자연을 동기로 하지 않았다. 이미 대상을 버리고 자아와 언어로 시쓰기를 하는 그에게는 대상이 시쓰기의 도구가 아니다. 또 하나의 이유로는 그의 시성(詩性)은 자연세

---

45) 이승훈, 「아름다운A」, 황금북, 2002, 13쪽.
46) 최동호, 「한국현역100인 대표시선- 한국 현대시사의 넓이와 높이」, 푸른사상사, 2005, 433쪽.

제2부 비대상 시론II 233

계나 일상의 세계와는 거리를 두었다. 이「사물A」는 '사나이'를 노래한 것도 아니고 '흰 닭'을 노래하는 것도 아니다. '팔이 달아난 사나이'나 '목이 달아난 흰 닭'은 그 당시 그의 내면세계를 상징하는 언어이다. 이 언어가 그에게 자아이다. 결국 이 시는 그의 자아탐구를 위한 시쓰기이고 그 자아가 표상하는 것은 청춘의 불안, 공포, 상처, 그리고 실존의 떨림인 것이다. 현실을 지지하지 않는 이런 대상은 시라는 목적에 이르기 위한 수단이고 언어와 사유는 같은 도구라 할 수 있다. 인식하고 사고해 온 결과가 언어라면 언어는 동시에 인식하고 사고하는 수단이 된다. 그러나 언어와 사고의 관계는 필연적이고 습관적이지는 않다. 앞에서 열거한 바와 같이「사물A」에서 이승훈이가 찾아나선 자아와 언어들의 합류가 자연과 정신의 중간층에 있다고 볼 수 있다.

실험시가 못 견디어 하는 것은 리얼리즘의 추상성이라 할 수 있다. 그 추상성과 추상성에 바탕을 둔 보편성을 파괴하고 구체적인 현실에 다다르려고 한다. 현실이 추상화되고 보편성을 띠고 있는 투명한 의미체가 아니라 여러 의미들이 '복잡하게 얽힘'을 풀지 않고 있는 그대로 보여주는 것이 실험시의 목표[47]다. 이승훈 역시 기존의 문학 틀을 파괴하려 하기 때문에 새롭고 놀라움을 유발시킨다.

> 사라지는 흰빛은 거의 희다 사라지는 흰빛은 거의 흰빛으로 사라진다. 거리의 창들이 흔들린다 흔들리는 창에 물드는 아아 사라지는 흰빛 어떤 중얼거림이 무한히 와서 머문다
>
> ─「공포」전문[48]

---

47) 김   현, 「우리시대의 문학/두꺼움과 얇음 삶」, 문학과지성사, 1999, 309~310쪽.
48) 이승훈, 앞 책, 18쪽.

아직도 그는 불안을 떨쳐버리지 못한다. 바람이 서정주를 만들었다면 불안이 이승훈을 만들었다. 불안이 이승훈이고 이승훈이가 불안이다. 그는 불안과 숙명적인 불가분의 관계로 동행하고 있다. 그가 불안에서 비롯된 전위적이고 실험적인 모더니스트가 아니었더라면 「위독」, 「사물A」, 「공포」, 「암호」같은 거대한 담론의 시세계는 묘연했다. 명확하지 않는 대상의 현상화로 위의 인용된 시의 「공포」에서 사용된 명사는 '빛'과 '창'뿐이다. 그것도 '빛'은 추상적인 명사일 뿐, 물질명사는 '창' 하나뿐이다. 모두가 '희다', 사라진다', '흔들린다', '머문다'는 일로 일관된다. 그는 유년시절의 불안에서 나타나는 필연적인 불안의 형태로 인한 구원받지 못한 불안의 세계에서 실존의 자아 찾기이다.

> 환상이라는 이름의 역은 동해안에 있습니다. 눈 내리는 겨울 바
> 다/-거기 하나의 암호처럼 서 있습니다. 아무도 가본 사람은 없습니
> 다. 당신이 거기 닿을 때, 그 역은 총아 맞아 경련합니다. 경련 오/오
> 존재, 커다란 하나의 돌이 피 묻힐 때, 물들은 몸부림칩니다. 물/들의
> 연소 속에 당신도 당신의 몸부림을 봅니다. 존재는 끝끝내 몸/부림
> 속에 있습니다. 아무도 가본 사람 없습니다. 푸른 파편처럼,/바람 부
> 는 밤에 환상이라는 이름의 역이 보입니다
>
> ─「암호」전문[49]

그의 내면세계는 언제나 환상의 세계다. 그리고 환상의 세계는 환상의 세계일 뿐이다. '당신'이 자신이고 아직도 내면의 세계를 찾지 못한 그는 암호로 서 있을 뿐이다. 그의 불안과 절망은 자기를 재확인하는 과정이다. 다시 말해서, 과정은 스스로를 탐구하는 실험과 관찰이다.

---

49) 이승훈, 「시와세계」, 2004 겨울호, 104쪽.

이와 같은 환상의 세계를 통하여 실존적 자아를 찾으려는 그의 몸부림은 바라만보는 대상이 될 뿐이다. 단순한 그의 자아의 개념이 아니라 진정한 자기 자신의 정체성을 확인하는 행위이다. 객관적 태도로 주관을 바라보는 그의 시에서는 주제가 명확하지 않다는 것은, 그래서 그것을 비대상이라고 한다는 사실의 근거를 앞에서 논의해 왔다. 이상(李箱)의 문학세계가 부정과 불안이라는 측면에서는 이승훈과 동일성을 내포하고 있으나 이상(李箱)의 절망이 개인적인 이유와 더불어 시대적 불안에서 기인한다면 이승훈의 시 의식은 그와 반대로 개인적인 불안의 이유와 시대적 절망에 기인한다. 그렇다면 위의 「암호」는 숫자로 계량화된 암호가 아닌 자신과 숫자를 치환시킨 파편적인 억압의 분출이다.

2. '나/너/그'와 자아탐구 양상

이승훈은 「비대상 시」 이후 자아탐구의 방향을 새롭게 모색한다. 강한 자의식으로부터 시작하여 그 시적 대상이 '나'→'너'→'그'로 이어지는 인칭 변화를 통해 끊임없는 자아탐구의 시적 의식을 드러내 보이고 있다. 1960대 문단 활동을 할 때부터 시작된 자아탐구는 『사물 A』(삼애사, 1969)와 『환상의 다리』(일지사, 1997), 그리고 『당신의 초상』(문학사상사, 1981)은 이승훈의 '나'에 대한 자아탐구를 하고 있다. 그의 '나'에 대한 자아탐구는 '나'의 세계를 의미하는 것이다. 1980년대의 『사물들』(고려원, 1983년), 『당신의 방』(문학과지성사, 1986), 『너라는 환상』(세계사, 1989)에서는 '너'에 대한 자아탐구로 이것 역시 '너'의 세계를 갈망하는 자아탐구로 인식된다. 그리고 1990년대에 들어오면서 이승훈은 『길은 없어도 행복하다』(세계사, 1991), 『밤이면 삐노가 그립다』(세계사, 1993)에서는 '그'의 세계와 관련이 있다.

특히 『당신의 방』(문학과지성사, 1986)과 『너라는 환상』(세계사, 1989)은 '나'와 '너', 즉 주체와 객체의 동일성 증명이며, '나'와 '너'의 관계에 대한 탐구를 심화시킨다. 즉 억압된 무의식을 들춰내어 '나'를 드러내고자 한다. 따라서 『당신의 방』(문학과지성사, 1986)에서는 '너'에 대한 인식을 구체화한 것이라고 볼 수 있다. 이것이 독백의 회로에서 대화의 회로로 변화되는 과정이다. 좀더 구체적으로 살펴보면 초기 시 (詩)에서는 대부분이 인식주체로서의 '나'에 대한 관심에 일관된 것이었으나, 『당신의 방』(문학과지성사, 1986)을 발간하면서 '나'를 벗어나 탈주관성의 문제, 혹은 자의식에서 벗어나는 문제에 관심을 기울이기 시작했다. 이는 인식주체로서의 '나'가 있다는 것은 인식대상으로서의 '너'가 있다는 것을 전제로 하는 것으로 '너'가 있음으로 '나'가 살아있기 때문이다. '나'가 '너'앞에서 사라지는 경우에도 '너'는 그대로 있다. 이는 인식주체로서의 '나'가 있든 없든 '너'는 있다는 것이다. 또 인식주체로서의 '나'는 그다지 중요한 것이 아니라는 것이기 때문에 이승훈은 '나'를 버리고 '너'를 보는 일에 관심을 기울인다. 이는 자아가 자아로부터 소외되는 자기소외를 '너'와의 만남을 통해 극복하려는 시도라 할 수 있다. 그는 먼저 '나'와 '너'의 동일성을 증명함으로써 진정한 '나'를 찾고자 했다. 그리고 자아의 객관화, 곧 거리를 두고 자아를 확인하고 이해하고자 하는 노력은 자아분열현상이라기 보다는 끊임없이 자아탐구의 과정이며, 시적 상관물[50]인 것이다. 결국 그의 시적 인식은 자아탐구를 통해 '나'가 '너'를 거처 '그'로 치환된 것이라 할 수 있다. 그의 시집 『길은 없어도 행복하다』(세계사, 1991), 『밤이면 삐노가 그립다』

---

50) 김준오, 「현대시의 환유성과 메타성 - 인칭의 의미론」, 살림, 1997, 178쪽.

(세계사, 1993)에서 '그'라고 하는 것은 그의 자신을 어떤 물질로 객관화시켜 바라보는 조소적이고 냉소적인 태도이다.

> 결국 나는 너이다/네가 있기 때문이다/네가 죽어가기 때문이다/나는 내가 죽어가기 때문이다/나는 있다 네가 죽어가기 때문이다/나는 있다 네가 죽어가기 때문에/나는 네 속에 박힌 돌이기 때문에/나는 너의 입/천당 같은 꽃잎/아니 나는 너의 배꼽/나는 너의 발/너의 발은 눈물이다/너의 발은 너의 손이다/너의 발은 뛴다/공기 속을 첨벙대며/멈추지 않는 것/비로소 눈을 뜨는 것/비로소 너의 눈 속에/타오르는 것/너의 눈 속에/타오르는 언덕과/타오르는 강물과/너의 눈 속에/타오르는 새와/웃음과 느낌과/결국 나는 너이다
> ─「결국 나는 너이다」전문[51]

1983년 네 번째 시집인 『사물들』(고려원, 1983)에 실린 시다. 이 시는 '나'와 '너'의 동일성을 증명해 보이려는 대표적인 작품이다. 더 나아가 '나'와 '너'의 관계가 동일하다는 것을 증명해 주는 작품이기도 하다. 이 시의 1행에서 보듯이 '나는 너이다'라고 했다. 그러므로 '나'와 '너'의 동일성을 집요하게 증명하려는 태도로 일관 된다.

자아와 대상 사이의 일체감이 형성됨으로써 동일성을 증명하려고 쓴 위의 인용된 시는 「결국 나는 너이다」 마지막 26행에서 '나'와 '너'의 동일성에 대해 더 이상 이론의 여지가 없음을 확인시킨 것이다. 늘 불안했던 그는 '나'와 '너'라는 주체와 객체를 동일시 하여 실존의 부재, 자기소외를 극복한다. '타오르는 눈 속에/타오르는 새와/웃음과 느낌과/결국 나는 너이다'라고 했듯이 '너의 눈=웃음=느낌=나'라는 등식이 가능하다. 다시 말해 아직까지 발견하지 못한 자아탐구를 계속하고 있다. 그

---

51) 이승훈, 「사물들」, 고려원, 1983, 12~13쪽.

예로 '너의 눈'과 '웃음', 그리고 '느낌', 또한 '나'의 등이 해당된다. 결국 '있음/없음'으로 '나'와 '너'의 관계가 동일임을 증명하여 '자아'를 찾았다. 여기서 '너'가 없으면 '내'가 없고, '내'가 없으면 '너'가 없는 2항 대립 구도로 불이 사상의 양상을 보여주고 있다. 이런 불이사상의 양상이 이승훈을 선시(禪詩)의 세계로 눈을 돌리게 하는 이유 중의 하나이다.

이와 같이 '너'를 통한 '나'의 탐색은 다섯 번째 시집『당신의 방』(문학과지성사, 1986)에 오면서 더욱 구체화 되고 다양하게 심화된 양상을 띠게 된다. 이 시집『당신의 방』(문학과지성사, 1986)에서는 '너'의 없음이 '나'를 증명하는 것이 아니라, 오히려 '나'를 병들게 하는 것임을 확인한다. 그로 인해, 이런 병든 주체를 인식하거나 혹은 부정하는 모습들이 나타나며, 이러한 주체부정의 과정에서 만나게 되는 객체의 의미에 대한 파악과 주체와 객체의 대립에 대한 극복의 시도로 전개[52]된다.

> 이승훈 씨는 바바리를 걸치고 흐린 봄날/서초동 진흥아파트에 사는 시인 이승훈 씨를/찾아간다 가방을 들고 현관에서 벨을 누른다/이승훈 씨가 문을 열어 준다 그는 작업복을/입고 있다 아니 어쩐 일이오? 이승훈 씨가/놀라 묻는다 지나가던 길에 들렀지요 그래요? /전화라도 하시지 않고 아무튼 들어오시오/이승훈 씨는 거실을 지나 그의 방으로 이승훈 씨를/안내한다 이승훈 씨는 그의 방에서 시를 쓰던/중이었다 이승훈 씨가 말한다 당신이 쓰던 시나/봅시다 이승훈 씨는 원고지 뒷장에 샤프 펜슬로/흐리게 갈겨 쓴 시를 보여 준다 갈매기, 모래,/벽돌이라고 씌어 있다 아니 이게 무슨 말이오?/이승훈 씨가 황당하다는 듯이 이승훈 씨에게/묻는다 갈매기는 강박관념이고 모래는 환상이고/벽돌은 꿈이지요 뭐요? 난 그렇다고 생각합니

---

52) 이승훈, 「이승훈의 시에 나타난 자아탐구의 과정 연구」, 부산외국어 대학원 논문, 2003, 28쪽.

다/아닙니다 틀렸어요 갈매기는 모래고 모래는/벽돌이고 벽돌이 갈
매깁니다 틀림없습니다 그게/아닙니다 바다는 갈매기가 아닙니다
그건 모래가/벽돌이 아닌 것과 같습니다 벽돌은 바다가/아니니까요
바바리를 걸친 이승훈 씨와 작업복을/입은 이승훈 씨가 계속 싸운다
마침내 화가 난/이승훈 씨가 의자에서 벌떡 일어나 소리친다/좋아요
좋아! 그는 문을 쾅 닫고 사라진다.
　　　　　　　　　　　　　　—「이승훈 씨를 찾아간 이승훈 씨」 전문53)

　　인용된 앞의 시에서 그는 자아가 하나의 정서감, 통일감으로 일치되
는 다성적 담론이라는 방법을 도입했다. 다성적 담론이란 이야기 속에
둘 이상의 목소리가 나온다. 그리고 그 목소리들이 대화적 관계에 있
다. 이때 시 속에서 등장하는 인물들은 시인의 꼭두각시가 아니라 독립
적인 실체로 드러난다. 그렇기 때문에 이는 독백의 양식으로 시가 전개
되는 것이 아니라 대화의 양식으로 시가 전개된다. 그리고 진실을 고백
한다. 그가 항상 애써왔던 삶의 방식을 드러내주는 중요한 단서가 된
다. 그리고 이러한 대화의 양식은 시 속에 하나의 상황을 설정하고 그
상황 속에서 이른바 대화의 양식으로 활용할 때 우리는 전통적인 시 장
르의 해체를 경험하게 된다. 이처럼 끊임없는 자아에 대한 탐구로 이루
어진 이승훈의 60~70년대 시는 모근(毛根) 일체가 '나'로부터 시작되
고 다시 그것이 '나'로 귀결되는 일인극의 고백시54)라고 할 수 있다. 자
아와 자아 사이를 부정하는 듯 하지만 조화와 통일을 이루려고 하고 이
때 그의 시정신의 촉수는 시종일관 자신의 내면세계를 파고든다.

---

53) 이승훈, 「아름다운 A」, 황금북, 2002. 90쪽.
54) 이승훈의 시는 고백시confession poetry로 분류될 수 있는 만큼 고백시적인 성향이
　　강하다. 우리 시단의 고백시에 대하여 논한 글로는 정효구, 「우리시의 자기고백적
　　인 요소」, 현대시사상, 1992, 겨울호를 참조. 정효구, 「이승훈 시에서 나타난 자아
　　탐구 양상과 그 의미」, 충북대학교 어문논총집 논문, 1998, 257쪽. 재인용.

인용된 「이승훈 씨를 찾아간 이승훈 씨」 시에 나온 두 이승훈 씨는 모두 그의 자신이다. 그러나 두 가지 목소리인 두 자아가 서로 대화를 나누고 있다. 그는 자신의 내면으로부터 들려오는 자신의 목소리를 전신의 감각으로 순간 포착하려고 했다. 그리고 이승훈은 자신의 이름을 시에 언급하기까지 하면서 자신을 비방하거나 '이승훈'이라는 사람에 대해 부정적으로 바라보는 인식조차 주저하지 않는다. 그렇게 이승훈은 '그'라는 인물을 자신의 실체로 설정하면서 자아탐구에 더욱 심취하고 있다. 이렇듯 그의 시는 일관되게 자신의 자아탐구를 중점으로 이뤄지고 있으며, 그의 이러한 시의식은 끊임없이 1990년대까지 이어져 왔다. 또한 마지막 행에서 알 수 있듯이 작업복을 입은 이승훈, 바바리를 입은 이승훈, 화가 난 이승훈, 진정 누가 '나'인지는 알 수 없다. 즉, 절대적 초월적 주체는 없고 상대적인 주체만 있다.

> 내가 삽을 들면/너는 달려온다/너는 없지만/너는 어디에나 있다/너는 방에 누워 있고/너는 울고 있고/너는 거울을 보고 있고/너는 머리를 빗고 있고/너는 머리를 흔들고 있다/너는 추억 속에 있고/너는 혁명 속에 있고/너는 펑펑 쏟아지는/고독 속에 있고/너는 눈발 속에 있다/너는 희망 속에 있다/너는 희망 속에서 텀벙댄다/네가 텀벙대면 나는 삽을 던지고/나는 너를 껴안고/숨을 쉬는 게 아니라/숨을 죽이고/나는 너를 삼킨다/과연 너는 누구인가?
>   ― 「너는 누구인가」 전문55)

이 시 「너는 누구인가」에서 이승훈은 '너는 울고 거울보고 머리 빗고 달려오고'하는 등의 행위를 보이고 있음을 그리면서 '너'는 고독, 희망,

---

55) 이승훈, 「당신의 방」, 문학과지성사, 1986. 20쪽.

눈발, 추억, 혁명 등의 의미를 내포하고 있음을 들려준다. 이러한 행위를 보면 '너'는 사람인 듯 하지만 소재를 보면 추상적 개념인 신(神)에 가깝다는 느낌을 준다. "너는 없지만 너는 어디에나 있다"는 것은 '너'가 '나'의 인식 공간 속에서 존재함을 암시한다. 이 시에서 '너'는 독립적으로 실존하고 있는 것이라기보다는 '나'의 인식을 통해 나타났다.

> 나는 밖으로 뛰어 나갔다./너 있는 곳 찾아/엉터리 시 박쥐 같던 학문/모조리 버리고 부랴부랴/너를 찾아 나섰다/사방에선 바람이 아니라/물이 쏟아지고/빌딩에서 쏟아지고/버스에서 쏟아지고/쏟아지는 폭포 속에서/나는 다이얼을 돌리고/정말 다이얼을 돌렸다/쏟아지는 폭포 속에서/쏟아지는 추억 속에서/쏟아지는 너의 얼굴 속에서/내가 본 것은/정말 고운 너의 얼굴/하늘을 찌르고 나를 찌르는/고운 얼굴 이었다.
>
> —「너」의 일부56)

그는 위 시에서 '너'를 찾는 일이 얼마나 중요하고 다급한 것인가를 강조하기 위해 자신의 시와 학문을 비하하는 모습을 보인다. 바로 '너'의 존재는 시를 통해서는 찾을 수 없는 대상임을 암시하는 것이다. 현대시의 가장 큰 본질로 파악하는 것은 '긴장과 부조화'이다. 현대시는 그 '애매성obscurité'과 '난해성hermétisme'으로 독자를 당혹하게 만들면서 동시에 매혹57)시킨다. 이승훈은 이런 애매성과 난해성으로 독자들을 당혹하게 하며, 기존의 현실이 지니고 있던 시간의 질서, 공간의 질서를 거부58)한다.

---

56) 이승훈, 앞 책, 56~57쪽.
57) 심재상,「노장적 시각에서 본 보들레르의 시세계」, 살림, 1995. 24쪽.
58) 심재상, 앞 책, 25쪽.

너의 이마에/나는 해를 박는다/너는 번쩍이고/빨리 빨리 달린다/
나는 그게 기쁘다/너를 만난 게 기쁘다/거지같은 서울생활에/넌더리
치면서/거리를 걷다가/너를 만나게 기쁘다/겨울 저녁 광장에서/너는
나를 화로로 녹인다/너의 가슴에 들어있는/뜨거운 화로/너는 나를/
호수로 녹이다/너의 눈에 들어있는/커다란 호수/겨울 바람 속을/너는
쌩쌩 달리고/나의 고독은 신경증은/너의 이마에 박힌/해가 녹이고/너
의 가슴에 들어 있는/화로가 녹인다/겨울 바람 속을/너는 씽씽 달리고
/시린 마음 녹이는/너의 질주의 향기/재에서 새로 달렸던/나는 너를/
만나고/다시 태어났다/한번도 내 것이 아니었던/이 찌그러진 삶이/
다시 태어났다./너는 번쩍이고 오늘도/빨리 빨리 달린다

—「너의 이마」전문59)

지금은/네가 없는 곳/허나 밤이면 억세게/나를 깨우는/네가 있는 곳!

—「네가 없는 곳」일부60)

(중략...)그래 너다 네가/누구인가 했더니/찌는 더위 속에/서 있는
놈/네가 바로 나이구나/30년 동안이나/죽어라 하고/찾아 다닌 놈/네
가 바로 나로구나/장마는 끝났는데/

—「장마도 끝나고」의 일부61)

위의 시「너의 이마」를 보면 '너'는 고정된 장소에서 흔히 만날 수 있
는 존재가 된다. 그러나「네가 없는 곳」에서의 '너'의 모습을 살펴보면
이때는 형체로 나타나는 것이 아니라 관념으로 떠오르고 있다. 그리고
「장마도 끝나고」에서는 '너'는 다름 아닌 '나'의 분신임을 발견하는 것
으로 나아가고 있다. 즉 이승훈은 '나'를 확대시키려는 의미에서 '너'를

---

59) 이승훈,「당신의 방」, 문학과지성사, 1986. 50~51쪽.
60) 이승훈, 앞 책, 71쪽.
61) 이승훈, 앞 책, 79~81쪽.

찾고 있다. 이승훈의 시에서 '너'가 한가지의 의미로 일관한다고 보기는 어렵다. 바꿔 말하면 이승훈은 '나'가 아닌 것, 또는 '나'를 일깨워주는 희망과 사랑, 신념이나 존재, 그리고 믿음을 거리낌 없이 불사를 수 있는 어떤 대상을 총칭해서 부른다. 이처럼 이승훈은 '너'의 본질, 실체를 암시하는 것에는 소극적인 자세를 보이지만 '너'와 '나'의 관계에서 '너'를 파헤치려는 행위에서는 적극적인 자세를 보인다. 이승훈의 시를 전체적으로 보면 '너'에 대해 구체적으로 말하는 것을 찾아보기 어렵다. 그리고 이렇게 '너'에 대한 실체를 한마디로 요약하기도 어렵다. 하지만 이러한 '너'는 언제 어디서고 만날 수 있고 '너'와 '나'의 합일 가능성이 중요하다는 것을 강조한다. 이는 주체와 객체의 대립극복에서 중요한 역할을 한다고 볼 수 있다. 그리고 주체와 객체간의 화합 속에서 '나'라는 주체의 중요성을 찾게 된다. 또 그는 한 정서적 개인으로서가 아니라 시작(詩作)하는 지성으로, 언어의 절세가공자로, 자신의 전체적인 상상력은 혹은 비현실적인 시각을 통해 세계를 변용시키려는 예술가로서 창작하는 것[62]이다. 그는 '나'라는 존재가 '너'라는 존재와 연결되어 '나'에 대한 탐구는 '너'에 대한 탐구이고, 하지만 '나'와 '너'와의 관계에 대해 고민을 하고 있다. 결국 그가 '나는 누구냐'고 묻는 일이나 '너는 누구냐'고 묻는 일은 인생이 무엇이냐고 묻는 것과 귀결 된다.

또한 그는 무의식을 관찰하는데 흥미를 느끼거나 자기내면의 실상을 사실적으로 적나라하게 표출하는데 관심을 둘뿐, 타인에 향하여 근엄하고 훈계하는 일엔 관심을 보이지 않는다. 그가 자신의 안쪽을 꾸밈없이 드러내 보이고자 하는 자기노출증으로 고백적인 언술 방식이나 자기 지향적 언술방식을 사용한다는 것은 매우 사실적이라는 것[63]이다.

---

62) 심재상, 「노장적 시각에서 본 보들레르의 시세계」, 살림, 1995. 25쪽.
63) 정효구, 「시 읽는 기쁨 1」, 작가정신, 2000, 245~246쪽.

나라는 존재는 이 시대에 오면 경험적 현실을 초월하는 무슨 고상한 절대적 자아를 소유하는 게 아니다. 그 동안 기회 있을 때마다 주장했듯이 '나'라는 존재는 절대적으로 존재하는 것이 아니라 상대적으로 존재할 뿐이다. 이 글을 쓰고 있는 '나'만 하더라도 그렇다. '나'라고 말하지만 그 '나'는 현실과의 관계 속에서만 모습을 띠고 드러난다. 예컨대 '나'라는 절대적 자아가 있는 게 아니라 대학에서 강의를 하는 '나', 시를 쓰는 '나', 잠을 자는 '나', 술집에 앉아 술을 마시는 '나', 아들과 이야기를 하는 '나', 강사료를 헤아려보는 '나', 어디 그뿐인가. 시간과 공간을 따라 '나'는 무수히 다양한 모습을 띠고 드러난다.

요컨대 절대적인 '나'가 있는 것이 아니라 대학 교수로서의 '나'가 있고, 시인으로서의 '나'가 있고, 손님으로서의 '나'가 있고, 아버지로서의 '나'가 있을 뿐이다. 그런 점에서 주체의 소멸이라는 말은 인간성을 보장한다고 믿어온 이른바 초월적인 절대적 자아의 소멸과 동일시 될 수 있다. 그리고 이런 사정을 전제로 주체의 소멸은 인간의 소멸을 암시한다. 이때 인간이 사라진다는 말은, 좀 더 정확하게 말하면, 사고 주체로서의 인간이 사라짐을 의미한다. 말하자면 오늘이 시대를 힘들게 살아가는 인간들은 대체로 주체적 사고 기능을 상실하고 현실이 부여하는 사회적 역할만 타율적으로 수행한다는 의미이다.[64]

이미지의 나열을 통해 하나의 통일되고 일체화된 의미의 세계를 해체하고 부정하는 의식이 가로 놓여 있는[65] 위의 인용문은 이승훈 시인이 주체의 소멸에 관해 쓴 글이다. 그의 주체의 개념이 해체됨을 의미한다. 곧, 그에게는 절대적이고 초월적 주체는 없다. 오직 상대적인 주

---

64) 이승훈, 「시적인 것은 없고 시도 없다」, 집문당, 2003, 186쪽.
65) 금동철, 「1950-60년대 한국모더니즘시의 수사학적 연구」, 서울대학교 박사논문, 1999, 75쪽.

체만 존재한다. 그의 말에 따르면 주체가 언어에 의해 구성된다는 점에서 보면 주체(E)=언어(L)이다. 그리고 언어적 진술에서의 주어가 곧 투명한 주체인 것은 아니다. 이런 의미에서 그의 '나'는 '그'이다. 그의 '나'는 언어에 의해 구성되는 탈중심적이고 분산적, 복수적이다. 이승훈은 이를 '나는 타자이다'라고 설명한다. 이렇게 해서 그의 절대적. 초월적 주체 개념도, 주체 중심주의도 모두 해체된다. 그가 자아를 찾는 다는 것은 처음 무의식의 폭로이다. 그는 비대상시로 억압된 내면의 것을 터드린다. 또 그의 모더니즘의 주제가 '자아탐구'다. 그러나 우리가 주의해야 것은 그가 그려 보고자 하는 자아가 결코 인위적 세계에 지배당한 과장된 자아가 아니라는 것이다. 그는 이런 자아를 배격하고 있는 그대로의 적나라한 자아를 꾸밈 없이 포착하여 드러내고자 하였던 것[66]은 모더니스트로서의 진정성을 보여주기 위해서이다.

> 오늘도 뼈/서 있는 뼈/앉아 있는 뼈/누워 있는 뼈/돌아눕는 뼈/「여보 뼈가 있소/결국 뼈만 남았소」/시린 뼈 시간의 뼈/시시한 뼈/시난히 앓는 뼈/시를 쓰는 뼈/「뼈가 시를 쓴다오」/시월의 뼈/시들시들 앓는 뼈/시계로 덮이는 뼈/세월로 덮이는 뼈/망상으로 덮이는 뼈/치욕의 뼈/달밤의 뼈/시냇물의 뼈/아니 뼈의 시냇물/아아 뼈의/시냇물도 있구나!
>
> —「시인 이승훈 씨의 초상」 전문[67]

외면은 내면을 반영한다. 위의 인용된 시에서 그는 자신의 모든 내면을 드러내 보인다. 뼈라는 상징물로써 죽음의 세계까지 보여주려는 가식이 없는 이승훈 자신만의 내면세계로 인식된다. 그는 더 이상의 가면

---

66) 정효구, 앞 논문, 238쪽.
67) 이승훈, 「길은 없어도 행복하다」, 세계사. 2000, 136쪽.

을 쓰지 않고 철저하게 자기 자신을 뼈 속까지 들여다보이며 일상적인 자아, 현존하는 자아, 부재하는 자아, 존재하는 자아와 객관화된 자아, 그리고 자기고발과 자기 풍자의 대상이 된 그 자신의 사실적인 시세계를 보여주고 있다. 이런 그의 자아들이 자기성찰에서 오는 반성의 아픔이다. 그리고 진실한 자기, 자기기만이 아닌 그의 시의식이 그의 자아를 억압하고 있다. 그리고 그런 시의식은 인간을 억압하는 기존 질서와 그 질서가 만들어 내는 우상 숭배적, 물질적 사고를 파괴함으로써 억압에 대해 생각하게 만든다. 문학은 우상을 파괴하지 않는 한 억압은 없어지지 않는다.[68] 그러면 이승훈은 '불가능한 꿈'이라는 우상을 파괴하지 못하기에 억압으로부터의 자기해방을 꿈꾸어 왔다.

> 억압된 자의 즐거움 속에서 예술은 헛되이 항의함으로써 만족하는 대신에, 억압하는 원칙이 불행을 동시에 받아 들인다.
>
> — 아도르노「미학」

억압 없는 이승훈의 존재는 과연 가능할까? 그것은 억압 없는 사회라는 개념자체가 억압적인 것이 아닌가 라는 의문을 갖는다. 그러므로 억압이 없는 이승훈은 생각하지 말아야 한다. 이승훈의 시쓰기 충동은 억압적인 시의식에 있어서의 장식과 사치가 아니라 인간존재의 전체를 지배하는 미학적 기능이다.

---

68) 김 현, 「한국문학의 위상/문학사회학」, 문학과지성사, 1991, 57~58쪽.

3. 모더니즘의 시의식

모더니즘의 특징은 예술의 여러 문제에 대한 예리한 인식, 끊임없는 자의식[69]이다. 모더니즘은 급변하게 변화된 세계를 바탕으로 형성된 예술의 형태로 무질서와 혼돈의 상태인 특이하고 다양한 양상을 보여준다. 즉 모더니즘은 하이젠 베르그의 불확정성의 원리, 1차 세계대전에서의 이성과 문명의 파괴, 마르크스 프로이드, 다윈 등에 의해 재해석되고 변화된 세계, 자본주의와 산업의 가속화, 실존주의에 의해 드러난 허무, 부조리 등에서 형성된 예술[70]이다. 또 모더니즘을 반리얼리즘이라고 보는 대표적인 모더니즘 비판론자인 루카치와 같은 비판론자들은 전 세기의 예술사적 단절을 통해 기존의 가치와 형식을 파괴함으로써 새로운 미학을 창조하려는 예술의 본질적 욕구라고 주장하듯이 이승훈은 마르크스 신봉자들이 주장하는 삶의 질이라는 정치·경제적 가치보다, 삶의 본질이라는 정신적 가치를 새로운 예술형식인 모더니즘을 통해 표현하려고 노력했다. 그러므로 모더니스트인 이승훈은 출발부터가 반리얼리즘이다. 그의 시세계에 대한 단순한 방향전환이 아니라 리얼리즘과의 단절이며, 해체이며, 청산이다. 그는 끊임없이 변화하는 세계에 대응하여 예술적 관점의 끊임없는 이동을 시도한다.

『사물A』(삼애사, 1969)에서부터 『밤이면 삐노가 그립다』(세계사, 1993)까지 그의 시의식은 '자아찾기', '정체성 찾기'이고, 내면세계를 노래하는 모더니즘의 시이다. 기법적인 면에서 그의 초기시들은 상징주의 쉬르리얼리즘의 영향을 많이 받고 환상적 세계를 보여왔다. 김준오

---

69) 정구향, 「한국 모더니즘 詩의 比較 硏究」, 건국대학교 박사학위 논문, 1992, 16쪽.
70) Macolm Braedbury and James McFarlane, 「The Name and Nature of Modernism-Modernism」, Penguin book, 1976, 20쪽.

는 『한국 모더니즘의 현 단계』(현대시사상, 1980, 겨울호, 51쪽)에서 "모더니즘이라는 용어는 말썽 많은 용어이며 우선 이 용어의 개념자체가 매우 애매하다"고 했다. 그러면서 그는 "모더니즘은 20세기 초에 나타난 전위적이고 실험적인 문학과 예술의 온갖 조류를 통칭한다"고 했다.

현대란 '현재 그리고 최근'을 지시하는 말이므로 현대적인 것은 그 무엇이나 과거와는 분별[71]된다. 예를 들면 브래디베리와 맥팔레인의 견해는 현대성의 개념을 현대 예술이 개발해온 인간 정신의 새로운 조건, 말하자면 새로운 의식으로 규정하면서 모더니즘을 이런 새로운 삶의 조건에 상응하는 새로운 구성 양식으로 본다. 따라서 모더니즘은 리얼리스트, 혹은 낭만적 충동을 전복시키고, 추상화를 지향하는 매우 다양한 운동들을 포섭하는 용어이다. 이 추상화를 지향하는 운동들로는 인상주의, 후기인상주의, 상징주의, 이미지즘, 소용돌이주의, 다다이즘, 초현실주의 등이 포함[72]된다. 또한 모더니즘은 이 시대의 새로운 의식에 대한 미적 반응이며, 추상화를 지향하며, 이 시대의 혼돈을 표상한다는 점으로 다시 요약 된다. 이 두 사람이 말하는 새로운 의식이란 결국 반리얼리즘, 반낭만주의의 태도로 수렴되는 바 이는 이 시대의 혼돈과 무관치 않다.

이와 같이 한국의 모더니즘 시 운동은 1980년대에 접어들면서 매우 충격적이고 놀라운 변화의 조짐을 보여왔다. 그것은 모더니즘의 근본적인 이념과 본질적 특성, 그리고 모더니즘은 리얼리즘과 함께 문학의 본질 개념으로 보자는 것이었다. 즉 1930년대 이상(李箱)의 시처럼 형식 실험이라기 보다 매우 급진적인 장르 해체, 또는 형식 해체와 같은

---

71) 김시태, 이승훈, 박상천, 「1930년대 한국 모더니즘 연구」, 한국학논문학술지 제26집, 한양대학교 한국학연구소, 1995, 247쪽.
72) 김시태, 이승훈, 박상천, 앞 논문, 248~249쪽.

놀라운 문체로 나타난다. 이승훈의 모더니즘은 단순한 예술의 「자유」가 아니라 예술적 「필연성」이라는 긍정적 의의를 갖는 반면, 리얼리즘을 부정하면서 현실을 있는 그대로가 아니라 왜곡 시켜 표현한다. 따라서 왜곡으로 구체화된 형식실험이 예술의 자율성을 지나치게 강조한 데서 문제가 비롯된 것이다. 모더니즘은 도피예술이고 순수예술이며 심지어 체제순응적 예술이라는 비난을 면치 못한다. 중심이 상실된 세계에서 더 이상 사물들이 본질적인 가치를 지니지 못하고 물질화되어 있는 세계에서 살아가는 자에게 허무주의는 나타나게 되는 것[73]이다. 이러한 측면에서 볼 때 아방가르드는 허무주의적 경향을 분명하게 드러내고 있다는 사실[74]이다. 또 모더니즘은 구두점과 띄어쓰기 무시, 숫자나 도표의 사용, 지나친 동어 반복, 연상의 나열, 구문과 문법의 해체로 전통시로부터 급진적 이탈을 보여왔다. 그리고 이 중심에는 이승훈이가 있다. 그의 내면세계의 실존이 투사된 비대상 시의 이미지는 철저히 왜곡되고 우리가 지각할 수 없는 무형의 형태, 즉 추상적인 형태를 띨 수 밖에 없다. 여기서 이미지는 감각적으로 느껴지지 않고 관념어도 의미로 느껴지지 않는다. 그 까닭은 이미지와 관념어는 모든 일상적 언어의 산물이 아니라 비대상의 영역[75]에 속하기 때문이다. 첨언하면 비대상이란 「자기증명」이고, 모더니즘 역시 독백적, 내면성의 문학이다. 여전히 주체가 살아 있는 문학이므로 이승훈은 자아탐구 과정에서 '나'와 '너'와 '그'의 동일성 증명을 노리며 자아탐구를 시도한다. 이렇게 초기 시쓰기 단계인 비대상과 모더니즘의 시세계에서 자아탐구 양상

---

73) 금동철, 「1950~60년대 한국 모더니즘시의 수사학적 연구」, 서울대학교 박사논문, 1999, 133쪽.
74) 레나토 포지올리, 「아방가르드 예술론」, 박상진 역, 문예출판사, 1996, 100쪽.
75) 김준오, 「한국 모더니즘의 현단계」-모더니즘과 마르크시즘의 만남, 현대시사상, 1980년 창간 <겨울>호.

을 지속 적으로 보여 오던 그가 불안감과 현기증, 그리고 무기력으로 부딪치게 되는 시적 한계를 극복하고자 자아소멸이라는 포스트모더니즘의 시세계로 이동한다.

III. 포스트모더니즘의 양상

1. 자아탐구의 한계

'포스트모던'이라는 형용어는 명백하게 역사 예언자인 아놀드 토인비에 의해 1950년대 초에 주조[76]되었다. 포스트모던이라는 용어와 포스트모더니즘이라는 용어는 애매 모호성을 지닌다. M. 칼리니스쿠는 『모더니티의 다섯 얼굴』(시각과 언어, 1993)에서 포스트모더즘에 대해서 다음과 같이 기술하였다.

> 그렇다면 우리는 우리 문화에 있어서의 하나의 새로운 단계와 조우하고 있는 셈인데, 그것은 동기와 근원에 있어서 하나의 소망 즉 피투성이가 되어 버린 모더니즘의 유산과 단절하려는 소망을 나타낸다…… 그 새로운 감수성은 관념을 참지 못한다. 그것은 단지 어제까지의 우리 비평의 구호일 뿐인 복합성과 정합성의 구조들에 대해 참지 못한다. 대신 그것은……(중략)그것은 합리성에 대한 경멸, 정신에 대한 참을 수 없음을 숨쉰다… 그것은 과거에 싫증나 한다.

---

76) Cǎlinescu, Matei, 「모더니티의 다섯 얼굴」, 이영욱. 백한울. 오무석. 백지숙 옮김, 시각과 언어. 1993. 164쪽.

왜냐하면 과거는 지겨운 놈 a fink이기 때문이다.[77]

M. 칼리니스쿠가 주장한 것처럼 모더니즘의 유산과의 단절로 포스트모더니즘의 시세계로 넘어 가는 양상을 보이고 있는 이승훈은 전통적 가치와 그 가치가 전달되는 수사법도 거부하는 경향을 가지고 사회적 존재로서의 인간보다는 개인으로서의 인간을 더 강조한다. 그리고 근본적으로 반지성적이며, 인간의 이성이나 일체적 도덕감보다는 정열과 의지를 더 중시한다. 또 그는 의식보다는 무의식을 강조하던 모더니즘 질서에 대한 반항과 극도의 작품내용의 파편화 및 현상학적 비평이론 등을 내세우고 자아와 주관성에 대한 새로운 입장과 패러디와 패스티쉬, 그리고 탈장르화, 임의성과 우연성, 자기 반영성 행위와 참여의 정체성을 지닌 포스트모더니즘의 시세계로 이동한다. 그것은 자아탐구로 일관해 오던 그가 불안과 광기, 현기증, 그리고 결핍증을 떨쳐버리지 못한 자아탐구의 한계를 느끼고 포스트모더니즘의 시세계로 관심을 돌린 것이다. 대상이 없는 자아탐구를 하던 그는 자아소멸이라는 명제로 자아를 해체하기 시작한다.

해체시란 용어가 한국문단에 본격적으로 나타나기 등장한 것은 1980년대 초이다. 이 해체시들은 예술에 대한 근본적인 회의와 함께 전통시 형태를 철저하게 파괴하고 1960년대의 실험시들과는 현격하게 구별되는 극단적인 문제 시로 정의되었다. 한 마디로 말하면 해체시의 원리는 반미학으로 요약된다.

해체시는 시적 대상을 해체하여 시를 기표의 놀이로 만들고 이러한 대상의 극단적인 해체는 근대적 이성에 의해 만들어진 이성중심적 사

---

77) Cǎlinescu, Matei, 앞책, 168쪽.

유구조에 대한 반발이라고 할 수 있다. 그러므로 이승훈의 시는 인식의 대상이 되는 사물과 은유적 동일성을 통해 하나로 연결되는 것이 아니라 분리되고 파편화 되어 존재한다. 즉 동일성이 해체되고, 주체는 대상과 분리된 채 비개인적이고 탈역사적인 주체로 절대화되면서 해체된다.

이제 대상도 없는 시쓰기, 자아가 소멸된 시세계에서 이승훈이 마지막으로 선택한 것은 언어다. 그는 '대상도 없고 나도 없고 언어만 있다'고 했다. 자기구원과 자기해방을 성취하지 못하고 그토록 시적 억압으로부터 괴로움을 겪은 것은 결국 언어가 그에게 최후로 존재하는 현실이기 때문이다. 그러므로 언어는 운명적으로 현실과 단절 속에 놓여 있고 그래서 이승훈은 현실을 믿기보다 언어를 믿으려고 몰두한 흔적이 역력하다.

> 나도 없고 대상도 없고 언어만 남았다. 그러나 이 언어도 버려야 하리라. 언어도 버리는 심정으로 시를 써야 하리라. 언어는 나를 사랑하지 않고 나는 언어에서 벗어날 수도 없다.[78]

위의 인용문에서 그에게는 '자아/대상/언어'에서 '대상'만 없는 것이 아니라 '자아'도, '대상'도 없는, 없어서 있는 자아, 이른바 '불이(不二)'이라는 관념으로 빠져 드는 것을 볼 수 있다. 그러면서도 그는 늘 반성한다. 『탈근대주체이론 - 과정으로서의 나』(푸른사상사, 2003)를 집필하면서 이렇게 반성했다. "개인적으로 이 연구는 '나는 없다'는 주장을 하고도 그 동안 시쓰기나 인생이나 계속 방황투성인 나를 다시 반성한다는 의미도 거느린다"고 했다. 이러한 이승훈의 시적 한계를 정효구의 말을 옮기면 다음과 같다.

---

78) 이승훈, 시집「비누」- 시인의 말 중에서, 고요아침, 2004, 5쪽.

유동하는, 가변적인, 순간적인 자아를 탐구하던 이승훈이 '나는 없다'고 발언한 것은 그가 자아의 속성을 깊이 깨달았다는 증거이다. 자아의 이런 속성을 깨달은 이승훈은 한편으로 지독한 허무감을 느끼지만, 다른 한편으로 누구도 흉내 낼 수 없는 자유自遊의 경지를 즐길 정도이다. 그는 허무감과 자유로움, 이 양자 사이를 오가면서 담담하게 '부재하면서 존재하는' 자아의 실상을 수용한 것으로 보인다. 그러나 차이와 연기延期의 형태로만 존재하는 것이 그가 인식한 자아의 실상이기에 그가 한편으로는 자유로움을 느끼면서도 다른 한편으론 허무감과 불안감을 떨쳐버리고 온전히 자유로워지는 것은 어려운 일처럼 보인다.[79]

이승훈은 '나는 없다'라고 말을 던져놓고도 허무감과 불안감을 떨치지 못하고 완전한 자유(自遊), 완전한 무아(無我)에 이르지도 못하고 있다. 그에게서의 불안은 그의 본능이다. 떨쳐버리지 못하는 불안감과 자유, 그리고 무아(無我)에 오르지 못하는 이유를 정효구는 다음과 같이 기술하고 있다.

이승훈의 자아탐구는 자기 존재의 증명이자 자기구원의 문제와 연관돼 있다. 한 인간이 자아를 탐구하는 까닭은 무엇보다도 나는 누구인가를 제대로 앎으로써 자기구원 내지는 자기해방의 과제를 해결해보고자 하는 데 있다. 외형적으로 본다면 이승훈은 누구보다도 긴 시간을 자아탐구라는 작업에 바쳤고, 마침내 <대상도 없고 나도 없다>는 결론을 이끌어냄으로써 자아탐구라는 문제를 해결한 듯이 보인다. 하지만 이와 같은 발언을 한 이후에도 이승훈은 계속하여 불안감, 현기증, 결핍감 등을 느끼는 것 같거니와, 그것은 아직

---

79) 정효구, 「이승훈의 시와 시론에 나타난 자아탐구의 양상과 그 의미」, 『어문논총』 제7집, 충북대 외국어교육원 1998, 249~250쪽.

도 그가 내적으로 완전한 자기구원이나 자기해방의 과제를 해결하지 못하였다는 것을 의미한다. 필자는 여기서 생각해 본다. 왜 이승훈은 '대상도 없고 나도 없다.'는 자기만의 인식론적 결과물을 얻어내고서도 자기구원과 자기해방에 온전하게 이르지 못한 것일까 라고. 이에 대하여 두 가지 답을 제시할 수 있을 것 같다.[80]

정효구는 앞 인용문에서 이승훈 시인이 자기구원과 자기해방에 온전하게 이르지 못하는 이유 중에 우선 하나는 그의 자아를 차이와 연기의 형태로 존재하는 것이라 해석했다. 이승훈은 이와 같은 방식으로 자아를 해석한 결과, 그로부터 느끼는 감정을 다음과 같이 표현하고 있다.

그가 제시하는 두 가지 답 가운데 하나는 자아를 차이와 연기의 형태로 해석한 점, 따라서 이를 극복하는 문제이고, 다른 하나는 내가 최후로 언어를 선택한 점, 따라서 언어를 새롭게 인식하는 문제이다. 전자에 나오는 차이와 연기는 자아의 실체를 부정하는 데리다적인 개념이고, 이런 개념이 나의 경우 우울증 미학, 파편 미학, 몽타주 미학과 결합됨으로써, 모순이 생긴다는 지적이고, 후자는 자아와 대상을 부정하고도 시를 쓴다는 것, 그런 점에서 내가 언어를 긍정하지만 한편 나의 경우 언어는 '존재의 집'이 아니라 '존재의 짐'이고 짐이기 때문에 결국 나는 언어와 화해하지 못한다는 지적이다.[81]

대상도 없고 자아도 없고 언어로만 시쓰기를 하던 그는 이제 언어와도 화해하지 못하고 내적 자기구원이나 자기해방의 과제를 해결하지 못한 채 불안감과 현기증, 결핍증에 시달리고 있다. 자유도 아닌, 그렇다고 허무도 아닌, 자유롭지만 허무한 그의 시쓰기, 그는 딜레마에 빠

---

80) 정효구, 앞 논문, 250쪽.
81) 이승훈, 「탈근대주체이론-과정으로서의 나」, 푸른사상사, 2003, 16쪽.

지고 만다. 이젠 자신을 해체하는 일만이 자기구원이고 자기해방의 과제로 드러난다.

2. 자아소멸과 자아부정

이승훈 시인이 추구해온 그 동안의 시쓰기는 비대상-비주체-비언어로 발전하고 그것은 자아찾기-자아소멸-불이사상의 단계에 상응하고 불이사상은 언어가 시를 쓰는 단계와 이 단계의 극복을 포함하고 따라서 이때의 불이사상은 비언어를 포함[82]한다. 그의 시에서 주체를 분열시킴과 동시에 그 욕망을 촉발 시키는 역할을 하고 있는 '이념적 타자'에 주목하지 않으면 안 된다. '자아/대상/언어'에서 '자아/(대상)/언어'을 비대상이라고 앞서 정의한 바와 같이 '자아/대상/언어'에서 대상에 괄호를 치면 <그림. 2 참조> 자아와 언어만 남고 대상이 없는 이것을 비대상이라고 했다. '대상'도 없고 이젠 '자아'마저 버린다. 그것은 대상만 버려서는 그토록 갈구하던 이승훈 자신의 내면의 시적 자유에 대한 억압을 폭로하는 데에 한계를 느끼기 때문이다. 따라서 『밝은 방』(고려원, 1995)을 지나면서 '나는 없다'는 자아소멸의 시적 인식에 도달한 그가 주목한 것은 '언어'이다. 대상도 없고 자아도 없고 남은 것은 언어뿐이다. 언어로만 시쓰기를 하였다. 그의 시집 『밝은 방』(고려원, 1995)에서부터는 자아탐구에서 자아소멸, 주체소멸로 바뀌게 된다. 따라서 자아와 주체가 소멸되면 남는 것은 언어이고 이 언어에 대한 자의식이

---

82) 정효구, 『한국현대시와 평인의 사상-「비대상의 시론에서 不二까지」』, 푸른사상사, 2007. 앞 논문에서는 '자아불이'라는 용어를 사용하였으나 본 논문에서 '자아불이'를 '불이사상'으로 표기하였음을 밝혀 둔다.

시작(詩作)에 그대로 투영되었음을 알 수 있다.

　이와 같이 언어에 대한 자율성을 강조하면서 스스로 생장, 변화하도록 언어를 방목하는 형식이 하나의 시적 방법론으로 되고 이승훈은 자아를 찾다가 결국 자아가 없다는 결론을 얻게 되고 이것이 '자아-언어-대상'에서 남는 건 '언어'만 남고 '자아'와 '대상'이 없는 '언어'가 시를 쓰게 된다.

<그림. 2>

　이승훈의 비대상은 <그림. 2>와 같이 '자아/대상/언어'에서 '(자아)/(대상)/언어'로 반전한다. 다시 말하면 초기 시에서 나타났듯이 '대상'이 없는 '비대상'을 말해 오던 이승훈의 시쓰기는 '자아'마저 소멸하는 현상을 나타내며 결국 '언어'만 남는, 즉 '언어'가 시를 쓰는 단계로 나아간다. 따라서 '언어'가 '자아'이고 '자아'가 '언어'가 된다.

<그림. 3>

$$L (언어) = E (자아)$$

　이런 공식에 의해 그의 주체가 해체되고 실체가 아니라 과정으로서의 주체가 강조된다. 이런 주체를 데리다 식으로 말하면 텍스트적 주체, 해체적 주체, 차연적 주체다. 또 고정된 절대적 실체로서의 주체, 데카르트적 주체는 없고 주체는 차연defference[83]이 생산하고 차이와 연기가 주체이다. 다시 말해 주체는 차이/연기의 관계다. 라깡식으로 말하자면 기표와 기표 사이에 존재/부재는 주체이다. 이렇게 자아소멸, 주체소멸을 깨닫고도 그가 계속 불안, 우울, 광기에 시달리는 건 이런 깨달음이 언어학을 매개로 했기 때문이다.

> 대상이 사라지고 남은 자아는 무의식적 실체이고, 나는 이런 자아를 노래했습니다. 이상의 「절벽」같은 시가 그렇죠. 김춘수의 무의미 시론이 의미론을 강조한다면 내 시론은 심리학, 무의식, 억압된 심리적 에너지의 투사를 강조합니다. 나는 이런 세계를 실존의 투사, 외부세계의 무화無化, 언어의 도취로 요약한 바 있습니다. 김춘수의 무의미 시는 묘사적 이미지, 자유연상, 통사해체의 단계로 발전하고 나는 비대상, 자아소멸, 해체로 발전 합니다.[84]

그의 자아소멸은 자신을 해체하는 것이고 한 편의 시의 장르 해체이고, 시라는 제도의 해체이기도 하다. 그래서 그에게는 시의 본질이란 없다. 같은 맥락에서 '시적 진리'란 개념도 해체된다. '시는 없다'는 그

---

83) 데리다가 고안한 용어가 '차연'différance이다. 알려진 대로'différance'는 공간적인 차이와 시간적인 연기를 함께 나타내기 위해'차이'를 뜻하는 불어단어 'différence'의 가운데 철자 'e'를 'a'로 바꾼 신조어이다. 따라서 'différance'와 'différence'는 발음상 구분이 안된다. Jacques Derrida, "Difference", Margins of Philosophy, 13쪽, 136. 참조. 또 데리다의 이런 의도를 고려한다면, 'differance'의 번역어는 일본식 조어인 '差延' (差異＋延期)보다는 일부에서 제시하는 '差移'가 더 낫다. '差異'와 '差移'는 발음상으로는 구별되지 않기 때문이다. 하지만 이 용어를 바라보는 시선 속에도 어느 정도의 씁슬함은 배어 있다. '差異'와 '差移'는 발음상에서 분만 아니라 한글로 표기될 때도 역시 구분이 안 되기 때문이다. 그것은 오직 한자로 표기될 때에만 구분 가능하다. 박원재, 「도와 차연」, 시와세계, 2008 여름호, 131쪽. 재인용.
84) 대담: 이승훈/이재훈, 『이승훈의 문학탐색』-대담/비대상에서 선가지, 푸른사상, 2007, 83쪽.

의 말은 어떤 것도 시가 될 수 있다는 말이기도 하다. 달리 말하면 시가 복수성을 띠고 있다는 말이다. 이와 함께 언어에 대한 고정관념도 해체된다. 기표들 간의 차이를 만들면서 그 의미를 계속 연기하지 않을 수 없다. 그에 따르면 사물이 언어화 될 때 사물은 희생된다. 언어는 존재의 집이 아니라 존재의 짐이다. 또 가족, 사회도 언어에 의해 구성되고, 시쓰기는 언어라는 짐을 지고 실체가 없는 시라는 이름의 유령과 대립한다.

이승훈의 경우, 자아에 대한 탐구를 강조하던 초기시편들을 넘어 시집 『밝은 방』(1995,고려원), 『나는 사랑한다』(세계사,1997), 『너라는 햇빛』(세계사,2000)에 와서는 현존하는 자아가 있는 것이 아니라 텍스트적 자아가 있다. '자아소멸의 시와 언어가 쓰는 시'로 묶어지는 시편들의 자아는 해체적 자아이고 차연적 자아다. 데리다가 말하는 영원불변의 진리가 없다는 해체이론을 근간으로 한 이승훈의 해체적 시론은 자아, 언어, 무의식의 상태에서 벗어나 자아가 언어에 지나지 않는다는 사유를 함으로써 자아소멸의 해체시로 접근하게 된다. 곧 언어에 의해 자아가 소멸되고 언어가 시를 쓴다는 사유로 발전하게 된다. 이런 사유는 자아소멸에 의해 새롭게 확장되는 메타시적 형태와 시론시를 낳는다.[85] 이 예로「오토바이」,「돌아오지 않는 법?」,「그녀의 이름은 환상이다」,「그녀의 방」,「어머니 무덤」,「이승훈 씨를 찾아간 이승훈 씨」,「크리티포에추리?」,「답장」,「언어」,「봄날은 간다」,「이 시대의 시쓰기」,「텍스트로서의 삶」,「시」 등이 대표적이다.

> 나는 없고 언어만 있으니 나라는 언어가 나를
> 만든다 이 글 이 텍스트 이 짜깁기 언어라는
> 실과 실의 얽힘 속에 양말 속에 편물 속에

---

85) 송준영,「한국모더니즘(2)」, 시향 18호, 2005, 4쪽.

스웨터 속에 당신의 스타킹 속에 내가 있다
나는 거기 있는가? 내가 거기 있다고? 글쎄
난 그것도 모르고 거울만 보며 쉰이 넘었다
망측스럽도다 거울만 바라보며 세월을 보낸
내가 갑자기 망측해서 주먹으로 한 대 갈기고
이 글을 쓴다 이 글 속에서 이 언어 속에 아무
것도 없는 언어 속에 부재 속에 무 속에 내가
있도다

—「텍스트로서의 삶」전문86)

이 시는 자아소멸에 대한 확실성을 보여주는 시다. '나는 없고 언어만'있다. 그래서 언어가 시를 쓴다. 자아와 주체가 소멸되면 남는 게 언어이고, 이 언어에 대한 자의식이 시작(詩作)에 그대로 투영되게 된다. 그러므로 언어에 자율성을 누리게 하고, 스스로 변화하고 생장, 형질되도록 언어를 방목하는 형식이 하나의 시적 방법론으로 파악된다. 곧시의 장르와 제도성, 그리고 시의 자율성과 통일성의 해체다.

다음의 시편들은 그의 시가 언어에 의해 자아가 소멸되고 언어가 시를 쓴다는 인식을 넘어서는 곧 자아 소멸의 해체시가 한층 심화되어 주체와 언어의 해체에 이르게 된다. 그의 시집『나는 사랑한다』(세계사, 1997),『너라는 햇빛』(세계사, 2000)에서 사진이나 그림을 인용하면서 시를 구성하는 차원의 끼워넣기embadings 형태로 시의 제도성을 해체하는 사진시나 그림시를 발표한다. 이것은 사진이나 그림을 인용하지만 시를 구성하는 이해 차원에서 끼워 넣기 형태로 나타난다. 그의 사진 시로는「시」,「소파 이야기」,「어느 스파이의 첫사랑」을 들 수 있다

---

86) 이승훈,「너라는 햇빛」, 세계사, 2000, 72쪽.

물론 쓰레기 같은 것들 때문에 잠이 안 오던/밤도 많았다 지금도 잠이 안 온다 아직도/수양이 모자란다 그러나 이것만으로 만족이다/ 연구실에서 쓰던 낡은 쏘파를 아파트로 옮기고/쏘파에 앉아 책을 읽 겠다던 것이 1년이 넘고/어제는 다시 쏘파 위치를 바꿨다 서향 창/ 아래 있던 쏘파를 서향 창 아래에 있는 책상/앞으로 옮기고 비로소 마음이 놓인다 난/병적인 데가 있다. 고교 시절 누나도 그랬고/지금 함께 사는 아내도 그런다 아아 그렇다/난 예민한 게 아니라 병적이 다! 병적이다!/병적이다! 교교 시절 친구들도 그랬다 지금은/친구들 도 없지만 쏘파가 신경에 거슬려 책을/못 읽고 1년이 갔다 이런 말을 하는 건 자랑이/아니다 쏘파를 다시 연구실로 옮길 수도 없고/(무엇 보다 아내가 얼마나 속으로 나를/비웃겠는가?) 어제는 위치만 바꿨 다 쏘파/위치만 바꾸고 현재 쏘파는/

처럼 놓여 있다. 어색하게 놓여 있다 어색한/위치에 놓였습니다 쏘파는 낡은 잿빛 쏘파는/아내는 버리라고 하지만 책상을 향해 놓아 /야지요 책상을 보고 있어야지요 책상은 서향/창을 보고 쏘파는 책 상 옆에 있는 책꽂이를/보고 있으니! 그러나 난 편하다 쏘파도 편할/ 것이다 쏘파 위치를 바꾸며 세월이 간다/마침내 현재 위치로 쏘파를 옮긴 건 어제다/아니 한 달 전인가? 이젠 책들도 읽고 (읽을/책들이 너무 많다) 교수는 책을 읽어야 한다/쏘파에 앉아 자켓은 없지만 없 는 자켓을 걸치고/해질 무렵 명상도 하시고 난 지금 이 쏘파에/ 앉아 이 글을 쓰신다 헛소리가 아름다운/ 저녁이다 아아 헛소리가 헛소리가
— 「쏘파 이야기」 전문[87]

위의 시는 이성에 의한 일체의 통제, 미학적 또는 윤리적인 일체의 간섭이나 선입견 없이 행해지는 사유의 진실을 받아쓰기[88]한 것이다. 즉 이미지의 돌발성이나 이로 인해 나타나는 주체의 무의식 속에서 존재하는 내적인 인접성의 원리에 따라 이루어지는 것으로 정의할 수 있다

솔직이 말해서 난 밤에 일찍 잔다 겨울 밤엔/ 열 시 반이면 잔다 TV뉴스는 9시부터 10시까지다/뉴스를 볼 때 난 TV 앞에 앉아 혼자 맥주를 마신다/뉴스를 본다 담배를 피운다 재떨이에 재를 떤다/술에 취한다 뉴스를 본다 아나운서는 도대체 무슨/말을 하고 있는 거야? 뉴스를 보며 술에 취하고/뉴스에 취하고 한 시간 동안 취한다 술을 마시며/뉴스를 보면 뉴스 내용이 하나도 들어 오지 않는다/그러나 뉴스를 보고 왜냐하면 뉴스를 알아야 살 수/있으므로 그것도 한 시간 동안 보고 뉴스가 끝나면/겨울 밤이면 할 일이 없는 나는 채널을 계속 돌린다/스파이 영화가 나오나 하고 스파이 영화, 첩보물이/보고 싶은 밤이다 탐정 영화는 싫다 스파이 영화,/그것도 2중 스파이가 주인공으로 나오는 영화다/배경은 동독이나 스위스 강원도 황량한 시골길 내가/자전거를 타고 달린다 나의 정체를 아는 사람은/없다

87) 이승훈, 「아름다운 A」, 황금북, 2000, 106~107쪽.
88) T. 짜라, A. 브르통, 「다다 / 쉬르레알리즘의 선언」, 송재영 역, 문학과지성사, 1987, 133쪽.

탐정은 정체가 드러나지만 스파이는 정체가/드러나지 않는다 나 스파이는 영화 속에서 끊임없이/위장하고 변장하고 속이고 걷는다 내 친구들은 탐정/이다 그러나 난 스파이다 내 친구들은 머리를 쓴다/난 그저 걷는다 왜 걷는지 모른다 누군가 걸으라고/하면 걷는다 낙엽이 지는 강원도 산길 아아 난 지금/누굴 찾아가는가? 탐정은 그가 찾는 사람을 알지만/스파이는 모른다 탐정은 법을 지키고 스파이는 법을/파괴 한다 중절모를 쓰고 캡을 쓰고 바바리를 걸치고/신사복을 입고 낡은 잠바를 입고 자전거를 타고/택시를 타고 깊은 밤 안개 속에서도 변장을 해야/한다 제자들도 나를 모른다 언제나 사는 건 위기의/연속이다 난 이 영화의 주인공이다 그러나 2중/스파이의 운명이여 인간의 운명이여 이 추운 저녁/ 낡은 오바를 걸치고 이승훈씨가 걸어 가신다 그렇다/이 엉터리 같은 삶을 즐기도록 하시오 솔직히 말해서/난 내 친구들(탐정이며 시인들)보다 영화 속의/스파이(누구를 찾아가는지 자신도 모르는 마른/허무주의자)를 사랑합니다 그러나 그의 제자도/그의 아내도 그의 정체를 모른다 어떻게 알겠는가?/스파이에겐 자아가 없다 스파이의 황홀이여 스파이의/삶이여 오늘 저녁도 황량한 산길을 돌아가는 그의/마른 어깨에 입술을 대고 싶구나

— 「어느 스파이의 첫사랑」 전문[89]

인용된 위의 시처럼 사진이나 그림을 인용하는 것은 시를 구성하는 차원에서 끼워넣기embadings 형태를 취하고 있다. 그러나 사진 시 「준이와 나」나 마르셀 뒤샹이 오브제로 삼은 변기 ─오브제를 사용한 「뒤샹의 <샘>」과 앤디 워홀의 그림을 이용한 「이승훈이라는 이름을 가진 3천 명의 인간」은 끼워넣기embadings 스타일의 시와 비교할 때 좀 더 과감하고 실험적 아방가르드의 첨단 기법으로서 전통적인 시의 장르

---

89) 이승훈, 「나는 사랑한다」, 세계사, 1997, 65~67쪽.

를 해체한다. 그는 시의 장르를 해체할 뿐만 아니라 시의 제도성도 해
체한다. 여기서 그는 시라는 장르, 즉 시의 제도성을 해체하는 방식으
로 사진이나 그림을 인용하여 시를 구성하려는 차원의 끼워넣기
embadings 형태를 추구한다. 또 다른 하나는 시의 자율성과 통일성의
해체다. 그 예로「기차를 향한 배고픔」,「끄노에 대한 단상」,「거짓말을
하든지 죽든지」등이 대표적인 작품이다.

난 글쓰기를 두려워했다 글쓰기를 사랑했기 때문이다
뭐라고 할까? 난 글쓰는 환자 불안 때문에 병이 든 이
승훈 씨는 우울 때문에 병이 든 이승훈 씨다 그러나
어제부터, 꿈속에서 박목월 선생님이 나타나시고 난
　　　　　　　　　　　글을 써야 한다고 생각 했다
난 글을 쓰면서 커피를　글쓰는 환자들은 행복하다
조금 마시고 담배를 피　글쓰기는 병을 치료하는 한
우고 바카스를 조금 마　가지 방법이다 어제는「문
시고 아무 것도 마신　학의 역사는 폐허의 역사」
건 없다 아무 것도 달　라고 글을 썼다 30매를 쓴
라진 건 없다 아무것도　다는 게 35매를 썼다 원고료
생긴 건 없다 사라진　를 조금 더 받으려고 그런
것도 없다 이 종이를　건 아니다 물론 난 어디로
보시오!　　　　　　　갔던가? 글을 쓰면서 난 컴
　　　　　　　　　　　퓨터를　드리면서　동시에
창밖을 볼 순 없다 인간은 동시에 두 가지 일을 못한
다 그러나 담배는? 오 담배를 피우며 컴퓨터를 두드릴
순 있다 담배는 그만큼 인간적이다 담배를 모욕해선
　　　　……(중략)……
　　　　　　　　　　　　　　　　―「이 글쓰기」일부90)

이승훈의 실험적인 시세계는 자아탐구에서 끝나는 것이 아니다. 복수형 스타일의 시라고 말 할 수 있다. 즉, 한 편의 시 속에 또 다른 한 편의 시가 반드시 존재해야 한다는 자율성과 통일성을 해체하는 시쓰기를 말 한다. 그 대표적인 작품으로는 위의 인용시 「이 글쓰기」를 비롯하여 「끄노에 대한 단상」, 「노예에 대해」와 같은 시다. 또 다른 하나는 삶의 무게가 언어공간으로 다소 침투하는 시들이다. 포스트모더니스트인 그의 해체적 자아성찰은 비록 삶이 해체됐을지라도 '너'에 대한 인식과 함께 '너'가 있으므로 시가 있다는 인식을 한다. 자아소멸을 강조하는 포스트모더니스트로서 그의 해체적 자아성찰은 '나'와 '너'에 대한 동일성을 증명하는데 있다. 그 대표적인 시로서 「너라는 햇빛」, 「시」, 「네!」, 「언어」, 「너」, 「아름다운 새여」, 「시인」, 「극에 달하다」[91], 「난 당신 아저씨」 등이 해당된다.

시

시는 나의 의지를 넘어선다
그것은 나로 하여금 그 자신이 원하는 것을
하게 만든다

이 승 훈

*마리 로르 베르나다크, 폴 뒤 부셰 지음, 최경란 옮김,
새세상, 1996, 피카소의 사랑과 예술

— 「나는 사랑한다」 전문[92]

90) 이승훈, 「나는 사랑한다」, 세계사, 110~111쪽.
91) 원래 이 작품은 「보은, 악덕, 사랑」이라는 제목으로 1997년 「현대시학」 6월호에 실리었으나 그 후 현재의 제목 「극에 달하다」로 고친 것임. 「시향」 2005년 19호 가을호, 20쪽. 참고.

— 「준이와 나」 전문93)

　　이승훈은 자아를 탐구하다가 마침내 자아조차도 부정함으로써 죽음으로 치닫는 것과는 달리, 자아를 부정하면서 동시에 긍정하거나 부정도 긍정도 하지 않는 개방적 세계를 창조하였다. 따라서 이승훈은 자아탐구를 통하여 자기 자신의 실상을 있는 그대로 인정하게 되었고, 이로 인하여 내적 자유를 체험하기도 한다. 이승훈은 있는 그대로의 자아가 아니라 흔적과 자취로서 자아를 유희하고 있다. 그리고 이승훈의 자아탐구 과정은 한국 시의 자아탐구라는 과제를 한 층 발전시킴과 동시에 고도로 심화 시키는데 적잖은 공헌과 영향을 미친 것으로 판단된다. 자아부정은 세계를 부정하는 것이다. 세계를 부정한다는 것은 크게는 우주와 자연을 부정하는 것이고 작게는 시간과 공간을 부정하는 것이고 결국 인간세계마저 부정하려는 것이다. 그는 존재니 자아니 하는 것들의 본질에 더 이상 집착하지 않는다. '대상은 없고 나만이 있다'는 그의 첫 명제가 '대상은 없고 나도 없다'는 새로운 명제로 바뀌었다. 더 나아가서 이 명제는 '대상도 없고 나도 없고 언어와 흔적만이 있다'는 명제로 대체94)되고 만다.

92) 이승훈, 「나는 사랑 한다」 세계사, 1997, 11쪽.
93) 이승훈, 앞 책, 112쪽.

3. 포스트모더니즘의 수용 양상

모더니즘은 전통적 가치와 그 가치가 전달되는 수사법도 거부하는 경향이 있다. 또한 사회적 존재로서의 인간보다는 개인으로서의 인간을 더 강조하며 의식보다는 무의식을 강조한다. 따라서 모던이라는 용어는 전통적 형태와 표현기법으로부터의 의식적 이탈을 지칭한다. 당초 리얼리즘에 대한 반동으로 제기되었던 모더니즘은 근본적으로 반지성적이며, 인간의 이성이나 일체적 도덕감보다는 정열과 의지를 더 중시한다. 바로 이런 것 때문에 형태·상징·신화 등의 문제에 깊은 관심을 둔다. 그러나 모더니스트들도 스스로의 정교한 형태를 구축하고 또 심오한 상징과 신화를 구사함으로써 그들 나름의 질서와 규범을 만들어내는 경향을 보였는데, 1960년대에 들어서면서 이 같은 모더니즘적 질서에 대한 반항, 극도로 파편화된 세계에 도입하는 작품내용, 현상학적 비평이론(기존의 문학평론이 작품의 객관적 의미를 인정한 데 반해 그것을 부정하고 독자의 인식 속에서만 그 아름다움이 형성된다고 보는 이론) 등이 대두되면서 포스트모더니즘의 기운이 태동했다.

포스트모더니즘과 모더니즘의 공통점은 전통과의 단절, 불확정성, 파편화, 반리얼리즘, 전위적 실험성, 비역사성, 비정치성 등을 들 수 있다. 한편 포스트모더니즘을 모더니즘과 구분시켜주는 특징으로서는 자아와 주관성에 대한 새로운 입장, 패러디와 패스티쉬, 행위와 참여, 임의성과 우연성, 주변적인 것의 부상, 탈장르화, 자기 반영성 등을 들

---

94) 정효구, 「이승훈의 시와 시론에 나타난 자아탐구의 양상과 그 의미」충북대학교 어문논집, 1998년, 258쪽. 이점에 대해서는 이승훈의 시집 『나는 사랑한다』(서울: 세계사, 1997) 속에 수록한 개인 시론인 『비빔밥 시론』을 참조할 것. 정효구, 「한국 현대시와 문명의 전환」, 새미, 2002, 200쪽. 재인용.

수 있다. 첨언하면 포스트모더니즘이 모더니즘과 구별된다고 한다면 무엇보다도 탈중심화 현상이다. 즉 분별적, 개방적, 부재, 분산화, 병렬적, 불확정, 다형성 등을 말 한다. 앞의 말을 근거로 할 때 포스트모더니즘은 모더니즘에 뿌리를 두고 발전한 문학조류임을 알 수 있다. 포스트모더니즘은 모더니즘에 대한 논리적 연속이면서 동시에 그에 대한 비판적 반작용이라고 할 수 있다. 이승훈 역시 모더니즘에서 포스트모더니즘의 시세계로 이동되는 것은 탈중심화의 한 과정이다.

이승훈이라는 존재는 불안하다. 그의 시를 관류하는 키워드 역시 불안이다. 대상이 불안fear이 아니라 보다 근원에 닿아 있는 불안anxiety이다. 그는 늘 편집증적이고 현기증이 감돈다. 이승훈 자신의 내면성을 보여 주었던 어두운 죽음, 또한 충동이 이승훈 개인 것이 아니라 보편적인 것이라는 것을 깨닫고 한 때는 원형과 신화의 세계를 모색했다. 다시 말하면 자신의 개인적 고통이 인류의 고통이라는 것에 늘 불안감을 감추지 못했다. 그것은 다음 작품에 잘 나타나 있다.

아버지는 바람을 일으킨다/나는 바람 속에 처박힌다/벌판에서 벌판의 피를 뜯어가지고/나는 다른 벌판을 만든다//아버지는 홍수를 일으킨다/내가 만든 벌판이 떠내려가므로/나는 홍수 속에 처박힌다/나는 다른 벌판을 만든다//아버지는 홍수를 일으킨다/내가 만든 벌판이 떠내려가므로/나는 홍수 속에 처박힌다/홍수의 얼굴을 뜯어가지고//나는 커다란 푸른 담요를 만든다/아버지는 화염을 일으킨다/내가 만든 담요가 불에 탄다/나는 불 속에 처박힌다//나는 불 속에서 불의 손톱을 뜯어/공기를 만든다 불 속에서 내가 만드는/공기를 아버지는 짓밟는다 나는 화상을/입는다 공기는 재를 털고 가까스로 일어나면//새벽, 아버지는 악어를 찾아 떠나고/나는 악어가 되어 헤맨다/아아 하얗게/빛나는 피에타,/아버지가 나를 찾을 때까지/나는 내

흔적이나 계속 지워야겠다

—「피에타. I」전문95)

위 작품에서 '아버지'와 '나'는 극명한 대립적 관계를 나타내고 있다. 그 관계는 보편적 상징들인 바람, 물, 불, 공기 따위에 의하여 전개된다. 개인적 내면의 세계를 탐구하던 이승훈은 이 작품에서부터 '아버지'와 '나'와의 관계를 생각하기 시작했다. 또 그는 아버지가 떠난 그 자리에 내가 있고, 내가 있는, 내 자리에 나의 흔적을 지우려는 것으로 바깥의 실체보다 내면의 실체를 드러내 보이려고 한다. 단순히 시 세계가 개인적인 무의식의 산물이었다면, '아버지'가 '나'의 구조적 관계를 노래하기 시작했다는 의미는 원형-신화의 구속으로부터 벗어나지 않는 실존적인 자신만의 내면세계를 구현96)하려는 것이다. 이 같은 사실을 뒷받침 할 수 있는 이론적 근거를 김현은 다음과 같이 제시하였다. 실존의식이란 대상과 시인의 대립이 동기가 되지만, 내면을 열면 풍요한 세계가 전개된다고 보는 것이 일반적인데, 이승훈은 그 반대로 대상의 내면 속에서 불모성을 본다. 그는 생성을 준비하고 있는 것이 아니라 보편적인 것이라는 것을 깨닫게 되며, 그래서 원형-신화의 세계로 나아가게 된다. "개인적인 고통과 승화를 어떤 원형으로 제시"하고 싶어진 것이다. 그 원형의 밑에 깔린 것으로 "개인적 고통의 세계가 바로 인류의 고통"과 직결97)되어 있다.

그는 어떤 대상의 세계도 노래하지 않는다. 또 어떤 대상의 세계도 존재하지 않는다. 또 대상이 없다는 것은 이승훈 시인의 내면세계만이

---

95) 이승훈, 「환상의 다리」, 일지사, 1976, 164~165쪽.
96) 이승훈, 「시적인 것도 없고 시도 없다」, 집문당, 2003, 27쪽.
97) 김 현, 「분석과 해석/보이는 심연과 안 보이는 역사 전망」, 문학과지성사, 1992, 274쪽.

형상화된 것이라고 할 수 있지만, 그런 내면세계는 일종의 실존의식과 결합된다. 이승훈은 자신의 내면세계가 어두운 죽음, 또는 충동이 개인적인 것이 아니라 보편적인 것이라는 것을 깨닫는다. 그래서 그가 원형 - 신화의 세계로 나아가게 되는 것은 마침내 대상의 근거가 허구였다는 인식론적 각성과 더불어 시적 대상의 세계를 제로zero에 놓고 출발한다. 그것은 일종의 현상학적 태도다. 또 대상이 어떻게 존재하는가를 따지자마자 대상은 그 일상적인 윤곽을 잃고 무정형이 되어 버린다. 언어의 유희를 사용하여 난해성에 도달하면서도 나름대로의 체계적인 의미가 어느 정도 인정되는 그의 작품「피에타. Ⅰ」가 강조하는 것은 '아버지'와 '나'와의 대립적 관계이다. '아버지'와 '나'라는 대상이 분명하게 설정되어 있다. 따라서 대상이 없는 이승훈 시인의 초기시에서 나타나던 무의식과 의식의 싸움에서 무의식이 가지는 추상성, 애매성, 특수성, 의식이 가지는 구체성, 논리성, 객관성으로 기울고 있음을 나타내는 것98)이라고 할 수 있다. 여전히 불안감을 떨치지 못하고 있는 화자가 '아버지와 나의 대립적 관계'를 가지는 이유는 무엇인가. 누구보다도 이승훈의 자아탐구는 자기존재의 증명성과 자기구원 내지 자기해방으로부터 기인한다. 또 오랜 시간을 통해 자아탐구라는 시론을 완성하고 마침내 "대상도 없고 나도 없다"는 결론을 이끌어 내면서 자아탐구에 대한 결론을 내릴 것 같았던 그가 여전히 불안감, 공포, 결핍증, 현기증 무기력을 느끼는 것은 그가 내적으로 완전한 자기구원이나 자기해방을 완성하지 못한 것을 의미한다.

우선 그 하나는 그가 자아를 차이와 연기의 형태로 존재하는 것이라고 해석99)했다는 점이다. 이승훈은 이와 같은 방식으로 자아를 해석한

---

98) 이승훈, 「이승훈의 시에 나타난 자아탐구의 과정 연구」, 부산외국어 대학원 논문, 2003, 23쪽.

결과 그로부터 느끼는 감정에 대하여 다음과 같이 기술하고 있다.

> 우울한 시간에 나를 찾아오는 것은 공포와 슬픔이지만 이런 분위
> 기 속에서 사물들은 파편으로 뒹군다. 말하자면 우울한 시간에 사물
> 들은 전체에서 분리되고, 탈락되고, 떨어져 나온다. 전체와 관계없
> 이 뒹구는 파편들만 보인다. 전체가 아니라 부분에 집착한다. 따라
> 서 우울증은 분리, 단절, 소외를 체험하는 시간이며 세계가 파편으
> 로 뒹구는 시간이다. 벤야민은 우울 속에서 사물은 물화된다고 말했
> 다. 물화된 사물엔 시간이 존재하지 않는다. 우울 속에는 '비균질적
> 인 특이한 단편적인 순간들'만 존재한다. 그런 점에서 우울증의 시
> 간은 역사가 없는 시간이다. 지속이 아니라 우울, 그것은 건전한 인
> 간 오성이 허위로 드러나는 시간이다. 말하자면 우울증은 역사, 시
> 간적 계기성, 전체성, 총체성이라는 그럴듯한 부르주아 이데올로기
> 가 해체되는 순간에 대한 체험이다. 전체성을 상실한다는 점에서 우
> 울은 전체성이라는 그럴듯한 허구를 부정적으로 비판한다. 상상력
> 이 전체성을 강조한다면 우울증이 보여주는 이런 단편성, 파편성은
> 상상력의 균열을 의미하고, 이런 균열은 건전한 이성에 대한 부정적
> 비판이 된다.[100]

이승훈은 위의 인용문에서 역사, 시간적 계기성, 전체성, 총체성 등
을 부르주아 이데올로기의 산물로 규정하고 자신은 이들을 근본적으
로 부정한다는 입장을 표명하였다. 다시 말하면 부르주아 이데올로기
의 산물이라고 규정한 것들을 부정하면서 전체성에서 떨어져 나온 파
편들과 부분들만은 긍정할 수밖에 없기에 우울증 속에서 살아가는 것
이고, 그것은 구체적으로 분리, 단절, 소외를 경험하는 시간이 되고 만

---

99) 정효구, 앞 논문, 258쪽.
100) 이승훈, 「시적인 것은 없고 시도 없다」, 집문당, 2003, 155쪽.

다. 앞에서 언급했듯이 그는 '대상도 없고 나도 없다'는 데까지 나아갔다. 그러나 이러한 결론으로 나아가고도 그는 자기구원과 자기해방에 도달하지 못한 채, 자기구원과 자기해방이 영원히 유보되는 상황 속에 처하고 말았다. 이승훈은 자기 구원과 자기해방이 영원히 유보될 수밖에 없기 때문에 계속하여 새로운 길을 모색101)하며 시를 쓰려고 했다.

　시적 한계를 느낀 그는 자기구원과 자기해방을 위해 철저히 또 다른 길을 모색하고 있다. 1990년대의 시집 『길은 없어도 행복하다』(세계사, 1991), 『밝은 방』(세계사, 1995), 『나는 사랑한다』(세계사, 1997)에서 그는 기존개념을 깨고 한국의 실험적인 모더니즘과 포스트모더니즘의 시적 한계 극복이라는 과제를 해결하기 위해 동양사상과 선불교를 만나게 된다. 2000년대에 들어오면서 그의 시집 『인생』(민음사, 2002), 『비누』(고요아침, 2004), 『이것은 시가 아니다』(세계사, 2007) 등에서 선시의 경향을 엿 볼 수 있다. 그 선시의 경향이 나타나는 양상은 다음 챠트(Ⅳ. 선시와 만남)에서 구체적으로 알아보기로 한다.

　이승훈의 자아탐구 작업은 포스트모더니즘의 이론 및 세계관과 결합 시킨 것으로서 그 의미가 있다. 그의 자아의 세계는 모두 끊임없는 유동성의 흔적에 불과하고 자아의 정체성을 이미지, 환상, 시니피앙 등의 개념으로 파악한 것102)은 우리 시사에서 그 예를 찾아보기 드문 경우이다. 그는 최근에 다음과 같은 글을 발표 했다.

　　모험은 언어라는 법 속에서 이 법과 함께 싸우며 추락하는 것, 갈 데까지 가다가 죽는 겁니다. "인생이 썩으면 예술이고 사회가 썩으면 예술이 된다"고 말한 건 백남준. 그러나 우리는 썩을 줄 모르고⋯

---

101) 정효구, 앞 논문, 251쪽.
102) 정효구, 「한국 현대시와 문명의 전환」, 새미, 2002, 212쪽.

모험과 실험은 죽음과의 거리를 좁혀가고 있다……….＜중략＞……
하얀 종이에 불똥자국이 생겼어요. 이 자국이 형식이죠. 불똥은 사
라지고 사라진 불덩이 사라진 불덩이의 흔적이 형식이고 사유이고
문득 당신도 나도 사유는 사라진 당신의 부재의 흔적이고 죽음의 흔
적이고 이 흔적이 형식입니다 그러니까 죽음이죠 죽음의 흔적 이것
도 협잡인지 몰라요 흐린 날 흐린 날 내 시에도 고민이 없어요.103)

　이승훈은 변화하는 시대의 한 가운데에서 불안과 혼란을, 더불어 책
임과 의무를 느끼고 있다. 이는 언어를 독점하는 것이 곧 권위를 독점
하는 일이기도 했던 당대 '문사(文士)'들의 사회적 의무, 나아가 엘리트
의식에 대한 불안이다. 1962년부터 시작된 그의 모던modern104)의 문
제가 한국 문단에 어떤 형태로 영향을 끼쳤는가 하는 문제는 이 논문의
관심 중에 하나이다. 그는 자아의 욕구를 문면에 드러내기도 하지만,
그의 자아탐구의 시도는 감상에서 자유롭기 위해 객관화된 이미지로
드러나고 있다는데 그 나름의 의의를 지닌다.

---

103) 이승훈,『중상을 즐겨라』,「현대시」, 2008년 1월호..
104) 'modern'이라는 말 자체가 '지금, 막'을 뜻하는 라틴어 'modo'에서 파생되어 '새로
　　운' 이라는 의미뿐만 아니라 '당시의'라는 뜻까지 담고 있는 'modernus'란 말에 토
　　대를 두고 있다. 뿐만 아니라, 자신과 동시대 사람을 'moderni오늘날 인간들로 지
　　칭하며 고대와 일정 거리를 두는 태도는 중세에서도 찾아 볼 수 있는 것이다. H.
　　R Jauβ야우스,「도전으로써의 문학사」, 장영택 옮김, 문학과지성사, 1983,
　　47~48쪽.

Ⅳ. 선시와의 만남

　　모더니즘과 포스트모더니즘의 사이에서 기나긴 방황과 모색을 끝낸 이승훈은 제12집 『인생』(2002, 민음사)에서 그가 추구하던 일체의 사유에서 이탈한다. 초기시에서 보여주었던 자아탐구로 내면의 길로 접어들었던 그는 자아부정과 자아소멸을 거치면서 대상이 없는 대상과 집요한 싸움을 해왔다.

　　이승훈의 시세계가 또 다른 전환점을 맞게 되는 것은 불교적 인식을 접하게 되는 최근 시집 『인생』(민음사, 2002)이다. 이 시집에서는 불교적 세계관의 세례를 받은 흔적이 여러 시편에서 발견 된다. '자아/대상/언어'의 관계에서 '자아'와 '대상'이 소멸된 후 언어에 주목하던 이승훈은 '언어'마저 버려야 한다는 인식에 도달 한다. 그 까닭으로 적어도 이승훈은 언어(L)는 허구임을 자각했고 '언어와 대상', '나와 대상'이 둘이 아닌 하나인 즉, 불이(不二)사상을 토대로 시와 비시(非詩)의 경계, 부르주아 시의 한계를 극복하려 했다.

　　　「비누」(고요아침, 2004) 이후 내가 쓴 시들은 재현도 표현도 아닌 詩, 그러니까 대상이나 현실을 노래 한 것도 아니고 내면, 격정, 파토스를 노래한 것도 아니다. 나는 무엇을 창조한 것이 아니라 그저 기표를 따라 표류했을 뿐이다. 기의가 없는 기표의 세계, 의미 없는 삶의 세계에서 떠돈 것은 언어를 버리고 시도 버리고 나도 버리기 위한 하나의 시도였다. 결국 언어가 문제이다. 언어가 현실이고 언어가 법이고 언어가 아버지다. 따라서 언어를 버리기 위한 시는 미친 소리이고 미친 소리가 구원의 해탈이다.105)

시와 사람의 경계를 깨지 못하는 이런 한계를 뛰어 넘으려는 그의 의도가 바로 선불교의 선시라는 개념에 몰입하게 된다. 자아소멸을 통한 불이(不二)가 무엇인가라는 그가 스스로 던진 질문에 그 해답을 얻으려고 불이사상이라는 새로운 시세계로 진입하게 된 이유이다. 그 이유가 『이것은 시가 아니다』(세계사, 2007)의 시집 작품 속에 잘 나타나 있다.

언젠가 어떤 여류시인은 「화장실 문」을 읽고 전화까지 한 적이 있다. 선생님 어떻게 이런 게 시가 될 수 있습니까? 그녀의 질문 요지였다. 당시 내가 무슨 대답을 했는지 지금 기억이 나지 않는다. 이런 시는 시가 아니다. 말하자면 당신들이 생각하는 시가 아니고 당신들이 현대시론과 詩 창작론에서 공부한 그런 시가 아니다. 왜냐하면 이런 시는 창조한 것도 아니고 무슨 은유나 상징도 없고 요컨대 미적 가치가 없기 때문이다. 그런 점에서 나는 현대시가 끝났다는 입장이고 내 시의 종말end이 내 시의 목적end이고 내 詩의 목적이 내 詩의 종말이다.106)

이승훈은 『이것은 시가 아니다』(세계사, 2007)라고 말했다. 그의 새로운 시는 시를 부정한다.107) 현재는 과거의 시를 부정하고 미래는 현

---

105) 이승훈, 「이것은 시가 아니다」, 세계사, 2007, 139쪽.
106) 이승훈, 앞 책, 124~125쪽.
107) 이승훈, 「시적인 것도 없고 시도 없다」, 집문당, 2003. 146쪽.

재의 시를 부정한다는 말이다. 그래서 그는 리얼리즘을 부정하고 전위적인 모더니즘의 시쓰기를 했다. 그리고 '순수도 폭력'[108]이라며 서정시를 강하게 비판했다. 시의 본질주의자들, 근대적 미학이론의 숭배자들을 강하게 비판하던 그는 언어가 환상이라고 생각했고, 시쓰기도 환상이라는 입장을 강조 했다. 그러던 그가 대상도, 자아도, 언어도 버리고 자아탐구의 종말을 부르짖으며 선사상(禪思想)의 세례를 받고 있다.

1. 선시의 개념

선시는 시와 선의 만남이다. 선시는 범불교적인 일반적 통칭의 불교시가 아닌 불교의 한 종파인 선종(禪宗)의 사상과 수행, 그리고 정신적 경지를 표현한 운문(韻文) 문학이다. 언어의 절제와 응축, 그리고 상징을 중시하는 공통점이 시와 선에 있다. 선은 직관을 중시하고 언어를 초월하기 때문에 그 초월 언어가 상징으로 나타나면 곧 문학이 되는 것이다. 선시는 선사들의 선적 체험, 선 수행의 결과 증득한 오도의 경지를 표현한 것이다. 한국에는 한시 형식의 선시가 대부분을 차지하고 있다. 또 선시를 교시적 유형과 선적 사유를 시화한 유형으로 나누는 한편, 교시적 유형은 시법시(示法詩)·오도시(悟道時)·염송시(拈頌詩)로, 선적 사유를 시화한 유형은 선리시(禪理詩)·선사시(禪事詩)·선취시(禪趣詩)로 각각 분류한다. 더 나아가 시론·작가론까지 체계화하고 있다. 곧 선은 시의 본체요 시는 선의 활용[109]이다.

지금은 선시(禪詩)라고 일반적으로 통칭하지만, 원래 어원은 산스크

---

108) 이승훈, 「이것은 시가 아니다」, 세계사, 2007. 117쪽.
109) 이종찬, 「한국의 선시-고려편」, 이우출판사, 1985, 82~112쪽. 우리글에서는 선시와 선취시로 양분하여 부른다. 곧 선취시를 제외하고는 모두 선시로 총칭하였다.

리트어gata이다. 이 말이 가타(伽陀) 혹은 게타(偈陀)로 음역되었고 게 (偈)·송(頌)을 합쳐서 게송(偈頌)이라 의역된 것110)이며 엄밀한 의미에서의 선시란 다음과 같다.

첫째, 경전에 수록된 시로서, 응송과 경전의 게송이 이에 포함된다. 둘째, 선림의 게송으로, 여기에는 선문답에서 사용되는 게송(즉 공안시), 오도송이나 증도가와 같이 깨달음을 읊은 개오시, 열반송이나 임종게와 같이 고승대덕이 입적할 때 읊은 시적시, 「신심명」이나 「참동계」와 같이 선의 이치나 본질을 가르치는 선리시, 스승이 제자에게 법을 전하는 전법게111) 등이 있다.

일반적으로 선시라 하면 선사상을 시적으로 표현한 언어양식을 말한다. 곧 선사들의 선적체험, 이른바 선수행의 결과 체득된 오도의 경지를 선시적 수사법으로 표현112)한 시다. 그럼 선적 수사법이란 무엇인가? 선사의 오도송을 비롯하여 불경이나 어록, 공안집을 바탕으로 하거나 혹은 형태적으로 고전 선시에 자주 나타나는 절연, 압축, 기상과 모순적 어법의 조화를 말하며113) 모순적 어법이라는 것은 선시의 반상합도(反常合道)114), 선시의 초월은유(超越隱喩)115), 선시의 무한실상

---

110) 송준영, 「선시의 세계」, 푸른사상, 2006, 9∼10쪽.
111) 오세영, 「현대시와 불교」, 살림, 2006, 39쪽.
112) 송준영, 「현대선시의 새로운 기미-이승훈의 <인생>을 중심으로」, 현대시, 2002년 11월호.
113) 송준영, 「이승훈의 문학탐색」, 푸른사상사, 2007, 218쪽.
114) 선시의 반상합도(反常合道)란 우리가 정상이라고 규정하는 일상을 돌이키고 뒤틀어서 정상과 비정상이 융통하고 회감하여 수승된 다른 세계로 나아가는 것을 말한다. 즉 서로 다른 것이 상호 합일되어서 고차원의 다른 세계로 합도 되는 경지를 말한다. 수사학적으로 말하면 A라는 시적 요소가 B라는 시적 요소와 서로 상치하는 듯하나, 보다 커다란 차원의 수사어법에서 보면 하나의 통일된 수사학적 효과를 거두는 것을 말한다. 즉 A와 A 아닌 요소(?)가 서로 상치하고 대립하는 듯하나, 보다 큰 차원에서는 서로 어우르는 것, 즉 A=Ã의 상태가 되는 것을 의미한다. 송준영, 앞책, 218쪽 재인용.

(無限實相)116)을 일컫는다. 이 세 수사법은 선시를 표현하는데 불가분의 관계를 서로 내포하고 있는117) 것으로 다음에 예시한 이승훈의 시는 선시의 모순적 어법인 선시의 반상합도, 초월은유, 무한실상을 알맞게 구사된 작품이라 할 수 있다.

피는
불이 되고
불은 연기가 된다
이제 나는 연기다
나는
풀풀풀 날린다
시간이
딱꿀질하는 뇌에는
연기만 가득하다
또 가을이다

— 「또 가을이다」 전문118)

115) 초월은유란 이질적인 두 사물에서 유사성을 발견하는 비유, 곧 "비동일성에서 동일성을 발견identification하려는 비유다.(김준오, 「詩論」, 문장, 1896, 120쪽) 이승훈은 그의 「詩論」에서 '현대시의 경우 모두 본질적으로 은유를 지향하는데, 근본적인 형식 A is B(A=B)로 나타내고, 오늘 날 많은 이론가들이 관심을 표명하는 다른 형식, 곧 병치은유의 도식 A-b를 첨가하여, 크게는 동일성 원리에 입각한 은유를 치환은유, 비동일성에 입각한 은유를 병치은유로 설명하고 있다.(이승훈, 「詩論」, 고려원, 1979, 134쪽) 송준영, 「표현방법으로 본 선시 연구」, 청송출판사, 2001, 37~40쪽. 참조. 송준영, 앞 책, 218쪽. 재인용

116) 선시의 무한실상이란 곧 서구의 상징주의자들은 일체 현상세계는 허구세계이며, 궁극적으로 상징세계로 간주 한다. 선의 입장에서는 이 서구의 상징이란 단어에서 '色'이나 '假相'과 비슷한 느낌을 받게 된다. 이 '色'이나 '假相'이라는 말은 현상적으로 나타나는 일체의 물질을 뜻한다. 송준영, 앞책, 219쪽. 재인용. 무한상징無限象徵'으로 표기되어 있으나 송준영 저자에게 확인한 결과 '무한실상無限實相'이 맞는 용어로 해석하여 '무한상징'을 '무한실상'으로 표기하였다.

117) 송준영, 앞 책, 219쪽.

일반적으로 시의 가장 중요한 자질은 무엇인가를 확실하게 제시하는 것이 아니라 영감을 주는 것[119]이다. 선시에서 주로 사용되는 수사법인 'A는 A가 아니므로 A다'라는 선시의 표현 방법론과 일치되는 $A = \tilde{A}$다. '피=불', '불=연기', '나=연기'는 결국 '피=불=연기=나'라는 등식이 성립된다. 납득이 가지 않는 일상을 초월하는 표현이다. 그러므로 위에서 예시된 「또 가을이다」는 직관으로만 감득되는 무정형의 내면을 언어로 표현한 시라 하겠다. 그리고 '연기만 가득하다/또 가을이다'란 결구도 병치로 이루어진 초월은유[120]이다. 또 위의 시는 전혀 선적인 맛이 나지 않는 오히려 서구의 쉬르적인 맛이 돋보이는 것 같지만 뜻밖에도 선시적 표현방법을 구사했다.

선시와 비선시는 선미(禪味)가 있고 없고의 차이점이다. 예컨대 이상(李箱)은 선시의 형태를 띠고 있으나 선미가 없으므로 이승훈의 선시와는 큰 차이점이 있음을 알 수 있다. 한용운과 서정주는 전통적인 선시를 지향한다고 할 수 있고 김춘수와 이승훈은 전위적인 선시 avant-garde zen poetry의 경향을 보여 주고 있다. 따라서 이승훈은 해체를 공(空)으로 보고 있다.

이승의 최근 시들은 선(禪)적 깨달음의 시, 시와 내가 하나가 되는 시, 시와 시론이 무분별한 시, 일상과 꿈, 현실과 환상의 세계를 넘나드는 시 등이 복합적으로 얽혀있음을 알 수 있다. 이승훈의 자아소멸에 대한 허무의 세계가 이제 자기구원과 자기해방을 지향한다.

---

118) 이승훈, 「사물들」, 고려원, 1983.
119) 이찬규, 「불온한 문화, 프랑스 시인을 찾아서-랭보에서 키냐르까지」, 다빈치 기프트, 2006, 112쪽.
120) 송준영, 앞 책, 221쪽.

비누를 보면 보는 것이고 만지면 만지는 것 손을 씻으면 손을 씻
는 것 발을 씻으면 발을 씻는 것이다 무슨 말이 필요하랴? 그러나
겨울 저녁 난 시를 쓰네 비누가 하는 말에 귀를 기울이며 앉아 있네
문득 비누가 다가와 나를 만진다 나는 비누 속에 사라진다 나도 물
거품 비누도 물거품 벗어날 길은 없다 비누의 길이 삶의 길이다 비
누와 함께 비누를 따라 비누 속에 살자! 비누는 매일 사라진다.
　　　　　　　　　　　　　　　　　　　　　　　　──「비누」전문121)

시는 분위기로써가 아니라 일체의 분위기를 제거한 가장 궁벽한 극
빈의 언어로써 정확하게 무(無)의 심연을 찌르는 것122)이다. 이러하듯
소멸의 의미로 만질수록 작아지고 만지지 않아도 피동적으로 작아지
는 비누는 원인도 아니고 결과도 아니다. 그리고 '나'자신 모두가 자연
의 순리에 적응하려던 이승훈의 언어는 '나와 불이'이고 자아는 죽음
이고 허무인 것이다. 그로부터 모두가 사라진다. 그가 비누를 만지는
게 아니라 비누가 그를 만지고, 그가 비누를 소멸 시키는 것이 아니라
비누가 그의 자신을 소멸 시키고 있다. 선시의 개념 정의에서 밝혔듯이
위에서 인용된 「비누」는 선시의 모순어법이 적용된 시라 할 수 있다.
'나=물거품'이고, '비누=물거품'이고, 따라서 '나=비누'를 동일시하는
초월은유의 한 예라고 할 수 있다. 소멸되는 것은 비누뿐만 아니라 그
의 자아도 사라진다. 만지는 '비누와 나', 사라지는 '비누와 나', 그리고
이 시의 시적 사유는 주체와 객체의 무분별이라기보다는 서로를 확인
하는, '타인'에 의해 '나(我)'가 성립된다는 의타기성을 강조하는 불교적
세계관을 절실히 보여준다. 결국 그는 '나'를 버리는 것(無我)으로 진정
한 나(眞我)를 찾으려는 비대상 자아와 실존적 자아의 동일성을 보이려

121) 이승훈, 「비누」, 고요아침, 2004, 76쪽.
122) 박형준, 「우리 시대의 '시적인 것', 그리고 기억」, 창작과 비평, 2007 가을호, 421쪽.

고 한다. 따라서 이승훈의 시의식은 역사적 진보를 부정하고 과학적인 인식을 부정하고 이 세계의 모든 사물들이 순환하고 사유가 유기적으로 결합되어 있다는 신화적 상상력에 토대를 둔다

천리를 달려 왔지만 천리가
잠시입니다 추운 겨울 저녁
바람 불고 앙상합니다 천리
가 앙상합니다 눈 내린 길을
달려 왔지만 봄이면 눈이 녹
고 천리가 꽃입니다 당신이
꽃이고 모두가 꽃입니다 萬
法一如요 如夢相似입니다 돌
에도 꽃이 피고 돌이 꽃이고
바람이 꽃입니다 그저 꿈꾸
듯이 바라보시오

― 「한 송이 꽃」 전문123)

선시는 가르침의 노래와 자신의 깨달음을 증거하기 위한 노래다. 그리고 일상의 관습적인 언어를 해체시키기 위해 읊어지지만, 선시가 보여주는 해체의 방식은 다양하다. 언표 내의 해체는 용어의 의미를 해체하고, 언어적 논리를 해체시키고, 언어전통을 해체시킨다. 또한 언표 외적으로는 담화 상황을 해체시키기도 하고, 담화 주체의 경계를 해체124)시키기도 한다. 이승훈 역시 가르침을 위한 노래가 아닌 깨달음과 일상의 관습적 언어를 해체하기 위해 노래하고 있다.

---

123) 이승훈, 「인생」, 민음사, 2002, 21쪽.
124) 육근웅, 「선시, 언어 너머로 엿보는 해체시」, 계간지 유심, 2006, 봄호..

선(禪)이란 바로 고요에 들어가 자기 본래 성품을 보는 것이다. 이 자성(自性)을 보았을 때, 견성(見性)이라 하며, 깨달았다는 각자(覺者)가 되는 것이다. 선이란 불교의 계(戒), 정(定), 혜(慧) 세 가지 배움 가운데 정(定)에 해당한다. 정(定)은 산스크리트어로 Dhyāna로 선나(禪那)라 음역되어 약칭 선(禪)125)이라 불리게 되었다. 위「한 송이 꽃」에서 풍기는 공간의 흐름은 고요이다. 이승훈은 45년을 달려왔지만 달려온 거리만큼이나 고요하다. 새롭게 조명되고 새로운 사상으로 정신세계를 뒤 흔드는 선은 집단적인 사상이다. 그런 선시를 통하여 그는 잃어버린 자아와 언어를 찾으려 하지 않는다. 오히려 '자아'도 '언어'도 버린다. 현대시의 언어관은 불교의 사상과 동일하다. 불교에서도 언어는 진리를 설하거나 표현하는 데 전혀 불가능하다고 보기 때문이다. 아니면 진리는 언어에 의해서 왜곡되거나 미망에 빠지므로 차라리 언어를 버리는 것이 더 현명하다. 그래서 그의 언어는 진리를 전달할 수 없으므로 언어에 집착126)하지 않는다.

가도 가도 왕십리 십
리를 가면 십 리가
남는 왕십리 꿈속에
도 비가 오고 꿈 밖
에도 비가 오네 몸
속에 꿈이 있고 몸
밖에 꿈이 있네 나같
은 시인은 업이 많아
시를 쓰네 문자의 업

---

125) 송준영,「선시의 세계」, 푸른사상, 2006. 10쪽.
126) 오세영, 앞 책, 18~20쪽.

언어의 업 만드는 업
그러나 언어가 나를
먹고 산다네

— 「다시 왕십리」 전문[127]

　　보수적인 외적 형식을 해체하여 시의 내적 형식까지 실험을 확대한 위의 인용된 「다시 왕십리」에서 이승훈은 시를 쓰는 일을 업이다. 이 「다시 왕십리」를 보면 자신은 "문자의 업, 언어의 업, 만드는 업"을 지고 있다. 이승훈에 있어서 불안은 불안을 낳고, 불안은 시를 낳고, 시쓰기를 하게하고, 불안은 언어와 자아를 버리게 한다.

　　김준오는 모더니즘시론을 조향·김춘수·이승훈 계열과 김기림·김수영·오규원의 계열로 이원화 할 수 있다고 했다. 그것은 시에서 의미, 대상, 관념을 부정한다는 특성으로 요약할 수 있다. 이승훈은 김춘수의 자유연상을 발전적으로 계승하지만 자유연상보다 액션 페인팅의 논리, 즉 억압된 무의식의 투사를 강조한다. 이렇게 그는 이상과 김춘수 사이에서 새로운 시세계를 구축하고 있다.

　　보수적인 외적 형식을 해체하여 시의 내적 형식까지 실험을 확대한 위의 인용된 「다시 왕십리」에서 이승훈은 시를 쓰는 일을 업이다. 이 「다시 왕십리」를 보면 자신은 "문자의 업, 언어의 업, 만드는 업"을 지고 있다. 이승훈에 있어서 불안은 불안을 낳고, 불안은 시를 낳고, 시쓰기를 하게 하고, 불안은 언어와 자아를 버리게 한다.

　　김준오는 모더니즘시론을 조향·김춘수·이승훈 계열과 김기림·김수영·오규원의 계열로 이원화 할 수 있다고 했다. 그것은 시에서 의미, 대상, 관념을 부정한다는 특성으로 요약할 수 있다. 이승훈은 김춘수의

---

127) 이승훈, 앞 책, 58쪽.

자유연상을 발전적으로 계승하지만 자유연상보다 액션 페인팅의 논리, 즉 억압된 무의식의 투사를 강조한다. 이렇게 그는 이상과 김춘수 사이에서 새로운 시세계를 구축하고 있다.

> 난 글쓰는 사람
> 언어는 저항한다
> 글쓰기는 폭력이
> 다 글쓰는 사람은
> 폭군 언어에 상처
> 를 내고 언어에
> 칼질을 하고 언어
> 에 흉터를 낸다
> 그러므로 이 한
> 편의 시는 언어의
> 흔적 언어의 상처
> 언어의 피 언어의
> 흉터 언어는 애매
> 하고 무섭고 손에
> 잡히지 않는다 언
> 어 당신 그대 오
> 난 당신에게 묶여
> 있도다
>
> —「언어2」전문128)

이승훈은 위의 인용된 「언어2」에서 글을 쓴다는 것은 언어의 흔적을 남기는 것이며 언어에 흠집을 낸다는 생각을 갖고 있다. 이로써 그는

---

128) 이승훈, 앞 책, 67쪽.

언어에 대해 의식적으로 고민을 하고 있는 것을 알 수 있다. 어쩌면 그가 언어를 버렸다고 해도 결국 언어에 대한 미련은 살아 있는 것이다.

> 언어를 버리자 언어에서 도망가자 遺棄가 진리이다 경련/하는 언어여 나는 이 시를 쓰지 않으려고 한다 나는 이/종이를 찢고 싶다 언어는 억압이다 마침내 나는 웃는다/이 글씨들, 이 작은 무덤들, 무덤들의 웃음 속에 이 글/이 계속되고 나도 계속 된다 시는 나쁜 장르이다. 미치기/위해 글을 쓰고 글쓰기가 미쳐가기 때문이다 그러므로/중요한 건 웃음 그 동안 난 웃음을 잃고 지냈다. 웃음이/도 무덤이다[129]

이승훈은 언어를 넘어서 타자와 완전한 일체를 이루기 위해 「시는 나쁜 장르이다」에서 처럼 언어라는 도구를 버리려고 하였으며 언어를 통해 삶의 위안을 얻기도 했다. 이것은 언어에 대한 그의 필연적인 의식이다.

한 마디로 시작(詩作)에 있어서 대상이 지닌 '실재'의 파악은 선불교의 언어의식과 같은 것을 지니지 않고서는 불가능[130]하다. 그것은 '언어'가 '이승훈'이고 '이승훈'이가 '언어'라는 것과 '언어'가 '대상'이고 '대상'이 '언어'이며, '자아'가 '언어'이고 '언어'가 '자아'로 관통하는 선불교의 불이(不二)사상이기 때문이다. 이승훈의 시의식은 선시 세계에서 나타나는 비우고 채우는, 채우고 비우는 시세계다. 여기서 도식을 통해 그의 시세계를 알아보면 다음과 같다.

---

129) 이승훈, 앞 책, 86쪽.
130) 오세영, 앞 책, 7쪽.

<그림. 4>

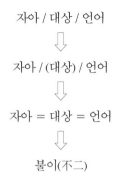

자아 / 대상 / 언어

⇩

자아 / (대상) / 언어

⇩

자아 = 대상 = 언어

⇩

불이(不二)

그의 시쓰기 도구들은 서로 관통하여 소통하는 불이(不二)의 세계이다. 불교와 아무런 관련이 없어 보이는 서구의 시도 그 중요한 본질에 있어서는 불교 인식론과 맞닿아 있으며, 서구의 현대시론 역시 불교로부터 입은 영향이 크다는 사실[131]을 알 수 있듯이 이승훈 시인의 시의식 역시 선불교의 영향을 받았다. 그가 시집『인생』(민음사, 2002) 자서전에서 밝혔듯이 모더니즘, 포스트모더니즘, 해체주의를 거쳐 불교와 만나게 된 건 고마운 인연[132]이라고 했다. 이렇게 시쓰기 작업을 하는 시인들에게는 선불교 사상을 접해야 하는 일이 필연적인 인연이다. 그 이유는 이승훈 시인의 불안은 대상과의 분리가 아니라 분리 이후에 존재하는 무(無)와 싸움, 부재와의 싸움[133] 때문이므로 연구자는 <그림. 4>같이 주장한다.

그의 시집『인생』(민음사, 2002)이 가지고 있는 핵심적인 사상은 불교이다. 그는 불교적 사상 중에서도 '색즉시공 공즉시색(色卽是空 空卽是色)'과 '제행무상(諸行無常)'의 사상이 작품 속에 내재화되어 있다. 전

---

131) 오세영, 앞 책, 7쪽.
132) 이승훈,「인생」自序에서, 민음사, 2002.
133) 이승훈,「한국 현대시의 이해」집문당, 1999, 3쪽.

자의 예로 "모두가 없기 때문에 모두가 있습니다. 모두가 없음 속에 있고 이 없음 속에 없음"[134] 이라는 구절과 "보이는 것은 보이지 않는다. 왜냐하면 보이지 않는 것이 이미 보이기 때문[135]이다"라는 구절 등에서 보면 있음과 없음, 보이는 것과 보이지 않는 것이 같다고 그는 말하고 있다. 또한 그는 『인생』(민음사, 2002)에서 'A는 A가 아니므로 A다'라는 선시의 모순어법을 바탕으로 한 반상합도의 전형적인 수사법을 사용하고 있다. 또 색즉시공 공즉시색의 사고관을 보여준다. 그리고 제행무상(諸行無常)이란 사상은 자연의 모든 것은 고정됨이 없이 항상 변함을 말하는 것이다. 이런 사상은 그의 시에서 모든 만물은 고정된 실체가 없다는 무상감으로 나타나기도 한다.

> 해는 뜨고 달은 진다 ......(중략)...... 이 속에 그대와 나 움직이니
> 오오 다만 움직임이 있을 뿐
>
> —「해는 뜨고 달을 진다」일부[136]

위의 인용된 시의 구절과 다음 시의 전문(全文)은 같은 맥락의 성격을 말하고 있다.

> 놀다가는 인생이여 쓸쓸해서 놀고 다정해서 놀고 괴로워서 노네
> 놀이는 다른 시간 사랑도 다른 시간 이른 봄 마당에 병아리 한 마리
> 놀고 병아리 곁에 나도 놀고 흐르는 강물은 길이길이 푸르리니 非有
> 非無여 그러므로 내가 있네
>
> —「언어놀이」전문[137]

---

134) 이승훈, 「인생」- <시> 4연, 민음사, 2002, 74쪽.
135) 이승훈, 앞 책, 84쪽.
136) 이승훈, 「인생」민음사, 2002, 31쪽.

언어를 버린 이후 이승훈은 시적 방황을 했다. 그리고 존재에 대해 강한 의문을 갖는다. 위의 「언어놀이」에서 놀고 있는 '나'와 흐르는 '강물'은 2항 대립적 관계가 아니라 동일성을 보여주는 선시의 세계이다.

이승훈은 『인생』에서 연신 "어디서 오고 어디로 가는가"라는 존재에 대한 의문을 품고 있다. 이것은 이 시집의 제목인 『인생』(민음사, 2000)과도 귀결되는 문제라 할 수 있다. 이승훈은 이러한 화두를 풀지 못함을 "무명(無明)"이라는 말로 표현하고 있다. 그러나 고정된 실체가 없이 흐르는 자연의 일부 속에 주체인 나를 포함한 소우주적 세계관을 통하여 그는 그 해답을 풀고자 했다. 즉 자아가 소멸된 자신의 존재에 대해 의문을 품기 시작했다.

> 시인도 없고 시도 없고 언어도 없고/듣는 이도 없고 말할 것도 없고/그러므로//시인도 있고 시도 있고 언어도 있고/듣는 이도 있고/말할 것도 있습니다/그러므로// 해가 있고 바람, 나무, 길, 조그만/돌멩이도 있습니다 모두가 있습니다/마침내//모두가 없기 때문에 모두가 있습니다/모두가 없음 속에 있고 이 없음 속/에 없음 속에/지렁이가 기어가고 거미가 울고 거문/고 거문고 소리가 나고 난 방랑성/거미인지 몰라요 그 동안/난 시를 쓴 게 없기 때문에 시를 쓴 거/요 시를 쓴 건 없는 시를 쓴 것이므로//시라고 이름 부르고 나도 없기 때문에/나라고 이름 부르고 당신도 당신이라/고 이름 부르며 여기까지 왔습니다
>
> ─「시」 전문138)

그는 시집 『인생』을 기점으로 선시의 모순적 어법을 자유롭게 구사하였듯이 위의 「시」 역시 선적 사유를 현대화시키고 있다. 선시의 초월

---

137) 이승훈, 앞 책, 78쪽.
138) 이승훈, 「인생」민음사, 2002, 74~75쪽.

은유는 현대시의 중요한 수사법인 은유를 동일성의 치환은유와 비동일성의 병치은유를 말하지만, 이질적인 두 사물에서 유사성을 발견하는 비유, 곧 비동일성에서 동일성을 발견하는 은유[139]를 말하는 이유는 A=A, A=B라는 상식적이고 정상적인 논리로서 나타낼 수 없는 선의 도리에 의한 이승훈 자신의 내면 세계를 나타내고 있기 때문이다. 즉, 새로운 내면의 진리를 탐구하려는 정지작업이다

> 보이는 것은 보이지 않는다/왜냐하면 보이지 않는 것이/이미 보이기 때문이다// 내가 쓰는 시가 쓸 만하면/절을 하고 그렇지 않으면/나를 잡아먹어라 시여//무슨 할 말이 있는 게 아니/야 해가 지면 이 귀신이 너/와 함께 놀 뿐이야 무슨 이/유도 애달픔도 없는 거야
>
> —「시」전문[140]

위의 「시」에서 주장하는 주체와 타자와의 관계에 대한 물음도 그의 시집 『인생』에서 보이는 특징 중의 하나라고 할 수 있다. 「사물의 편에서」[141]라는 시를 보면 이승훈은 주체인 내가 사물이 되고 타자인 사물이 내가 될 때까지 인간의 편이 아닌 사물의 편에 서서 글을 쓰고 생각해야 한다고 말하고 있다. 또 주체인 나를 움직이게 하는 무엇, 그 무언가가 바로 타자이며 타자는 결국 주체라는 합일을 주장하고 있다.

> 연꽃 옆에 물고기 있고 물고기/거북이가 한 세상이네 거북이/옆에 개구리도 있네 바람 자면/바람이 그대로 거북이 바람이/그대로 물고기 저 물고기 하늘/을 나는 물고기 연꽃과 연꽃/사이에 한 세상

---

139) 송준영, 앞 책, 2006, 13쪽.
140) 송준영, 앞 책, 84쪽.
141) 송준영, 앞 책, 68~69쪽.

이 있네

— 「연꽃 옆에」전문142)

위의 「연꽃 옆에」는 시공이 일탈된 선시의 수사기법인 무한실상으로 이루어진 화엄세계를 형상화하고 있다. 이것은 주체와 타자에 대한 관계 모색이다. 이 시 자체가 부분과 통일성 속에 존재하고 있는 것이 아니라 찰나의 움직임, 부분과 부분 사이, 무한한 흐름 속에 흔적으로 존재하고 있음을 보여 준다.

시집 『인생』(민음사, 2002)의 자서(自序) 부분의 인용문을 보면 이승훈은 모더니즘과 포스트모더니즘, 해체주의를 거쳐 불교와 만나게 되었다. 1997년 시집 『나는 사랑한다』(세계사, 1997)를 보면 그는 언어가 있기 때문에 시를 쓴다고 하지만 반대로 언어로 인해 시를 쓰는 것은 실패의 연속이 된다고 말하고 있다. 그러나 그는 끊임없이 언어에 대한 의문을 갖고 글쓰기에 대한 끊임없는 고민을 하고 도전을 시도한다. 이어서 그는 2000년도 시집 『너라는 햇빛』(세계사, 2000)에 오게 되면 언어는 나, 즉 주체가 되고 나는 언어 속에서 존재하는 다른 주체, 즉 타자가 된다. 언어가 주체로써 또는 타자로써 동일성이 아닌 해체다. 그러나 2002년 시집 『인생』(민음사, 2002)에서 그는 언어마저도 초월하여 주체와 타자 사이에 완전한 합일의 모습을 보여주고 있다. 그의 시적인 형식도 시집 『인생』(민음사, 2002)으로 오게 되면 이전에 의문을 나타내던 물음표와 감정을 표현하던 감탄표의 사용이 전무(全無)하다. 그리고 행과 연에 있어서도 전보다 많은 절제가 보인다.

이승훈의 시의식은 모더니즘, 포스트모더니즘, 불교의 사상적 변모

---

142) 송준영, 앞 책, 20쪽.

에 따라 주체와 타자와의 관계는 달라지고 있다. 그것은 사상의 변천에 따라 언어라는 타자는 주체가 되고 주체인 나는 언어 속에서 다시 태어나 타자가 되는 것을 인식함으로써 분리되었던 주체와 타자와의 관계는 점점 화해되고 있다는 데에 근거를 두기 때문이다. 또한 불교 사상과의 만남으로 이승훈은 언어뿐만 아니라 세계와도 합일되는 양상을 보여주고 있다.

2. 자아소멸과 불이사상

노자의 「도덕경」 제1장은 '도가도 비상도 명가명 비상명(道可道 非常道 名可名 非常名)'이라는 말로 시작된다. 이 말을 '아가아 비상아 명가명 비상명(我可我 非常我 名可名 非常名)'으로 패러디 하면 '아가아 비상아(我可我 非常我)' '명가명비상명(名可名 非常名)'이라는 명제를 설명하기 위한 하나의 시도이다. '나'를 '나'라고 할 수 있지만 '나'는 절대 불변의 '내'가 아니다. 이것은 '나'의 정체성의 문제[143]이다. 따라서 이승훈은 '나'와 '너'를 둘이 아닌 하나로 보고 있다.

이승훈의 시세계에서 '자아/대상/언어'의 관계에서 자아와 대상이 소멸된 후 언어마저 버려야 한다는 인식에 도달한다. 이것이 자아탐구와 자아소멸에 이은 불이사상의 인식 단계이다. 그는 언어에 의해 자아가 소멸되고 언어가 시를 쓴다는 인식을 넘어서는, 곧 자아소멸의 해체시가 한층 심화 되어 주체와 언어의 해체에 이르게 된다. 그는 스스로도 이러한 단계를 자아탐구와 자아소멸에 이은 불이사상이라고 했다. 그리고 자아탐구가 자아있음을 강조하고 자아소멸이 자아 없음을 강조

---

143) 이승훈, 「탈근대주체적이론-과정으로서의 나」, 푸른사상사, 2003, 47쪽.

한다면 불이사상은 이런 '있음/없음'의 경계를 해체하고 변증법적 종합을 초월하는 공(空)의 세계를 지향[144]한다는 것이다. 하나도 둘도 아니라는 그는 즉, 긍정과 부정의 이분법적 대립을 넘어서 둘을 아우르는 불이(不二)의 사유는 특히 『비누』(고요아침, 2004)와 『이것은 시가 아니다』(세계사, 2007)에서 현실의 행위나 사건을 있는 그대로 옮기는 것으로 나타나는데 이것은 모든 이분법적 경계를 해체하는 과정의 하나로 삶/시, 시/비시, 일상/예술의 단절을 극복하고 경계를 해체한다는 의미[145]를 지닌다.

> 그는 언제나 말이 없지/내가 화를 내도/그는 말없이 담배만 피우지/ 그는 시간과 싸우지/그는 공부도 하지/그는 머리가 나쁘지만/시도 쓰지/허나 그의 시는/마음에 들지 않아/그는 지적인 것 같지만/실은 거짓일거야/그는 마음이 여리지/그는 불안하지/그는 치밀한 것 같지만/알고 보면 엉망이야/그기 침착해 보이는 건/불안하기 때문이지/그는 한 번도/내 손에 잡히지 않아/난 그게 원통해/그를 껴안을 뿐이야/그가 잡히는 건/ 그때 뿐이야/그는 언제나/내 곁에 있지만/그는 언제나/내 곁에 없지/그래도 난 그가 좋아/그는 언제나/내 곁에 없지만
>
> ─「그는 언제나 말이 없지」 전문[146]

이승훈은 '있고/없고'의 경계를 허물고 있다. 더 나아가 해체하고 있다. 그리고 그는 '언제나/내 곁에 없지/그래도 난 그가 좋아'라는 구절에서 '내가 없다' 그리고 '없는 나는' 그를 좋아한다. 그는 유/무라는 경계

---

144) 이승훈, 「비대상에서 선시까지」, 작가세계, 2005, 봄호. 31쪽.
145) 권경아, 「이승훈 문학탐색-아방가르드 시학」, 푸른사상사, 2007, 298쪽.
146) 이승훈, 「길은 없어도 행복하다」, 세계사, 140~141쪽.

를 해체하고 하나로 관통하고자 하는 불이사상의 시세계를 보여주고 있다. 자아탐구와 자아소멸을 지나 불이사상에 이르는 이승훈의 시세계는 현실을 그대로 옮김으로써 근대 부르주아 예술이 강조한 자율성 미학을 파괴하고 일상과 예술의 단절을 극복하는 시쓰기[147]를 하고 있다. 초현실주의 시가 '해방'을 추구한다면 선불교에서는 '해탈'을 추구한다고 볼 수 있고 해방이라는 말이 뭔가의 얽매임에서 풀려남을 의미한다면 해탈이라는 말은 그 자체가 무(無)를 의미한다고 할 수 있으므로 그것은 그의 불안으로 억압된 내면으로부터의 자기해방이자 깨우침이다.

> 한양대 교수로 직장을 옮긴 1980년대 초 밤이면 김일성/이 자신의 집을 폭파하겠다고 전화를 하고 밤새도록 지붕/위엔 낯선 비행기가 떠 있다고 편지를 보낸 제자가 있었/다 춘천교육대학을 중퇴하고 결혼에 실패한 그는 대학 시/절 서울 집으로 간다며 철길을 계속 걸어간 적이 있지 어/느 날은 그의 시집을 영국에서 출판하게 되었으니 선생님/이 평론을 쓰셔야 한다는 편지도 보냈다//그 무렵엔 이런 일도 있었다 어느 날 연구실 문을 열고/웬 낯선 남자가 들어왔다 나이는 서른 정도 나를 보더니/대뜸 선생님이 불쌍해요 그가 한 말이다 잠바 차림에 무/언가 들고 있었다 그는 전라도 광주에서 시를 공부하는/청년으로 선생님 생각이 나서 도시락을 싸 왔다며 손에/ 들고 있던 도시락을 풀었다 그때 조교들이 들어와 그는/조교들 함께 나갔지 1980년대 초엔 왜 이런 일들이 많/았는지 모르겠다 이런 생각을 하면 지금도 가슴이 아프다//
>
> ─「이것은 시가 아니다」 전문[148]

인용된 위의 「이것은 시가 아니다」에서 그의 시간은 일상의 경계를

---

147) 권경아, 앞 책, 298쪽.
148) 이승훈, 「이것은 시가 아니다」, 세계사, 2007. 59쪽.

해체하며 일상의 세계를 그대로 옮겨 놓는다. 그는 시의 고정관념을 변화 시킬 뿐만 아니라 시의 개념자체를 변화 시키려는 의지로 시를 쓸 때의 내면의 자아와 일상적 자아와의 구분을 부정하는 방법으로 해체하며 나타난다. 첫째 토막의 '제자 이야기'와 둘째 토막의 '광주청년 이야기'는 한편의 작품 속에서 아무 관련이 없다. 두 이야기는 2항 대립적 관계가 아니고 그렇다고 단순한 대립적 관계도 아니다. 따라서 「이것은 시가 아니다」에서 그는 시와 일상의 경계가 해체되는 양상을 보여주고 있다. 또 위 시에서 첫째 이야기와 둘째 이야기는 조화를 나타내는 자율성의 파괴라고 볼 수 있다. 조화는 대비의 결과이며 세계는 모두 대립적 요소들로 구성되어 있는 조화의 세계[149]이다. 따라서 현실적으로 공존할 수 없는 것끼리 시인의 힘(그것은 아름다운 폭력이다)으로 하여 동시 병존할 수 있게 하는 것[150]은 일상의 경계를 해체하는 이승훈에 의해서만 가능한 것이다.

그의 시창작의 모티브는 자아탐구와 불안이었지만 이제 그는 불안을 극복하고 자아의 근원을 탐구하려고 시쓰기를 하며, 그의 시쓰기는 사회적 책임이나 도덕적 가치를 지키기 위해서가 아니라 자아의 부재적 가치, 폐허의 가치[151]에 있다.

이러한 이승훈의 시쓰기가 일상을 노래하는 여타의 시쓰기와 변별이 되는 것은 그의 시세계가 불이(不二)의 사유체계에 의한 것이기 때문이다. 자율성의 미학을 파괴하고 일상의 예술의 단절을 극복하는 이

---

149) 박인기 편역, 「현대시론의 전개」, (지식산업사, 2001, 11쪽)에서 체코의 시인 카렐 히넥 마하(1810~1836)의 절친한 친구이며 전기 작가인 카렐 사비나(1813~1877)의 말 재인용.
150) 문혜원, 「한국근현대시론사」, 도서출판 역락, 2007, 187쪽에서 조향의 「현대시론」, <문학>, 1959. 재인용.
151) 김이듬, 「유토피아를 향한 놀이의 변화과정」, 시와세계, 2004년 겨울호, 120쪽.

승훈의 시세계는 삶으로부터 유리된 제도 예술을 다시 삶으로 통합 시키려는 운동으로서의 아방가르드와 관련이 있다 그의 시세계를 아방가르드 시학이라고 부르는 이유는 이러한 맥락152)에서이다. 또 이승훈은 자아소멸에서 불이사상의 한 단계 승화된 시세계를 펼치며 아방가르드 선시의 세계를 만들고 있다.

3. 비대상에서 선시까지

비대상에서 선시까지의 거리는 이승훈의 문단 경력 전체를 해석하려는 것이라고 말 할 수 있다. 그 까닭은 그의 초기 시에서 나타나듯이 비대상에서 자아탐구 → 자아소멸 → 불이사상→선시까지 일련의 이승훈의 시의식의 변화 과정이기 때문이다. 그는 오랜 기간 동안 시집 20권과 시론 28권과 수필 5권과 사진시집 2권, 번역 2권, 기타 2권 등 총 60여권의 시집과 시론 등 저서를 남겼다. 먼저 비대상에서 선시까지 걸어온 그의 발자취를 간략하게 논지하면 다음과 같다.

1) 비대상

이승훈은 '관념'이나 의미와의 싸움'이 아니라 '나와의 싸움'이 문제였다. 즉, 그의 억압된 무의식을 터뜨리는 것이 문제였다. 다시 요약하면 내면의 억압된 충동, 내면의 억압된 무의식을 터뜨리고, 한편의 시 속에 노래하고자 하는 구체적인 대상이 없는 것을 비대상이라 했다. 즉 모방의 대상을 갖지 않는다는 뜻으로 무언가 창조의 뜻을 담고 있다.

---

152) 권경아, 앞 책, 298~299쪽.

그가 무의식적 세계의 환상을 순간적으로 떠오르는 언어로써 이미지의 고리를 만들어 형상화하는 것이다. 앞에서 언급한 바와 같이 '자아/대상/언어'가 대상을 괄호 안에 넣은 채 '자아/(대상)/언어'의 형태로 나타나게 되는데, 이를 이승훈은 '비대상'이라고 하였다. 그의 시에는 대상이 없다. 시의 대상이 없다는 것은 주제가 없다는 것이 된다. 이것은 자기상실이고 세계관 상실 상태라고 할 수 있다. 고독과 불안의 상태, 무기력의 상태, 허무의 상태를 말한다. 그의 시세계는 불안과 허무와 그리고 세계관 상실에서부터 시작되었다. 그는 청춘이 직면하게 마련인 정신적 위기감을 표출한 「위독(危篤)」과 같은 연작시 실험, 산문시, 주관적인 독백과 객관적인 묘사, 반복과 병치, 무의식의 세계에 대한 새로운 인식과 자동기술법의 가능성 탐색 등 모더니즘의 다양한 방법론을 시도하고 있다. 이러한 모색들은 뒤에 '비대상시'라는 그의 개성적 시론으로 정식화된다.

  램프가 꺼진다. 소멸의 그 깊은 난간으로 나를 데려가 다오. 장송(葬送)*의/바다에는 흔들리는 달빛, 흔들리는 달빛의 망또가 펄럭이고, 나의 얼굴은 무수/한 어둠의 칼에 찔리우며 사라지는 불빛 따라 달린다. 오 집념의 머리칼을/뜯고 보라. 저 침착했던 의의(意義)가 가늘게 전율하면서 신뢰(信賴)의 차건 손/을 잡는다. 그리고 시방 당신이 펴는 식탁(食卓) 위의 흰 보자기엔 아마 파혜/쳐진 새가 한 마리 날아와 쓰러질 것이다
    * 장송(葬送) : 죽은 사람을 장사 지내어 보냄.
                              ―「위독. 1」 전문[153]

위의 「위독. 1」은 제1호에서 제9호까지의 연작시 형태로 이루어진

---

153) 이승훈, 「아름다운A」, 황금북, 2002, 17쪽.

작품으로 제1호에 해당한다. 어떤 의미를 전달하기 위한 매개체로서의 구체적 시적 대상을 보여 주지 않는 것이 이 작품의 특징이다. 그가 초기부터 사용하던 자동기술법에 의해 쓴 시로서 불안한 현실에 대한 '위독'이다. 그의 처절하고 참담한 정서적 상황은 곧 현실의 참담한 상황의 무의식적 반응이다. 그의 시의식은 자의식에서 자기구원을 찾으려는 내면의식, 무의식, 모더니즘 이론으로 언어가 만들어낸 허구로 보고 있다. 또 그는 1960년대 말 쯤부터 과격 분방한 메타포를 사용한 모더니즘 시인으로 무의식의 내면 공간에 갇힌 억압된 불안의 시어들인 '램프', '난간', '장송의 바다', '망또', '어둠의 칼', '집념의 머리칼', '차건 손', '흰 보자기'를 통해 자기소외로부터 자기해방을 구원하려는 의식과 무의식의 차연 관계를 낳고 있다. 그 근거로는 첫 구절의 '램프는 꺼진다' 라는 상황설정이다. 어둠 그 자체가 내면세계인 그 어두움의 깊이는 '소멸의 그 깊은 난간'으로 계량화 된 '장송의 바다에는 흔들리는 달빛' 으로 자아탐구의 일면을 보여 준다. 예컨대 김춘수의 시를 흔히 '무의미의 시'라 하고, 이승훈의 시를 '비대상의 시'라고 부르는 것은 김춘수가 심상만을 제시하는 서술적 이미지에 초점을 두는 것이라면, 이승훈은 무의식적 세계의 환상을 그 순간마다 떠오르는 언어들의 상호 충돌과 그 상황 속에서의 성찰을 통해 자아를 발견한다는 차이점이다.

2) 자아탐구

이승훈은 허무의 상태에서 불안감을 감추지 못하는 일상의 세계에서 자신의 소외를 찾으려는 노력으로 자아탐구를 한다. 즉 대상이 없는 자아탐구다.

1976년에 발표된 그의 시집 『환상의 다리』(일지사)와 1981년에 발표된『당신의 초상』(문학사상사)은 1969년대의 시집『사물A』(삼애사)와는 다른 양상을 보인다. 이 시기에는 제1시집의 바라보기 양상이 자아의 주관적 내면진술로 바뀌면서 시적 자아가 위치한 공간도 내면 공간에서 바깥의 현실 공간으로 전이되는 것이다. 이는 제1시집의 연속적 파노라마의 객관성을 넘어 주관적 정서 표현의 관념화로 바뀌는 것을 의미한다. 그리고 이러한 그의 면모는 제1시집이 환상적 장면을 심상으로 제시하는 것에 비해, 1976년『환상의 다리』(일지사)와 1981년『당신의 초상』(문학사상사)은 관념적 표현 화법에 따라 고백형식으로 제시된다. 또한 이 시기에는 그가 제1시집에서 미약하게 보여주었던 자동기술을 완벽하게 성립 시킨다. 이 시기에 이승훈은 의미가 해체되고 심상마저 해체되는 양상을 보임으로써 해석적 접근 자체를 거부하고 있는 것이다. 또한 이렇게 해체된 심상들은 비극성의 짙은 색채까지 보인다.

> 이제 문학은 모든 절박한 노래는/언제나 흐리고 밟히는 것은/어디 숨어버린 사랑은//붉은 바람 한 조각 들고/달리는 말의 저쪽에서/더욱 가혹하게 시드는 우리의 말은/넘치면서 죽어가는 말은/그대 사는 거치른/사북 고한 황지는/어디고 위험한 나라/어디고 필요한 그리움은/예수 같은 시간 흐르게 건만//한밤이고 철면피한 하늘이고 사막인 헐벗은 대낮은/사랑을 배울 수 없어//해는 내려 쪼이는데/산비탈에 붉은 해는 펄럭이는데/이토록 죄송한 생은//아아 여름 맨드라미는
> ─「맨드라미」 전문154)

이승훈의 1970년대 시들의 자동기술적 양상은 문단활동 초기인

---

154) 이승훈,「당신의 초상」, 문학사상사, 1981.

1960년대와 변함이 없다. 그러나 시적 자아가 받아들이거나 시적 자아의 의식이 닿은 상상력의 내용이나 대상은 많은 변화를 가져왔다. 이 시기부터 이승훈은 극단적인 자동기술의 제 모습을 보이면서『사물A』(삼애사, 1969)에서 보였던 회화적인 양상을 없애고 의미를 부정하는 철저한 무의미의 시를 산출한다.

1980년대의 그는 네 번째 시집『사물들』(고려원, 1983), 다섯 번째 시집『당신의 방』(문학과 지성사, 1986) 여섯 번째 시집『너라는 환상』(세계사, 1988)을 발간했다. 그리고 이에 맞춰 이승훈은 1981년『비대상』이라는 시론을 발표하여 자신의 시에 비대상이라는 개념을 더욱 확고히 하였다. 같은 시기에 이승훈은 1960~1970년대 시의 '나'에 대한 관심과 성찰을 떠난 '나와 너'의 관계설정에 관심을 기울였다. 그리고 이렇게 '너'라는 존재에 대해 탐구해 나가는 과정 속에서 자아를 발견하는 인고의 과정을 겪는다.

1960~1970년대 시집의 시에서 '나'를 내세워 자아의 탐구에 열중하던 그가 1980년대에는 '너'에 대한 관심으로 눈을 돌렸다. 그리고 `90년대에는 '그'라는 3인칭을 내세워 자아탐구를 하고 있다. 그러면서 자연스레 1990년대 이승훈의 시에는 2인칭이 청자의 역할보다는 3인칭처럼 화제의 대상이 되어 바라보는 대상에 지나지 않는다.

> 이 거리엔 깊은 밤 버스를 타고 떠난 너의 흔적이 있다 너의 흔적을 만져/ 본다 너의 흔적은 추운 창문에도 있고 마른 가지에도 있고 바람 속에도 있다/ 바람 속에 남아 있는 너의 미소 가냘픈 날들의 흔적 해가 지는 계단에도 있다/ 너의 미소가 있다 수다를 떨던 너의 가느다란 목소리가 있고 따뜻했던 겨울/이 있고 의자도 있고 하늘도 있다 작은 방도 있다 바람 많은 날들이 새기고/ 간 사랑이 여기 있다

지워지지 않는 너의 흔적이 있다

—「너의 흔적」 전문155)

이 시에서는 2인칭 '너'는 대화의 상대가 아니라 바라보는 대상일 뿐
이다. 여기서 2인칭의 '너'는 모든 사물을 지금 여기에 존재하게 만드는
근거가 되고 있다. 다시 말하면 모든 사물을 존재하게 하는 근거인 만
큼 2인칭의 '너'는 그 모든 사물 속에 존재하는 '지워지지 않는 흔적'이
다. 이렇게 이승훈은 2인칭을 모든 사물 속에, 모든 곳에 존재하는 인물
로 승화시켰다.

3) 자아소멸

이승훈의 자아탐구는 초기시편들을 넘어 시집『밝은 방』(1995, 고려
원),『나는 사랑한다』(1997, 세계사),『너라는 햇빛』(2000, 세계사)에
와서 현존하는 자아가 있는 것이 아니라 텍스트적 자아156)가 있다.

그의「자아소멸의 시와 언어가 쓰는 시」로 묶어지는 시편들의 자아
는 해체적 자아이고 차연적 자아다. 데리다가 말하는 영원불변의 진리
가 없다는 해체이론을 근간으로 한 이승훈의 해체적 시론은 자아, 언

---

155) 이승훈,「밝은 방」, 고려원, 1995.
156) 텍스트에 대한 기본적 시각은 고영근,『텍스트이론-언어문학통합론의 이론과 실
　　제』, 아르케, 2002에서 텍스트의 정의와 성격을 인용해 보면, 다음과 같다.
　　"텍스트는 사람의 의도적인 언어표현이나 언어로 옮길 수 있는 기호로 정의될 수
　　있다. 이런 의미의 텍스트에는 길고 짧은 일상발화를 비롯하여 문학작품, 문서,
　　영상매체가 포괄된다. 텍스트를 연구대상으로 삼는 학문을 "텍스트이론"이라 부
　　른다. 텍스트이론은 가까이는 인문과학과 사회과학을 통합할 수 있고, 시야를 넓
　　히면 자연과학까지도 그 영역 안에 아우를 수 있다. 텍스트이론은 위로는 기호학
　　을 떠받치고 있고 아래로는 언어학을 바닥에 깔고 있으면서 인지과학, 인문과학,
　　사회과학 등의 이웃 학문과 넘나드는 강한 학제성을 띠는, 일종의 통합학문이다.

어, 무의식의 상태에서 벗어나 자아가 언어에 지나지 않는다는 사유를 함으로써 자아소멸의 해체시로 접근하게 된다. 그의 시와 현실의 경계는 해체된다. 이런 실험을 통해 그가 깨달은 것은 자아 찾기가 자아 소멸로, '나는 누구인가'라는 질문이 '나는 있는가'라는 질문으로 전환되고, 마침내 '나는 없다'는 점이고, 그때부터 좀 자유로운 상태157)가 된다. 그는 '자아/대상/언어'중에서 대상이 없는 비대상의 시를 쓰고 '나는 없다'는 '자아'를 버린다. 곧 자아가 소멸된다. 대상과 자아를 버린 뒤 그에게 남는 것은 오직 언어였다.

> 자칭 모더니스트가 할 수 있는 일은 언어와 놀며 언어와 싸우는 일이었다. 나의 무능력이 나의 능력이다. 30년 동안 나는 나를 뜯어 먹고 살았지만, 그 '나'가 없다면 이제 나는 언어나 뜯어먹고 살아야 하리라. 시는 배고픔을 먹고 산다158)

4) 자아부정

문단에 발을 들여놓던 1963년부터 지금까지 자신을 정지된 자아가 아니라 진행형 자아로 변모를 거듭한다. 그의 자아는 소멸 속에서 계속 흐르며 '자아'에 대해 부정하는 양상을 보인다.

> 나는 누구인가? 이런 질문에서 시작된 나의 시쓰기가 1990년대에 오면서 느닷없이 "나는 있는가?"라는 질문으로 바뀌면서, 그러니까 자아에 대한 인식론적 회의가 존재론적 회의로 바뀌면서 시쓰기에 대한, 삶에 대한, 세계에 대한 새로운 전망이 트이고, 그 때 내가

---

157) 이승훈, 「탈근대주체이론-과정으로서의 나」, 푸른사상사, 2003, 10쪽.
158) 이승훈, 「나의 문학실험」, 중앙일보, 1996. 4, 「해체시론」, 새미 1998, 90~920쪽.

체험한 것은 '나는 없다'는 인식이었다.[159)]

앞의 인용문에서도 그는 자아부정을 통해 시쓰기를 하려는 몸부림이 발견된다. 그의 「자아부정」의 시편들은 시집 『나는 사랑한다』(세계사, 1997), 『너라는 햇빛』(세계사, 2000)을 중심으로 언어에 의해 자아가 소멸되고 언어가 시를 쓴다는 인식을 넘어서는 자아소멸의 해체시가 한층 심화 되어 주체와 언어의 해체에 이르게 된다. 이승훈은 있는 그대로의 자아가 아니라 흔적과 자취로서 자아를 놀이를 하고 있다. 그리고 유희하고 있다. 또 그의 이런 유형의 시작품 역시 시의 장르해체, 곧 시의 제도성 해체와 시의 자율성, 통일성의 해체로 나타난다. 문학이 아름다운 형식을 필요로 해야 한다는 것은 사실이다. 그러나 아름다운 형식은 미리 만들어진 상태로 주어지는 법이 없다. 그것은 형식 자체를 부정하려는 강인한 정신과의 부단한 싸움 밑에서 얻어지므로[160)] 여기에 이승훈이가 해당된다.

5) 불이사상

이승훈은 제12시집 『인생』(민음사, 2000)에 와서 그가 사유하던 일체의 것에서 벗어난다. 그 동안 그를 붙잡고 가던 물심이원론적인 이분법으로부터 막다른 길에 이른다. 젊은 날 자아탐구로 내면의 길로 접어선 이승훈은 자아소멸과 자아부정을 거치면서 대상이 없는 대상non-object과 집요한 싸움을 하여왔다. 그는 이런 내면의 싸움이 비로소 자기 자신의 그림자와의 싸움이란 것을 느낀다. 어쩌면 그는 순수 자아에

159) 이승훈, 앞 책, 10쪽.
160) 김 현, 「한국현대문학의 이론/사회와 윤리」, 문학과지성사, 1991, 158쪽.

도달하기 위한 마음의 그림자인 탐욕, 어리석음, 시기심과의 싸움인 것을 확신161) 한다. 그에게는 '자아', '주체', '나'라는 허깨비와 싸는 것은 괴로움이었다. 그의 시쓰기가 모험이라면 자아에 대한, 주체에 대한, 그에 대한 성찰도 모험이고 현기증이다. 그는 근대적 주체 개념의 모순을, 그리고 시대적 낙후성을 지적하는 탈근대적 주체 개념을 주장하며, 이런 개념을 불교적 사유나 세계관에 의해 새롭게 해석하려는 시의식의 지평을 열어가고 있다.

> 이 신발 너에게 주고/가리라/日月이여 이 옷도 너에게/주고/눈 내리면 눈도 주고/가리라/흐린 가을 저녁/찬비는 내리고/日月이여/있음은 무엇이고/없음은 무엇인가/언제나 벼락이 있고/멀쩡한 대낮에/비가 오네/그러므로 日月이여/좀더 닦아야 하리/이 책상도 닦고/벽도 닦고 거울도 닦고/가으내 아픈/이 팔도 닦고/책 속의 글자들/글자들도 닦아야 하리/가을 가고/겨울 오는 아침에/눈이 오네
>
> —「日月」전문162)

그는 미래를 선험하고 지향하는 새로운 언어의 실험과 형태의 실험을 통해 아방가르드 선시의 선미(禪味)를 가일층 드러내고 있다. 여기서 이승훈의 시 세계를 요약해 보면 주체의 내적 독백인 '비대상시와 자아탐구'의 부분은 모더니즘 양상의 시로, 주체마저 부정하는 '해체시와 자아소멸'의 부문은 포스트모더니즘 양상의 시로 분류할 수 있다. 또 '무아와 선시 경향의 시' 부분은 포스트모더니즘의 철학적 토대인 후기 구조주의, 해체주의를 동양의 대승불교적 사유163)로 볼 수 있다.

---

161) 송준영, 「이승훈의 문학탐색」- 제2부 이승훈 시선, 4. 자아불이와 현대선시, 푸른사상사, 2007, 144쪽.
162) 이승훈, 「인생」, 민음사, 2002, 24쪽.

아직도 성찰의 자아를 발견을 하지 못한 그의 몸부림은 치열하기만 하다. 결코 내적 고요가 없는 혼탁한 정신으로는 선으로의 입적은 그에겐 방황일 수 밖에 없다. 바로 진과 선과 미가 조화롭게 이루어진 시의식이 진정 그가 가지려는 내면의 현실이다.

6) 비빔밥 시론[164]

특히 비대상에서 선시까지라는 이승훈의 시력을 놓고 볼 때 그의 독자적인 시론을 말하지 않을 수 없다. 그의 시론이란 「비대상 시론」과 「비빔밥 시론」, 그리고 「해체 시론」을 손꼽을 수 있다. 여기 「비대상 시론」에 대해서는 앞서 많은 지면을 할애하여 논의 되었으므로 「비빔밥 시론」과 「해체시론」에 대한 논의는 먼저 「비빔밥 시론」에 대한 개념 정의가 선행되어야 한다.

> 비빔밥은 밥도 아니고 반찬도 아니고 밥과 반찬의 경계가 모호할 뿐만 아니라 재료들을 섞고, 비비고, 만드는 과정이 먹는 과정보다 중요하다. 그런 점에서 비빔밥은 완성된 것도 아니고 개방적이다. 모든 음식은, 김밥이나 주먹밥까지도 완성된 다음 먹는 것이지만 비빔밥은 내가, 당신이, 우리가 만들며 먹는다. 만든 다음 먹는 것이 아

---

163) 김향라, 앞 논문, 21~22쪽.
164) 참고문헌
 * 김향라, 앞 논문, 15~17쪽.
 * 서준섭, 「바깥으로의 사유-이승훈의 시론에 나타난 근대적 주체, 시 개념의 해체에 대하여」, 이승훈, 『시적인 것은 없고 시도 없다』, 집문당, 2003, 158~168쪽, 300~305쪽.
 * 이승훈, 「나는 사랑한다-비빔밥 시론」, 세계사, 1997, 123~137쪽.
 * _____, 「이승훈의 문학탐색」, 푸른사상사, 2007, 378쪽.
 * _____, 「해체시론」, 새미, 1998, 30~42쪽.
 * _____, 「비빔밥 시론」, 현대시사상, 1997년 봄호..

니라 만들며 먹고, 무엇을 만드는지도 모르고 먹는다. 그리고 완성이 아니라 만드는 과정, 생성이 중요하고, 그런 생성이 무슨 단일한 세계가 아니라 복수성, 파편의 세계로 뒹구는 것도 중요한 점이다. 비빔밥 안에서는 안과 밖이 섞이고 밥과 반찬이 섞이고 당신과 내가 섞이고 시와 비시가 섞인다.165)

위의 인용문은 독자의 참여를 요구하는 『비빔밥 시론』의 일부분이다. 이 시론에 따르면 이승훈은 목적을 위해 또는 진리를 강조하는 시 쓰기를 하지 않는다. 과정을 중시하는 시쓰기를 한다. 그것은 그가 『과정으로서의 나』(푸른사상사, 2003)라는 탈근대주체이론서만 보더라도 그는 과정을 중시하며 시쓰기하는 것을 알 수 있다. 따라서 비빔밥은 비빔이라는 과정이며 섞임의 미학이다. 섞임이라는 것은 복수성의 세계이고 이는 2항 대립체계, 위계질서를 해체한다는 점에 의미가 있고 철학이 있다. 그리고 개방적이고 미완성의 것이다. 그의 시의식은 완성이 중요한 것이 아니라 과정, 생성이 주요한 것이다. 다시 말하면 시적 언어의 특성이 시련과 과정으로서의 주체를 지시한다는 점이다. 그런 과정으로서의 주체는 기호나 통사에 대한 공격을 말하는 주체의 통일성과 대립되는 관계라고 할 수 있다.

그러나 쓴다는 것은 고독하다는 것이며 나를 나에게서 분리 시키고 두 개의 나를 만드는 행위라고 생각 합니다 그러나 쓴다는 것은 나를 버리는 행위입니다 종이 위에 나를 버리고 나는 하나의 차이로 존재합니다 그러나 쓴다는 것은 계속 쓴다는 것은 나를 계속 연기시키는 일입니다 종이 위에서 나는 계속 연기 됩니다 나는 이미 내가 아닙니다 나타나고 사라지는 무수한 텍스트, 밝은 방 속에 드러나는

---

165) 이승훈, 「나는 사랑한다」 세계사, 1997, 128쪽.

이 흔적! 그러나 쓴다는 것은 산다는 뜻입니다 글 속에서만 내가 있
으므로 나는 내가 아니고 동시에 나 입니다 오오 그러나 쓴다는 것
은 내가 언어이며 타자라는 사실이고 타자의 타자가 나라는 사실이
고 나는 무수히(글을 쓰는 만큼) 나타나고 사라집니다 그러니까 사
막입니다 계속 쓴다는 것은 우리 인생에 의미가 없다는 사실을 깨닫
는 일이고 방랑이고(아무튼 시작도 끝도 없지요) 내 시는 여기서 끝
내야겠습니다

—「답장」 일부166)

그는 위의 「답장」에서 "나는 내가 아니고 동시에 나'라고 했다. 이 말
은 화자와 타자의 동일성을 증명하려는 것으로 불이사상이 잘 나타나
있다. '나'를 '나'에게서 분리시킨 '나'또한 '나'이다. '내'가 '언어'이고 '타
자'이고, '타자'가 '나'라는 증명이다. 이승훈은 위의 「답장」에서 자아소
멸에 이어 '불이사상'을 강하게 표출하고 있음을 알 수 있다.

7) 해체시론167)

해체철학의 핵심 교의(敎義)들 중의 하나는 체계의 산물이 그 본성에
의해 이미 해체되어 있다168)는 사실이다. 이러한 전제로 생각해 볼 때
데리다가 보는 관점에서 서구 형이상학의 본성은 두 가지로 집약169)된

---

166) 이승훈, 「나는 사랑한다」, 세계사, 1997, 33~34쪽.
167) 이승훈, 「해체시론」, 새미, 1998, 13~150쪽. 제1부 해체시론에서 1) 시적인 것은
    없고 시도 없다. 2) 비빔밥시론. 3) 표류의 미학, 세기말적 상상력. 4) 문학의 역사
    는 폐허의 역사다. 5) 혼성모방과 표절시비. 6) 거시담론의 퇴조와 미시담론의 등
    장. 7) 나의 문학 실험. 8) 우수에서 파편까지. 9) 내 속에 그가 생각한다. 10) 소쉬
    르 읽기. 11)내가 읽는 시를 참고바람.
168) 박경일, 「해체철학의 선구들-불타, 노자로부터 엘리엇, 데리다까지」, 시와세계,
    2006년 가을호, 152쪽.
169) 김상환, 「해체시론의 철학」, 문학과지성사, 1996, 163쪽과 169쪽.

다. 하나는 이항대립적인 체계이다. 즉 '이성/감성', '내면성/외면성', '정신/물질', '보편/개별', '필연/우연', '남성성/여성성', '음성/문자'등의 경우처럼 형이상학의 내부가 형이상학적인 요소들과의 대립으로 구성된다. 또 다른 하나는 이른바 '현전의 형이상학'이라는 특징을 지닌다. 이것은 앞에서 예시한 대립항들 가운데 전자에 해당하는 '참된'존재의 존재론적인 의미가 '현재적으로' 의식 속에 '직접' 드러날 수 있다고 보는 입장이다. 따라서 해체적 전략은 서구 형이상학의 두 가지 본성에 내장되어 있는 모순성을 그 내부로부터 폭로하는데 초점이 맞추어 진다. 이와 같은 근거로 볼 때 이미지의 해체는 곧 의미의 해체[170]로 대상도 없이 자아도 버리고 어찌 보면 자아를 부정하며, 언어로 시쓰기 행위를 하던 이승훈은 자신을 뒤돌아 볼 줄 아는 시인이다. 비대상에서 선시까지 긴 행적에서 이승훈 자신의 시의식을 뒤돌아본다는 것은 그 자신의 세계를 비판하고 해체한다는 것이다. 그는 자신의 시의식을 자성으로 해체하려고 했다. 그 근거로 자신이 언어로 쓴 시들을『이것은 시가 아니다』(세계사, 2007)라고 말 할 수 있고, 자신의 시세계를 비판할 줄 아는 시인이기 때문이다. 그렇게 이승훈 자신의 시세계에 대해 엄중한 경고를 내리는 냉정함은 또 다른 자아세계를 탐구하려는 프로페셔널적 시인의 자아비판이라 할 수 있다. 이승훈은 결국 이론을 알고, 이론을 체계화하고, 그런 체계 속에서 새로운 이론을 생산하는 일에 몰두하는 시의식을 넓혀갔다.

이론을 공부하고, 이론을 체계화하고, 새로운 이론을 생산하는 일에 게을리 하지 않았던 이승훈은 리얼리즘을 부정하고 시의 장르와 제도, 자율성과 통일성을 해체하는 전위적인 포스트모더니스트로서 「해체

---

170) 금동철, 앞 논문, 52쪽.

시론」171)이라는 자기이론을 생산한다. 그의 「해체시론」의 문제는 '해체'그 자체이다. 즉, 그의 해체deconstruction는 파괴destruction가 아니다. 시나 문학은 해체가 아니라 건설이고 창조라는 이성주의적 발상이나 도덕주의적 발상이 아직도 뿌리 깊은 한국 문단에서 해체를 주장하는 그는 해체는 파괴가 아님172)을 분명하게 규정 했다. 한 마디로 해체는 무슨 중심, 무슨 주의를 부정한다는 것이지 파괴가 아니라는 것이다. 비행기를 파괴해서 배를 구성, 또는 구축construction하는 행위는 파괴와 구성행위를 차례로 한 것일 뿐 '해체(구성)'의 행위는 아니다. 해체(구성)란 '해체하고 다시 쌓는 일을 가리킨다. 바로 이 해체와 구성이 동시에 일어나는 경우를 지칭한173) 이승훈의 해체는 파괴가 아님을 규정지을 수 있다. 이런 의미에서 이승훈을 일컬어 이 시대를 이끌고 있는 모더니스트라 할 수 있다. 그것은 1963년 등단이래,『사물A』(삼애사, 1969), 『환상의 다리』(일지사, 1976), 『당신의 초상』(문학사상사, 1981)에서 1980 년대 시집『사물들』(고려원, 1983),『당신의 방』(문학과 지성사, 1986),『너라는 환상』(세계사, 1989), 그리고 최근의 시집『인생』(민음사, 2002),『비누』(고요아침, 2004),『그것은 시가 아니다』(세계사, 2007)에 이르기 까지 그의 시의식의 중심축에는 언제나 모더니즘이 자리매김 하고 있다.

이런 일련의 근거로 하여 이승훈의 시세계인 '해체의 세계'와 '포스트모던의 세계'를 살펴보면 전자는 자크 데리다의 '해체주의 이론과 비평'에 관계 되지만, 해체주의가 서구철학에서의 인식론의 전환을 강조하고 있다면 포스트모더니즘은 계층 간의 위계질서 파괴와 상호간의

---

171) 이승훈,「해체시론」, 새미, 1998, 11쪽.
172) 이승훈, 앞 책, 2쪽.
173) 장경렬,「해체(구성)란 무엇인가」, 문학사상, 2003 7월호, 215쪽.

인정을 강조174)하고 있다. 이러한 두 개의 사상 대립이 지속되어 오던 한국의 시단에는 '해체시'와 '포스트모던의 시'는 긍정과 부정을 야기하는 두 축의 중심부에는 이승훈 시인이 있다. 그런 점에서 그는 시쓰기, 즉 문학이라는 이름의 글쓰기는 '나'의 소멸, '나'를 지우기, 지금 여기에 있는, 그 동안 있다고 믿어온 '나'를 없애기, 결국 부재를 증명하는 것이다. 프레드릭 제임스에 의하면 포스트모더니즘 예술이 환기하는 다중적 표면성은 주체의 소멸과 관계된다. 모더니즘의 예술이 주체의 소외를 암시한다면 포스트모더즘 예술은 주체의 소멸을 암시한다. 주체의 소외 단계에서 주체 소멸의 단계로 넘어가면서 미적 기법 역시 변한다는 게 그의 주장이다. 그는 또 모더니즘의 대표적인 기법이 패러디 parody가 있다면 이와 관련된 포스트모더니즘의 대표적인 기법으로는 혼성모방pastiche이 있다는 것이다. 패러디는 기존 텍스트를 풍자적으로 고치면서 모방하는 기법을 뜻하며, 혼성모방은 기존의 텍스트를 모방하되, 그 모방의 동기가 없다. 동기가 없다는 것은 모방되는 텍스트를 비판하거나 풍자하려는 의도가 없음175)을 암시 한다. 앞에서 프레드릭 제임스가 말한 바와 같이 이승훈의 시의식은 포스트모더니즘이 환기하는 다중적 표면성에 의해 주체의 소멸을 가져오고 미적 기법의 변신을 위해 장르의 자율성을 해체했다.

　그는 "시를 쓰려면 시를 못 쓴다"와 "시를 쓰지 않으려고 시를 쓴다"는 것은 일반화된 시, 장르라는 일반 옷을 입고 시 행세하는 시, 지나치게 시를 닮은 시, 시라는 장르에 집착하는 시, 에 대한 비판을 하지만 이 말은 진정한 시쓰기를 위한 이승훈의 자기성찰이다. 그의 입장에서는

---

174) 윤호병, 「이승훈의 문학탐색-해체의 세계와 포스트모던의 시세계: 이승훈의 세계,
　　〈나는 사랑한다〉와 〈너라는 햇빛〉을 중심으로」, 푸른사상사, 2007, 199쪽.
175) 이승훈, 앞 책, 68~69쪽.

부정과 회의는 부르주아적 주체에 대한 회의와 부정이 나타나고, 이런 부정과 회의는 부르주아적 주체에 대한 부정과 회의로 발전 하기 때문이다. 따라서 데리다의 차연의 개념이 그가 그토록 수행해 왔던 자아탐구 과정의 결론인 '자아 없음'이라는 것과 데리다의 차연의 개념과 동질성의 실체임을 확인할 수 있다.

형태의 개념을 점차적으로 해체하고 변형 시켜 나가는 이승훈의 일련의 실험정신은 현상적 사회질서의 와해와 대응할 수 있는 양식을 찾고자 하는 당위적 과정에 다름 아니다. 또 문학적으로 용인 되어온 형식을 파괴하고 삶의 양식을 구축하려는 새로운 의식의 발로인 것이다. 사실로 받아들여야 하는 것은 정돈된 질서와 통제를 받으며 이루어지는 그의 언어행위가 시다. T.S 엘리엇이 주장한 이론에 의하면 모든 시는 자유시를 잘 쓰기 위해서는 전통시의 구조와 규율을 꿰뚫어야 한다. 왜냐하면 실험시의 제일 덕목은 좌절감176)이기 때문이며, 여기에 이승훈이라는 주체가 그것을 전위적으로 시도하고 있다.

8) 선시(禪詩)까지

이승훈은 자아탐구에서 자아소멸을 거쳐 마침내 불이사상으로 변천되었다. 그리고 다시 자아있음(자아탐구)/자아 없음(자아소멸)의 대립이 변증법적으로 종합되었다. 그러나 선(禪)은 종합이 아니므로 있음/없음의 경계를 초월하는 공(空), 불이(不二)의 세계로 나아간다. 또 그는 불이(不二)나 공(空)은 이런 이유로, 즉 유/무를 초월하는 세계이므로 '나'가 있는 것도 아니고 없는 것도 아니고 '나'는 '너'와 같은 것도 아니

---

176) 한태호, 「레베르토프의 실험적 형식론-자유시와 유기적 시의 차이」, 시와세계, 2006년 가을호, 212쪽.

고 다른 것도 아니라는 불이의 사상으로 삶과 시의 경계뿐만 아니라 시와 비시의 경계도 깨려고 한다. 데리다의 차연(差延)은 우연이 선불교와 만남이라고 말하지만 데리다의 차연의 개념 즉, 무아의 개념은 언어연구에서 온 것이고, 불교의 무아개념은 수행에서 온 사유로 인한 것이므로, 그가 선시로 입적하게 된 이유 중의 하나이다. 송준영은 2002년에 간행한 이승훈의 『인생』(민음사, 2002)의 시편들을 월간 『현대시』(2002년 11월호)에서 『현대선시의 새로운 기미』라고 명명했다. 이 시집에 수록된 시편들 중에 사법인(四法印)[177)에 해당되는 작품으로 「다시 왕십리」, 「인생」, 「시는 나쁜 장르이다」외 12수이고, 제행무상(諸行無常)에 해당되는 작품으로 「연꽃 옆에」, 「물고기 주둥이」외 14수이며, 제법무아(諸法無我)에 해당하는 작품으로 「서울에 오는 눈」, 「잠자리 한 마리」, 「새떼」외 12수이고, 열반적정(涅槃寂靜)의 작품으로 「천진(天眞)」, 「이른 봄날」외 16수로 분류[178)했다. 이렇듯 이승훈의 시세계는 오랜 세월을 거쳐 그의 시집 『인생』(민음사, 2000)에서 선불교 사상이 뚜렷하게 나타나고 있다.

　　이 네 가지 (아상, 인상, 중생상, 수자상) 相 가운데 특히 아상我相
　　을 버리라는 말씀(부처님) 내 시쓰기, 문학, 삶, 인생관에 결정적인
　　역할을 하고, 지금 이 책을 쓰는 이유이기도 하다.[179)

---

177) 일체개고一切皆苦, 제행무상諸行無常, 제법무아諸法無我, 열반적정涅槃寂靜으로 부처님의 깨달음 가운데서 가장 근본적이며 당시의 다른 사상과 비교해 특별히 두드러진 사상이 이른바 三法印說이었다.
178) 송준영, 「이승훈의 문학탐색」-제2부 <이승훈 시선-4. 자아불이와 현대 선시>, 푸른사상사, 2007, 145쪽.
179) 이승훈, 「탈근대주체이론-과정으로서의 나」, 푸른사상사, 2003, 14쪽.

이승훈은 자신의 시쓰기 행위가 지금까지 사유의 그림자라는 이치를 깨닫고 일체의 집착을 내려놓아야 함을 알고 비대상의 관념적 그림자로부터 탈출을 시도한다. 특히 그의 시집『비누』(고요아침, 2004)의 대표 시라고 할 수 있는「비누」는 자성이 무자성임을 철저히 인식할 때에만 가능한 'A=Ã'의 세계이다. 즉 '비누=가랑비'이고 '가랑비=눈발'이니, 이것은 다시 '비누=눈발'이 아니고 '비누=가랑비=눈발'인 'A=Ã'의 세계이다. 자성이 무자성일 때 비누는 마루, 거실, 화장실 거울 앞에 있으며 '비누=거실=화장실 거울 앞'에 있을 때 만무(萬無)로, 만유(萬有)해 있게 된다. 'A는 A'가 아니므로 A다'라는 A=Ã의 등식으로 환원될 수 있는 이것은 선(禪)의 반상합도(反常合道)의 표현 어법[180]이다. 정상을 A, 비정상을 Ã로 놓았을 때 다른 수승(殊勝)된 차원인 A=Ã의 세계다. 이것은 이승훈의 자기 자신으로부터의 해체된 자유이다. 이런 자유로움이 그의 시집『인생』(민음사, 2002)에서보다『비누』(고요아침, 2004)에서 훨씬 강하게 나타난다. 이『비누』에서 나타나는 수사법은 고전선서에서 채집된 표현방법인 선시의 반상합도(反常合道), 선시의 무한실상(無限實相), 선시의 초월은유(超越隱喩)의 수사법[181]이 시편 여러 곳에 나타나 있다. 그의 시는 대상이 없는 비대상의 대상, 대상 자체가 오직 실재인 세계에서 짜이고 있다. 그의 예술은 업이고 사막이고 우리의 인생에 의미가 없다는 사실을 깨닫는 일이고 해탈이고 그런 점에서 위대한 놀이이다. 이런 놀이는 선시를 통한 또 다른 시쓰기 작업의 양상이다.

---

180) 송준영, 앞 책, 146쪽.
181) 송준영,『선시의 표현방법의 연구』, 청송, 2000, 재인용.「이승훈의 문학탐색」-제2부 <이승훈 시선-4. 자아불이와 현대 선시>, 푸른사상사, 2007, 146쪽.

V. 결론

　이 논문에서는 이승훈의 시의식에 대해, 그리고 전반적인 시세계에 대해 조명하여 II장에서는 비대상과 자아탐구와 모더니즘의 관계를 규명하였으며 III장에서는 포스트모더니즘으로서의 양상으로 자아탐구의 한계, 그리고 자아소멸과 자아부정, 그리고 그가 무엇에 기인하여 포스트모더니즘의 시세계를 열어 갔는지에 대해 고찰했다. IV장에서는 포스트모더니즘의 시적 한계로부터 탈피하여 선시로 입적하는 일련의 과정을 논의했다. 그의 심리적 현실을 드러내는 시적 전통은 식민지 시대의 내적인 불안이나 초조, 현기증, 공포감 등을 드러낸 이상(李箱)이나, 이른바 실존의 리듬 혹은 탈이미지의 세계를 집요하게 추구한 김춘수를 거쳐 이승훈에게 이어졌다. 극도로 불안감을 떨쳐버리지 못하던 이승훈은 시적 대상을 버리고 자아와 언어만으로 시쓰기를 했다. '나는 누구인가'라는 질문을 통해 억압된 무의식과 충동, 욕망으로부터 해방을 위해 집요한 자아탐구에 관심을 돌린다.

　이승훈의 시세계는 초기에는 비대상 개념을 중심으로 자아탐구를 시도한다. 자아/대상/언어로 시쓰기를 하던 그는 대상을 버리는 「비대상」에 대한 시론을 완성하고 자아탐구에 몰입하는 모더니즘의 시의식을 보이고 있으나, 자아탐구의 시적 한계를 느낀 그는 자아소멸이라는 해체주의를 부르짖는다. 그렇게 해체시의 시의식을 넓혀오던 그는 언어로만 시쓰기를 한다. '언어'가 '나'이고 '나'가 '언어'라는 절대관념을 가지고 포스트모더니즘의 시세계를 열어간다. 여기서 그는 또 한 번의 시적 한계를 느낀다. 이성 중심, 거대 담론에 대한 반동으로 불확실성을 인식소로 하는 세계관, 그리고 해체주의 세계관 내지 예술관에서 예술자체에 대한 자의식 과잉으로 인한 아직도 완성되지 않은 이승훈 자신만의 시의식을 갖지 못하던 그는 스스로 언어를 버리고 새로운 시세계를 갈구했다. 그는 대상을 버린 지가 오래고 자아소멸로 모든 사물을 해체로 보는 시각으로 완성되지 못한 주체, 즉 「비빔밥」 시론을 주장하지만 아직도 이승훈의 시세계는 폭로하지 못한 내면의 시적 억압에 시달리고 있다. 따라서 그는 언어도 버린다.

그는 대상도, 자아도, 언어마저 버리고 시쓰기를 하고 있다. 어쩌면 『탈근대주체이론-과정으로서의 나』(푸른 사상, 2003)에서 아상, 인상, 중생상, 수자상 네 가지 相 가운데 특히 아상(我相)을 버리라는 말씀(부처님)이 그의 시쓰기, 문학, 삶, 인생관에 결정적인 역할이고, 그가 시쓰기 하는 이유이다. 특히 '아상(我相)'을 버리고 과감한 자신의 시세계를 개혁하고자 했다. 이것이 그가 선불교를 만나 선시로의 입적한 이유 중에 하나이다. 45년의 시력을 해체하고 선시라는 시쓰기로 이동하는 그는 정지하지 않는 동적인 시인이다. 그래서 이승훈은 진행형 시인이다.

이 논문의 연구 과정에서 발견한 1960년부터 활동해온 이승훈 시인의 문학사적 평가는 다음과 같은 의의로 응축된다.

첫째, 이승훈은 1960년대 한국의 시단에서 뚜렷하고 체계적으로 시의식이 변화되어온 시인이다. 특히 그의 시에 있어서 대상과 어조의 변화과정은 한국시단에 있어 괄목할 만한 성과라고 볼 수 있다. 시적 대상이 변한다는 것은 곧 그 시인의 의식의 변화를 뜻한다. 특히 이승훈에게는 대상을 어떻게 바라보아야 하는가에 대한 관점의 문제이다. 그가 늘 절망스럽게 보아왔던 절망을 뚜렷한 대상으로 변화 시켜 유토피아로 승화 시켰다는 점이다. 특히 한국시단에서 서구의 시론을 정확하고 폭넓게 수용한 시인이라는 것과 1930년대 이상(李箱)의 시와 김춘수(金春洙)의 시가 보여주었던 자아의 존재론적 탐구, 주체와 언어의 문제에 대하여 지속적으로 싸워 온 집요한 그의 시의식, 그리고 그가 한국의 모더니즘시를 계승 발전 시켜왔다는 점에서 문학사적 의미가 크다. 그의 모더니즘의 시쓰기 작업은 농경 사회에서 산업 사회로 이행되는 1960년대, 물질과 능률만이 있고 내면이 없는 한국 사회의 혼돈상을 내면화하여 예각적으로 보여주고 있는 시대적 증거물이기도 하다. 그는 절망감이나 중심부재, 나아가 후기 산업사회의 문화적 풍경에 대한 미적 대응을 위해 시를 썼다. 특히 소외된 내적 세계의 혼란과 절규를 뭉크Munch의 "비명The Cry"처럼 강렬한 언어로 보여주는 그의 시들이 동시대(1906년대)의 여타 시인들과 각별한 시의식을 가지고 있다는 관점에서 1960년대 모더니스트 시인으로서의 특성을 읽을 수가 있다.

둘째, 그가 초현실적이고 추상표현주의 뭉크Munch적인 이미지의 세계로부터 떠도는 시니피앙, 혹은 기표 놀이 세계의 변모를 보이며 집요하게 천착하는 것은 자본주의에 대한 미적 비판과 소외된 자아의 탐구, 언어의 탐구라 할 수 있다. 예컨대 그는 연작시 실험, 산문시, 주관적인 독백과 객관적인 묘사, 반복과 병치, 무의식의 세계에 대한 새로운 인식과 자동기술법의 가능성 탐색 등 모더니즘의 다양한 방법론을 시도하고 있다. 그리고 그는 본능과 현실 사이의 심각한 갈등 속에서 소외된 자아의 내면을 주로 그려 왔고 그것이 후기 산업사회로 진입되면서 더욱 심화되어 주체소멸의 자아분열 양상을 드러내면서 물화된 자아를 그리고 있다. 1960-1970년대 그의 시집에서 '나'라는 것을 시에 내세워 자아의 탐구에 열중했고 1980년대에는 '너'에 대한 탐구를 시도했다. 그리고 `90년대 시집에서는 '그'라는 3인칭의 자아탐구를 했다. 시니피앙과 시니피에의 관계는 완전히 끝나버린 것 같다는 그의 말처럼 이성적 사고의 억압을 벗어나려는 그의 시적 모험은 지금도 계속되어 한국 시단의 한 이색 지대를 이루고 있다.

셋째, 그는 문단 데뷔부터 지금까지 오직 이상(李箱)에 이어 김춘수(金春洙)의 맥을 이어 모더니즘의 계열의 시세계를 향한 자아탐구를 일관되게 실현했다. 또한 그는 자아를 부정하면서 동시에 자아긍정도 부정하지 않는 개방적 세계를 창조한다. 그러나 자아부정으로 인하여 죽음으로 치닫던 이상(李箱)의 자아탐구와는 확연히 구분된다. 이것은 사실주의에 입각한 외부지향적인 시적 대상으로 삼던 기존 한국 시단에 강한 충격과 함께 우리 시의 위험성과 한계를 극복하는데 이바지 한 바가 크다. 특히 그의 초기 시들의 주요 경향인 모더니즘의 "자동기술법"과 1990년대 시들의 주요 경향인 후기 모더니즘의 '기표들의 유희', 혹은 '환유의 연쇄'들은 다 같이 흐름을 그 주요 특성으로 하고 있다. 불안과 절망은 자기를 재확인하는 과정이다.

넷째, 이승훈은 시와 이론의 연구를 병행한 시인이다. 이미 존재하는 사물을 단순히 모방하는 것이 아니라 법칙에 구속되지 않는 새로운 사물, 즉 시론과 이론을 만들었다. 창조의 세계는 바로 상상력의 세계와 동일시된다. 그러므로 그는 이성적 사고가 아니라 상상력에 의하여 새로운 사물을 창조하는 존재로 나타난다. 특히 1960년대의 모더니즘이라는 새로운 형태의 해체적인 방법으로 기존의 전통적인 낡은 방식을 타파한 그는 상상력에 의해 형식의 틀을 깨는 아방가르드의 전위적 행위를 창조하는 존재이다. 그의 상상력은 감각적으로 지각되는 다양한 자료들을 통합하여 거기에 통일성을 부여하는 종합능력으로 정의된다. 그리고 그는 어느 것도 과거에 안주하려고 하지 않는다. 그 예로 대상이 없는 비대상의 이론 정립과 완성되지 않는 과정으로 섞임의 미학인 비빔밥 시론을 탐색함으로써 한국의 모더니즘을 증언하고자 했다. 그가 증언한다는 것은 현재를 파괴하는 것이고 그 파괴는 해체와 분명하게 다르다는 것을 규명하는 모더니즘의 시인이다. 자신의 내면세계, 자아탐구로 일관해 오던 그는 자기성찰을 통하여 자아도 버렸다. 버린다는 것은 미학이다. 그러므로 그의 자아소멸은 미학 중에 미학이다. 어느 미학보다 상위 개념의 미학이다. 그가 시대적. 사회적 상황 속에서 길을 잃고 헤매는 현대인들의 내면세계를 노래 한 것은 미적 모더니즘의 범주에 든다고 할 수 있다. 미적 모더니즘의 역할을 한 김춘수의 계보를 이어 받은 이승훈은 일상적 의미에 대한 미적 비판이라는 의미를 띠는 무(無)의 세계를 표현하고 시적 언어에 대한 새로운 방향으로의 탐구는 한국 모더니즘 시사에 있어 지대한 영향을 미쳤다.

다섯째, 우리 시사에서 흔히 찾아볼 수 볼 없는 이승훈의 시세계가 자아탐구 과정을 포스트모더니즘의 정체성 이론 및 세계관과 결합 시켰다는 것에 큰 의미를 부여한다. 그것은 포스트모더니즘에 와서 자아의 정체성이 이미지나 환상 가로지르기, 시니피앙 등의 개념으로 받아들이기 때문이다. 통사적 질서를 깨뜨리는 실험을 극단화하면서 의미해체와 통사해체로 나아가는 것은 그의 시의식이 표출되는 과정이라할 수 있다. 그는 삶의 모방적 차원을 철저히 배격하고 통사와 의미 해체라는 기법을 통해 그의 시에서 현실이나 인간적 음영을 거세하려는 비인간화라는 예술관의 인식과 시학을 집약하고 있다. 이러한 방법적 구조를 통해 그는 자신의 시의식을 비평함으로써 회의와 반성을 새롭게 드러내고 더 나아가 역사는 진보하는 것이라기보다는 결국 되풀이되고 순환되는 것일 뿐이라는 세계관을 드러낸다.

여섯째, 일관성 있는 그의 시 의식이다. 그는 인간 본연의 삶에 대한 자기성찰 통해 불안한 주체로부터 이탈 하고자 했다. 특히 그의 시에서 주체는 타자를 대립적으로 수용하면서 이승훈 자신의 분열을 극복하고자 했다. 모더니즘과 포스트모더니즘, 그리고 초현실주의적 경향의 아방가르드와 그리고 선불교 선시를 동시에 추구하고 있다는 증거가 발견된다는 것은 독자적이고 완성된 이승훈 자신만의 독특한 시론이 뒷받침된 연유에서 오는 실험과 모험정신의 결과라 할 수 있다. 첨언한다면 일관성이 개입되었다가 해체하고 다시 결합하는 특별한 불이사상이라는 시쓰기 행위에서 오는 시의식이다.

일곱째, 마지막으로 그가 택한 것이 선시로의 세례이다. 그의 시세계는 일관되게 '나는 무엇인가'라고 물으며 '자아 찾기'를 하였다. 이것이 선사상을 만나게 된 필연적인 귀결이다. 특히 서양 모더니즘의 세례를 받은 그가 후기에 동양사상 특히 선불교의 세계를 수용했다는 점에 대하여 보다 심층적인 연구가 있어야 하며 서양이론과 동양사상을 상호 회통을 지향한다는 점에서 큰 의미를 갖는다. 그는 보이지 않는 실체를 통찰하면서 실존의 존재를 원형의 형태로 지키려고 했다. 그리고 피로 시를 쓰는 대가로 죽음에 대한 부활을 동서양을 오고 가며 꿈을 꾸었다. 그러던 그가 선시를 통하여 잃어버린 자아실체와 소통을 하려고 했다. 그것은 서구의 이론과 사상이 무장된 상태에서만 가능한 행위의 현실성이다. 그런 그였기에 선불교 사상을 내세운 선시의 시세계를 소유할 수 있었다. 지금도 무아의 세계에서 아상(我相)을 버리고 동서양을 오고 가며 그는 문학적 실험을 하고 있다. 그 근거로 아래의 <그림. 5> 「영도 시쓰기」라는 새로운 시쓰기 실험이다. 그에게 소멸은 구원이다. 그가 시간과 공간, 번뇌와 집착을 벗어난 세계, 자아 없음이라는 깨달음이 실천적인 단계까지 가고 있다는 것은 있음은 없음이고 없음은 있음이라는 불교적 사유를 하고 있다는 것이다. 결국 그의 시적 구원의 방법은 불이(不二)이다. 그가 갈구 하는 자아소멸에 대한 구원의 방식을 플라톤식의 물질과 정신, 현상과 본질로 나누지 아니하고 두 개이며 동시에 하나인 즉 불이(不二)사상인 선시에서 구원을 갈구 하고 있다. 그는 색과 공의 분별심, 있음과 없음의 분별심을 깨고 있다. 이러한 그의 시세계를 면면히 살펴볼 때 새로운 선시의 기미가 나타내는 근거로는 서구의 포스트모더니즘 비평이론을 오랫동안 수련한 끝에 체득된 결과이다.

여덟째, 이승훈의 새로운 「영도의 시쓰기」시론 <그림. 5>에 대한 연구와 정신분석학적인 연구, 그리고 기호학적 연구 등 여러 시각에서 새롭게 연구되어야 할 필요가 있다. 특히 「영도의 시쓰기」시론은 자아도, 대상도, 언어도, 모두 소멸하고, 남은 것은 쓰는 행위만 있다는 것이다. 요약하면 아무것도 아닌 것에서 시작(詩作)하는 것을 의미한다. 그는 지금까지 자아-대상-언어라는 시쓰기 세 요소를 강조하고 쓰는 행위는 문제 삼지 않았다. 따라서 비대상, 비주체, 비언어는 대상, 자아, 언어의 소멸을 의미하고 남은 것은 쓰는 행위이고, 이런 행위는 자아도 없고 언어도 없는 상태에서 수행된다. 그의 「영도의 시쓰기」시론의 출발은 이미 『현대시의 종말과 미학』(집문당, 2007)에서 현대시가 끝났다는 나름대로의 사유를 담은 시론들을 묶은 저서를 발간할 때부터 이미 예고된 주장이다. 이것을 도식화 하면 다음과 같다.

<그림. 5>

이상(李箱)과 김춘수로 이어지는 이승훈에게는 창작은 실험이고 모험이다. 바꿔 말하면 모험은 실험이고 실험은 창작이다. 그는 독자적인 시론가이며 비평가로서의 이론을 갖춘 날카로운 관찰자로서 뚜렷한 전위적인 개성과 다원주의의 가치관, 그리고 실험적인 시의식을 실천하였다. 그리고 한국 모더니즘의 시세계의 확장과 자아성찰을 위한 자아탐구의 양상을 극명하게 보여주었다. 일관되게 치열한 내면의 갈등으로 리얼리즘을 부정하고 부르주아를 배격하는 모더니스트로서의 그의 행적은 한국 시사에 적지 않은 영향을 끼쳤다. 결국은 포스트 모더니즘으로 연계되어 한국시단의 자생적 포스트모더니즘 계보를 잇는 중대한 시사적 행적으로 인식된다.

결론적으로 이승훈의 집요한 45년의 탐구정신과 전위적이고 실험적인 시정신은 한국모더니즘 시와 아방가르드적 선시로의 방향 전환은 한국 문단, 또는 한국 현대시단에 암시와 시사하는 바가 크다. 그가 추구하는 일상적 의미에 대한 미적 비판과 무(無)의 탐구, 그리고 시적 언어에 대한 새로운 의식은 한국 현대시의 시사에 끼친 영향에 대해 새로운 평가를 받고 있으며 그 또한 새롭게 조명되어야 한다. 그가 이룩하고 생성 시킨 무(無)의 세계와 전위적인 모더니즘의 실천과 자아탐구, 포스트모더니즘의 자아소멸에 의한 자기 성찰, 자신을 해체하여 불이의 사상인 선시로 입적하는 이승훈의 행적과 지적 여정은 지속적으로 연구되고 새롭게 탐색되어야 할 것이다.

참고문헌

1. 기초자료

이승훈, 『기획시론-환상 가로지르기』, 시와세계, 2006, 겨울호.

_____, 『길은 없어도 행복하다』, 세계사, 1991.

_____, 『나는 사랑한다』, 세계사, 1997.

_____, 『나의 문학 실험』, 중앙일보, 1996. 4.

_____, 『너라는 햇빛』, 세계사, 2000.

_____, 『너라는 환상』, 세계사, 1989.

_____, 『너를 본 순간』, 문학사상사, 1987(시선집)

_____, 『당신의 방』, 문학과지성사, 1986.

_____, 『당신의 초상』, 문학사상사, 1981.

_____, 『라깡거꾸로 읽기』, 도서출판월인, 2009.

_____, 『라캉으로 시읽기』, 문학동네, 2011.

_____, 『모더니즘 시론』, 문예출판사, 1995.

_____, 『모더니즘의 비판적 수용』, 작가, 2002.

_____, 『반인간』, 조광출판사, 1983.

_____, 『밝은 방』, 고려원, 1995.

_____, 『밤이면 뼈노가 그립다』, 세계사, 1993.

_____, 『비누』, 고요아침, 2004.

_____, 『비대상에서 선시까지』, 작가세계, 2005, 봄호.

_____, 『비대상』, 민족문화사, 1983.

_____, 『사물A』, 삼애사, 1969.

_____, 『사물들』, 고려원, 1983.

_____, 『상처』, 영언문화사, 1984(시선집)

_____, 『샤갈』, 문학과 비평사, 1987(그림 시집)

_____, 『선과 하이데거』, 황금알, 2011.

_____, 『시론』, 태학사, 2005.

_____, 『시론』, 태학사, 2005.

_____, 『시적인 것도 없고 시도 없다』, 집문당, 2003.

_____, 『시집 샤갈』, 문학과 비평사, 1987(그림 시집).

_____, 『아름다운 A』, 황금북, 2002(시선집).

_____, 『아방가르드는 없다』, 태학사, 2009.

_____, 『이것은 시가 아니다』, 세계사, 2007.

_____, 『이승훈 시선집』, 뿔, 2007.

_____, 『이승훈의 현대회화 일기』, 천년의시작, 2005.

_____, 『인생』, 민음사, 2002.

_____, 『전봉건 vs 이승훈 대담시론』, 문학 · 선, 2011.

_____, 『정신분석시론』, 문예출판사, 2007.

_____, 『증상을 즐겨라』, 현대시, 2008, 1월호.

_____, 『탈근대주체이론-과정으로서의 나』, 푸른사상, 2003.

_____, 『포스트모더니즘 시론』, 문예출판사, 1995.

_____, 『포스트모더니즘 시론』, 세계사, 1991.

_____, 『한국 현대시의 이해』, 집문당, 1999.

_____, 『한국의 모더니즘의 시사』, 문예출판사, 2000.

_____, 『한국현대대표시론』, 태학사, 2000.

_____, 『한국현대시론사 1910-1980』, 고려원, 1993.

_____, 『해체시론』, 새미, 1998.

_____, 『현대시의 종말과 미학』, 집문당, 2007.

_____, 『화두』, 책만드는집, 2010.

_____, 『환상의 다리』, 일지사, 1976.

_____, 『환상이라는 이름의 역』, 미래사, 1991(시선집).

2. 단행본

고명수, 『한국 모더니즘의 시인』, 문학아카데미, 1995.

고영근, 『텍스트이론-언어문학통합론의 이론과 실제』, 아르케, 2002.

권기호, 『선시의 세계』, 경북대학교출판부, 1991.

권영민, 『한국현대문학대사전』, 서울대학교출판부, 2004.

권영민,『한국현대문학작품 연표2』, 서울대학교출판부, 1998.

권영택,『포스트모더니즘이란 무엇인가』, 민음사, 1992.

김 현,『분석과 해석/보이는 심연과 안 보이는 역사 전망』, 문학과 지성사, 2003.

_____,『상상력과 인간』, 문학과 지성사, 1991.

_____,『우리 시대의 문학/ 두꺼운 삶과 얇은 삶』, 문학과지성사, 1993.

_____,『한국문학의 위상/문학사회학』, 문학과지성사, 2005,

김달진,『현대한국 선시』, 열화당, 1987.

김명옥,『한국모더니즘 시인 연구』, 한국문화사, 2000.

김명주외 6인,『들뢰즈 사상의 분화』, 소운서원 엮음, 2007.

김상환,『해체론시대의 철학』, 문학과지성사, 1996.

김성곤,『탈모더니즘 시대의 미국문학』, 서울대학교 출판부, 1990.

김욱동,『모더니즘과 포스트모더니즘』, 현암사, 2004.

김유동,『아도르노의 사상』, 문예출판사, 1993.

김윤식 외,『한국현대문학사』, 현대문학사, 2002.

김윤식,『20세기 한국작가론』, 서울대학교출판부, 2004.

_____,『한국현대시론비판』, 일지사, 1975.

김윤정,『한국모더니즘 문학의 지형도』, 푸른사상, 2005.

김준오,『현대시의 환유성과 메타성-인칭의 의미론』, 살림, 1997.

김지연,『한국의 현대시와 시론 연구』, 도서출판 역락, 2006.

김춘수,『김춘수사색사화집』, 현대문학, 2002.

_____,『시의 표정』, 문학과지성사, 1979.

_____,『의미와 무의미』, 문학과지성사, 1980(4판).

김형효,『데리다의 해체철학』, 민음사, 1996.

김혜니,『한국 현대시 문학사 연구』, 국학자료원, 2002.

김홍희,『백남준과 그의 예술』, 디자인하우스, 1992.

나병철,『모더니즘과 포스트모더니즘을 넘어서』, 소명출판사, 2001.

문덕수,『모더니즘을 넘어서』, 시문학사, 2003.

문혜원,『한국 근현대시론사』, 도서출판 역락, 2007.

_____,『한국 현대시와 모더니즘』, 신구문화사, 1996.

박경수,『한국현대시의 정체성 탐구』, 국학자료원, 2000.

박민수,『한국현대시의 리얼리즘과 모더니즘』, 국학자료원, 1996.

박인기,『현대시론의 전개』, 지식산업사, 2001.

박재금,『韓國禪詩研究』, 국학자료원, 1998.

박종석,『현대시의 분석 방법론』, 도서출판 역락, 2005.

박현수,『한국모더니즘의 시학』, 신구문화사, 2007.

백승균,『변증법적 비판이론』, 경문사, 1982.

서준섭,『감각의 뒤편』, 문학과지성사, 1995.

_____,『창조적 상상력』, 서정시학, 2009.

_____,『한국모더니즘 문학 연구』, 일지사, 2000.

석지현,『선시감상사전』, 민족사, 1997.

성기조,『韓國現代詩人研究』, 동백문화재단 출판문화국, 1990.

송　무,『영문학에 대한 반성』, 민음사, 1993.

송인섭,『인간의 자아개념 탐구』, 학지사, 1998.

송재영,『문학과 초언어』, 민음사, 1986.

송준영,『禪, 언어로 읽다』, 소명출판사, 2010.

_____,『선시의 세계』, 푸른사상사, 2006.

_____,『선시의 표현방법의 연구』, 청송, 2000.

신현숙,『초현실주의』, 동아출판사, 1992.

심재상,『노장적 시각에서 본 보들레르의 시세계』, 살림도서출판, 1995.

안범희,『자아개념과 교육』, 문음사, 1999.

엄창섭,『문예사조론』, 홍익출판사, 2001.

_____,『인식의 전환과 현대시의 변주』, 제이앤씨, 2009.

엄창섭·송준영,『현대시의 이론과 실제』, 홍익출판사, 2006.

오세영,『한국현대문학론과 근대시』, 민음사, 1996.

_____,『현대시와 불교』, 살림 지식총서, 2006.

오진현,『디지털리즘 문학선언』, 범우사, 2005.

윤여탁,『시와 리얼리즘의 논쟁』, 소명, 2001.

윤재웅,『문학비평의 규범과 탈규범』, 새미, 1998.

윤충의,『한국문학의 직관과 상황 그리고 표현기술』, 국학자료원, 2001.

이규명,『예이츠와 정신분석학』, 도서출판동인, 2002.

이규호,『단계 이규호 전집1』, 연세대학교 출판부, 2005.

이상옥,『한국현대시의 상상력과 자연』, 도서출판 역락, 2006.

이숭원,『20세기 한국시인론』, 국학자료원, 1997.

＿＿＿,『시의 아포리아를 찾아서』, 이룸, 2001.

이승하,『한국 현대시 비판』, 월인, 2000.

이용우,『백남준의 그 치열한 삶과 예술』, 열음사, 2000.

이원섭,『한국문학과 선시』, 최순열 엮음, 동쪽나라, 1993.

이종찬,『한국선시의 이론과 실제』, 이화문화출판사, 2001.

＿＿＿,『한국의 선시』, 반도출판사, 1985.

이지엽,『현대시 창작 강의』, 고요아침, 2009.

이찬규,『불온한 문화, 프랑스 시인을 찾아서-랭보에서 키냐르까지』, 다빈치 기프트, 2006.

장석주,「무의식의 지평에 투사된 지평」, 정한모. 김재홍 편역,『한국대표시 평설』, 문학세계사, 1983.

정정호, 강내희 편,『포스트모더니즘론』, 도서출판 터, 1990.

정정호,『포스트모더니즘과 한국 문학』, 글, 1991.

정효구,『20세기 한국시와 비평정신』, 새미, 1997.

＿＿＿,『시 읽는 기쁨 1』, 작가정신, 2001.

＿＿＿,『시 읽는 기쁨 2』, 작가정신, 2003.

＿＿＿,『한국현대시와 문명의 전환』, 새미, 2002.

＿＿＿,『한국현대시와 평인의 사상』, 푸른사상사, 2008.

조정래,『1930년대 한국 모더니즘 작가 연구』, 평민사, 1999.

진창용,『한국 현대시의 리얼리즘과 모더니즘적 탐색』, 새미, 1998.

최동호,『한국현역100인 대표시선』, 푸른사상사, 2005.

한계전,『한계전의 명시 읽기』, 문학동네, 2002.

한원균,『고운 시의 미학』, 한길사, 2001.

한자경,『자아의 연구』, 서광사, 1997.

홍신선,『한국시와 불교적 상상력』, 도서출판 역락, 2004.

Bruce Fink,『에크리 읽기-문자 그대로의 라캉』, 김서영 옮김, 도서출 판b, 2007.

C.G. 융,『무의식 분석』, 설영환 옮김, 도서출판선영사, 1990.

＿＿＿,『원형과 무의식』, 한국융연구원 C.G.융 저작 번역위원회 옮김, 솔, 2006.

C.W.E. Bigsby,『다다와 초현실주의』, 박희진 역, 서울대학교출판부, 1987.

F.W.J. 셸링,『자아』, 한자경 옮김, 서광사, 2006.

H. R Jauβ,『도전으로써의 문학사』, 장영택 옮김, 문학과 지성사, 1983.

J.E. 맥타가르트,『헤겔 변증법의 쟁점들』, 이종철 옮김, 고려원, 1993.

Jean Baudrillard,『시뮬라시옹』, 하태환 옮김, 민음사, 2001.

Jean-Paul Sartre,『문학이란 무엇인가』, 정명환 옮김, 민음사, 1998.

M. Calinescu, Matei,『모더니티의 다섯 얼굴』, 이영욱·백한울·오무석·백지숙 옮김, 시각과 언어, 1993.

M. 호르크하이머·Th. W. 아도르노,『계몽의 변증법』, 김유동·주경식·이상훈 옮김, 문예출판사, 1995.

Macolm Braedbury and James McFarlane,『The Name and Nature ofModernism-Modernism』, Penguin book, 1976.

S.프로이트, C.S. 홀, R. 오스본,『프로이트 심리학 해설』, 설영환 옮김, 도서출판선영사, 1995.

_____,『정신분석학』, 서석연 옮김, 범우사, 1996.

Sean Homer,『라캉읽기』, 김서영 옮김, 은행나무, 2006.

Slavoj Žiekž,『HOW To READ 라캉』, 박정수 옮김, 웅진 지식하우스, 2007.

T. 짜라, A. 브르통,『다다 / 쉬르레알리즘의 선언』, 송재영 역, 문학과지성사, 1987.

W. W. Purkey,『自我의 槪念과 敎育』, 안범희 역, 문음사, 1999.

게오르크 루카치,『역사와 계급의식』, 박정호·조만영 옮김, 거름, 1992.

고드스 블롬,『니힐리즘과 문화』, 천형균 역, 문학과지성사, 1988.

레나토 포지올리,『아방가르드 예술론』, 박상진 역, 문예출판사, 1996.

레온 앨트먼,『性·꿈·정신분석』, 유범희 옮김, 민음사, 1995.

레이먼 셀던,『현대문학이론』, 현대문학이론회 譯, 문학과지성사, 2008.

롤랑 바르트,『글쓰기의 영도』, 김웅권 옮김, 동문선, 2007.

루시앙 골드만,『숨은 神』, 송기형·정과리 옮김, 연구사, 1990.

리오타르,『포스트모던의 조건』, 유정완 외 옮김, 민음사, 1996.

마단 사럽,『후기구조주의와 포스트모더니즘』, 전영백 옮김, 조형교육, 2005.

마르틴 하이데거,『존재와 시간』, 이기상 옮김, 까치, 1998.

마이어,『세계상실의 문학』, 장남준 옮김, 홍성사, 1981

모리스 나도,『초현실주의의 역사』, 민희식 옮김, 고려원, 1985.

모리스 볼랑쇼,『문학의 공간』, 이달승 옮김, 그린비, 2010.

미셸 라공, 『새로운 예술의 탄생』, 李逸 譯, 正音文庫, 1974.

발터 벤야민, 『기술복제시대의 예술작품』, 최성만 옮김, 도서출판길, 2009.

부르스 핑크, 『라캉과 정신분석학』, 맹정현 옮김, 민음사, 2002.

스즈끼 다이세쯔, 『禪의 진수』, 東峰 옮김, 고려원, 1994.

아더 T. 저어실드, 『자아의 탐색』, 李蕙先 譯, 培英社, 1995.

아도르노, 『미학 이론』, 홍승용 옮김, 문학과지성사, 2005.

_____, 『부정변증법』, 홍승용 옮김, 한길사, 2003.

안드레아스 후이센, 『포스트모더니즘론』, 도서출판 터, 1989.

앤서니 엘리엇, 『자아란 무엇인가』, 김정훈 옮김, 도서출판삼인, 2007.

옥타비오 파스, 『흙의 자식들 외』, 김은중 옮김, 2003.

움베르토 에코, 『글쓰기의 유혹』, 조형준 옮김, 새물결, 1994.

이본느 뒤플레시스, 『초현실주의』, 조한경 譯, 탐구당, 1993.

자크 라캉, 『욕망 이론』, 민승기·이미선·권택영 옮김, 문예출판사, 1994.

장 폴 사르트르, 『구토』, 방곤 옮김, 문예출판사, 1999.

질 들뢰즈, 펠릭스 가타리, 『천개의 고원』, 김재인 옮김, 새물결, 2003.

질 들뢰즈, 『차이와 반복』, 김상환 옮김, 민음사, 2009.

「인연경」『잡아함경』12권, 동국역경원.

서울대학교 국어교재연구원, 『새현대문정선』, 태양출판사, 1974.

시와세계 기획, 『이승훈의 문학탐색』, 푸른사상사, 2007.

카를 구스타프 융, 『기억, 꿈, 사상』, 조성기 옮김, 김영사, 2007.

피에르 테브나즈, 『현상학이란 무엇인가』, 심민화 역, 문학과지성사, 1982.

필립 맥그로, 『자아』, 장석훈 옮김, 청림출판사, 2003.

하인리히 두몰린, 『선과 깨달음』, 박희준 옮김, 고려원, 1993.

3. 논문

금동철, 『1930년대 한국 모더니즘시의 수사학적 연구』, 우리말글학회 우리말글 (The Korea Language Literature), 2002

_____, 『1950~60년대 한국모더니즘시의 수사학적 연구』, 서울대학교 박사학위 논문, 1999.

김　훈, 『韓國에 있어서의 「모더니즘」의 詩와 詩論』, 서울대학교, 1968.

김상환, 「데리다의 해체론」, 『인문과학』학술저널 제74집, 연세대학교 인문과학연구소, 1995.

＿＿＿, 『데리다의 해체론』, 연세대학교 인문과학연구소 인문과학 학술저널, 1995.

김시태, 이승훈, 박상천, 『1930년대 한국모더니즘시 연구』, 한국학논문학술지 제2 집, 한양대학교 한국학연구소, 1995.

김유중, 『1930년대 후반기 한국 모더니즘 문학의 세계관 연구』, 서울대학교 박사학위 논문, 1995.

김향라, 『이승훈의 시 연구』, 경상대학교 대학원 논문, 2004.

류순태, 『1950년대 한국모더니즘시의 표상 연구』, 서울대학교 박사학위 논문, 1999.

문덕수, 『韓國 모더니즘詩 硏究』, 고려대학교 박사학위 논문, 1981.

박민수, 『강원 시인연구 2-이승훈론(1)-시집「사물A」의 상상력과 심상을 중심으로-춘천교육대학 관동향토문화연구 학술저널 제9집, 1991.

＿＿＿, 『강원 시인연구 3-이승훈론(2)-1970년대 시의 상상력과 심상을 중심으로, 춘천교육대학 관동향토문화연구 학술저널 제10집, 1992.

박성필, 「이승훈 시론의 의미 지향성 연구」, 『국어국문학회』학술저널, 2008.

박윤우, 『1950년대 한국 모더니즘시 연구』, 서울대학교 박사학위 논문, 1998.

박인기, 『韓國 現代詩의 모더니즘 受容硏究』, 서울대학교 박사학위 논문, 1987.

박종석, 『詩 分析의 科學的 接近論』- 이승훈의 「當身의 房」을 중심으로, 동아대학교 국어국문학과 학술저널, 1997.

백승균, 「아도르노의 부정변증법적 비판이론」논문, 『철학연구』제33집, 한국철학연구회, 1982.

서준섭, 『1930년대 한국 모더니즘 문학연구』, 서울대학교 박사학위 논문, 1988.

＿＿＿, 『1930년대 한국 모더니즘 연구』, 서울대학교 석사학위 논문, 1977.

＿＿＿, 『바깥으로의 사유-이승훈의 시론에 나타난 근대적 주체, 시 개념의 해체에 대하여』, 이승훈의 「시적인 것은 없고 시도 없다」의 해설, 집문당, 2003.

송준영, 『제2부 이승훈의 시선-2. 자아소멸과 언어가 쓰는 시』, 푸른사상사, 2007.

안지애, 『한국현대시의 포스트모던니즘 수용양상 연구』, 건국대학교 논문, 2006.

엄성원, 『1930년대 한국 모더니즘 시에 나타난 시간의식 연구』, 서강대학교 박사학위 논문, 1996.

용윤선, 『이승훈론』, 목원대학 국어국문학과 학술저널 제3집, 1995.

윤정룡, 『1950년대 한국 모더니즘 시 연구』, 서울대학교 박사학위 논문, 1992.

윤호병, 「한국현대시에 수용된 마르크 샤갈 그림-김영태 시집 <유태인이 사는 마을의 겨울>, 김춘수 시 <샤갈의 마을에 내리는 눈>, 이훈 시집 <시집 샤갈>에 수용된 샤갈의 그림세계」, 『인문언어』, 2001년 창간호,

_____, 『이승훈의 문학 탐색-해체의 세계와 포스트모딘의 세계: 이승훈의 시세계 <나는 사랑한다>와 <너라는 햇빛을 중심으로』, 푸른 사상사, 2007.

이만식, 「고전선시와 현대선시」논문, 2011 만해축전, 시와세계심포지엄, 2011.

이승훈, 「말의 새로운 모습」, 『한양어문』제1집, 한양대학교 국어국문학과, 1974.

_____, 『1920년대 한국모더니즘시 연구』, 한양대학교 한국학연구소 한국학론집 제29집, 1996.

_____, 『1930년대 한국모더니즘시 연구(1)』, 한양대학교 한국학연구소 한국학론집 제31집, 1997.

_____, 『1940년대 한국모더니즘시 연구』, 한양대학교 한국학연구소 한국학론집 제32집, 1998.

_____, 『1950년대 한국모더니즘시 연구』, 한양대학교 한국학연구소 한국학론집 제33집, 1999.

_____, 『말의 새로운 모습』- 非對象의 詩를 中心으로, 한양대학교 국어국문학과 학술저널 제1집, 1974.

_____, 『象徵의 解部-시의 중심구조Ⅲ』, 춘천교육대학 학술저널 석우논문집 제4집, 1976.

_____, 『詩의 言語學的 解釋 試巧』, 춘천교육대학 학술저널 논문집 제3집, 1973.

_____, 『詩의 存在論的 解釋 試巧』, 춘천교육대학 춘천교육대 학술 저널 논문 11집, 1972.

_____, 『이승훈 시에 나타난 자아탐구의 과정 연구』, 부산외국어대 논문. 2003. (※참고: 이승훈 시인과 同名異人)

_____, 『絶望의 테마 分析을 위한 試圖-詩를 存在論 Ⅱ』, 춘천교육대학교 춘천교대 학술 논문 제4집, 1974.

이종찬, 『한국의 선시-고려편』, 이우출판사, 1985.

정구향, 『한국 모더니즘 詩의 比較 研究』, 건국대학교 박사학위 논문, 1992.

정문선, 『한국 모더니즘 시 화자의 시각체제 연구-보는 주체로서의 화자와 보이는 대상으로서의 공간을 중심으로』, 서강대학교 대학원 박사 논문, 2003.

정효구,『이승훈의 시와 시론에 나타난 자아탐구의 양상과 그 의미』, 충북대학교외국
어 교육원「어문논총」제7집 논문, 1998.

진수미,『1930년대 한국 모더니즘시 연구 검토』, 서울시립대학교 문리과학 학술저널
전농어문연구, 2001.

최미숙,『한국 모더니즘시의 글쓰기 방식에 관한 연구』, 서울대학교 박사학위 논문,
1997.

표미정,『해체론과 John Barth의 소설』, 한국영어어문교육학회 학술저널, 1996.

홍선미,「미술, 욕망의 언어로써」『라캉과 현대정신분석』논문, 한국라캉과 현대정신
분석학회 제8권 2호, 2006.

M. Cālinescu, Matei,『모더니티의 다섯 얼굴』, 이영욱 · 백한울 · 오무석 · 백지숙 옮김,
시각과 언어, 1993.

Technique & thematic, K.Burke: "Psychology and from,"The practice of criticism, ed. By
Zitner 외, sott, foresman & Co. Chicsao, 1966.

4. 정기 간행물

권경아,『한국현대시의 해체적 양상』, 시와세계, 2003, 봄호.

김상미,『이상한 토양에 이상한 거름으로 된 이상한 꽃』『작가세계』, 2005 봄호.

김석준,「동일성과 비동일성」『유심』[35호] 2008년 12월호.

김승옥,『문학이란 이런 것』, 조선일보, 1999. 2월 28(日)일자.

김이듬,『유토피아를 향한 놀이의 변화과정』, 시와세계, 2004, 겨울호.

김준오,「현실주의적 자아탐구와 형이상학」『현대시사상』, 1993 겨울호

_____,『한국모더니즘의 현단계-모더니즘과 마르크스즘의 만남』, 현대시사상, 1980,
겨울호.

박경일,『해체철학의 선구들-불타, 노자로부터 엘리엇, 데리다까지』, 시와세계, 2006,
가을호.

박원재,『도와 차연』, 시와세계, 2008, 여름호.

박형준,『우리 시대의 '시적인 것', 그리고 기억』, 창작과 비평, 2007, 가을호

송기한,「타자적 언어와의 대결구도 속에서의 차아찾기-이승훈론」『현대시』, 2008년
9월호.

송준영,『한국모더니즘』, 시향 17호, 18호, 19호, 20호, 2005, p.4.

_____,『현대시의 새로운 가미-이승훈 <인생>을 중심으로』, 현대시, 2002, 11월호.

신현락, 「禪과 시적 상상력」『批評文學』, 한국비평문학회 제10호, 1996.

오형엽, 「정신분석 비평과 분열분석 비평의 비교 고찰」『한국비평문학』, 2008 제29호.

육근웅,『선시, 언어 너머로 엿보는 해체시』, 계간지 유심, 2006, 봄호.

윤호병,『아포리아의 언어, 그 진리의 핵심을 찾는 하이퍼-모더니스트』, 작가세계
　　　　2005년 봄호(통권64권).

이만식,『해체론의 시대』, 시와세계, 2003, 여름호.

이양현,『실험 또는 진지성을 위한 단상』, 시와세계, 2005, 봄호.

이재복, 「유(有)에서 무(無)로 무(無)에서 무(無)로」『작가세계』, 2005년 봄호.허혜정, 「
　　　　이승훈도 없고 이승훈씨도 없다」『시인시각』, 2007년 겨울호.

장경렬,『해체(구성)이란 무엇인가』, 문학사상, 2003, 7월호.

정효구,『우리 시의 자기고백적인 요소』, 현대시사상, 1992, 겨울호.

조향의,『현대시론』, 문학, 1959.

한태호,『레베르토프의 실험적 형식론-자유시와 유기적 시의 차이』, 시와세계, 2006,
　　　　가을호.

_____,『한국 포스트모더니즘에 대한 새로운 접근』, 시와세계, 2003, 봄호.

현광덕, 「구상과 추상이 사라지고 행위만 남아있는 '잭슨 폴록'」, 『대전일보』
　　　　2011-06-07, 36면.

황동규, 「강하게만 느껴지지 않는 강한 시어」, 『동아일보』, 1994. 3. 18일자.

데이비드 헬드, 「아도르노의 부정적 변증법」, 『현대시사상』, 김영희 옮김, 1981 봄호.

알랭 로랑, 「개인주의: 창조적 니힐리즘」, 이화숙 역, 『문학과 비평』, 1991년 여름호.

비대상 시론

초판 1쇄 인쇄일	2024년 1월 23일
초판 1쇄 발행일	2024년 1월 31일

지은이	심은섭
펴낸이	한선희
편집/디자인	정구형 이보은
마케팅	정찬용 김형철
영업관리	한선희 정진이
책임편집	이보은
인쇄처	으뜸사
펴낸곳	국학자료원 새미(주)
	등록일 2005 03 15 제25100−2005−000008호
	경기도 고양시 권율대로 656 클래시아 더 퍼스트 1519, 1520호
	Tel 02)442−4623 Fax 02)6499−3082
	www.kookhak.co.kr
	kookhak2010@hanmail.net

ISBN	979-11-6797-144-9 (93800)
가격	29,000원

* 저자와의 협의하에 인지는 생략합니다.
  잘못된 책은 구입하신 곳에서 교환하여 드립니다.
  국학자료원·새미·북치는마을·LIE는 국학자료원 새미(주)의 브랜드입니다.